AMIT CHAUDHURI

MRS SENGUPTA WILL HOCH HINAUS

AMIT CHAUDHURI

MRS SENGUPTA WILL HOCH HINAUS

Roman

Aus dem Englischen
von Barbara Heller

Karl Blessing Verlag

Titel der Originalausgabe: *The Immortals*
Originalverlag: Picador

MIX
Papier aus verantwortungsvollen Quellen
FSC® C014889

Verlagsgruppe Random House FSC-DEU-0100
Das für dieses Buch verwendete
FSC®-zertifizierte Papier *EOS*
liefert Salzer Papier, St. Pölten, Austria.

1. Auflage

Umschlaggestaltung: Hauptmann und Kompanie Werbeagentur,
München – Zürich
Layout und Herstellung: Gabriele Kutscha
Satz: Leingärtner, Nabburg
Druck und Einband: Pustet, Regensburg
Printed in Germany
ISBN: 978-3-89667-259-9

www.blessing-verlag.de

Für Rinka

Sterbliche sind *Unsterbliche; Unsterbliche* sind *Sterbliche.*

Heraklit

Verwandlung

Meine Tage sind bleich von den harten Schlägen der Arbeit,
meine Nächte weißglühend von Wachträumen.
Erstehe aus aufeinanderprallenden Metallen, o Schöne, weiße Feuerflamme,
möge die Masse der Materie Wind werden, möge der Mond Frau werden, mögen die Blumen der Erde zu den Sternen des Himmels werden.
Erstehe, o heiliger Lotus, erhebe dich vom Stiel der Seele, befreie das Ewige im unvergänglichen Verzeihen des Augenblicks, mach das Flüchtige ewig.
Möge der Körper Geist werden, der Geist Seele, die Seele mit dem Tod vereint,
möge der Tod Körper, Seele, Geist werden.

Buddhadeva Bose

Die Klänge des Ragas Bhimpalasi kamen aus einer Ecke des Raumes. Panditji sang wieder, ungeduldig, als sei er in Gedanken woanders. Bald aber war er ganz bei der Sache: Es war ein ausnehmend schönes, schwieriges Stück. Er hatte es vor sieben Jahren selbst komponiert.

Von draußen drang Verkehrslärm herein; an dem nahen Kreisverkehr herrschte das übliche Gewühl. Ochsenkarren und Kraftfahrzeuge kamen dort nur mühsam voran. Die Ochsen schienen ganz in ihrem Element, die Busse und die staubigen Ferntaxis warteten auf ihre Chance weiterzufahren. Ein dringliches, dissonantes Hupkonzert ertönte.

Panditji war nicht persönlich anwesend; er war zwei Jahre zuvor nach seinem dritten Herzinfarkt gestorben. Nach dem ersten hatte man ihn in höchster Eile ins Jaslok-Krankenhaus gebracht, auf der Fahrt dorthin hatte er einen zweiten Infarkt erlitten, und im Jaslok war er dann dem dritten erlegen. Seine Angehörigen waren fassungslos gewesen: Nie hätten sie gedacht, dass er in einer Klinik sterben würde. In dem kleinen Haus aber dauerte seine Anwesenheit – oder seine Abwesenheit – fort. Der Gesang kam von einem Kassettenrekorder; Panditjis Enkel hatte Filmsongs hören wollen und versehentlich die falsche Kassette eingelegt.

»Das ist doch Großvaters Gesang«, sagte der Junge, als er die Stimme erkannte. War er überrascht oder enttäuscht? Neben ihm hing ein Porträt seines dadaji, ein vergrößertes Foto, das ihn im Alter von siebenundfünfzig Jahren zeigte: strenge Züge, Brille, das geölte Haar zurückgekämmt. Es war – darüber war man sich in der Familie einig – das Antlitz eines großen Mannes. Auf der breiten Stirn prangte ein tilak, als hätte jemand das Bild mit einem lebenden Menschen verwechselt.

Schon jetzt wurde der Panditji zu einer Art Mythos. Nicht dass ihn allzu viele Menschen gekannt hätten, aber die, die ihn kannten, trugen ihr Wissen über ihn nur zu gern weiter. Wie schön er den Raga Malkauns gesungen habe etwa, und dass selbst Bade Ghulam Ali einmal auf einem Kongress in Kalkutta gezögert habe, den Malkauns zu singen, nachdem am Tag zuvor Panditji aufgetreten war. Dass Panditji ein Mann von großer Schlichtheit gewesen sei, trotz seiner Schwäche für ein abendliches Glas Whisky dann und wann.

Fest stand, dass Panditji ein stolzer, empfindsamer und reizbarer Mensch gewesen war. Nie hatte er die Etikette zwischen Schüler und Lehrer, Veranstalter und Interpret, Musiker und Musiker aus den Augen verloren. Fühlte er sich missachtet oder zurückgewiesen, blendete er den Teil der Welt, der ihn zurückgewiesen hatte, einfach aus.

Diese Kompromisslosigkeit war ihn vermutlich teuer zu stehen gekommen. Lata Mangeshkar, so erzählte man sich, habe einmal einen Guru gesucht, der sie in den Feinheiten klassischer Musik schulte, und sie habe an ihn gedacht, nachdem man ihr seine Fähigkeiten als Lehrer in den höchsten Tönen gepriesen habe. »Du musst sie anrufen«, hatte ein wohlmeinender Freund zu ihm gesagt. »Sie wartet darauf.« Aber Panditji rief nicht an. »Sie soll mich anrufen«, sagte er. »Wenn sie Unterricht bei mir nehmen will, wird sie sich schon melden.« Doch der Anruf blieb aus. Unterdessen rief Amir Khan bei Lata an und sagte, er stehe zur Verfügung. Die Sache sprach sich rasch herum. Lata engagierte Amir Khan, und der hervorragende ustaad wurde als der Mann bekannt, der Lata Mangeshkar in den subtileren Nuancen klassischer Musik unterwiesen hatte.

Doch Panditjis Renommee als Lehrer war auch nach seinem Tod ungebrochen; wie etwas Kompaktes, Vollkommenes war es weder kleiner noch größer geworden. Außerhalb seiner Familie verblasste die Erinnerung an ihn mehr und mehr. Wurde jemand gefragt: »Wo haben Sie diese schöne bandish gelernt?«, antwortete er etwas wehmütig: »Ach, die habe ich bei Pandit Ram Lal gelernt.« Die Menschen in Panditjis Leben kamen und gingen, und manche wurden für kurze Zeit seine Schüler.

Shyamjis Leben würde anders aussehen. Das war kein bewusster Plan, es sollte einfach so sein. *Bewusst* war Panditjis Leben das ideale Leben. Wenn Shyamji davon erzählte, war es, als spräche er von einem Heiligen und nicht von seinem Vater. Das war alles schön und gut, aber ein solches Leben konnte man nicht wiederholen.

Heute fand eine upaas- und jaagran-Nacht statt; die Frauen hatten darauf bestanden. Shyamji hatte klein beigegeben und sich bereit erklärt, der Zeremonie beizuwohnen. Das Fasten der Frauen, das bhajan-Singen bis Tagesanbruch: All das musste eingehalten werden. Häufiger praktiziert, sollte es Besserung bewirken, stattdessen aber bewirkte es eine Übersäuerung des Magens und eine zwei Tage anhaltende Abgeschlagenheit und Unkonzentriertheit. Doch die Zeremonie spielte sich in einer unbeschwerten Atmosphäre ab.

Männer und Kinder bekamen ihr Essen, und als es Nacht wurde, begann man die bhajans zu singen. Die Kinder waren inmitten des allgemeinen Geplauders eingeschlafen, ohne dass man sie wie sonst dazu hätte nötigen müssen; im grellen Neonlicht lagen sie mit geschlossenen Augen da. Der leise, monotone Gesang setzte ein, nicht unmelodisch, denn es war eine Musikerfamilie, und seltsam beruhigend. Ebenfalls schon fast schlafend, beobachtete Shyamji seine Frau, seine Schwester und Neha, eine ältere Tochter, die bei den beiden saß; sie waren im Begriff, ihn vollends einzuschläfern. Nisha, seine jüngste Tochter, hatte um jeden Preis wach bleiben und mitsingen wollen, doch um Viertel vor elf hatte der Schlaf sie übermannt. Seine Mutter saß in ihrem weißen Sari mit abwesendem Blick, aber hellwach in einer Ecke. Shyamji hatte einen Traum, in den der Gesang eingewoben war; sein Vater erschien darin, lebendig und zugleich als rötlich beleuchtetes Porträt. Der Traum handelte von den Wechselfällen in Shyamjis Leben, er zog sich lange hin und nahm bald diese, bald jene Form an. Einmal wachte Shyamji kurz auf. Es dämmerte bereits, und die Frauen waren verschwunden; wahrscheinlich waren sie schlafen gegangen, nachdem sie mit einem Glas Milch das Fasten gebrochen hatten. Es war still im Raum, nur von draußen drangen Geräusche herein.

Einmal musste die Tür noch spätabends einen Spalt offen gestanden haben – am frühen Abend blieb sie weit geöffnet, um ein stetes Rinnsal von Besuchern einzulassen. An diesem Abend aber stand sie länger offen, und eine Ratte musste hereingeschlüpft sein. Niemand hatte sie bemerkt, doch als Neha aus dem Bad kam, sah sie das Tier hinter die Töpfe in der Küche huschen und fiel, wie nicht anders zu erwarten, beinahe in Ohnmacht. Es war eine Maulwurfsratte. Katzen fürchteten diese Tiere, die sich in den Gossen tummelten und nachts mit der Aggressivität und Hast von Schwarzhändlern durch die schmale Gasse flitzten, die die Häuser der Siedlung miteinander verband.

Die Kinder hüpften angesichts der unbestimmten Gefahr teils ängstlich, teils freudig umher, und Shyamjis Frau, nicht eben als brachial bekannt, schaffte es, die Ratte mit dem Besen durchs Küchenfenster hinauszujagen. Shyamji bot ein Bild der Gelassenheit: Er rührte sich nicht vom Diwan weg und sagte wie stets, wenn es Probleme gab, nur immer wieder: »Nun regt euch doch nicht auf.«

Auf der Fahrt in die City schaute Shyamji morgens manchmal beim Bruder seiner Frau in der Peddar Road vorbei. Nach einem steilen Anstieg gelangte man auf ein Grundstück, das von der Straße aus nicht zu sehen war. Hier wohnte die Familie in einem einstöckigen Haus, nicht weit von einer vornehmen Mädchenschule.

»Hari om«, sagte er, als er eintrat. Diese Anrufung Gottes war ein alter Witz, sie gehörte zu Shyamjis Art zu »scherzen« und bedeutete, dass ihm heiß war, dass er da war und dass er Beachtung brauchte. »Wasser, jiijaaji?«, fragte die Frau, die an der Tür saß. Bei seinem Eintreten hatte sie einen Teil ihres Gesichts mit ihrem Sari verhüllt. Shyamji nickte und fügte liebenswürdig hinzu: »Kaltes.« Seufzend ließ er sich auf der Matte nieder.

In diesem Haus hatte er seltsamerweise Lata Mangeshkar kennengelernt. Sie hatte in ihrem weißen Sari auf dem kleinen Diwan gesessen und sich in ihrer Kleinmädchenstimme mit den Bewohnern des Hauses unterhalten. Sie war Shyamji winzig vorgekommen, und er hatte sie verstohlen gemustert. Ihre Lieder waren ihm oft im Kopf herumgeschwirrt, und er war neugierig gewesen, wie sie aussah, wie sie sich anhörte. Man setzte ihr einen Teller mit puris und Kartoffeln vor – offenbar hatte sie genau darum gebeten –, und sie verzehrte sie bedächtig und sagte: »Ich liebe alles, was Arati macht.« Arati war mit Motilal verheiratet, dem Bruder von Shyamjis Frau, und jedermann wusste, dass sie eine gute Köchin war. Ein kleiner Kordon von Familienmitgliedern, von Kindern, Cousins und Cousinen, die sich ab und zu unterhielten, hatte sich um Lata gebildet. Shyamji wurde ihr als Ram Lals Sohn vorgestellt, und in ihren Augen glomm Interesse auf. Wenn wir den Großen vorgestellt werden, bilden wir uns einen Moment lang ein, sie hätten sich unser Gesicht und unseren Namen eingeprägt und würden sich bei der nächsten Begegnung an uns erinnern. Shyamji freute sich, Lata mit einem namashkaar die Ehre erweisen zu können, und hielt sich dann im Hintergrund.

Später, als sie mit Motilalji ein Lied übte – ohne Begleitung, ohne Harmonium –, konnte er zu seiner Verwunderung nichts hören. Er rückte etwas näher heran, und jetzt war die vertraute Stimme zu vernehmen, leise und klar. So also klang sie ohne Mikrofon!

Motilalji war selbst ein wunderbarer Sänger, unglaublich versiert, das Höchste aber war für ihn, wenn Lata ihm verhaltenen Beifall zollte, wenn er ihr ein paar Töne für die bhajans, die sie sang, vorgab, wenn er sie bei ihren öffentlichen Auftritten gelegentlich auf dem Harmonium begleitete oder dort die Pausen überbrückte. Dann trug er, solange sie nicht sang und die Zuhörer sich Kaffee holten oder zur Toilette gingen, ein paar Lieder vor. Anfangs erschien diese Verbindung mit Lata Mangeshkar allen wie ein Wunder, sie war bhaagya, ein Glücksfall, und man ging davon aus, dass Lata zu gegebener Zeit etwas für Motilalji »tun« würde. Aber sie hatte nichts für ihn »getan«, er war ihr Pausenfüller geblieben und nicht musikalischer Leiter geworden. Was hätte sie schon groß tun können, sagte die Familie. Die Beziehung zu ihr war im Großen und Ganzen herzlich; man konnte sie sogar als »besonders eng« bezeichnen.

Eine von Motilaljis Schwierigkeiten war der Alkohol – wozu anderen die Verantwortung für ein selbst verschuldetes Problem zuschieben? Der Alkohol machte ihn einsam. Spät abends saß er allein da und führte Selbstgespräche, tagsüber verhielt er sich, sofern er nüchtern war, schroff und abweisend, als missfiele ihm die Welt irgendwie. Und sein Talent wurde zu einer problematischen Verpflichtung, mit der er nicht umzugehen wusste. Es war, als wollte er, nachdem er so viel in seine Begabung investiert hatte – harte Arbeit, endloses Üben –, auch etwas zurückhaben. Und da er dieses »Etwas«, was immer es sein mochte, nicht bekam, hatte er beschlossen, sich selbst und seine Umgebung zu bestrafen.

Motilalji trat ins Zimmer und sah sich um. Seinen Schwager schien er kaum wahrzunehmen, aber bemerkt hatte er ihn natürlich. »So früh, bhaiya?«, fragte er.

»Ich hatte gerade etwas Zeit und dachte, ich schaue auf ein Glas Wasser herein«, sagte Shyamji.

»Und, hast du's bekommen?«

»Ja, und es hat mich sehr glücklich gemacht.«

Motilalji schien über seine Worte nachzudenken und sie nicht besonders ernst zu nehmen. Er trat zu Shyamji, und erst jetzt sah er ihm in die Augen.

»Und wo willst du jetzt hin?«, fragte er. Sein Alkoholatem stieß Shyamji ab, doch er wahrte eine freundliche Miene. Einen Moment lang waren Motilaljis paan-fleckige Zähne zu sehen.

»Ich müsste um zwölf zu einem chela, aber das hat keine Eile – er kann warten.«

Shyamji dachte an seinen Schüler, einen enthusiastischen jungen Mann, der aber keinen Ton traf; dann schob er den Gedanken beiseite.

Motilalji fuhr sich durchs Haar und strich sich den zerknitterten kurta glatt. »Dann komm mit«, sagte er mit einem Blick in den Spiegel und einem zweiten auf seine Uhr.

Er wollte, wie sich herausstellte, nach Cumballa Hill. Es war nicht weit, und zu Fuß wären sie in einer halben Stunde dort gewesen, aber Motilalji hatte verschwenderische Vorlieben; als sie den kleinen Hügel hinuntergingen, auf dem das Haus stand, hielt er ein Taxi an, und sie stiegen hinten ein. Shyamji meinte, dass sie doch auch den Bus hätten nehmen können. »Aree, wer fährt denn eine so kurze Strecke mit dem Bus! Das ist mir außerdem zu mühsam – ich fühle mich nicht wohl.« Er schaute abwesend vor sich hin.

Es wäre auch gar kein Bus direkt an ihr Ziel gefahren. Motilalji begann vor sich hin zu summen, mit griesgrämiger Miene, als hätte er zu seinem Verdruss niemals Ferien von seinem Talent und seiner Berufung. Das Taxi fuhr die Runde von der Peddar Road zur Kemp's Corner, bog am Allah-Beli-Café nach rechts ab und folgte dann der geraden Straße. Anders als Motilalji schaute Shyamji mit großen Augen neugierig hinaus; ihn langweilte die Gegend noch nicht. Doch auch er schwieg, und während der kurzen Fahrt schienen sich Tagtraum und Realität für ihn zu vermischen. Sonnenlicht lag auf den Gebäuden: den alten, trügerisch schlichten, aber teuren Geschäften an der Kemp's Corner, den vielstöckigen Häusern in den wimmelnden Gassen, in denen überwiegend Gujaratis lebten, den älteren, weitläufigeren Gebäuden, als sie auf den Hügel zufuhren.

Sie kamen an ein großes altes, dreistöckiges Haus. »Aree, sieh an«, sagte Motilalji, »ich habe nur zwei Rupien Kleingeld in der Tasche. Die Kerle können nie auf einen Hundertrupienschein rausgeben. Gib ihm doch bitte fünf Rupien, ja, Shyam?« Er stieg aus. Shyamji kramte resigniert in der Tasche seines kurta und bemerkte dabei, dass Motilaljis dhoti reichlich schäbig aussah. Doch sein Schwager war nicht betrunken; er ging gerade. Mit einem alten Aufzug, in den offensichtlich nie ein Sonnenstrahl drang, fuhren sie in den ersten Stock hinauf. Mit einer Bewegung, die zugleich verhalten und theatralisch war, drückte Motilalji neben einer großen Tür mit einem Namensschild aus Messing auf die Klingel.

Ein älterer Diener machte auf, ein grauhaariger Malayaali, der sich im Lauf der Zeit daran gewöhnt hatte, dass Leute wie Motilalji Zutritt zu der Wohnung erlangten. Gewisse Fertigkeiten brachten einen nun einmal in Kontakt mit den Wohlhabenden, so seine Schlussfolgerung, und in den dreißig Jahren seiner Tätigkeit als Putzmann, Boy und Diener hatte er alle möglichen Fertigkeiten gesehen. Die Dame des Hauses beispielsweise sang gern. Alle seine Dienstherren hatten interessante Hobbys gehabt, und Dienstherren mit Hobbys waren ihm lieber als solche ohne. Er war versiert genug, um Motilalji eine tolerante, respektvolle Miene zu zeigen; den anderen Mann kannte er nicht. Dann tappte er in einer Art kindlichem Enthusiasmus barfuß zum Schlafzimmer und sagte: »Memsahab, Musiklehrer ist da!«

Motilalji nahm mit einem angedeuteten Lächeln auf dem Sofa Platz, und Shyamji sah sich rasch in der Wohnung um; ein schneller Blick über die Schulter zeigte ihm die Kübelpflanzen auf der Veranda. Motilalji beugte sich vor und wollte etwas zu ihm sagen, da betrat die Dame das Zimmer, und er räusperte sich nur.

»Mallika«, sagte er, »es macht Ihnen doch nichts aus, dass ich meinen Schwager mitgebracht habe?«

Der Schwager schien ein wenig erschrocken. Mehr denn je war ihm bewusst, dass er sich in einer fremden Wohnung befand und dass Motilalji ihn aus Gründen, die nur er kannte, manipuliert hatte. Er wunderte sich auch, und es kränkte ihn ein wenig, dass sein Schwager die Dame nur mit ihrem Namen ansprach statt mit »Mallikaji« oder didi.

Die Dame lächelte und nickte Shyamji zu. John trug ein Harmonium herein und stellte es auf den Teppich.

»Sie hat seit sieben, acht Monaten bei mir Unterricht«, sagte Motilalji. »Hör sie dir an – sie hat eine gute Stimme. Aber sie ist ziemlich eingebildet.«

Shyamji fuhr zusammen und tat so, als hätte er nichts gehört.

»Mein Schwager heißt Shyam – Shyam Lal, Sohn des verstorbenen Pandit Ram Lal«, sagte Motilalji mit einem Blick zum Himmel. »Er ist ein recht guter Sänger und gibt auch Unterricht. Aber er ist noch jung.«

Die Dame und Motilalji nahmen Platz. Erst ertönten die gequetschten, nicht sehr melodischen Klänge des Harmoniums, dann begann die Dame mit einer volltönenden, erstaunlich wohlklingenden Stimme zu singen. Motilalji saß scheinbar gelangweilt dabei.

»Vaah, didi«, sagte Shyamji, nachdem sie geendet hatte. Motilalji vollzog nun die einzelnen Schritte – anders konnte man es nicht nennen – seiner Unterrichtsstunde. Ohne sich die Mühe zu machen, seine Stimme zu heben, sang er ihr fast summend eine Melodie vor, die sie gewissenhaft und mit einem anerkennenden Nicken nachsang.

Sie machten Pause, und John brachte Tee. Shyamji rührte nachdenklich in seiner Tasse, und Motilalji erklärte großspurig: »Sie müssen dieses Lied üben, Mallika! Und Sie müssen an Ihrer Aussprache feilen!«

Mallika Sengupta gab sich alle Mühe mit der korrekten Aussprache. Es gefiel ihr in Bombay, in jeder Hinsicht, als Sängerin aber hatte sie sich eine Zeit lang entwurzelt gefühlt, sie hatte sich erst zurechtfinden und Wege beschreiten müssen, von denen sie nie gedacht hätte, dass sie sie beschreiten würde: Wege insbesondere zu den in Bombay so beliebten bhajans und Ghazals. Sie hatte natürlich erst einmal tief durchatmen müssen, bevor sie sich an sie heranwagte. Hindilieder hatte sie in ihrer Jugend gar nicht ernst genommen: Zwar hatte sie Saigal und Kananbala gehört, aber das war Filmmusik, und dagegen bestanden in ihrer Familie Vorurteile. Jetzt, dreißig Jahre später, sah sie sich mit diesen Sprachen konfrontiert und musste es auf sich nehmen, tagsüber in der Abgeschiedenheit ihrer Wohnung die Aussprache der Hindi- und Urduvokale und -konsonanten zu üben.

Ihre Spezialität war naturgemäß das Bengali-Lied, das Tagore-Lied; ihr Hindi klang daher stets ein wenig nach Bengali. Doch gerade das Bengalische in ihrer Aussprache, das Runde, Kehlige – bezauberte ihre Musiklehrer. Sie spitzten die Ohren und suchten nach Analogien: »Sie singen wie Kanandevi«, sagten sie etwa oder: »Sie singen wie Geeta Dutt!« Kanandevi hatte sich längst der Religion zugewandt, und Geeta Dutt war vorzeitig abgetreten. In der Lata-Ära fiel Mrs Senguptas Stimme aus dem Rahmen.

Sie beschwor ein »goldenes Zeitalter« herauf, diese Stimme. Wer sie im Wohnzimmer der Senguptas hörte und die Augen schloss, konnte es kaum glauben: Man fühlte sich in eine frühere, eine bessere Zeit zurückversetzt. Einige mochten sie insgeheim »altmodisch« finden, aber das war sie keineswegs, sie entsprach nur nicht dem Zeitgeist. Der Zeitgeist, das war Latas Stimme, dünn, leise und – für Mrs Senguptas Ohren – schrill. So hatte eine weibliche Singstimme heute zu sein. Mallika Senguptas Stimme hatte ihre Zeit gehabt, zumindest im Moment, was aber weder ihr noch irgendjemandem sonst bewusst sein konnte. Sie war passé, es sei denn, sie wurde in einer fernen, noch nicht vorstellbaren Zukunft wiederentdeckt, es sei denn, in einer künftigen Generation änderte sich der Geschmack und man erinnerte sich wieder an Mallika Sengupta.

Ihre Anfänge lagen in einer nordbengalischen Kleinstadt, in der ihr Vater Rechtsanwalt gewesen war. Ihre Familie hatte dort gesellschaftliche Ambitionen gehegt, war aber nach dem Tod des Vaters – Mallika war damals zwölf Jahre alt gewesen – schnell in Ungnade gefallen. Die Familie hatte zu kämpfen gehabt, doch ihre kulturellen Ambitionen hatten überlebt, ebenso wie Talent und Intelligenz. Mallikas Talent war jedoch am wenigsten gefördert worden, weil sie ein Mädchen war, und so war es ein Glücksfall gewesen, dass sie Apurva Sengupta kennengelernt und geheiratet hatte.

Anfangs hatte sie nichts von ihm wissen wollen. Heute lachte sie darüber, wenn sie daran dachte, doch damals war ihr nicht zum Lachen zumute gewesen. Sie war nicht in ihn verliebt, und zudem hatte sie auch als Tochter einer großen Familie, in der eine verwitwete Mutter mit mäßigem Erfolg das Zepter führte, den unpassenden Wunsch gehegt, nicht nur geliebt zu werden, sondern den Mann, den sie heiratete, auch zu lieben. Hinzu kam, dass er ein Collegefreund ihres Bruders war, und nur als solchen sah sie ihn. Ihre Familie blickte zwar zu ihm auf, weil er ein »netter Junge« war und einer reichen Großgrundbesitzerfamilie entstammte, zugleich aber schaute sie in ihrem eigentümlichen kulturellen Snobismus auf die Familie als nicht gebildet genug herab. Doch die Wirren der Teilung und der Unabhängigkeit des Landes ließen diese Geschichten in all ihren Nuancen und die Vorurteile von Mallikas Brüdern absurd und unwirklich erscheinen. Die Landschaft veränderte sich fortwährend. Mallika nahm Apurva Senguptas Antrag klugerweise an, hauptsächlich weil sie Apurva respektierte, aber auch weil sie sich klarmachte, dass ein Leben mit ihm es ihr ermöglichen würde, weiterhin ihren Gesang zu pflegen. Und nun war sie in Bombay, mit ihrem Mann, als wären sie aus dem Nichts gekommen, aus dem Morgentau neu erschaffen, die Zukunft ein leeres Blatt.

»John!«, rief sie.

»Memsahab«, antwortete er beflissen und erschien mit einem Staubwedel in der Hand im Wohnzimmer. Für ihn war alles eine Form von Theater.

»Bring bitte das Harmonium hinaus. Ist das Essen für baaba fertig – das Hammelragout?« Der Duft des Ragouts war in den Flur gezogen. Mrs Sengupta erwartete um diese Zeit ihren Sohn zurück.

»Ja, memsahab, baaba Ragout fertig!«, rief John auf Englisch und bückte sich nach dem Harmonium.

Motilalji und sein Schwager waren vor zwanzig Minuten gegangen, und nun kreisten Mrs Senguptas Gedanken um die Rückkehr ihres Sohnes aus der Schule. Bis er nach Hause gekommen war und gegessen hatte, verspürte sie stets eine innere Unruhe, so als sei etwas unerledigt geblieben.

Die Musik war ein stetes Rinnsal in ihrem Leben, das die tägliche Routine nicht stören durfte. Die Routine ging immer weiter und hielt, wie es sich gehörte, hin und wieder inne, um Raum für die Musik zu schaffen. Dann wurde sie in andere Hände übergeben, in Johns oder in die des Kochs; sie durfte nur nicht zum Stillstand kommen. Unter keinen Umständen war Mrs Sengupta bereit, die Kontrolle über sie zu lockern, die Zügel jemand anders zu überlassen, allenfalls vorübergehend.

Um zwanzig vor eins kam der siebenjährige Nirmalya voller Tatendrang nach Hause, und sogleich wurde ihm im klimatisierten Schlafzimmer auf einem Servierwagen das Essen vorgesetzt. Es gab sein Lieblingsgericht: daal, Reis und gebratenen Fisch.

Zehn Minuten nachdem Motilalji gegangen war, hatte Mrs Sengupta John aufgetragen, im Schlafzimmer die Fenster zu schließen und die Klimaanlage einzuschalten, damit die Temperatur genau richtig war, wenn ihr Sohn kam. Ihre Gedanken wanderten immer wieder zu Motilaljis kleiner Darbietung zurück – anders konnte man es nicht nennen – und zu dem Ärger, den sein Verhalten in ihr wachrief. »Sie ist ziemlich eingebildet«, hatte er gesagt, »sie hat eine hohe Meinung von sich« oder dergleichen, um im nächsten Moment zu prahlen: »Siehst du, wie lange sie den Ton hält? Das schafft sonst keiner!« Sein Lob freute sie, es kam schließlich von einem Mann, dessen Talent sie respektierte, aber sie wusste nicht, wie lange sie seine Art noch ertragen würde.

Doch als Nirmalya nun mit baumelnden Beinen vor ihr auf dem Diwan saß und sein Essen verzehrte, schoben sich andere Freuden und Ängste in den Vordergrund.

»Schmeckt dir der Fisch? Wie war's in der Schule?«

Diese oder ähnliche Fragen stellte sie ihm jedes Mal, und sie sah ihn auch immer mit einer Mischung aus Begeisterung und banger Ahnung an. Für sie war er etwas Besonderes, mehr als andere Kinder. Das hätte sie vermutlich nicht zu erklären vermocht, aber vom Moment seiner Geburt an hatte sie fest daran geglaubt, auch wenn nichts, was er tat, ob in der Schule oder zu Hause, sie darin bestätigte. In der Schule war es ihm bis vor Kurzem nicht gut gegangen, doch das hatte ihre Überzeugung nur noch gefestigt – die Lehrer brachten eben nicht genug Verständnis für ihn auf.

Er schabte den weißen Fisch mit der schwarzen Haut von den Gräten. Er strahlte und war bester Stimmung – die Gedanken überstürzten sich in seinem Kopf –, wie immer, wenn er nach Hause kam, so als wäre der lustlose Junge vom Morgen auf Nimmerwiedersehen verschwunden.

»Heute will ich baaba abholen!«

»Gut.«

Für Mrs Sengupta war dieses Nachhausekommen ein Höhepunkt – wovon, hätte sie nicht zu sagen gewusst. Am nächsten Morgen würde es wieder schlimm sein, Nirmalyas Enthusiasmus würde wie immer schwinden, und sie würde mit dieser Verwandlung fertig werden müssen. So war es an jedem Werktag.

Ein- oder zweimal in der Woche kam ein maulvi saheb ins Haus, der auch genauso aussah, wie ein maulvi saheb auszusehen hatte. Er war ein ausgesucht höflicher Mensch mit verborgenen Reserven an Persönlichkeit, ein dünner Mann mit einem Käppchen auf dem Kopf und einem Bart.

Es war eine schlechte Idee gewesen, Urdu-Unterricht zu nehmen, doch der maulvi saheb erwies sich als so geduldig, dass sie sich beinahe in eine gute verwandelte. Mrs Sengupta selbst war ungeduldig, im Interesse ihres neuen Lebens in Bombay aber fest entschlossen, die Texte der Ghazals richtig aussprechen zu lernen. »Nicht jim«, sagte der maulvi saheb. »Jeem.«

In ihr Notizbuch schrieb sie aliph, be und te, und als er das nächste Mal kam, hatte sie die Buchstaben wieder vergessen. »Ach, maulvi saheb«, sagte sie verlegen, aber nicht über Gebühr bekümmert, »ich hab sie vergessen.« Das war ihm zwar nicht gleichgültig, aber er blieb trotzdem ruhig. Er war reiche Schüler gewohnt, die für das Ritual des Urdulernens bezahlten, und er hätte gern mehr von ihnen gehabt. Manchmal aber, wenn es ihm zu viel wurde, sehnte er sich nach ernsthaften Schülern.

Der Unterricht fand am Couchtisch statt, in jenem kleinen Bereich des Wohnzimmers, in dem sich, so konnte man sagen, tagsüber Mrs Senguptas Aktivitäten konzentrierten. Hier wurde auch der Tee serviert, der die Arbeit unterbrach. Der maulvi saheb nahm ihn stets nur zögernd an, mit einer Reserviertheit, die einer heiklen viktorianischen Engländerin angestanden hätte. Die Aussicht, mit Mrs Sengupta Tee zu trinken, brachte ihn sichtlich aus dem Gleichgewicht; er wusste nicht, wie er sich zu dieser Unterbrechung, zu diesem Augenblick und zu ihr selbst verhalten sollte: War er ihresgleichen, wenn sie miteinander Tee tranken, oder blieb er der maulvi saheb? Sie selbst nahm keinerlei Notiz von ihm, während sie ihren Tee trank; das machte es ihm etwas leichter.

Während des Unterrichts schweiften ihre Gedanken ab: Waren die Möbel abgestaubt, waren nicht versehentlich die Ziergegenstände von ihren Borden genommen worden? Schließlich merkte sie, dass ihr Blick auf »jeem« und »che« ruhte.

»Bas, maulvi saheb«, sagte sie, »genug für heute. Wir sehen uns nächste Woche wieder.«

Ein großes geblümtes Sofa, ein gemusterter Teppich mit einem rechteckigen Couchtisch darauf, dessen Abdrücke man sah, wenn er beiseitegerückt wurde, die beiden imposanten Sessel rechts und links davon, die Schrankwand, deren anfangs leere Fächer sich schnell mit Miniaturen, mit Vasen,

Messinglampen und anderen von ihrer Zweckbestimmung entbundenen Gegenständen gefüllt hatten, ein Stück entfernt der schimmernde Esstisch – dies war, zumindest für den Augenblick, ihre Welt.

Manchmal, wenn der Junge früher von der Schule nach Hause kam oder Ferien hatte, gesellte er sich zu dem maulvi saheb und seiner Mutter. Er fand den Mann wenig mitteilsam, glaubte aber, er hätte ihm etwas zu sagen. Besucher aus einem deutlich anderen Milieu waren seine natürlichen Verbündeten; wenn sie so taten, als nähmen sie keine Notiz von ihm, warteten sie nur auf den richtigen Moment.

»Wieso soll ich die Ghazal überhaupt singen?«, fragte sich Mrs Sengupta eines Tages. Wenn sie aufgab, hatte sie dann versagt? Aber war ihre Stärke nicht der bhajan, das religiöse Lied, sagten das nicht alle? Warum plagte sie sich dann mit diesen Liebesliedern ab? Sie würde sie nie richtig hinbekommen, irgendwie waren sie ihr völlig fremd; nie würde sie es schaffen, sich in ihre Stimmung, ihren Geist einzufühlen. Nachdem sie sich dies klargemacht hatte, war es, als würde eine Last von ihr genommen, von der sie bisher nichts gewusst hatte. Und über Nacht schwanden die Buchstaben »aliph« und »jeem« aus ihrem Gedächtnis. Sie brach den Unterricht bei dem maulvi saheb ab.

Am Abend gingen sie essen – Mr Deb von der Geschäftsleitung der Firma war aus Kalkutta gekommen. Er war im alten Taj-Mahal-Hotel abgestiegen, das allerdings noch nicht das alte Taj war; die Idee des neuen Taj stand im Raum, war aber noch nicht verwirklicht worden. Noch gab es nur das alte Taj mit seiner Aura der Unantastbarkeit.

Das Essen fand im Crystal Room statt, und die Senguptas freuten sich, Mr Deb wiederzusehen. Sie bestellten naan, paalak chicken und daal. Nirmalya war auch dabei; zu solchen Anlässen begleitete er seine Eltern manchmal. Sie unterhielten sich über Kalkutta, über die Firma, über Bombay. Als das Essen kam, traten die Farben der Gerichte im gedämpften Licht des Raumes kaum hervor: das Gelb der daal, das Grün des paalak. Doch obwohl sie mit Begeisterung Stücke von dem naan abbrachen, schien das Essen sie nicht weiter zu interessieren; nur über die daal äußerte sich Mrs Sengupta beifällig. Bei Mr Deb nahmen sie, ohne sich dessen bewusst zu sein, stets eine eher abwartende, beobachtende Haltung ein, denn es war so gut wie sicher, dass Mr Sengupta, wenn Mr Deb in den Ruhestand ging, seine Nachfolge antreten würde. Das gab diesen Begegnungen etwas Vorläufiges; vieles wurde gesagt, aber manches konnte nicht gesagt werden.

»Die Rechnung, Sir.« Sie wurde von Mr Deb beglichen, der Einfachheit halber, weil er im Hotel wohnte. Von diesem kleinen Ritual abgesehen, lief es ohnehin darauf hinaus, dass die Firma das Essen bezahlte. Mr und Mrs Sengupta gewöhnten sich gerade erst daran, fingen gerade erst an, die damit verbundene Großzügigkeit für selbstverständlich zu nehmen.

Zwei Monate später starb Mr Deb unerwartet; der Tod war dem Ruhestand um zwei Jahre zuvorgekommen. Er würde nun auf ewig sechsundfünfzig bleiben und wurde in aller Stille in Kalkutta verbrannt. Die Kosten übernahm die Firma. Auf Schmerzen in der Brust, vom Hausarzt fälschlich als Blähungen diagnostiziert, war ein Herzinfarkt gefolgt. Dies – die Fehldiagnose – lieferte nun endlosen Gesprächsstoff. Mr Sengupta musste beruflich nach Kalkutta und richtete es so ein, dass er an Mr Debs Trauerzeremonie teilnehmen konnte. Mr Deb spielte eine gewisse Rolle in seiner persönlichen Mythologie: Er war bei seinem Einstellungsgespräch dabei gewesen. Im Rahmen der durch die Umstände bedingten Zwänge, der Verschiebungen, die durch das Ausscheiden eines Menschen notwendig wurden, empfand er Mr Debs Tod als einen schmerzlichen Verlust. Mrs Deb vermittelte in ihrem weißen Sari und mit dem fast völlig weißen Haar einen allgemeinen Eindruck von Weiß. Sie sprach mit ihm fast wie mit einem Verwandten, einem Menschen, den sie kannte und nun zu verlieren drohte. »Sie müssen zum Essen bleiben, Apurva«, sagte sie.

Die Firma hatte ihr Betriebsbüro in der Tulsi Pipe Road – eine seltsame Adresse für eine angesehene Firma, keine sehr vornehme: ringsum die alte, verkommende Industrielandschaft, ein Geruch nach Schmierfett und Eisen, Rauchfahnen aus den Schornsteinen unverwüstlicher Fabriken. Vor zwei Jahren war das Büro zur Firmenzentrale avanciert, die man von Kalkutta nach Bombay verlegt hatte. In dieser Umgebung mutete es seltsam an, wenn Mr Dyer, lässig-elegant und mit schon schütterem Haar, aus dem Gebäude trat – nicht allzu lange nach Pamela, seiner hübschen Sekretärin – und seinem Wagen zustrebte. Wenig später kam auch Apurva Sengupta heraus, sein Jackett über dem Arm.

Manchmal holte der Junge seinen Vater ab (ein großes Ereignis im Wochenverlauf). Er blieb dann im Auto sitzen und sah sich die Prozession der Angestellten an, die aus dem Art-déco-Bau strömten, der so wenig in seine Umgebung passte: die Sekretärinnen in ihren langen Röcken, die unteren Führungskräfte – als Einzelne unsichtbar – in plaudernden Grüppchen, die Direktoren, die dann in ihre Autos stiegen. Einmal fiel auf der Heimfahrt ein zerlumpter Mann über die Kühlerhaube, als sie an einer Querstraße hielten. Er hämmerte gegen die Windschutzscheibe und starrte einen langen Moment ins Wageninnere. Der Chauffeur fluchte, doch der Mann beachtete ihn nicht, richtete sich auf und wankte, als hätte er

Wichtigeres zu tun, auf die andere Straßenseite. »Der hat zu viel getrunken«, sagte der Chauffeur und ließ den Motor wieder an. »Säufer!« Nirmalya wusste nicht, was es bedeutete, zu viel getrunken zu haben, er wusste nicht, was zu dem Zustand des Mannes geführt hatte oder was sein seltsam leerer Blick besagte. Er erstarrte, und sein Inneres krampfte sich vor Angst zusammen. Erst als sein Vater, der nur erstaunt lächelte, von der Party am Abend zu reden begann, floss das Gefühl, zu Hause zu sein – im Auto, in der Welt –, in ihn zurück, und die Szene verblasste wie ein Traum, der ihn nicht mehr zu berühren vermochte.

Manche behaupteten, Mr Dyer habe Affären mit seinen Sekretärinnen, aber die meisten hätten gesagt, das sei mehr Übertreibung als Wahrheit. Sie mochten sich jedoch nicht zwischen Glauben und Unglauben entscheiden und zogen es vor, in einem Reich der Fantasie zu verharren, in dem diese Affären – in die er sich zu einer Tageszeit stürzte, die außerhalb des ihnen vertrauten Zeitablaufs lag; wahrscheinlich wenn er bei geschlossener Tür einen langen Brief an Pamela oder Doris diktierte – möglich waren.

Er war ein charmanter Mann, und sein Charme lag vor allem in seinem Habitus: seiner Größe, seiner leicht gebeugten Haltung, seinen Koteletten – schmalen, vollendet geformten goldenen Vliesen. Bei alldem übersah man fast, dass sich sein Haar bereits lichtete.

Er vermittelte den Eindruck, als hörte er genau zu, wenn man mit ihm redete: Seine blauen Augen blickten unverwandt über die Schulter seines Gegenübers hinweg, seine leicht hochgezogenen Brauen signalisierten Interesse und Anteilnahme, seine gebräunte Stirn legte sich in tiefe, anziehende Falten. Dahinter aber verbarg sich ein Diktator, der wichtige Entscheidungen niemand anders überließ und die Firma wie einen persönlichen Besitz, den er nicht verlieren wollte, in der Tasche trug. Besonders gewinnend zeigte er sich Mr Sengupta gegenüber: Er gab ihm genau das, was er wollte – ein Auto mit Chauffeur, eine Wohnung, Dienstboten, ein angemessenes Gehalt –, um die Möglichkeit, dass Apurva Sengupta dem Unternehmen eines Tages den Rücken kehrte, dauerhaft auszuschließen. Denn Mr Sengupta wollte hier nicht unbedingt Wurzeln schlagen, auch wenn er sich in der Firma zunehmend wohler fühlte. Sein Gefühl sagte ihm, dass sein Chef ein ungewöhnlicher und etwas unsolider englischer Abenteurer war. Doch er schob solche Gedanken beiseite; schließlich war es, wie jedermann wusste, in erster Linie Mr Dyer gewesen, der die Firma zu dem erfolgreichen Unternehmen gemacht hatte, das sie heute war.

»Hören Sie, A. B.«, sagte er eines Tages und beugte sich an seinem Schreibtisch vor (er hatte sich angewöhnt, seine Mitarbeiter mit den Initialen ihrer Vornamen anzusprechen, möglicherweise um zu verschleiern, dass er sich ihre Namen nicht merken konnte; er selbst war für sie »Philip«), »wie Sie ja wissen, ist durch den Tod des armen Deb eine Vakanz entstanden.« Er lächelte, und um seine Augen erschienen Fältchen – ein fast liebenswürdiger Ausdruck: eine knappe Reverenz vor dem Toten, aber auch der Blick auf das Fenster, das Deb geöffnet hatte. »Ich habe mir die Sache überlegt und möchte die Stelle nicht ausschreiben. Ich kenne Ihre Arbeit, und ich denke, Sie sind der richtige Mann dafür, meinen Sie nicht?«

In solchen Momenten, in der klimatisierten Abgeschiedenheit seines Büros, hatte Mr Dyers Verhalten etwas Drängendes: Er war ein Verführer. Er war mephistophelisch, machte jedoch deutlich, dass er kein Interesse daran hatte, für jedermann Mephisto zu sein. Die Alternative (und wer sie kannte, den machte sie nervös) war ein ausdrucksloser Blick der blauen Augen.

»Wenn Sie meinen, Philip«, antwortete Apurva Sengupta äußerlich ruhig, insgeheim aber hocherfreut. Auch er sah das offene Fenster, das helle Licht. »Ich werde mein Bestes geben«

»Bravo! Freut mich sehr.«

Dyer, das wusste man, legte ebenso viel – wenn nicht noch mehr – Wert auf Präsentierbarkeit und das äußere Erscheinungsbild seiner leitenden Mitarbeiter wie auf ihre Kompetenz. Das war mit ein Grund, warum er Apurva Sengupta von Anfang an im Auge behalten hatte: Bei ihm stimmte alles – eine maßvolle Eleganz, ein uneitler Stil, etwas Leichtes und zugleich Kontrolliertes, das Dyer überzeugte.

Eine wichtige Rolle spielten auch Partys, an die sich die Senguptas nach und nach gewöhnen mussten. Dyer vertrug scharfes indisches Essen erstaunlich gut – auch das machte seine Einzigartigkeit und seinen Charme, das leicht Schockierende an ihm aus. Auf den Partys der Senguptas stand er allein in einer Ecke und verzehrte schwitzend Mrs Senguptas Fischgerichte.

»Was gibt es heute Abend?«, fragte Mr Sengupta seine Frau manchmal nervös, wenn eine Party anstand. »Wieder diesen Fisch?« Apurva Sengupta dachte dabei an Dyer, der mit Currygerichten aufgewachsen zu sein schien. Er schnupperte vorsichtig: Kürbis und Koriander. Der Duft erfüllte schon das Wohnzimmer und erreichte nun auch das Schlafzimmer, in dem Mr Sengupta stand, noch im Jackett. Bald hing er in der ganzen Wohnung.

Um die Zeit von Mr Senguptas Beförderung wurde beschlossen, den Sitz der Firma zu verlegen – hinunter nach Nariman Point, diesem dem Meer abgerungenen Streifen Land. Während er noch im Entstehen war, hatten der Junge und seine Eltern dort einmal einen Abendspaziergang gemacht, vorbei an Kokos- und Erdnussverkäufern, dorthin, wo er in bucklige Felsblöcke auslief, und noch weiter, der tosenden Brandung entgegen. Das Meer hatte Nirmalya geängstigt. Es hatte hier, wie es so um seinen ins Wasser getauchten Finger strudelte, eine uralte Energie. Mutter, Vater und Sohn blieben einen Moment stehen, Nirmalya von Windstößen bedroht. Links und rechts von ihnen bewegten sich Paare, schattenhaft und geheimnisvoll, so gelassen, als befänden sie sich in der Eingangshalle eines großen Gebäudes. Dies – die Phantasmagorie der wilden, donnernden Wogen und der Dunkelheit – stand, zumindest für einen Augenblick, hinter der Stadt, mit der sie sich langsam vertraut machten.

Auf dem Areal, vor nicht allzu langer Zeit noch Wasser, wuchsen rasch Wohn- und Bürohochhäuser aus dem Boden. Das Gebäude, in dem Mr Senguptas Firma im sechzehnten Stock Quartier bezog, hieß Udayan. Eines Nachmittags holte der Junge wieder seinen Vater ab. Er blieb vor dem Gebäude stehen und maß es mit seinem Blick. Es versetzte ihn in Aufregung, als wäre es ein Schwert, das ihn seltsamerweise schmerzlos durchbohrt hatte. »Wie hoch es ist!« Es war ein wichtiger Moment in Nirmalyas jungem Leben, ein bedeutsames Kapitel im sich entfaltenden Epos der Laufbahn seines Vaters. Der Strom der Angestellten, der aus dem Eingang quoll, war hier irgendwie anders, breiter, diffuser. Es waren fast alles Leute, die der Junge nicht kannte, kleine Männer im weißen Hemd, Frauen im Sari. Doch dann entdeckte er mitten unter ihnen seinen Vater, im eleganten Anzug, kleiner als Dyer, auf seine Art eine auffallende Erscheinung; dann Dyer und andere bekannte Gesichter. Sein Vater und Mr Dyer wirkten seltsam unberührt von dem Gewimmel ringsum, entspannt und unantastbar.

Hier war das Ethos der betriebsamen Tageslichtwelt der Stadt, gleichgültig und geschäftig, konzentriert und rücksichtslos. Nirmalya vergaß schnell das Nariman Point jenes Abends, als er ängstlich vor den bedrohlichen Wellen gestanden hatte. Und er hatte auch keinen Grund mehr, noch einmal in die Tulsi Pipe Road zu fahren, wo das Büro zuvor gewesen war.

»Sie singt gut, aber ihre Aussprache muss noch besser werden.« Diese Worte sprach Laxmi Ratan Shukla, ein untersetzter Mann, dessen dicke Bifokalbrille seine Augen stark vergrößerte und auch verschleierte; es sah aus, als würde das Weiß der Augen hinter den Gläsern schmelzen. Er redete sehr leise und lächelte so gut wie nie. Er war unbestimmt und langweilig, und das machte ihn gefährlich. »Der Text klingt immer noch wie Bengali, ›barsaat‹ zum Beispiel klingt wie ›borsat‹.« Unbefangen und ohne Bosheit parodierte er Mrs Senguptas Hindi-Aussprache.

Natürlich war er keineswegs gefährlich; oder er war so gefährlich, wie andere ihn – und überhaupt jeden – machen konnten. Das hing von seinem Gegenüber ab. Im Grunde war er ein Bürokrat, Leiter der Abteilung Unterhaltungsmusik bei HMV. Das Problem war, dass er ein Bürokrat war, der sich für einen Künstler hielt. Er komponierte Lieder, er gab jungen Frauen Unterricht, er hätte gern Jünger um sich geschart, die sagten: »Dieses Lied habe ich bei Laxmi Ratan Shukla gelernt.« Irgendwie war es nicht dazu gekommen, aber insgeheim wollte er mehr sein als ein Büromensch.

Ein Teller mit zwei luchis und eine Tasse Tee standen vor ihm. Luchis war er nicht gewohnt; er pulte mit dem Finger in einem herum, dann riss er ein Stück davon ab und aß es. »Sie hat den maulvi saheb entlassen, das ist in Ordnung«, sagte er. »Sie kann jetzt bhajans singen.« Er sprach sie wie ein kleines Kind in der dritten Person an, aber so leise, dass ihn niemand der Unhöflichkeit bezichtigen konnte.

Er verachtete die Bengalen ein wenig für ihr Unvermögen, Hindi zu sprechen, ihre zaghaften Ausflüge in die Kultur, während sie zugleich an ihren Mittelschichtgepflogenheiten festhielten, ihre Unfähigkeit, aus sich herauszugehen. Und was Mrs Senguptas Stimme anbelangte: Es war ein Irrtum der Schöpfung gewesen, sie ausgerechnet ihr zu schenken; er hatte sie gehört, hatte sie schön gefunden und das Interesse an ihr verloren. Schönheit und künstlerisches Talent langweilten ihn, er wollte etwas anderes, hätte jedoch, wenn man ihn fragte, dennoch von Schönheit und Kunst gesprochen.

Bengalisches Essen aber mochte er. Die luchis waren interessant. Er schob das letzte Stück in den Mund.

»Noch mehr, Laxmi?« Mrs Sengupta straffte sich. »John«, ermahnte sie den Diener, »siehst du nicht, dass der sahab nichts mehr auf dem Teller hat?«

Laxmi Ratan Shukla hob die Hand. »Bas«, sagte er.

Zwei Jahre später, als sie einmal an einem trüben Tag, an dem kaum Autos unterwegs waren und es nach Regen aussah, die Biegung der Haji Ali Road entlangfuhren, sagte Mrs Sengupta ein wenig resigniert: »Er wird wohl nie eine Platte mit mir aufnehmen.« Eine Antwort erwartete sie nicht; ihr Mann, das wusste sie, dachte stets langfristig: erst einmal abwarten. Bei ihr war es umgekehrt, sie war ungeduldig und sah keinen Sinn im Abwarten.

Dunkle Wolken hingen über den Zwillingstürmen des Samudra Mahal. Mrs Sengupta regte sich unruhig in ihrem Sitz, und ihr Mann schwieg. Doch als sie das Panorama des stahlgrauen Meeres hinter sich ließen, sagte er: »Na, mal sehen. Du hast jetzt seit etwas über einem Jahr bei Jairam Unterricht. Ich werde noch einmal mit Shukla reden.«

Mrs Sengupta hatte Motilalji nicht zuletzt wegen seiner alkoholbedingten Ausfälle entlassen, und der enthusiastische neue Lehrer, dessen Haar sich bereits lichtete, war an seine Stelle getreten. Jairam kam auf Laxmi Ratan Shuklas Empfehlung. Er war Vater von vier Kindern; das dritte, ein stilles dunkelhäutiges Mädchen namens Kamala, brachte er eines Tages mit. »Brij Mohan« – er meinte einen bekannten Musikliebhaber und Konzertveranstalter – »sagt, sie singt wie Lata. In zehn Jahren ...« Die Achtjährige sagte nichts, war aber ohne wortreiche Ermunterung bereit zu singen. »Sing, Tochter«, sagte Jairam nur. Männern mit Bauch sagt man ein heiteres Gemüt nach, und auf Jairam traf das eindeutig zu. »Sing bahanji einen bhajan vor.« Und das Mädchen setzte mit seiner dünnen Stimme zu einem Surdas-bhajan an.

O Govind, o Gopal
Gewähre mir Zuflucht
Ich hab dir mein Leben geweiht.

Kamala blickte in die Ferne, während sie sang. Das Papageienhafte ihres Gesangs war geradezu rührend, aber das Lata-artige Timbre der Kinderstimme tat Mrs Sengupta in den Ohren weh. Dieses routinierte Nachahmen von Latas Stimme brachte sie auf, und zugleich tat es ihr um Kamala leid. Vielleicht hatte Lata als Kind genauso ausgesehen, als Dinanath Mangeshkar sie, so die Legende, bei einem Filmemacher hatte vorsingen lassen. Der Mann war fasziniert gewesen. Vielleicht war Lata wie dieses Mädchen in seinem orangefarbenen Kleid gewesen, erwartungsvoll, noch unbekannt, Spross einer sich abstrampelnden Musikerfamilie. Aber Kamala war nicht Lata, auch nicht, was ihr Talent anging. Sie war nichts weiter als ein Kind – eines von vielen –, das die Träume seines Vaters wahr machen sollte.

Jairam selbst war ein kompetenter Lehrer, der jedoch wenig Eindruck auf Mrs Sengupta machte. Es fehlte ihm an Zielstrebigkeit, außer vielleicht, wenn es um seine Tochter ging. An diesem Tag hatte er ständig von seinen Kindern geredet, Tee getrunken und dankbar den angebotenen Imbiss eingenommen, er hatte über Sänger und Musiklehrer geplaudert, und der Vormittag, so hatte Mrs Sengupta bei sich gedacht, war zu einer Familienangelegenheit geworden. Allzu viel Geselligkeit während des Unterrichts mochte sie nicht.

Es begann zu regnen. Dunkle Wolken hingen über den Bürogebäuden von Worli und Prabhadevi, und der Himmel verfärbte sich; wie an einem Vogelflügel ging eine Farbe in eine andere, hellere oder dunklere, über. Ein befehlsgewohnter Mann, dachte Mrs Sengupta, aber wie unfassbar vorsichtig und beflissen er sich Laxmi Ratan Shukla gegenüber verhält! Große Tropfen prasselten auf die Windschutzscheibe des Ambassadors und schmolzen daran hinab. Die Scheibenwischer traten mit einem Ticken in Aktion, und durch die Bögen, die sie zogen, wurde die Straße zwischen Worli und Prabhadevi sichtbar.

Als nach Mr Debs Tod Apurva Senguptas erste Beförderung – zum Prokuristen – erfolgte, waren die Neogis unter den Ersten in Bombay, die es erfuhren. Die Senguptas hatten noch nicht viele Freunde in der Stadt. Ihre Freundschaft mit den Neogis ging auf eine Begegnung in den Fünfzigerjahren zurück, in einem fremden Land, in England, wohin Prashanta Neogi gereist war, um Kunst, Apurva Sengupta, um Gesellschaftsrecht zu studieren. Genau genommen hatten sie sich schon auf dem Schiff kennengelernt, zwei einsame Inder, die auf Deck ins Gespräch gekommen waren. Noch heute erzählte Prashanta Neogi die Geschichte mit einem weibisch wirkenden Achselzucken, das einen seltsamen Kontrast zu seiner mächtigen Statur bildete. Später hatten sie sich ein paar Tage lang ein kaltes Zimmer in Croydon geteilt, und am ersten Morgen hatte Prashanta zu seinem Entsetzen festgestellt, dass Apurva versehentlich seine Zahnbürste benutzt hatte. Er sprach verblüfft und hingebungsvoll davon, so als hätte der Vorfall ihre Freundschaft besiegelt.

Die Neogis wohnten am Stadtrand, in einer Seitengasse der Gorbunder Road. Ein zweistöckiges Gebäude, eine schmale, staubige Einfahrt, Eisenbahnschienen hinter den Häusern auf der anderen Straßenseite – es war ein völlig anderes Leben als das, das die Senguptas mittlerweile führten. Die Neogis waren Mieter und bewohnten das Erdgeschoss des Hauses. Sie lebten bohemienhaft und unkonventionell; sowohl Prashanta als auch seine Frau Nayana trugen ausschließlich handgenähte Kleidung aus handgewebten Stoffen, sie rauchten wie die Schlote und tranken abends mit größter Selbstverständlichkeit Alkohol. Lange, turbulente Bridge- und Romméabende fanden bei ihnen statt. Fast immer hatten sie Gäste – Filmemacher auf der Durchreise, Maler –, und vormittags konnte man sie noch im Schlafanzug antreffen. »So mögen wir's eben«, pflegte Nayana zu sagen, eine Frau mit einem angenehmen runden Bengalengesicht, die durch ihre ungewöhnliche Körpergröße und -fülle auffiel. »Wir haben gern Besuch.« »Besuch!«, sagte Mallika Sengupta zu ihrem Mann. »Ein komisches Haus – keine Sekunde herrscht dort Ruhe!«

Die Neogis erfuhren es also als Erste. Mallika Sengupta rief sie an und sagte: »Ich habe Neuigkeiten.«

»Ja? Erzähl!«, sagte Nayana gespielt neugierig.

»Apurva ist befördert worden. Der arme Mr Deb ist ganz plötzlich gestorben, und vorgestern hat Mr Dyer Apurva in sein Büro bestellt und ihm Mr Debs Stelle angeboten.«

»Das ist ja wunderbar!«, flötete Nayana erfreut. Sie und ihr Mann hatten ein Faible für Apurva, den »Jungen«, der einst versehentlich Prashantas Zahnbürste benutzt hatte. »Ein Glück, dass dieser Dyer so viel Verstand hat. Man hört ja so einiges über ihn …«

Natürlich interessierten sich Nayana und ihr Mann für die Angelegenheit. Der frühere Chef ihres lieben Freundes Apurva, Kishen Arora, dessen Firma Apurva verlassen hatte, um in die jetzige einzutreten, war ebenfalls ein lieber Freund von ihnen. Kishen Arora: ein Mann aus Delhi, der schielte, eine tschechische Frau und ein kultiviertes Auftreten hatte. Ein Mann, der nicht viele Worte machte. Apurva hatte erkannt, dass er unter ihm kaum Aufstiegschancen hatte, doch als der Wechsel anstand, hatten die Neogis ihn eines Besseren belehrt: »So ist Kishen nun mal! Er *wirkt* nur so distanziert. Aber er ist ein Mann, der zu seinem Wort steht.«

Das war der Grund, weshalb jede Beförderung Apurva Senguptas in seiner neuen Firma die Neogis zugleich freute und einen Moment lang peinlich berührte.

An jenem Tag, als Shyamji mit Motilalji von Mrs Sengupta kam, hatte er sich gefragt, was dieser Ausflug sollte. Warum hatte Motilalji ihn mitgenommen?

Er war schwer zu durchschauen, sein Schwager.

Doch die Antwort lag auf der Hand. Motilalji wollte ihn beeindrucken. Er wollte angeben.

In Motilaljis Haus saß Pyarelal auf dem Diwan – schon eine Weile, wie es schien, denn er hatte etwas gegessen. Shyamji wurde bei seinem Anblick ein wenig blass; jedes Mal, wenn er den Mann sah, beschleunigte sich sein Puls. Als sie eintraten, stand Pyarelal auf und trug hastig seinen Teller und sein Glas in die Küche. Immer in Hektik, rannte er von hier nach da, als könnte er sich keine Atempause gönnen, als sei er nicht der Schmarotzer, der er im Grunde war. Shyamji konnte seine nervöse Energie, seinen Hang zur Dramatik kaum ertragen.

»Pyareji!«, rief er matt.

Pyarelal eilte ihm entgegen. Er war klein, kaum größer als einen Meter fünfzig und in seinem weiten pajaama und dem weißen kurta nichts als Bewegung. »Bhaiya!«, sagte er. Shyamji legte sich auf den Diwan und sah ihn nicht mehr an. »Mir tun die Beine weh. Massier sie mir bitte.«

Pyarelal setzte sich wortlos neben ihn und begann mit beiden Händen seine Waden zu bearbeiten. An der Wand hing ein Bild des Patriarchen: Kishen Prasad, daneben ein großer Druck, der das Kind Krishna auf Knien zeigte. Shyamji seufzte leise – fast ein Seufzer der Erleichterung.

Diese seltsame Übung wurde eine Viertelstunde lang fortgesetzt. Pyarelal schien daran gewöhnt zu sein, und auch das war seltsam – der ältere Mann knetete die Waden des jüngeren, als wäre er ein Bittsteller oder ein jüngerer Verwandter, ohne Verlegenheit oder Befangenheit auf Shyamjis und ohne erkennbare Scham auf Pyarelals Seite. »Gut so, bhaiya?«, fragte Pyarelal schließlich. »Bas«, sagte Shyamji. »Jetzt ist es besser.«

»Ich muss los«, sagte Pyarelal und sprang auf. »Um drei muss ich in Sion sein.« Er redete genauso schnell, wie er auch alles andere tat. Deshalb war er vorbeigekommen – um etwas zu essen, sonst hätte er auf der Busfahrt Hunger bekommen. Er aß auch schnell, übrig gebliebene Kartoffeln aus dem Kühlschrank und ein paar rotis aus einer Blechdose. Im Hinausgehen stieß er auf den vierjährigen Ramesh, das jüngste der fünf Kinder, die Motilalji zwischen seinen Räuschen und dem Musikunterricht, den er, wie es schien, etwas lustlos und ohne allzu große Anstrengung erteilte, in den letzten fünfzehn Jahren gezeugt hatte. »Küsschen«, sagte Pyarelal und bot ihm sein Gesicht dar: lang, mit leicht gekrümmter Nase und einem schmalen Oberlippenbart. Der Junge kannte das Gesicht, aber er küsste es nicht.

Pyarelal war vor zwölf Jahren auf einer Zugplattform nach Bombay gekommen. Er hatte sich geradewegs zu Ram Lal begeben und voller Inbrunst seine Füße berührt, als handelte es sich um ein Wiedersehen und nicht um eine erste Begegnung. »Ich bin ein Verehrer von Ihnen«, hatte er verkündet. »Vor vielen Jahren habe ich Sie einmal in Mussoorie gehört, und seitdem habe ich ihre Stimme im Ohr.« Der große Mann hatte aus irgendeinem Grund Gefallen an ihm gefunden, trotz Pyarelals beunruhigender Neigung zur Übertreibung und seines ausweichenden Verhaltens; wahrscheinlich hatte er damals jemanden gebraucht. Denn ungeachtet seines großen Talents hatte Ram Lal in Bombay kaum Beachtung gefunden; die Würdigung dieses Talents blieb auf einen kleinen Kreis von Bewunderern beschränkt. Außerhalb dieses Kreises war er fast – nicht ganz, aber fast – ein Niemand, der in einer Menschenmenge nur durch seinen Ernst, seine edle Stirn und seine große Zurückhaltung hervorstach. Vielleicht hatte er damals jemanden wie Pyarelal in seiner Nähe gebraucht, als Teil seines Lebens.

Pyarelal spielte Harmonium, er spielte Tabla, er sang – er war ein Multitalent und konnte das alles recht gut. Vor allem aber war er Tänzer: In Mussoorie hatte er kathak unterrichtet.

Eines Tages schien Ram Lal über eine großartige Idee nachzusinnen, und nach einer Weile murmelte er: »Machen wir ihn zu unserem jamaai. Er ist ein guter Mann.« Shyamji und sein jüngerer Bruder Banwari waren entsetzt, besonders Shyamji. Seine Schwester Tara, die er vom Moment ihrer Geburt an geliebt hatte, sollte diesen Vagabunden heiraten? Sie war nicht schön, und ihre Haut war dunkel, aber musste man sie deswegen diesem Landstreicher zur Frau geben? Shyamji war erst siebenundzwanzig, und sein Vater lebte noch, doch ihm war klar, dass letzten Endes *er* für Pyarelal verantwortlich sein würde, dass Pyarelal *ihm* ein Klotz am Bein sein würde, wenn man ihn in die Familie aufnahm. Doch das konnte er seinem Vater nicht sagen.

Beim Essen fragte ihn Motilalji: »Wie fandest du sie?«

Shyamji schob sich ein Stück roti in den Mund und fragte zurück: »Wen?«

»Diese bengalische Dame, bhai«, antwortete Motilalji ungeduldig. »Schon vergessen? Mallika.«

Shyamji zuckte bei dieser vertraulichen Verwendung des Vornamens zusammen. Das gefiel ihm nicht. Er wusste jedoch, dass Motilalji seine Schülerin auf diese Weise auch in ihrer Abwesenheit zu beherrschen suchte. Weil sie sich einen anderen Lehrer nehmen konnte, wann immer es ihr beliebte, und weil er auf sie als Schülerin ebenso angewiesen war, wie sie ihn als Lehrer brauchte, musste er seinen Stolz wahren und sie dominieren – indem er sie mit dem Vornamen ansprach, wogegen sie aus Höflichkeit nichts einwandte –, nicht nur während des Unterrichts, sondern auch, wenn das Gespräch auf sie kam.

»Sie scheint ein guter Mensch zu sein«, sagte Shyamji gleichmütig.

»Ja, aber diese Leute wollen einfach zu viel! Schon nach der zweiten Stunde sagt sie zu mir, ›Motilalji, diesen bhajan kann ich jetzt, bitte geben Sie mir einen anderen.‹ Ich sage, aree, lernen Sie erst mal den richtig singen!«

Er hatte seine Mahlzeit beendet; er hatte kaum Appetit gehabt. Mit zwei großen Schlucken trank er sein Glas Wasser aus. Bei Freunden und Gästen war die Küche seiner Frau berühmt, ihm selbst war sie gleichgültig geworden.

Shyamji hatte Motilalji mit achtzehn Jahren kennengelernt. Er war damals ein Bräutigam gewesen – er sollte Motilaljis Schwester Sumati heiraten, die nur wenige Monate jünger war als er. Sumati hatte ein hübsches Gesicht und die gleichen Augen wie ihr älterer Bruder, nur schielte sie, aber Schielen brachte ja angeblich Glück.

Die Heirat war – von Kaste und Gruppe abgesehen – nach eugenischen Gesichtspunkten arrangiert worden. Sowohl der im Ruhestand befindliche Ram Lal mit seinem durchdringenden Schweigen als auch der tattrige Kishen Prasad, Motilaljis Vater, für den die Tür des Todes einladend offen stand, hatten erkannt, dass eine Verbindung der beiden Familien einen Genpool von hohem musikalischem Potenzial versprach. Auf dem Austausch der Girlanden zwischen dem quirligen, jungenhaften Mädchen und dem versierten jungen Sänger, der irgendwie weiblicher wirkte als seine Braut, ruhte die Hoffnung, ein zukunftsträchtiges Gen zu schaffen.

Pandit Ram Lals Ehe war auf ähnliche Weise zustande gekommen. Er hatte sich damals bereits von einem verantwortungslosen und etwas ängstlichen, abenteuerlustigen Menschen zu einem ernsthaften Musiker gewandelt – zumindest schien es so. Die dunkelhäutige, untersetzte Frau, die er folgsam geheiratet hatte, besaß eine kräftige Singstimme – eine kräftige Stimme jedenfalls; man hörte sie schon von Weitem reden. Ihr Onkel mütterlicherseits war der Mann – der berühmte Dirigent –, der den Filmsong »Chandra re ja re ja re« komponiert hatte. »Schnell, lieber Mond, bring diese Botschaft meinem Liebsten«, sang die junge Lata. Ein einfaches, zeitloses Lied, das noch heute manchmal im Radio gespielt wurde. Der Dirigent war inzwischen tot und so gut wie vergessen.

Zwei Jahre nachdem Apurva Senguptas Firma ihren Sitz nach Nariman Point verlegt hatte, zogen auch die Senguptas selbst um. Das Gebäude war neu, es hatte sich über Nacht in die Skyline von Malabar Hill eingereiht, mit Blick auf den Kamala-Nehru-Park und die weite Fläche des Arabischen Meeres, und als es einmal da war, konnte man sich kaum noch vorstellen, dass es früher nicht da gewesen war.

Mallika und Apurva Sengupta hatten es sich zuvor angesehen. Die Kabine für den Wachmann an der Einfahrt stand bereits, und nach einer kurzen Steigung hatten sie auf dem Plateau das Gebäude vor sich, mit einem gepflegten Rasenstreifen auf der linken Seite.

Steif stiegen sie aus dem Wagen und traten in die marmorgefliest Eingangshalle, die sich zur Linken auf einen kleinen überdachten Patio öffnete – Erde, Pflanzen, Blätter –, dessen unwandelbare Unabhängigkeit von den Launen der Jahreszeiten sie bald nicht mehr in Erstaunen setzen sollte.

Es war ein doppelter Umzug. Die Dyers zogen in den siebzehnten Stock von Block A, in eine Maisonettewohnung mit einem offenen Aquarium, in dem Goldfische hin und her flitzten – orangefarbene Blitze im Wasser. Die Senguptas bezogen eine große Vierzimmerwohnung im zehnten Stock von Block B. Das Gebäude trug den Namen La Terrasse, nicht etwa Garden Apartments oder Sea Breeze. Es sollte offensichtlich nicht nur anders aussehen, es sollte auch anders sein.

Das war nun ihre Wohnung – eine kindliche Freude erfasste die Senguptas. Und doch war es nicht ihre Wohnung; sie betrachteten sie als ein Geschenk, ein Geschenk des Lebens. Voller Staunen wanderten sie von Zimmer zu Zimmer, und Mrs Sengupta gestaltete die Räume im Geiste bereits um – ihre Fantasie war für einen Moment zur Wohnung selbst geworden, und die Fantasie muss ihren Gegenstand ja fortwährend verändern, sie lebt von Wandel und Spiel. Und so wurde die Wohnung – an diesem ersten Abend ein erst halb eingerichtetes Gehäuse, die frische Farbe an den Wänden noch seidig glänzend – für die folgenden sechs oder sieben Jahre gewissermaßen zu Mrs Senguptas Fantasie. Sie konnte damit machen, was ihr beliebte, und fühlte sich geradezu genötigt, die Freude daran in ihre Beziehung zu ihr zu integrieren, eine Freude, untrennbar verbunden mit ständiger Veränderung. Der schmale Balkon, auf den sie an jenem Abend nur einen kurzen Blick warf, wurde später als Arbeitszimmer in die Wohnung einbezogen, durch einen Perlenvorhang vom Esszimmer getrennt. Weitere Veränderungen folgten. Es war ihre Wohnung: nie starr, zwar wiedererkennbar, aber nie ganz zu einem Ensemble von Markenzeichen sich verfestigend, nie statisch oder unbewegt.

»Wie viele Zimmer?«, fragte Nayana Neogi, die Mallika Sengupta mit einem Glas Gin in der Hand durch den schmalen, halbdunklen Flur zwischen zwei Schlafzimmern folgte.

Aus dem Wohnzimmer hinter ihnen drang anhaltendes Stimmengewirr – anlässlich des Einzugs in das neue Heim fand eine kleine Feier statt. Nayana Neogi, eine hochgewachsene Gestalt im handgewebten, bewusst eilig und unbeholfen gebundenen Baumwollsari, wahrte ihre Pose unkonventioneller Kultiviertheit: nicht gewillt, den neuen Luxus ehrfürchtig zu bestaunen, betrachtete sie ihn dennoch mit freundschaftlich offenem, höflichem Interesse. Besitz war ihr gleichgültig; ihre Welt und die ihres Mannes war eine Welt der Handwebstühle und wiederverwertbaren Gegenstände, der Aschenbecher aus achtlos weggeworfenen Holzstücken, eine Welt des Trödels, aus dem Gebrauchsgegenstände, allerlei Krimskrams oder gar Kunst gefertigt werden konnte, eine kleine Welt der Kreativität und des Experiments. Ihr Blick ruhte liebevoll-überlegen auf Mallikas Rücken; Mallika stammte aus der Provinz und würde ihre, Nayanas, natürliche, unbefangene Weltgewandtheit nie erreichen, da mochte ihr Mann es noch so weit bringen. Einen Anflug von Neugier konnte Nayana jedoch nicht unterdrücken.

»Vier«, sagte Mallika ungewollt stolz.

»Du Glückliche!« Nayana schaute in ein Schlafzimmer zur Linken. »Vier Zimmer in Malabar Hill! Wunderschön.«

Sie sagte es leise, beruhigend fast, als wollte sie ihrer Freundin versichern, dass sie sich mit ihr über ihren Aufstieg freute. Mit »wunderschön« meinte sie nicht das, was sie meinte, wenn sie sich in einer Kunstgalerie umsah oder eine der grafischen Gestaltungen ihres Mannes begutachtete. Ähnlich wie Erwachsene sich Kindern gegenüber manchmal bewusst klar und einfach ausdrücken, gebrauchte sie das Wort so, wie man es in den gehobenen Kreisen des Bürgertums achtlos tat: als beiläufige Anerkennung eines erfreulichen Zustandes. Zugleich klang in ihrer Äußerung etwas an, womit sie sich ohne allzu große Wehmut abgefunden hatte: dass sie selbst nie in den Genuss eines solchen Lebensstils kommen würde.

Später ging sie ins Wohnzimmer und fing in ihrem melodischen Klosterschulenglisch ein Gespräch mit der Frau an, die neben ihr auf dem Sofa saß. Sie nahm sich eines von den knusprigen Auberginenküchlein, die zu den Drinks gereicht wurden. Eines musste man Mallika lassen: Fürs Kochen hatte sie eine Begabung. Eine Provinzbegabung vermutlich. Ihr Hühnercurry, ihre Garnelen im Wachskürbis und selbst ihr daal – alles köstlich! Die Wohlgerüche aus der Küche hingen zwischen den Besuchern wie ein weiterer Gast; niemand sagte etwas dazu, aber alle nahmen sie wahr.

»Nicht dass Mallika keinen Ehrgeiz hätte«, sagte Nayana Neogi eines Abends mit ruhiger Selbstgewissheit, während sie die Spangen aus ihrem Haar nahm.

»Ehrgeiz in Bezug worauf?«, fragte ihr Mann ziemlich unwirsch. Auf dem Nachttisch stand ein beschlagenes Glas mit seinem Drink. Er hatte eines der unifarbenen »ethnischen« Kleidungsstücke an, die er oft trug – weder kurta noch Hemd. Er sah Nayana ohne besonderes Interesse an. »Du meinst, was Apurva betrifft?«

»Das sowieso.« Es klang, als sei ihr das längst klar. Nein, sie hatte etwas anderes zu bieten. »Ich meine ihren Gesang.« Sie legte die Haarspangen sorgsam auf den kleinen Nachttisch und wartete, bis ihre Worte Prashanta erreicht hatten. »Sie hat eine wirklich schöne Stimme, bechari«, sagte sie – ein Lob, das ihr nicht so leicht über die Lippen kam wie die uneingeschränkte Anerkennung, die sie Mallika Senguptas Küche zollte. Prashanta äußerte sich nicht dazu. »Aber eine ziemlich unausgebildete.«

»Und wozu dieser Ehrgeiz?«, brummte Prashanta Neogi gereizt, nachdem er missmutig einen Schluck aus seinem Glas genommen hatte. »Was soll das bringen?« Er setzte das

Glas ab, schaute mit leerem Blick vor sich hin und kratzte sich am Arm. Er schien in düstere Gedanken versunken.

Was ihn zu dieser Frage veranlasst hatte, blieb unklar – ein unwilliges Bedürfnis, es seiner Frau recht zu machen, vielleicht, Verachtung für Mallikas Dünkel, eine allgemein gallige Lebensauffassung – oder ging es ihm insgeheim um die eigene Person, sprach er von und zu sich selbst? Doch er bestritt nicht, was Nayana gesagt hatte; er akzeptierte es wie eine simple, offenkundige Wahrheit.

Nayana hatte einmal selbst gesungen – in Shantiniketan hatte sie bei Shailajaranjan Majumdar Unterricht genommen. Mit fünfzehn hatte sie den Poeten zum ersten Mal gesehen, einen Mann mit weißer Mähne, dem Tode nah – mit seiner dünnen, klaren Stimme hatte er klangvolle Texte rezitiert. Sie hatte damals einem verzauberten Kreis angehört.

Mit Mitte zwanzig aber hatte sie ihre Stimme verloren. Angefangen hatte es mit einem Kratzen in den tieferen Lagen; sie hatte sich geräuspert und nachts heimlich gegurgelt – heimlich, weil Prashanta dieser Krise mit demselben bohemienhaften Desinteresse begegnete wie allem anderen und weil Krisen ihn ungeduldig machten –, eine Woche lang hatte sie, ironisch lächelnd, jedes normale Gespräch gemieden, sie hatte nur im Flüsterton gesprochen, und (das war für sie das Schwierigste gewesen) sie hatte aufgehört zu rauchen. Doch das Kratzen blieb.

Da hatte sie nach und nach aufgegeben. Sich selbst sagte sie, es sei kein Aufgeben, sie lasse die Sache nur ruhen; doch dann begann sie die Vorteile dieses Zustands zu genießen, das hohe Maß an Freiheit, das zwiespältige Aufatmen nach der Anspannung ihres ehrgeizigen Strebens. Mit der Zeit gewann ihre Kapitulation etwas von Prashantas Gleichgültigkeit gegenüber »wichtigen« Dingen. Und sie fing wieder an zu rauchen.

Diese Gleichgültigkeit wurde durch Apurvas Frau nun ein klein wenig gestört: Mallika Sengupta, eine Frau aus der Provinz, in Bombay ins Zentrum des Geschehens geworfen, Mallika mit ihrer Singstimme, ihrer Naivität und einem Ehrgeiz – einer verborgenen Parallele zu ihr selbst –, der ihr, so schien es Nayana, kaum bewusst war.

Der doppelte Umzug der Dyers und der Senguptas und die neue Nachbarschaft des Vorstandsvorsitzenden und des Finanzchefs – ein Posten, den Mr Sengupta neuerdings bekleidete – war in den Augen vieler ein Segen, Dyers persönlicher Segen für Apurva Sengupta. Aber es war ein zwiespältiger Segen, denn er brachte die Senguptas in engeren Kontakt mit einer de facto gestörten Familie – ein Umstand, den sie zu ignorieren versuchten; schließlich war Dyer Vorgesetzter und Wohltäter zugleich.

Untereinander sprachen sie manchmal mit einer Art schockiertem Staunen über die Dyers. »Sie war Tänzerin in Kalkutta«, sagte Apurva. »Er soll sie dort kennengelernt haben.« »Und wo dort?«, fragte Mallika arglos. »In dem Restaurant in der Park Street, in dem sie aufgetreten ist.«

Es fiel ihnen schwer, die Frau in dem Restaurant in der Park Street – Nirmalya sah sie im schummrigen Licht eines Tanzlokals vor sich, halb nackt, an den Tischen ringsum schattenhafte, gierige Männer – mit Julia Dyer in Verbindung zu bringen. Philip Dyer war in Nirmalyas Fantasie ein jüngerer, etwas schlankerer Mann, der geheimnisvoll für sich allein an einem Tisch saß. Empörung und Spekulation schwangen kaum merklich in Apurva Senguptas Stimme mit, als er sagte, Julia Dyer sei möglicherweise Eurasierin. Die Vermutung blieb jedoch in der Luft hängen, und man rührte nicht weiter daran – ein flüchtiger, verheißungsvoller Gedanke. Die beiden waren nun baraa sahab und memsahab, letztes Relikt Britanniens, lange nach dem Untergang des Raj. Julia war klein und schön. Ihre Figur war ein wenig aus dem Leim gegangen (ihr Tänzerinnenhinterteil – sofern sie wirklich Tänzerin gewesen war – war recht breit geworden), und sie machte wiederkehrende Phasen der Beinahe-Trunksucht durch. Bei ihren und Mallika Senguptas pflichtgemäßen Morgentelefonaten sprach sie ein wenig undeutlich, aber es kam nie vor, dass sie nicht nüchtern war, wenn sie persönlich zusammentrafen. Die Senguptas wollten sich nicht zum Richter über sie aufwerfen; Mrs Sengupta bewunderte sie dafür, dass sie so schön war wie ihr Name, der ihr ganz besonders gefiel.

Vom vorderen Balkon aus sah man das Meer und Chowpatty Beach, und zur Rechten dehnten sich die Windungen des Marine Drive: Alles, was zählte in Bombay, hatte man hier vor sich, mehr brauchte man nicht – man nahm das schillernde, flimmernde, glitzernde Panorama für die Stadt selbst. Die Autos waren klein, geschäftig, spielzeughaft. Die Dyers hatten dieselbe Aussicht, nur noch atemberaubender und mannigfaltiger; die Autos schienen noch winziger und zahlreicher, und die weißen Jachten, die auf dem Meer schwammen, ohne es je zu berühren, bewegten sich aus eigenem Antrieb.

Abends gingen auf dem Marine Drive die Lichter an, ein Hexensabbat aus Neon und Fluoreszenz, und eine fröhliche Mrs Sengupta sagte ihrem Sohn Nirmalya, der über die steinerne Brüstung schaute, dass man die Kette der Lichter, die dort jedes für sich leuchteten, das »Halsband der Königin« nannte.

In diese Wohnung kam eines Tages Shyamji. Mallika Sengupta hatte einen neuen Lehrer gesucht. In Cumballa Hill hatte sie eine ganze Reihe von Lehrern gehabt, angefangen mit Chandrashekhar, der dreimal wöchentlich auf einem Motorroller angefahren kam, ein netter, nicht übermäßig kultivierter Mann, der in einem Büro arbeitete und nebenher Gesangsstunden gab. Er hatte sie unterrichtet wie seine anderen Schüler auch, mit aufmunternden Lügen, bis er ihr eines Tages ernsthaft zuhörte und betroffen verstummte. »Sie haben eine wirklich schöne Stimme«, sagte er schließlich; sie klang ihm noch in den Ohren – sein erstes und einziges Abirren von dem, was sich für einen Lehrer schickte.

Von Motilalji trennte sie sich trotz seiner Talente, nachdem er zweimal betrunken zum Unterricht erschienen war. Ihm folgte der berühmte klassische ustaad Ghulam Mohammed, der ihr seines immensen Wissens wegen empfohlen worden war, ein dünner Mensch mit Nickelbrille, der sie irgendwie an einen Schneidermeister erinnerte – man konnte ihn sich unschwer mit einem Maßband um den Hals vorstellen. Er brachte ihr nichts bei, keine Lieder zumindest, sondern betrieb ständig Stimmbildung mit ihr, komplizierte Übungen, die zu nichts führten, von ihm jedoch wohlgefällig als »Muster« bezeichnet wurden. »Sehen Sie sich dieses Muster an«, sagte er, was den Eindruck des Stillen, Fokussierten, Schneiderhaften an ihm noch verstärkte. Und endlich ließ er sie ein Lied singen. »Das ist eine neue Maladie«, sagte er, und obwohl sie zwei Monate lang an dem Lied arbeiteten, mochte sie – und ärgerte sich zugleich darüber – seine bizarre Version des Wortes »Melodie« und seine unbekümmerte, langsame Art, davon Gebrauch zu machen. »Das ist eine schwierige Maladie« und so weiter. Bei ihm zu lernen war, als befände man sich mitten in einem Kapitel, das kein Ende nehmen wollte.

Es gab noch andere. Jairam, der seine Glanzzeit hinter sich hatte und überzeugt war, seine Tochter würde zu einer zweiten Lata werden; Inderjit, ein kleiner, aber exaltierter Mann, den Mrs Sengupta einmal versehentlich mit seinem Namen statt mit »Inderjitji« ansprach, womit sie möglicherweise Vermutungen eines romantischen Interesses ihrerseits in ihm weckte und ihn vertrieb. Die Lehrer waren gekommen und gegangen. Als letzter war Dheeraj in der neuen Wohnung erschienen, ein dunkelhäutiger Mann mit der angenehmen Stimme eines Schnulzensängers. Er brachte ihre neue geets bei. Auf sein Betreiben sang sie ein Lied im Radio, sehr »filmi« und sentimental, ihrem Stil und ihrer Stimme im Grunde nicht angemessen (das waren Liebeslieder selten), aber sie sang es ernsthaft, zu ernsthaft fast: »All meine bunten Träume sind zerbrochen / Wie ein Spiegel.« Dheeraj hatte Eheprobleme; seine Ehe war zerrüttet, und eines Tages erschien er nicht mehr. Es hieß, er habe einen Schlaganfall erlitten. Mallika wartete auf Nachricht von ihm, doch er blieb unauffindbar. Vier Woche verstrichen, und dann, als sie ihn schon fast vergessen hatte, sah sie ihn einmal vom Auto aus auf der Straße: Er wirkte abwesend und ging am Stock.

»Haben wir uns nicht schon mal gesehen?«, fragte Mallika Sengupta. »Ich kenne Sie doch irgendwoher.« Shyamji hatte auf dem Balkon auf sie gewartet und aufs Meer hinausgeblickt.

»Didi«, sagte er überaus höflich, »ich war einmal mit Motilalji bei Ihnen, dem Bruder meiner Frau. Damals haben Sie noch nicht hier gewohnt.«

»Natürlich!« Jetzt fiel es ihr wieder ein. »Ich erinnere mich – er hat so etwas gesagt wie ›Die ist ganz schön eingebildet‹, und Sie haben ausgesehen, als wären Sie lieber woanders.« Die Erinnerung an sein Unbehagen wühlte sie seltsam auf.

Es war ein Unbehagen gewesen, das zu Shyamjis Persönlichkeit passte. Er sprach mit leiser Stimme und begegnete ihr betont höflich, wie keiner ihrer Lehrer zuvor. Später erfuhr sie, dass man ihm nachsagte, er sei »aalglatt« und sogar »schmierig«, doch ihre Zweifel gingen in dem Mitgefühl unter, das sie von Anfang an für ihn empfand – seit er sie, ohne sie näher zu kennen, didi genannt und sie damit zur älteren Schwester gemacht hatte.

Ihre erste Begegnung lag sieben Jahre zurück, und sie hatte ihn nie ganz vergessen. Inzwischen aber war er nicht mehr der Mann, der sich damals bescheiden im Hintergrund gehalten hatte. Inoffiziellen Quellen zufolge war er auf dem Wege, einer der bestbezahlten Lehrer Bombays zu werden: Von den Wohlhabenden verlangte er fünfundachtzig Rupien pro Sitzung, eine enorme Summe. Aber alle wollten ihn haben – Direktorengattinnen, fromme Händler, Steuerschuldner, die sich durch die Musik seltsam getröstet fühlten, die gewöhnlichen Mittelschichtschüler aus den Vororten, die er in Gruppen zu fünft oder zu sechst unterrichtete und die ihn seiner melodischen Stimme und seiner Virtuosität wegen haben wollten. Ähnlich dem Gott, dessen Namen er trug und der mit seiner Flöte wie mit einem Zauberstab die Kuhhirtinnen anlockte, hatte Shyamji mit seinem dezenten, lieblichen Gesang im Süden Bombays einen Schüler nach dem anderen angelockt.

Nirmalya war inzwischen fünfzehn und hatte gerade seine Abschlussprüfungen abgelegt, anständig, wenn auch nicht brillant.

Je älter er wurde und je höher sein Vater in der Firma aufstieg, desto stärker wurde die Spannung, die sich zwischen ihm und dem Leben, für das er erzogen worden war, bemerkbar machte. Mit dem Puritanismus des Jugendlichen hatte er es sich förmlich zum Prinzip gemacht, die Partys seiner Eltern zu boykottieren oder dort in schlampigem Aufzug zu erscheinen und sich bewusst lässig zu geben.

Eines Tages lief er Shyamji über den Weg, als er von der Wohnungstür in sein Zimmer flitzte. Shyamji vermutete, dass es sich um Mrs Senguptas Sohn handeln müsse, war sich aber nicht sicher. Der Junge wirkte recht ernst, er trug eine Brille und hatte ein zartes Kinnbärtchen – eher einen Flaum. Später fragte Shyamji Mrs Sengupta: »War das ihr Sohn, didi?«

Es interessierte ihn wirklich. Denn für ihn waren die Wohnung und der Lebensstil, der darin gepflegt wurde, ein Erbe, und er wollte wissen, an wen es fallen würde. Was er an dem Jungen wahrgenommen hatte, fand er ein wenig merkwürdig.

»Ja, das ist mein Sohn.« Mrs Sengupta strahlte, als bereitete es ihr eine Art Genugtuung, sich dessen von Neuem bewusst zu werden.

»Sie haben keine anderen Kinder, didi?«, fragte Shyamji mit leiser Stimme, als respektierte er die Gepflogenheiten der Wohlhabenden, sei aber doch ein klein wenig besorgt. Dass man den Wunsch haben konnte, nur ein einziges Kind in die Welt zu setzen, konnte er nicht nachvollziehen – aber an Leuten wie Mrs Sengupta gab es vieles, was er nicht nachvollziehen konnte.

»Nein«, antwortete sie und rief: »Nirmalya, kommst du mal?« Doch der Junge war in seinem Zimmer verschwunden und reagierte nicht. »John«, sagte sie, »sag baaba, er soll mal kommen.«

»Nirmalya – ein Opfer an die Götter«. Diesen Namen hatten sie ihm gegeben, weil er um ein Haar tot geboren worden wäre. Er war im Mutterleib in eine Starre verfallen – zwei

Stunden länger, und er hätte nicht überlebt. Noch vor seinem Eintritt in die Welt schien ihm ein Schicksal zugeteilt worden zu sein.

Er hatte außerdem eine Behinderung mitgebracht, wenn auch eine unsichtbare. Als er dreieinhalb war, hatte ein Stethoskop innegehalten, war um sein Brustbein herumgetappt und dann zur linken oberen Ecke seiner Brust zurückgekehrt. Die Miene des Arztes hatte sich verdüstert. »Da ist ein Geräusch«, hatte er ratlos gesagt. Darauf war der Arzt nicht gefasst gewesen, und er sah die Mutter ängstlich an, als erwartete er, für diese unpassende Äußerung gemaßregelt zu werden; er war schließlich nur Allgemeinmediziner. Er hatte eine glückliche, aufstrebende Familie vor sich, und seiner ersten Diagnose zufolge lag der Fehler bei ihm, bei seinem Instrument. Doch das Geräusch blieb.

Der ersten Bestürzung folgte Trauer, Vorspiel der Fahrt zu einem Herzspezialisten. Ein Wirrwarr von Namensschildern am Eingang des maroden Gebäudes verriet, dass es mindestens zur Hälfte von Ärzten besetzt war. Hatte man nach einer kurzen Fahrt in einem Schacht, in dem die Seile und Rollen nie zur Ruhe kamen, den riesigen Hühnerkäfig des Aufzugs verlassen, gelangte man durch einen wenig vertrauenerweckenden dunklen Flur und eine Glastür in eine neonbeleuchtete, klimatisierte Praxis mit einer kleinen Sitzecke – eine Welt, von deren Existenz das Gebäude selbst gar nichts zu wissen schien.

Nirmalyas Vater war, schon fürs Büro gekleidet, im Anzug, und auch der Herzspezialist trug einen Anzug. Wie Kollegen, zwischen denen Einvernehmen herrscht, saßen sich die beiden am Tisch gegenüber, der Vater noch mit seiner dienstlichen Morgenmiene, die ich-weiß-was-ich-tue besagte. Für die Mutter in ihrem bedruckten Seidensari, den sie vor dem Termin eilig angelegt hatte, war diese Miene eine große Beruhigung. Doch Mrs Sengupta mit ihrem unverändert besorgten Gesichtsausdruck und dem Blick eines durch einen Donnerschlag erschreckten Kindes war es, an die der Arzt immer wieder das Wort richtete, als wäre sie die Patientin und ihr Mann ein Familienältester, der sie hatte überreden müssen, einen Arzt aufzusuchen. Jede Kleinigkeit brachte sie zum Weinen, und das wollte der Arzt in seiner friedlichen Praxis nicht haben.

Als Nirmalya etwas älter geworden war und auf eine reichere Erfahrung mit Ärzten zurückblickte, fragte er seinen Vater einmal: »Baaba, warum haben die Ärzte ihre Praxis immer in so schrecklichen Häusern?« Schon immer hatte er sich gefragt, ob Bescheidenheit oder Weltfremdheit der Grund war, denn die Ärzte, die er kannte, wirkten zerstreut und hatten einer wie der andere eine unleserliche Schrift. »Weil es da billig ist«, antwortete sein Vater. »Sie zahlen sehr wenig Miete.« Da begriff Nirmalya endlich, warum so erfolgreiche Ärzte in so maroden Gebäuden praktizierten.

Mutter und Vater warteten, er in seinem dunklen Anzug, sie in ihrem bedruckten Sari, als wollten sie zu einer Reise aufbrechen, und Nirmalya lag zwanzig Minuten lang auf der hohen, schmalen Liege, während der Kopf des Ultraschallgeräts feuchte Küsse auf die Haut über seinen Rippen drückte. Eine freundliche Dame im weißen Sari führte den Rüssel auf seiner Brust von einem Punkt zum anderen. Die Klimaanlage verbreitete in dem kleinen Raum hinter dem Vorhang eine Eiseskälte, doch bis Nirmalya sich mit einem Papiertuch das Gel abwischte und sein T-Shirt wieder anzog, hatte er sich daran gewöhnt.

Die Gebäude waren dunkel, die Praxen der Ärzte kaum größer als ein geräumiger Schrank. Diese Schränke aber waren hell erleuchtet und klimatisiert. Nach der Untersuchung stiegen Vater, Mutter und Sohn in den Aufzug und fuhren wieder ins Tageslicht hinab.

Danach fühlten sich Nirmalyas Eltern eine Zeit lang befreit und erleichtert. Und da Nirmalya an diesem Vormittag ohnehin in der Schule gefehlt hatte, gingen sie noch in ein neues kleines Café in Marine Lines. Mr Sengupta, für einen Geschäftstermin gekleidet, mit Frau und Kind an einem Cafétisch – es war, als hätte ihm allein schon das Verlassen des Ärztehauses einen weiteren Tag geschenkt. Sie aßen Hühnersandwiches.

Oft dachte Mrs Sengupta an einen Januartag in Kalkutta zurück. Nirmalya war damals anderthalb Jahre alt gewesen. Sie hatten sich zwei Monate in Kalkutta aufgehalten, und man hatte Mallika Sengupta gebeten, beim Wettbewerb einer Musikschule, bei dem die Kinder Tagore-Lieder vortrugen, in der Jury mitzuwirken. Ihre Mitjurorinnen, Sumita Mullick und Banani Ray, waren zwei herausragende Sängerinnen, und es war eine große Ehre, mit ihnen in diesem Gremium zu sitzen.

Nur wussten Apurva und Mallika Sengupta nicht, was unterdessen mit dem Kind geschehen sollte, und nach langer Debatte beschlossen sie, es mit dem Kindermädchen im Auto zu lassen. Der Wettbewerb zog sich länger hin als erwartet, er nahm und nahm kein Ende, ein Mädchen nach dem anderen trat ans Mikrofon und sang tiefernst und feierlich Rabindranath Tagores Verse, und Mrs Sengupta saß wie auf Kohlen. Als sie endlich zum Auto zurückkamen, sahen sie, dass trotz der geschlossenen Fenster Mücken darin umherschwirrten. Das Kind war gestochen worden und schrie aus Leibeskräften. Mrs Sengupta beugte sich vor und nahm es aus dem Schoß des Kindermädchens auf, als wäre es eine Art Gottheit, der sie Zerknirschung zeigen musste. »E Raam! E Raam!«, rief sie. Einige Tage später bekam das Kind Fieber, Denguefieber, wie sich herausstellte, das damals in Kalkutta grassierte.

Noch Jahre später kam sie immer wieder auf jenen Tag in Kalkutta zurück: auf den Wettbewerb, der jedoch mittlerweile in den Hintergrund getreten war, auf den Umstand, dass sie – so sah sie es – ihren Sohn vernachlässigt hatte, auf das Denguefieber; dass es ihr eigenes Kind befallen hatte, konnte sie kaum glauben. Irgendwo hatte sie gelesen, dass es ebenso wie das rheumatische Fieber das Herz angreifen konnte, und sie fragte sich, ob sie nicht schuld war am Zustand ihres Sohnes. Sie ertrug den Gedanken kaum, aber er ließ sich nicht beiseiteschieben. »Nein«, sagte der Spezialist. »Das ist angeboren, er ist mit dem Herzfehler zur Welt gekommen.« Dennoch musste sie immer wieder an damals denken.

»Wird alles gut gehen, Jumna?« Mit »alles« meinte sie Nirmalya; er war zwölf Jahre alt. Sie saß in der neuen Wohnung auf dem Sofa, an der Wand hinter ihr ein neuer Spiegel. Sie blickte in die Ferne, und in ihren Augen standen Tränen.

Jumna, die mit dem Besen in der Hand gebückt vor dem Teppich stand, sagte: »Warum machen Sie sich so viele Gedanken, memsahab? Sehen Sie nicht, wie gut es unserem baaba geht?« Mallika Sengupta nickte unter Tränen. Sie beneidete Jumna fast. Sie beneidete sie um ihre vier gesunden Kinder. Vipul, Ramesh, Shankar, Asha. Vier Kinder, die eine öffentliche Schule besuchten. Hätte sie, Mallika Sengupta, mit Jumna getauscht? Wohl nicht. Aber sie hätte ihren Sohn gern für so selbstverständlich nehmen können wie Jumna ihre Kinder. Und das konnte sie nicht.

»Was meinst du, was passieren wird?«

Da musste Jumna den Besen weglegen und sich neben dem Couchtisch auf dem Teppich niederlassen. Mrs Sengupta bot ein Bild des Jammers, und Jumna musste sie trösten. Lange saßen sie schweigend beisammen. »Nichts wird passieren«, sagte Jumna schließlich, als hätte sie ganz nebenbei die Weltordnung auf den Kopf gestellt. »Aree, was soll schon passieren?« Und nachdem sie eine Weile nachdenklich in die Ferne geblickt hatte, nahm sie ihre Arbeit wieder auf.

Jumna lebte in einem weitläufigen Slum in Mahalaxmi, unweit der Pferderennbahn. Trotz seiner Größe war er von der Straße aus nicht zu sehen; man erreichte ihn nur über schmale Nebensträßchen und Wege. Die Leute von der Rennbahn und die Mitglieder des Willingdon-Clubs wussten vermutlich nicht einmal, dass es ihn überhaupt gab. Einmal hatten Nirmalya und der Chauffeur Jumna nahe dem Willingdon-Club abgesetzt, an einer Straße, die an eine weite ungepflegte Grünfläche grenzte. Jumna war ausgestiegen, und Nirmalya wusste nicht genau, in welche Richtung sie davongegangen war. Sie hatten gewendet, und als er noch einmal zurückschaute, war Jumna bereits verschwunden, nur die Straße und der verwilderte Rasen waren noch zu sehen. Doch nun wusste Nirmalya – ohne den genauen Ort zu kennen –, dass Jumna nachmittags irgendwo hierher zurückkehrte.

Heute wandte sich Mrs Sengupta an Jumna. Es war nicht das erste Mal: Der bloße Umstand, dass Jumna so gut wie nichts besaß, dass es im Grunde nichts gab, was sie ihrer Dienstherrin bieten konnte, schien sie für Mallika Sengupta zu einer unerklärlichen Quelle des Trostes zu machen.

»Was wird denn nun passieren, Jumna?«, fragte Mrs Sengupta. Jumna zog sich den aanchal ihres Saris über den Kopf. »Was soll passieren?«, sagte sie. »Sie machen sich unnötig Sorgen, memsahab.« Mrs Senguptas Frage rührte sie an, und ihre Antwort war nicht unaufrichtig gewesen. Die Armen verfügen ja über eine besondere Fähigkeit, die Nöte ihrer Arbeitgeber zu verstehen, sich in sie einzufühlen. Es war, als hätte sie ein Stück von Mallika Senguptas Schmerz in sich aufgenommen.

Jumna hieß eigentlich Heera. Ehe sie vor sechs Jahren zu den Senguptas gekommen war, hatte morgens ein bärtiger, rotäugiger und dickbäuchiger Putzmann Bad und Toilette in der Wohnung in Cumballa Hill gesäubert. Einmal hatte Nirmalya ihn abends auf der Fahrt den Hügel hinab betrunken die Straße entlangtorkeln sehen. Schon immer hatte er sich gefragt, wie der Mann eigentlich den Rest des Tages verbrachte. »Ein komischer Kerl«, hatte der Chauffeur gesagt. »Diese Leute essen Krähen.« »Krähen?«, fragte Nirmalya ehrfürchtig staunend. Er stellte sich den Putzmann mit einer toten Krähe in der Hand vor, im Begriff, sie zu braten – eine der Krähen, die auf Brüstungen, Balkonen oder vor Toilettenfenstern saßen und die Luft mit ihrem Krächzen erfüllten. Er konnte sich nicht entscheiden, ob er sich eine Familie dazudenken sollte, Kinder, die neben dem Putzmann saßen, während er sich an die Arbeit machte. »Ja, ja, die essen Krähen«, wiederholte der Chauffeur, und sein Ton sagte Nirmalya, dass dieses vage »Die«, dem der Mann angehörte, für den Chauffeur das Allerletzte war. Am nächsten Morgen erschien der Putzmann wieder und wischte schweigend die Böden.

Der Putzmann war aus dem Reich der Finsternis gekommen, Jumna dagegen kam aus der Welt des Lichts. Gewiss, sie war eine Putzfrau und gehörte möglicherweise derselben Kaste an wie der Putzmann, aber ihr Auftreten hatte Mrs Sengupta sofort für sie eingenommen: »Sie hat Kultur, mehr als die Damen, die ich auf diesen Partys treffe.« Das sprach für Jumnas Manieren und ihre Intelligenz und drückte zugleich Mrs Senguptas Abneigung gegen die wachsende Zahl der Firmenpartys aus, auf denen sie sich zunehmend unwohl fühlte. Jumna war, wie zuvor der Putzmann, eingestellt worden, um die Böden zu wischen und die Toilettenschüssel zu säubern, doch mit der Zeit gelangte sie über ihren Putzfrauenstatus hinaus. Sie wurde alles Mögliche – Vertraute, Ersatzmutter für den Jungen, Sklavin und Freundin, Teilzeitdienstmädchen –, und am Ende machten die Hände, die Eimer und Toilettenbürste hielten, auch chapaatis. »Ihre chapaatis sind köstlich«, sagte Mallika Sengupta. »Sie legt sie direkt auf die Gasflamme, da gehen sie auf wie Ballons.«

Der Junge fühlte sich berufen, Jumna Bildung angedeihen zu lassen. Und er wollte zu gern wissen, warum sie arm war. Bereits mit acht Jahren, und obwohl er die Schule hasste, glaubte er an den Segen der Bildung. Wäre Jumna zur Schule gegangen, so seine Überzeugung, wäre ein anderer Mensch aus ihr geworden. Sie führten lange, ernsthafte Gespräche. »Ich war bis zur zweiten Klasse in der Schule, baaba. Dann hab ich zu meiner Mutter gesagt, ich geh in die Schule, aber ich bin nicht hingegangen. Ich bin mit meiner Freundin woandershin gegangen, und wenn ich nach Hause gekommen bin, hab ich gesagt, ich war in der Schule.« Der Junge sah seine Ansicht bestätigt: »Und deshalb bist du jetzt in dieser Lage.«

Bei anderer Gelegenheit legte Jumna ihren Besen beiseite und brachte metaphysischere Erklärungen vor.

»Ich muss in meinem letzten Leben irgendeine Sünde begangen haben«, sagte sie, als sei sie auf einen plausiblen

Grund gestoßen. »Deshalb bin ich in diesem Leben Putzfrau.«

»Weil du in deinem letzten Leben etwas angestellt hast.« Der Junge blickte in ihr vertrautes Gesicht. Die Begründung gefiel ihm. Seine Augen waren geöffnet, aber einen Moment lang wurde die Welt dunkel, und er fragte sich, wer Jumna gewesen sein und was für eine furchtbare Sünde sie begangen haben mochte, diese Frau, die jeden Morgen um halb zehn bei ihnen klingelte.

»Aber da dein Leben jetzt so furchtbar ist«, sagte er und beugte sich in dem schweren Wohnzimmersessel vor, »müsstest du nach deiner Wiedergeburt ein ganz wunderbares Leben haben.« Es sollte ein Scherz sein, und er lächelte, hoffte aber auch, dass es so kommen möge.

»Hoffentlich«, sagte Jumna feierlich und griff wieder zu ihrem Besen. Auch sie scherzte, wies den Gedanken jedoch nicht ganz von sich.

»Wahrscheinlich wirst du in einem Palast leben«, fuhr der Junge fort. Das gemeinsame Scherzen im Wohnzimmer brachte die beiden einander nahe. Das Elend dieser Frau drang unmerklich in ihn ein wie etwas, was man als Kind isst oder trinkt, dessen Wirkung aber erst im Erwachsenenalter zutage tritt, und ließ ihn nicht mehr los.

Er wollte sie heilen und bilden. Einmal schenkten seine Eltern ihm einen Spielzeug-Arztkoffer, und eine Zeit lang war er Jumnas Arzt. Sie war ungebildet, und sie musste behandelt und getadelt werden. »Du trinkst Leitungswasser«, warf er ihr vor. »Da sind Bakterien drin.« Tatsächlich trank sie in der Küche Wasser aus dem Hahn; sie höhlte die Hand und beugte sich hinab, und zum Schluss wischte sie sich mit dem Handrücken geistesabwesend und befriedigt den Mund ab.

Die Behandlung begann. Nirmalya musste Jumna impfen. Er benutzte dafür zunächst eine Plastikspritze aus dem Arztkoffer, stach sie dann aber im Interesse größerer Sorgfalt mit Nadeln aus der großen Frisierkommode seiner Mutter. »Wozu denn das, baaba?«, fragte Jumna bestürzt. »Weil du Bakterien in dir hast.« Sie konnte dem Jungen nichts entgegnen.

Zwei Tage später berichtete sie seiner Mutter unter Tränen lächelnd: »Baaba spielt Doktor. Er sticht mich mit Nadeln.« Und sie zeigte ihr die Spuren an ihrem Arm. »Er hat mir Spritzen gegeben.« Sie lächelte noch immer.

»Ich wollte Jumna doch nur gesund machen«, beharrte der Junge störrisch.

Die Behandlung wurde eingestellt.

Seiner Mutter gegenüber und zu Hause überhaupt trat Nirmalya anmaßend auf, aber die Welt draußen ängstigte ihn. Es war nicht so sehr Furcht als vielmehr Kontaktscheu, eine Bangigkeit gegenüber Menschen, die er bereits kannte. Geselligkeiten mochte er nicht, Feste am allerwenigsten. An Holi war er der Letzte, der zum Spielen hinausging. Einmal, noch in Cumballa Hill, stand er in der Wohnung und konnte sich nicht entschließen, vor die Tür zu gehen, zu den Freunden, die dort lärmten und Klingelputzorgien veranstalteten. Plötzlich drang zu seinem Entsetzen ein rotes Rinnsal unter der Tür durch; einer der Jungen machte sich draußen zu schaffen. Es war wie in einem Horrorfilm.

Diwali mochte er ebenso wenig, auch wenn er sich das nicht ganz eingestand. Vor Diwali fuhr Apurva Sengupta pflichtgemäß nach Teen Batti und kam mit einem kleinen Päckchen Wunderkerzen und Kracher zurück. Am Abend funkelten Meteore am dunklen Schirm des Himmels, aber Nirmalya wäre es lieber gewesen, es wäre wieder Ruhe eingekehrt. La Terrasse hatte einen kleinen Garten an der Rückseite, und von dort aus schoss sein Vater vorsichtig Raketen ab. Dass auch er sich nicht viel aus dem Fest machte, war offenkundig. In der Nachbarschaft explodierten sogenannte Schokoladenbomben, und als Nirmalya ihn einmal fragte, warum er nie welche kaufe (denn das Fest bereitete Nirmalya zwar

Unbehagen, aber er wollte unbedingt dabei sein), sagte Mr Sengupta:

»Das ist was für Geschäftsleute, die ihr Schwarzgeld verbrauchen müssen.« Ein dicklicher Junge in kurzen Hosen steckte in der Gibbs Road eilig eine Zündschnur an und rannte dann weg. »Die suchen Möglichkeiten, das ganze Geld auszugeben, das bei ihnen herumliegt.«

Eine Nacht, in der unversteuertes Geld in Flammen aufging! Es war eine der Offenbarungen in Nirmalyas Kindheit. Die Väter fast aller seiner Freunde hatten »Schwarzgeld«. Trotzdem schnupperte er jedes Mal in die Luft, wenn eine Bombe explodierte, denn er liebte den süßlichen Geruch.

Der Junge kam ins Wohnzimmer, nachdem seine Mutter mehrmals nach ihm gerufen hatte. Er war inzwischen fünfzehneinhalb, und an seinem Kinn zeichnete sich ein schattenhafter Bartwuchs ab. Seit über einem Jahr rasierte er sich voll Stolz, schon wenn sich der feinste Flaum zeigte. Er stand dann vor dem Badezimmerspiegel, halb im Tagtraum, in dem er eine große Distanz zwischen sich und seinen Klassenkameraden spürte. Doch jetzt war plötzlich eine Veränderung eingetreten, und er ließ sich einen Kinnbart stehen. Und auch das Kopfhaar ließ er wachsen. Das hatte er schon einmal getan, noch in der Schule, und er war dafür bestraft worden. Man hatte ihn im Unterricht verwarnt, man hatte ihn vor die Tür geschickt und schließlich ins Büro des Konrektors zitiert. Er war gemaßregelt worden, er war belehrt worden, seine Eltern waren angeschrieben worden. Schließlich hatte er zum Friseur gemusst – seine Mutter hatte darauf bestanden. Jetzt ließ er sich die Haare wieder wachsen. Die Abschlussprüfungen lagen hinter ihm, und er fühlte sich niemandem mehr zur Rechenschaft verpflichtet.

Etwas zerzaust begrüßte er den Musiklehrer. Er trug Jeans und einen ausgebleichten kurta, dazu jedoch teure Sandalen aus dem Taj.

»Das ist mein Sohn Nirmalya«, sagte Mrs Sengupta lächelnd. Shyamji betrachtete den Jungen kritisch; er versuchte ihn mit der Wohnung, dem Mobiliar, der Kulisse des Arabischen Meeres in Einklang zu bringen.

»Hören Sie sich dieses Lied an, baaba«, sagte Shyamji auf seine freundliche, direkte Art zu Nirmalya, als der Junge das Zimmer schon verlassen wollte; es war Shyamjis zweite Unterrichtsstunde. Shyamji saß allein vor dem Harmonium und drückte die Tasten, immun gegen jede Eile. Hinter ihm saß eine Krähe auf der breiten Betonbrüstung des Balkons. Widerstrebend ließ Nirmalya sich auf dem Sofa nieder; Shyamji hatte ihn auf seine abwesende, aber wirkungsvolle Art zu seinem Publikum gemacht.

Er hatte Nirmalya von Anfang an mit »baaba« angesprochen und rechnete ihn damit, wenn auch liebevoll, den »baabalog« zu, den ewigen Kindern der Reichen. »Hören Sie sich dieses Lied an, didi! Es wird Ihnen gefallen«, forderte er mit der gleichen Liebenswürdigkeit Mrs Sengupta auf.

Es war das erste Lied, das er ihr beibrachte, ein einfaches, aber reizvolles Lied. Von dem Dichter hatte sie noch nie gehört – keiner von den großen Namen. Shyamji begann zu singen:

Jene Augen sind wahrhaft Augen,
die den Herrn sehen.

Es war ein mahnendes Lied, und er sang es mit leiser Stimme.

Nutzlos sind jene Münder,
die immer nur plappern.
Jene Lippen sind wahrhaft Lippen,
die den Namen Haris aussprechen.

Shyamji hatte den Text mit einer einfachen, auch für Anfänger leicht zu lernenden Melodie vertont. Doch er versah seinen Gesang mit Verzierungen, die Mrs Sengupta gewissenhaft registrierte.

Armreife voller Juwelen verleihen
jenen Händen keine Anmut.
Jene Hände sind wahrhaft Hände,
die sich im Gebet zum Herrn vereinen.

Das Lied war nicht ironisch gemeint; Shyamji wollte damit nicht auf die drei goldenen Armreife anspielen, die Mrs Sengupta trug – drei von vielen, die sie besaß. Es gehörte ins Reich idealer Möglichkeit, in eine Welt, in der so etwas nicht nur wünschenswert, sondern auch möglich war. Aber es war nur ein Lied, und jene Welt war nicht *diese.* Nirmalya trank ein Glas Wasser und hörte zu, verstand aber nicht alles.

Sterblich, erlangt jener unsterblichen Ruhm,
Der sein Leben der Liebe zum Herrn opfert.

»Was bedeutet balidaan, Ma?«, fragte Nirmalya einige Tage später. Er stand schmollend hinter Mrs Sengupta, während sie nach dem Baden ihr Gesicht betupfte und vor dem Spiegel der Frisierkommode letzte Hand an ihr Äußeres legte.

Sie blickte abwesend auf.

»Opfer«, antwortete sie.

Das nächste Mal, als Nirmalya sie das Lied singen hörte, wollte er aus irgendeinem Grund herausfinden, was der Text bedeutete. Einige Wörter waren ihm im Ohr geblieben, und er versuchte, sich das Lied daraus zu erschließen.

Er wusste nicht recht, was er davon halten sollte. Die Melodie war süßlich und ihre Botschaft so unmissverständlich, dass man sie nicht ganz ernst nehmen konnte. Doch obwohl es ein so kunstloses Lied war, erschreckte es ihn. Es schien ihm – denn erst jetzt hatte er herausgefunden, was der Text bedeutete –, als sei er nun imstande, seine Aussage zu erfassen; fast verwechselte er Übersetzung mit Mitteilung. Plötzlich hatte das Lied ihm gegeben, was es ihm bisher vorenthalten hatte. Und es drang in ihn ein, nicht durch seine sprachliche Form, sondern durch eine schnelle Bilderfolge.

Sind Hände, die beten, schöner als Hände, die Schmuck tragen? Er selbst hatte nie gebetet, und doch schien ihm das keine rein rhetorische Frage zu sein. Er sah Arme vor sich, die Arme einer Frau, nicht losgelöst vom Körper, der Körper aber unsichtbar; zwei Arme, an denen drei oder vier Reife glitzerten, und zwei andere, die nackt waren. Irgendwie beruhigte ihn der Anblick – das geistige Bild – der nackten Arme.

Vom Balkon aus konnte er Bombay sehen, oder so viel von Bombay, wie er sehen wollte. Und auch das Wasser, das ihn verstörte, ohne dass es ihm bewusst gewesen wäre; es war überall, aber er konnte es nur aus dem Augenwinkel betrachten. Das Meer war die Negation der menschlichen Energien der Stadt.

In den Jahren, in denen sie in La Terrasse wohnten, träumte er einige Male vom Meer, diesem fügsamen Beiwerk, dieser Zugabe zu Luxusapartments und Hotelzimmern. In einem seiner Träume hatte es sich jenseits der Insel Elephanta erhoben wie eine riesige, von Trombay her anschwellende Flutwelle, und die Wohnung war nicht mehr die gewesen, die er kannte. Ehrfürchtig staunend und mit einem Gefühl bevorstehenden Untergangs sah er das Meer vom Balkon aus herannahen. Doch der Balkon hatte sich in die vorderen Reihen eines Kinos verwandelt, und auch die Wohnung selbst sah wie das Innere eines Kinos aus, eines eleganten Kinos, das in Betrieb und trotzdem merkwürdig leer war. Vom Fenster des Kinos aus (dessen weiträumige Halle ihn an das Hotel Eros oder das Hotel Regal erinnerte) blickte er auf den gigantischen Tumult, und dann, als wäre er nicht allein, gab er das Grauen, das er empfand, mit einem Lächeln an jemanden drinnen weiter.

Am nächsten Morgen war die Welt, die er im Traum betreten hatte, noch ganz nah, und er fühlte sich, als sei er aus einem vertrauten, banalen Anderswo zurückgekehrt, das jedoch unerwartet und majestätisch am Rande des Untergangs stand: Er wusste, dass niemand die Flut überlebt hatte. Als er ins Wohnzimmer trat, tat ihm das Licht in den Augen weh. Da war sie wieder, die trostlos nüchterne Realität: die Gruppen niedriger und hoher Gebäude, von Nana Chowk bis zum Fort und noch weiter, und hinter ihnen wie Höcker liegender Tiere die Inseln Elephanta und Trombay. Auf dem Meer lag ein trüber Glanz. Es war, als hätte die Welt sich verausgabt und sich in eine heimliche Normalität geflüchtet. Auf ihm aber lastete sein Wissen.

Als Sumit Sen aus Kalkutta nach Bombay kam, organisierte Apurva Sengupta ein Konzert mit ihm und Mallika Sengupta in einem Saal im Norden Bombays. Die sogenannten »Exil«-Bengalen gaben natürlich eine Willkommensparty; wie immer wollten sie mitmischen, wenn ein Star aus Kalkutta den Weg nach Bombay fand. Sie empfingen ihn am Bahnhof – einen sanften, ganz normal aussehenden Mann mit Brille, dem man seine früheren beschränkten Verhältnisse noch ansah; seine bescheidene Zurückhaltung war eher überraschte, ehrliche Dankbarkeit für das Glück, das ihm zuteil geworden war. Zerknittert, aber mit weißer dhoti und weißem kurta in der Art eines Sängers von Tagore-Liedern makellos gekleidet, entstieg er dem Gitanjali-Express und legte die Hände zum namashkaar zusammen, als die erwartungsvollen »Exil«-Bengalen auf ihn zutraten, zwar nicht mit Girlanden, aber mit erfreuten, selbstzufriedenen Mienen.

Mr Sengupta war vor Kurzem zum Finanzchef befördert worden und hatte nach der Gratulationscour sein Gleichgewicht noch nicht ganz wiedergefunden. Er war das Essen auf den Glückwunschpartys leid – ständig fühlte er sich übersättigt. Er wollte zurück zu seiner Arbeit, zu den Aufgaben, die Philip Dyer ohne Verzug zwischen ihm und sich selbst aufgeteilt hatte. Aber er wollte auch, dass mit dem Konzert alles klappte, für Sumit Sen ebenso wie für seine Frau; das lenkte ihn ab.

»Rufen Sie die Zeitungen an«, sagte er zu seinem persönlichen Assistenten, dem stets gelassenen und lautlos effizienten, wohlbeleibten Das. »Dieser Sumit Sen ist in Kalkutta ziemlich bekannt.«

Mr Das nickte. »Sehr bekannt«, bestätigte er. Er schob einen Teil der Arbeit dieses Tages – Briefe, Termine, Steuerangelegenheiten – beiseite und hängte sich ans Telefon.

Die Einladungen wurden versandt. Sie gingen an die Mittelschicht-Bengalen – darunter auch jüngere Mitarbeiter aus Mr Senguptas Firma, die seinen Aufstieg von Weitem mitverfolgt hatten –, die in Dadar, Khar, Prabhadevi und Mulund wohnten. Viele würden kommen, weil Sumit Sens Interpretation der Tagore-Lieder im Stil Hemantas in Kalkutta der letzte Schrei war – »Exil«-Bengalen hielten gern Kontakt mit ihrer Heimat. Sie würden in den Kala-Kendra-Saal strömen und sogar Mrs Sengupta in Kauf nehmen, die an dem Abend ja wohl nur deshalb auftrat, weil sie Apurva Senguptas Frau war. Es ärgerte sie, dass sie die Fahrt an den vielen roten Ampeln vorbei auch ihretwegen machen mussten.

Mallika Sengupta selbst kümmerte das nicht; sie schaute ein wenig auf die Bengalen in Mulund und Khar herab. Sie kannte ihre »Clubs« und Kulturveranstaltungen, ihre provinziellen Vorstellungen von Freizeitgestaltung – das war nichts für sie.

Sumit Sen hatte sie gebeten zu singen, und sie würde es tun. Seine Auswahl bestimmter Tagore-Lieder folgte dem Massengeschmack, und seine sentimentale Spielart von Hemantas ohnehin schon sentimentalem Stil widerstrebte ihr. Er selbst wirkte unscheinbar, war aber ein erstaunlich guter Mann: eine Seltenheit. Als er sie singen hörte, hatte er sie sofort als das erkannt, was sie – obwohl Gattin eines Finanzchefs – war: eine Künstlerin. Schon allein dadurch fiel er aus dem Rahmen.

Mrs Sengupta trug einen grünen jamaandi-Sari, den sie für solche Anlässe aufsparte. Nirmalya umklammerte den Griff eines Panasonic-Kassettenrekorders, als er den Saal betrat; er fühlte sich unentbehrlich, weil er mit der Mission betraut war, das Konzert aufzunehmen. Nicht etwa, dass er sich darum gerissen hätte, aber er konnte das Gerät blind bedienen.

Sumit Sen war in panjabi und dhoti wieder weiß und mit jener Schlichtheit gekleidet, die sein Markenzeichen war. Das Konzert war ein Erfolg, konnte man sagen; der Vorortsaal war zu fast drei Vierteln besetzt.

Noch zwei Tage nach dem Konzert wurde die Kassette wieder und wieder abgespielt. Im Wohnzimmer, nahe dem Balkon mit Blick auf den Marine Drive und das gleichgültig schimmernde Meer, oder auch im Schlafzimmer lehnte der Panasonic am Sofa. Nirmalyas Eltern hörten gespannt zu. Die gedämpfte Welt des Zuschauerraums war wieder da, der Applaus in den schwach beleuchteten Gängen, die eher nüchterne, optimistische Energie von Sumit Sens Gesang, Mrs Senguptas von dem kleinen Mikrofon aufgezeichnete Stimme ein wenig verschwommen, als sie Atul Prasad sang.

»Abhay Deshpande war da.« Mr Das, der schweigsame persönliche Assistent, übermittelte Apurva Sengupta diese Information mit der für ihn typischen Zurückhaltung. »Abhay Deshpande?« Mr Sengupta sah auf. Deshpande war ein tonangebender Musikkritiker, der für die *Times of India* und die *Evening News* schrieb, ein kleiner, kurzsichtiger Mann von der Form einer Bittergurke, den auf einem Konzert kaum jemand erkannte.

»Aber bedauerlicherweise« – Mr Das schien untröstlich – »ist er nach der ersten Hälfte gegangen. Mallikas Auftritt hat er verpasst.«

»Sind Sie sicher?« Mr Das nickte. Er schien beunruhigt.

»Ich habe ihn hinausbegleitet, Mr Sengupta«, sagte er. »Er war in Eile.«

Trotzdem kaufte Mr Sengupta an den nächsten beiden Tagen bei einem kleinen Jungen an einer Kreuzung am Marine Drive die *Evening News*. Wenn der Wagen an einer Ampel halten musste, sah er die Zeitung genau durch, dann legte er sie wieder weg. Nichts stand darin – hatte er etwas anderes erwartet? Die Flamme der Begeisterung im Kala-Kendra-Saal erlosch, und Sumit Sen kehrte nach Kalkutta zurück.

Mr Sengupta diktierte seiner Sekretärin gerade einen Brief, und die Nachmittagssonne blitzte im Bürofenster, als Mr Das zielsicher und unaufhaltsam wie eine Waffe aus einem Militärarsenal eintrat und in kaum verhohlener Erregung verkündete (denn was er zu sagen hatte, würde seinen Stellenwert bei Mr Sengupta mit Sicherheit steigern): »Abhay Deshpande hat angerufen.« Mr Sengupta sah auf: »So?« Triumphierend fuhr Mr Das fort: »Er möchte Mrs Senguptas Lebenslauf.« Mr Sengupta runzelte die Stirn und zog eine Schublade auf – glücklicherweise war eine neuere biografische Notiz zur Hand.

Und eines Tages kam Apurva Sengupta mit einer Zeitung in der Hand nach Hause. »Das hat mir Das gegeben«, sagte er. »Er war ganz aufgeregt. Abhay Deshpande hat eine Kritik geschrieben.« Strahlend schwenkte er die *Evening News*. Seine Frau lächelte beklommen. Sie überging den Bericht über die Verfehlungen des Ministerpräsidenten auf der ersten Seite und das helläugige Mädchen im Badeanzug auf der dritten und blätterte weiter, bis sie zu der Überschrift BENGALISCHE LIEDER VERZAUBERN BOMBAY kam. Mit den ersten drei Absätzen über Sumit Sen wusste sie nichts anzufangen. »Sumit Sen«, begann der klein gedruckte Artikel, »steht in Kalkutta hoch im Kurs, und man versteht, warum. Selbstbewusst und mit wunderbarer, einschmeichelnder Stimme sang er Tagore-Lieder, die man hier in Bombay nur von den Melodien kennt, die unsere Komponisten ohne ein Wort der Entschuldigung plagiiert haben.« Die letzten beiden Absätze betrafen Mrs Sengupta. »Sie hat eine schöne, melodische, von bhakti durchdrungene Stimme und trug die Lieder des weniger bekannten, aber durchaus talentierten Komponisten Atul Prasad souverän und unbefangen vor. Viele der Lieder beruhten auf bittersüßen, gefühlsbetonten Ragas wie Desh und Kafi. Mallika brachte das Pathos dieser Ragas gekonnt zur Geltung.«

Sie faltete die Zeitung zusammen. Ihre Augen funkelten; sie hätte gern geglaubt, was Abhay Deshpande schrieb. Doch seine Gestalt wich immer weiter zurück und war für sie nicht mehr greifbar oder vorstellbar. »Ich dachte, er ist schon vor meinem Auftritt gegangen«, sagte sie. Wieder versuchte sie, ihn sich vorzustellen, aber der Mann entzog sich ihr. »Vielleicht hat Mr Das sich geirrt«, fuhr sie dann fort. Sie schwieg einen Moment, als stünde sie vor einem kleineren Problem. »Aber er könnte natürlich auch recht haben … Wie sieht Abhay Deshpande denn aus?«, fragte sie ihren Mann. »Ich weiß es nicht. Ich habe ihn nicht gesehen.« Apurva Sengupta legte sein Jackett ab. Sie beschlossen, sich über die Kritik zu freuen – und nicht mehr daran zu denken.

Prashanta und Nayana Neogi wohnten noch immer in der Parterremietwohnung mit der staubigen Einfahrt in Khar. Sie waren die ältesten Freunde der Senguptas in Bombay, allerdings trennte nicht nur die Entfernung – zwischen der alten Welt von Khar und den meerzugewandten Hochhäusern von Malabar Hill – die beiden Paare, sondern auch die unterschiedlichen Kreise, in denen sie sich bewegten. Die Neogis »bewegten« sich im Grunde gar nicht; sie blieben, wo sie waren, und die Leute kamen zu ihnen: immer dieselben Filmemacher und Künstler, erfolglose und arrivierte.

Doch trotz der weiten Fahrt nach Khar besuchten die Senguptas sie samstags manchmal. Man saß dann im Schlafzimmer; die Klimaanlage lief, Jalousien sperrten das Licht aus, und die Hunde der Neogis stolzierten umher oder lagen reglos auf dem Boden, friedlich atmende Knochen- und Fellbündel. Mallika Sengupta gab vor, sie nicht zu beachten, raffte jedoch verstohlen den Saum ihres Saris. Sie sprach es nicht aus, aber die Tiere im Schlafzimmer verkörperten für sie das unterschwellig Zügellose im Leben der Neogis. Die Hunde ihrerseits ignorierten, von gelegentlichen Wahrnehmungsanfällen abgesehen, die Anwesenden tatsächlich.

Die Neogis hatten ein Sohn namens Biswajit, der sechs Jahre älter war als Nirmalya; ein zweiter Sohn, von dem nur mit seinem Kosenamen »Tutu« gesprochen wurde, war mit sieben Jahren an Leukämie gestorben. Die Senguptas hatten ihn nie gesehen, sie kannten nur sein Bild im Schlafzimmer, eine Schwarz-Weiß-Nahaufnahme seines lachenden Gesichts. Die Abwesenheit des Jungen und die Anwesenheit der Fotografie geisterten durch das lockere, rauchgeschwängerte Geflecht des Lebens der Neogis und standen dem Besucher stets vor Augen. Als Mrs Sengupta ihrem Sohn erstmals von Tutu erzählte – »Er soll sehr intelligent gewesen sein, sehr begabt!« –, war Nirmalya ebenfalls sieben Jahre alt. Er sah sich das Foto noch einmal genau an, und einen Moment lang verspürte er ein Grauen: Konnte auch er plötzlich sterben? Der Junge auf dem Bild schaute lächelnd in die Ferne. Nirmalya suchte sich mit einem Blick auf seine Mutter zu beruhigen, doch sie war in ein Gespräch mit Nayana Neogi vertieft. Die beiden hatten ein Teetablett vor sich und befanden sich in einer anderen Welt, auf der halluzinatorischen Ebene des immer gleichen täglichen Lebens. Was war der Tod – eine Art immerwährender Leere? Oft fragte er sich, was passieren würde, wenn er einschlafen und nicht wieder aufwachen würde. Einmal hatte er geträumt, er sei gestorben, und war mit einem ahnungsvollen Gefühl aufgewacht, einer tiefen Empfindung des Verwandeltseins. In dem Traum hatte er mit einem Freund gespielt, Puneet, einem kichernden kleinen Jungen, der später durch die Prüfungen gefallen und sitzen geblieben war, sodass sich der Kontakt gelockert hatte. Puneet und er waren Soldaten, amerikanische Marines möglicherweise, und sie wollten ein U-Boot kapern. In dem Feuergefecht auf dem grünen U-Boot – es geschah kurz bevor Nirmalya aufwachte; durch die Vorhänge drang schon das Licht – traf ihn eine Kugel. Puneet konnte ihm nicht helfen, und in dem Moment, als er starb, dachte er: »Das ist ein Traum«, und wachte auf. Doch dieses Gefühl des Dahinschwindens, in dem sich das Sterben mit dem Verblassen des Traums im Tageslicht mischte, vermochte er nur schwer abzuschütteln, als er sich, während John, der Diener, neben ihm stand, die Socken für die Schule anzog.

Die Firma, in der Mr Sengupta arbeitete, expandierte, und man entschloss sich, erneut den Standort zu wechseln. Diesmal war es ein gewaltiger, zeitraubender Umzug von Nariman Point in ein schickes neues Hochhaus an der Cuffe Parade, eines in einem ganzen Pulk, dort, wo zuvor nichts gewesen war. Gleichzeitig bezogen die Senguptas eine riesige Sechszimmerwohnung im obersten Stock eines anderen neuen Gebäudes, und Mr Senguptas Karriere erreichte einen zwar folgerichtigen, aber dennoch atemberaubenden Höhepunkt, als er die Firma von Philip Dyer übernahm. Ein großes laminiertes und auf Holz aufgezogenes Schwarz-Weiß-Foto, das Dyer mit seinen üppigen Koteletten an seinem Chefschreibtisch zeigte und mit einem schwungvollen Schriftzug »Für Apurva und Familie, Philip« versehen war – als hätte er den Senguptas einen Teil oder gar eine Replik seiner selbst zum Geschenk gemacht –, ein Bild, dafür gedacht, stets wohlwollend über ihr Leben zu wachen, wurde wenige Wochen später von seinem Platz im Schlafzimmer der Senguptas, den es drei Jahre lang eingenommen hatte (von Dyer auf ihren Partys stillschweigend registriert), entfernt und in eine Schublade verbannt. Ein Kommentar erübrigte sich. Zwar befand sich die Firma teilweise noch in ausländischer Hand, aber de facto waren nun die letzten Spuren der britischen Ära beseitigt.

Um Dyer herrschte in dieser Zeit eine gewisse Spannung – Dyer, der Bombay liebte, der »Indien« liebte, jenes mythische Konglomerat aus Farben und Gerüchen, anonymen Menschen und Licht, der es liebte, wenn jedermann, vom Tagelöhner bis zum Geschäftsmann, ihm Achtung erwies, der, so hieß es, seine kurzen Affären mit Starlets und Sekretärinnen liebte, der überzeugt war, Apurva Sengupta in mehr als einer Hinsicht gefördert zu haben. Die letzten Abschiedspartys waren eine etwas peinliche Angelegenheit: gezwungenes Schulterklopfen, unversehens feuchte Augen – man sah sich von Gefühlen überwältigt, wenn man es am wenigsten erwartete. (Hauptgesprächsthema waren die goldenen Haare, die vor Kurzem gleich einem Ausbruch von Energie über Dyers Stirn erschienen waren. »Das ist kein Toupet«, flüsterte eine Direktorengattin Mallika Sengupta auf einer Party zu. »Er hat es sich offenbar transplantieren lassen.« Dyer stand gestikulierend in ihrer Nähe und stellte das unter Schmerzen erworbene neue Haar zur Schau.) Der Gedanke, nach Jahrzehnten seine Koffer packen und mit der mehr oder weniger dem Alkohol verfallenen Julia nach London – »nach Hause« – zurückzumüssen, stimmte ihn missmutig und melancholisch. Seine Kinder hatten die Schule in ihren Internaten vor Kurzem beendet und waren nicht mehr in England; der Sohn arbeitete auf einer Bohrinsel irgendwo vor Dubai, die Tochter wohnte in ihrem altehrwürdigen Internat. Philip Dyer, so schien es, hatte nichts, wohin er zurückkehren konnte.

Die Senguptas zogen also um, und Apurva wurde neuer Generaldirektor. Um diese Zeit begann bei Nirmalya eine Phase – ein seltsamer Stimmungsumschwung, eine Reizbarkeit, die sich nach seinen Abschlussprüfungen eingestellt hatte –, in der er deutlich kundtat, dass er sich in der Welt seines

Vaters unwohl fühlte. Insgeheim warf er sich zum Richter darüber auf. Er hasste die neue Wohnung an der Cuffe Parade. Am ersten Abend, als seine Eltern noch die Möbelpacker beaufsichtigten, kam er spät nach Hause, setzte sich in das große, erst halb möblierte Wohnzimmer und fragte: »Warum mussten wir unbedingt hierherziehen?«

Er hatte sich die Haare wieder wachsen lassen, bis zu den Schultern. Man sah ihn kaum jemals lächeln, und den zottigen Kinnbart rasierte er sich nie.

Als seine Eltern ihre erste Party in der neuen Wohnung gaben, ging er unmittelbar, bevor die ersten Gäste eintrafen und den Senguptas gratulierten, zu einem Spaziergang aus dem Haus. »Wo ist Nirmalya?«, fragte sein Vater verärgert. Niemand wusste es.

Und niemand fragte ihn, wo er gewesen sei, als er zurückkam. Kaum hatte sein Vater ihn erblickt, stellte er ihn dem neuen Aufsichtsratsvorsitzenden vor, der am Tag zuvor aus Delhi eingeflogen war. Er tat es mit unnötig triumphierender Miene, als hätte er einen Vogel mit prachtvollem Gefieder eingefangen und nicht den zerzausten Jungen neben ihm.

»Da ist er – hab ich ihn endlich erwischt!«, sagte er und lächelte, als sei das ein urkomischer Witz.

Der Aufsichtsratsvorsitzende, Thakore, ein hochgewachsener, hellhäutiger Siebzigjähriger mit buschigen Augenbrauen, zeigte sich unbeeindruckt. Er war eine Galionsfigur der Firma, ein begehrtes Symbol, und das wusste er auch. Sein Lächeln verriet eine Mischung aus Höflichkeit und Geringschätzung.

»Man bekommt dich ja gar nicht mehr zu Gesicht!«

Thakore fühlte sich durch den Jungen ein klein wenig bedroht; er spürte einen Widerstand und war sich nicht sicher, ob ihm der gebührende Respekt gezollt wurde. Seine Bemerkung war stark übertrieben, denn er hatte den Sohn der Senguptas bisher nur ein einziges Mal gesehen.

Nirmalya lächelte und antwortete nicht, wie immer bei solchen Gelegenheiten. Sein Schweigen brachte Thakore auf.

»Und was machst du so, junger Mann? Gehst du aufs College?« Sein Blick glitt über Nirmalyas Haar.

»Aufs Junior College«, antwortete Nirmalya leise. Er bewegte sich in jener Zone, in der er vorgeben konnte, Student und kein Schüler mehr zu sein, in der er in den Collegeräumen arbeiten und in den Collegefluren »herumhängen« konnte, ohne schon sein Bachelorstudium aufnehmen zu müssen, das erst in zwei Jahren anstand. Ihm ging es vor allem darum, kein Schüler mehr zu sein.

»Ich besorge Ihnen noch etwas zu trinken, J. B.«, sagte Mr Sengupta und führte Thakore zu der kleinen Bar am anderen Ende des Wohnzimmers. Thakore war froh wegzukommen, sagte zuvor aber noch (denn er hatte gern das letzte Wort):

»Wir müssen uns öfter sehen, mein Junge! Wir kennen uns ja kaum.«

Nirmalya ging auf den Balkon hinaus. Die beiden Frauen und der Mann, die dort standen, bemerkten ihn nicht oder gaben vor, ihn nicht zu bemerken, und machten keinen Versuch, nett zu ihm zu sein, wie es die Leute üblicherweise taten, weil er Mr Senguptas Sohn war. Er schaute aufs Meer hinaus. Es war natürlich dasselbe Meer, dass er fünf Jahre lang von La Terrasse aus gesehen hatte, aber hier war der Blickwinkel anders, und es erschien ihm fremd. Zwischen den unterschiedlich hohen Gebäuden konnte er sogar die schwachen Umrisse von La Terrasse erkennen. Die Dunkelheit hatte das Meer fast unsichtbar gemacht. Zehn Tage nach dem Umzug war es, als betrachtete er gleichmütig ein Relikt aus seiner Vergangenheit.

Bevor sie von La Terrasse in die Thacker Towers (so der Name dieser Gruppe fast identischer Gebäude) zogen, hatten sich Mr und Mrs Sengupta mit einem von der Firma gestellten Experten und manchmal auch mit Nirmalya im Süden der City nach einer angemessenen Wohnung umgesehen.

Dyer hatte nicht vor, seine Maisonettewohnung in La Terrasse für Apurva Sengupta zu räumen, er wollte sie im Auftrag der Firma verkaufen – und dabei vermutlich eine hübsche Provision kassieren, ein Abschiedsgeschenk an sich selbst. »Deshalb verkauft er sie ja«, sagte Mrs Sengupta. Es war eine Enttäuschung; sie hatten sich darauf gefreut, die Wohnung im siebzehnten Stock zu beziehen, in der Goldfische durch graues Wasser flitzten und eine Treppe sich aufwärtsschwang. »Macht nichts, wir finden etwas Besseres«, sagte Apurva Sengupta mit grimmiger Miene, doch er hatte sich mit dem Trick, durch den ihnen die Maisonettewohnung entgangen war, schon abgefunden. Hartnäckig machte er sich auf die Suche nach einer luxuriösen Bleibe als einer Art Abfuhr für den scheidenden Engländer.

Nirmalya aber war kreuzunglücklich wegen des bevorstehenden Umzugs und wanderte in La Terrasse missmutig durch die Räume, als suchte er nach einem Versteck für sich, in der Hoffnung, man würde ihn nicht vermissen. Rückblickend (denn er war schon auf Rückschau eingestellt) schien es – auch wenn nichts darauf hindeutete –, als ließe er einen einfacheren Lebensabschnitt zurück, eine Zeit mit rein weißen Wänden und geräumigen Zimmern, in der selbst der Wohlstand nicht so ambivalent war. Es war – und das registrierte er mit dem Herzen, nicht mit dem Kopf –, als wäre er von nun an in einer Ehrgeiz-Geschichte gefangen, nicht als Mitspieler, sondern als Zuschauer; wessen Ehrgeiz, wusste er nicht – vielleicht sein eigener, und wenn nicht direkt sein eigener, dann der seiner Eltern oder anderer Leute oder vielleicht sogar der Stadt selbst? Der Zauber von La Terrasse war gebrochen.

Hatte er sich diesen Zauber nur eingebildet? Nein, selbst die Tauben, die sich auf die abgeschrägte Balkonbrüstung setzten, waren ihm erlegen; sie wussten um die Gastlichkeit des Wohnzimmers. Manchmal fand man sie dort vor, neben dem Sofa oder an der Teppichkante, oder sie schienen die katakombenartige Schrankwand erkunden zu wollen, deren diverse Fächer unter anderem den Plattenspieler und die Boxen enthielten, aus denen in jenen Jahren zu bestimmten Zeiten Musik aus Nirmalyas wachsender Pop- und später Rockplattensammlung dröhnte. Die Taube saß dann arglos da, als lauschte sie geradezu beflissen der bereits verstummten Musik. Wandte man aber den Blick von ihr ab, wurde sie sofort misstrauisch, und noch ehe man in die Hände klatschte, um sie zu verscheuchen, flüchtete sie mit lautem Flügelschlagen, ein Geräusch, das Nirmalya noch lange danach im Ohr hatte.

Früher, als Nirmalya noch kleiner war und die Beziehung zwischen den Senguptas und den Dyers gerade ihre Blütezeit erlebte, überredete Mr Sengupta seinen Sohn manchmal – oder er befahl es ihm schlicht –, die Dyers zu besuchen, vor allem wenn ihr Sohn Matthew aus England »nach Hause« gekommen war.

»Matthew ist da«, sagte Dyer dann am Ende eines langen Telefonats über Geschäftliches. »Er würde sich riesig freuen – und Tina natürlich auch –, Nirmalya wiederzusehen.«

Matthew war ein netter Junge mit lauter Unsinn im Kopf und voller gutmütiger Energie, für seine Eltern aber eine

Enttäuschung. Speziell sein Vater, Philip Dyer, verhehlte seine Enttäuschung nicht. Er behandelte ihn wie einen Analphabeten. »Matthews Aussprache ist grauenhaft«, vertraute er Apurva einmal an, nachdem er sich in düsteren Tönen über Indira Gandhis Verstaatlichungswahn und die Unruhe in den Gewerkschaften verbreitet hatte.

Einmal saß Nirmalya mit dem älteren Jungen im Arbeitszimmer, umgeben von Büchern, die niemand las, und dicken, matt glänzenden Zeitschriften, die Nirmalya nirgendwo sonst sah: *Fortune*, *Life* und auch *Penthouse*, ordentlich gestapelt auf dem Glastisch, Repräsentanten anderer Welten, die für die Dyers stets in greifbarer Nähe lagen. Der tageslichtlose Raum war durch eine getönte Glastür vom Wohnzimmer getrennt. Matthew schlang gierig Eiscreme hinunter, und seine Mutter sagte zu ihm: »Die Murrays wären nicht gerade erfreut, wenn sie dich so essen sehen würden!« Die Murrays – ein Ehepaar in einem Vorort, durch Macht und Entfernung mythisch entrückt; Paul Murray war Direktor der Muttergesellschaft in England mit Sitz in Surrey. Matthew sah gekränkt und verwundert von seinem Teller auf, und Nirmalya fragte sich, warum er selbst von seinen Eltern dergleichen nie zu hören bekam. Weshalb waren die Murrays so wichtig für Matthew?

Doch Matthew trug die elterlichen Schimpftiraden mit Fassung. Seine Eltern waren für ihn gleichermaßen ein Quell sinnloser Restriktionen und unbegrenzten Taschengeldes, und er war zu einer klugen Einschätzung ihrer eigenen Fehler und auch des Lebens gelangt, das sie in Indien führten, eines Lebens auf dem Präsentierteller. Er selbst verspürte eine vage Sehnsucht nach dem Meer und der Tiefe, danach, die menschenlose, aber reich bevölkerte Unterwasserwelt zu erforschen. Noch war es allenfalls der Keim eines Gedankens, aber er hatte sich in seinem Kopf festgesetzt.

Matthew und Nirmalya waren nur drei Jahre auseinander, doch Matthew benahm sich, als wäre er wesentlich älter. Seine Eigenständigkeit gegenüber Menschen, die viel klüger waren als er, die für Erfolg standen oder auf andere Weise über ihn bestimmten, beruhte teilweise auf seinem sexuellen Wissen. Er hatte viele Freundinnen, und die moralische Fragwürdigkeit dieses Umstandes verlieh ihm eine Art geheimer Stärke. »In England ist kein Mädchen über sechzehn noch Jungfrau«, hatte er einmal zu Nirmalya gesagt, wie jemand, der nach Erörterung mehrerer aufregender Möglichkeiten widerstrebend zur schieren Banalität des Alltäglichen zurückkehrt. Es war die Antwort auf eine dumme Frage Nirmalyas gewesen: »Schläfst du mit deinen Freundinnen?« – denn Matthew hatte gesagt, er habe im Moment zwei, eine für unter der Woche und eine fürs Wochenende. Seine Worte, eine unerhörte Enthüllung, machten Nirmalya sprachlos, doch sie verstörten ihn auch und erregten ihn körperlich. Etwas Außergewöhnliches, Unaussprechliches passierte mit den Mädchen in England, wenn sie sechzehn wurden, aber der kurzsichtige, ansonsten in keiner Hinsicht irgendwie bemerkenswerte Matthew war so sehr dagegen abgestumpft, dass er keinen Gedanken mehr daran verschwendete.

Matthew war der erste englische Junge, den Nirmalya näher kennenlernte. Und als Engländer war er ein wenig exotisch, ähnlich wie englische Bücher – exotisch nicht wie in einem Märchen aus alter Zeit, sondern mit Toffees, Marmelade, Matsch und Körpersäften. Nirmalya musste blinzeln, so nervös machte ihn Matthew. Früher war Matthew laut und ungebärdig gewesen, wie ein unberechenbares ausländisches

Spielzeug, das ein Eigenleben führte. Später gewöhnte sich Nirmalya an seine Schachtelteufelenergie und seine Wildheit und erkannte, dass sie im Grunde harmlos waren. Alles in allem, musste man sagen, war Matthew der Freundlichere und Unkompliziertere der beiden.

Als Kind hatte Nirmalya in Matthews Zimmer im Obergeschoss der Wohnung Schätze entdeckt, die Philip Dyer, obwohl ein fordernder, unerbittlicher Vater, seinem Sohn geschenkt hatte, darunter einen Kofferplattenspieler, so klein, dass er eher ein Fantasiegebilde zu sein schien als ein realer Gegenstand. Es war jedoch kein Spielzeug, sondern spielte mit präziser Funktionalität Matthews einseitige, aber umfangreiche Plattensammlung ab. Einen der Songs, »Mud, mud, glorious mud«, ließ Matthew immer wieder laufen; er schien aus einem bislang unbekannten Sumpf englischer Identität aufzutauchen, und Matthew sang mit einer Intensität und Hingabe mit, die Nirmalya unangenehm waren. Doch es gab andere Wunder, die ihn während seiner kurzen Aufenthalte in Matthew Dyers kleinem Zimmer mit Verlangen erfüllten: Charlie-Chaplin- und Tarzan-Filme in hellen, viereckigen Verpackungen, die man sich irgendwann mit einem Projektor ansehen konnte, daumengroße Spielzeuge, die Nirmalya darüber aufklärten, dass es in England die gleichen roten Briefkästen und die gleichen roten Doppeldeckerbusse gab wie in Bombay.

Matthew hatte Freunde in Bombay, etwas dubios und dümmlich wirkende, aber aufgrund ihrer »Erfahrung« selbstbewusste junge Männer, Söhne einiger Geschäftsfreunde von Philip Dyer, die mit ihm – auf seine Kosten – in dunkle Bars, Restaurants und Diskotheken gingen, in jenes Bombay, das weit außerhalb von Nirmalyas Radius lag. Durch sie hatte

Matthew Geschmack an Hindifilmen gefunden, ihrem peinlichen Überschwang, ihren kläglichen Gesangseinlagen, ihren weinerlichen, aber glücklichen Familien und ihren großartigen Schurken; zweieinhalb Stunden lang gaben sie Matthew etwas, was er nirgendwo sonst fand. Jetzt hegte er einen Wunsch, von dem seine Eltern nichts wussten. »Irgendwann werde ich einen Hindifilm produzieren und auch selbst darin mitspielen«, sagte er zu Nirmalya. Er lächelte dabei, aber es war ihm durchaus ernst.

Seine Schwester Tina ging in Bombay zur Schule und war ein ganzes Stück jünger als Nirmalya: acht erst, noch ein Kind. Doch die weiblichen Wünsche und Ansprüche, die ihr Leben formen würden, waren schon in ihr erwacht und hatten, fast zufällig, Nirmalya zum Ziel. »Wenn ich groß bin, heirate ich Nirmalya«, sagte sie zu ihrer Mutter, worauf Julia Dyer kühl erwiderte: »Nirmalya mag nur schwarze Mädchen.« Treuherzig und neugierig hatte Tina die geheimnisvolle Äußerung an Nirmalya weitergegeben. »Stimmt es, dass du nur schwarze Mädchen magst, Nirmalya? Meine Mutter sagt das.« Nirmalya verschlug es die Sprache; er war so verwirrt, dass er nur mühsam ein paar gemurmelte Worte hervorbrachte. Tinas Wünsche waren echt und stark, wenn auch in ihrem Alter fehl am Platz. Zum Beweis ihrer Zuneigung hob sie einmal vor Nirmalya ihr Kleid und zog ihr Höschen herunter. Ihre unvermittelten, freimütigen Einblicke in das, was Nirmalya bewegte, gingen manchmal weit über die anderer hinaus, einschließlich seiner eigenen. »Ich weiß, warum du uns besuchst«, hatte sie einmal überlegen gesagt. »Du willst die Brüste von meiner Mutter sehen.«

Als Nirmalya seiner Mutter die Höschenepisode erzählte, in einem Ton, als berichtete er von den charmanten Eskapaden, mit denen alle Achtjährigen die Welt für sich gewinnen, lächelte Mrs Sengupta, aber insgeheim war sie wütend. »Ist das so, wenn man Karriere macht?«, fragte sie ihren Mann am Abend. »Ist dir deine Karriere so wichtig, dass unser Sohn mit solchen Leuten verkehren muss?«

Von den Dyers »erbten« die Senguptas einen Koch, der kontinentaleuropäische Gerichte zubereitete, einen frommen kleinen Malayaali namens Arthur. Arthur war nicht sein richtiger Name. Sein richtiger Name war Thambi. Er machte Schokoladenkuchen, Pfannkuchen, Rindfleisch-Nieren-Pastete, gefüllte Paprika, Trifle, Makkaroni und auch Plumpudding. Er hatte eine ganze Reihe europäischer Haushalte durchlaufen und diese Speisen dort mit fast unbewusster Originaltreue teils eingeführt, teils übernommen. Obwohl in einem Dorf in Kerala geboren, schien er für diese Aufgabe wie geschaffen. Als nun seine Dienstherren wieder einmal wegzogen, hing er vorübergehend in der Luft. Wer würde nun sein ausgefallenes Talent würdigen? Doch noch ehe er dazu kam, einen Entschluss zu fassen, wurde er von den Senguptas vereinnahmt – und die Senguptas kamen als erste indische Familie in den Genuss der Fähigkeiten, die er, wie er erklärte, bei den etwas reizbaren englischen memsahabs erworben hatte.

Am Tag nach der Party, als John und Jumna, seine Assistentin, zum Abschluss noch mit würdevoller Akribie die Stapel gespülter Teller wegräumten, stahl sich Nirmalya zu einem Spaziergang um die Thacker Towers nach draußen. Dieser Abschnitt der Cuffe Parade war vor noch nicht allzu langer Zeit Meer gewesen, und auf dem aufgeschütteten Stück Land waren die Thacker Towers und ihre Nachbarn erschienen, eine ganze Familie von Wolkenkratzern, Geschwister, die einander nicht zu kennen schienen. Dazu das Snowman's Ice Cream Parlour mit Wannen voller Eiscreme in verschiedenen Farben und Geschmacksrichtungen, eine Einkaufspassage und das President Hotel mit seinen flatternden Wimpeln.

Nirmalya registrierte, wie neu hier alles war, wie auf einem noch jungen Planeten. Das Land hatte auf das Meer übergegriffen, und als Folge dieses Übergriffs war das Wasser jetzt glatt und grau wie Schotter; kaum eine Welle war zu sehen. Morgens und abends wurde es für eine Weile von einer Sonne lackiert, die in diesem Teil des Universums kommentarlos auf- und unterging. Ein paar Möwen schwebten ratlos über dem Wasser, als wäre es eine Straße, die sich ins Endlose dehnte oder zumindest bis auf die andere Seite von Bombay, wo zwischen den Gebäuden La Terrasse zu sehen war.

Ging man auf dem Landstreifen in die andere Richtung, erreichte man die Ausläufer des alten Colaba mit seinen Palmen und den Mauern, an denen die Seewinde dunkle Flecke hinterlassen hatten, wie Blutergüsse, die nicht über Nacht erschienen waren, sondern über Jahre. Hier, wo das Meer einst geendet hatte, nur zehn Gehminuten von der neuen Wohnung entfernt, befand man sich in einer anderen Welt. Die Totenstille des Meeres um die Thacker Towers faszinierte Nirmalya. Dies war nicht das Meer, das er kannte, das Meer, dessen Wogen sich während des Monsuns mehrere Meter hoch auftürmen und Autos und Busse auf dem Marine Drive überspülen konnten. Manchmal, wenn er am Wasser stand wie ein neu auf einem Planeten angekommener Reisender, erschien es ihm wie ein gigantischer Schatten.

Die Tür stand halb offen, als Shyamji zum ersten Mal in die Wohnung kam, und so brauchte er nicht zu klingeln. »Didi!«, rief er mit seiner angenehmen, hohen Stimme und schaute mit ausdruckslosem Blick in den langen Flur zu seiner Rechten. »Mallika didi!« Als er sich in dem großen Spiegel über dem Telefon erblickte, überprüfte er sein Aussehen und fuhr sich mit den Fingern durchs Haar. Da sah er Nirmalya in khadi kurta und Jeans, sein Bart ein Schatten unter dem Kinn.

»Baaba«, sagte er, »diese Wohnung – wunderschön!«

Mrs Sengupta, die in diesem Moment durch den Flur kam, sagte mit scherzhaft besorgter Miene:

»Ihm gefällt sie nicht. Er sagt, er mag hier nicht wohnen.«

Shyamji schien ein wenig entrüstet und musterte Nirmalya genauer.

»Was? Warum denn nicht?«

»Er hat an der alten Wohnung in La Terrasse gehangen, die hat ihm besser gefallen.«

Nirmalya wirkte schüchtern und seltsam mutlos, verlegen, als wäre alles, was seine Mutter gesagt hatte, ein Scherz gewesen. Doch Shyamji nickte ernsthaft, wie jemand, der sich die Tugenden eines verstorbenen Verwandten in Erinnerung ruft.

»Die Wohnung dort war auch schön, sicher, aber die hier …« Das wenige, was er bisher davon gesehen hatte, beeindruckte ihn. Sie war wie eine Art Palast – Dimensionen, wie sie ihm noch nicht begegnet waren.

Es gab Fliegen in der Wohnung. Diese Entdeckung – ein ständiges Summen, mikroskopische Bewegungen der Insekten, die auf ihrem Flug den Menschen in die Quere kamen und sie, ohne es zu wissen, herausforderten und ablenkten –, diese ungebetene Gemeinschaft war entnervend. Sie summten an den Fensterscheiben, sie sirrten um die Köpfe, und man musste sie ständig verscheuchen. Sie – und nicht nur sie – schmälerten die Genugtuung über die großartige Abfuhr, die man Dyer mit der Wohnung erteilte hatte.

Mrs Sengupta, Nirmalya und ab und zu sogar Apurva Sengupta – alle gingen sie entschlossen mit Fliegenklatschen auf die Insekten los. Aber sie standen auf verlorenem Posten. Die Fliegen pflanzten sich in den Thacker Towers fort und vermehrten sich. Und manchmal saßen sie an Stellen, auf einer Buddhafigur etwa, wo man sie nicht attackieren konnte.

Die Senguptas versahen die Fenster mit feinem, dunklem Fliegendraht, dem Rat ihres Freundes Prashanta Neogi folgend, der in seiner Parterrewohnung in Khar auf diese Weise eine Fliegeninvasion verhindert hatte; es gab dort in der Nähe Becken mit stehendem Wasser. »Anders wird man nicht damit fertig«, hatte Prashanta mit einem Drink in der Hand grimmig gesagt. Ein Holzrahmen mit Fliegendraht nach dem anderen wurde an den Fenstern der neuen Wohnung angebracht.

»Wo kommen nur immer die Fliegen her?« Eine Frage, die mitten im Gespräch – über Musik oder die Firma beispielsweise – gestellt wurde, wenn man wieder das Summen im Ohr hatte. Denn auch nach dem Einbau der Drahtfenster war die Wohnung nicht fliegenfrei.

»Von dem machhimar nagar«, sagte Nirmalya eines Morgens und deutete mit prophetenhafter Geste zum Meer hinüber, zu der Landzunge mit der Fischersiedlung, einem gesichtslosen Sandstreifen. Er war auf seinen ziellosen Spaziergängen mehrmals dort vorbeigekommen. Bombay – das waren, wie man in der Schule gelernt hatte, einmal sechs Fischerdörfer gewesen, die als Teil der Mitgift Katharinas von Braganza aus portugiesischer in britische Hand gelangt waren. »Damals war hier buchstäblich nichts«, hatte der Geografielehrer vorn an der Tafel gesagt, einen Moment lang froh darüber, dass es noch gar nicht lange gab, was schon von jeher da zu sein schien: die Schulhefte, die Kinderstimmen, den Kreidestaub. »Nur die Fischer.« Als Nirmalya einmal auf einem seiner einsamen Erkundungsgänge die Cuffe Parade entlangging, sah er ein umgedrehtes Boot auf dem Sand liegen. Er sah die Netze, die in der Sonne trockneten. Er roch die Luft.

Von dort waren die Fliegen in die Thacker Towers umgezogen.

Im Wohnzimmer wurden Bilder aufgehängt. Die beiden Jamini Roys, vor elf Jahren spottbillig gekauft, und das Bild von B. Prabha – ein terrakottafarbenes Dorfmädchen mit überlangen Armen – hatten auch schon in der alten Wohnung gehangen. Malereien von B. Prabha wurden neuerdings zum Statussymbol – ein kurioses Beispiel dafür, dass Werke eines Künstlers unter Kollegen wenig Anklang finden, sich in wohlhabenden Kreisen aber zunehmender Beliebtheit erfreuen können. Auch die Senguptas, durch einen Galeristen auf die Bilder von rauchumhüllten Hütten und gedankenverlorenen Dorfmädchen aufmerksam gemacht, betrachteten sie voller Staunen. Die Malerin war in der Ausstellung auch selbst anwesend, eine sanfte Frau im weißen Sari mit grüner Borte, unschlüssig, ob sie ihre Brut – die Bilderfamilie, die sie umgab – mütterlich hegen oder damit handeln sollte. Als Mrs Sengupta eine ihrer Malereien rühmte, sagte sie leise »Danke« und nannte auf Anfrage den Preis – »Sechstausend« oder »Das hier kostet fünftausend« –, unaufdringlich und würdevoll, als handelte es sich um den Titel des Bildes. Die Senguptas waren von der Künstlerin selbst nicht weniger bezaubert als von ihrer Malerei.

Noch weitere Bilder wurden erworben, nachdem sie die neue Wohnung bezogen hatten – die Kosten wurden unter »Einrichtungszuschuss« verbucht. »Einrichtungszuschuss« und »Aufwandsentschädigung« – mit diesen beiden Posten machte die Firma wett, was sie ihren Direktoren nicht über die hoch besteuerten Gehälter zukommen lassen konnte, und schirmte sie auf diese Weise gegen die Härten der Welt außerhalb der Firma ab, die dadurch irgendwie weniger feindselig und weniger real erschien.

Mrs Sengupta ging zu Cottage Industries und wanderte, ohne etwas Bestimmtes zu suchen, in den drei Stockwerken umher, inmitten von Kunsthandwerk, Handwebstühlen und Kinderspielzeug aus fernen Gegenden des Landes, verstreut wie Geröll, die Puppen biegsam von verborgenem Leben, die Pferde von einem imaginären Schlachtfeld aufgefischt und liegen gelassen. Ihr Blick fiel auf einige Mogulminiaturen, Figuren auf weißem Grund.

»Das ist Elfenbein, Madam«, sagte die Verkäuferin entschuldigend.

Elfenbein! War Elfenbein nicht verboten? Mrs Sengupta sah es kaum noch; es war, als durchquerte man den Tunnel der Zeit und erhaschte einen Blick auf etwas im Niedergang Begriffenes oder Verschwundenes. Nein, verboten nicht, aber selten. Sie betrachtete die Figuren eine Weile: eine Frau im Brokatoberteil, ein Mann mit einem verziertem Hut, ein älterer Mann mit einer Rose in der Hand, eine kleine Versammlung in einem darbaar.

Auch die vier Miniaturen wurden unter »Einrichtungszuschuss« verbucht.

Sie fanden einen Platz im Wohnzimmer, in der Nähe des Schranks, der die Musikanlage mit dem erstarrten Plattenteller und den dicken Kabeln an der Rückseite beherbergte. Nirmalya vermutete in einer der Figuren Jahangir, in der anderen Nur Jahan. Der ältere Mann konnte nach seiner ganzen Erscheinung – von Kopf bis Fuß und im Profil – nur Kaiser Akbar sein. In winterlichem Licht, so schien es Nirmalya, verharrte er selbstgenügsam für einen Augenblick auf einer Lichtung.

Nirmalya stand allein in der halb leeren Wohnung und fragte sich, ob man dieser königlichen Welt am nächsten kam, wenn man ein Mensch wie sein Vater war – ein Generaldirektor. Er sah ihn in seinem schwarzen Anzug vor sich, auf dem Weg ins Büro. Empfand er etwas von Akbars Souveränität und Zufriedenheit? Denn so wie Akbar auf dem Bild unschlüssig dastand, schien er nicht nur etwas zu betrachten, sondern auch auf etwas zu lauschen. Lauschte auch sein Vater insgeheim auf die Welt?

Zweimal in der Woche kam eine Frau namens Shalini Matur und kümmerte sich um die Blumen in den Vasen. Sie war Expertin darin – sie hatte ein Diplom im Blumenarrangieren –, und die Firma hatte sie eigens dafür engagiert, die Blumen in der Wohnung des Generaldirektors, diese reglosen, duftenden Objekte, alle paar Tage zu hübschen, immer wieder leicht abgewandelten Kompositionen zu ordnen. Shalini kam gegen halb elf und machte sich an die Arbeit. Sie zeigte – niemandem im Besonderen – ein liebenswürdiges Lächeln und sprach kaum je ein Wort. Sie kürzte Stiele und entfernte Verblühtes, und um die Vasen, über die sie gebeugt stand, bildete sich ein herbstlicher Niederschlag einer zum Wegwerfen bestimmten Pflanzenwelt. Angenehm anzusehen, aber unscheinbar und mit dünnem Haar, stets in einem hellen Chiffonsari, der wie ein Lappen an ihr hing, strahlte Shalini die – wenn auch stets unfertig wirkende – Tüchtigkeit einer berufstätigen Frau aus. Wenn sie doch einmal etwas sagte, wandte sie sich mit knappen, kaum vernehmbaren Worten an Nirmalyas Mutter. Nirmalya konnte sich nicht erinnern, je ihre Stimme gehört zu haben.

Sie platzierte die Vasen gemäß einer nur für sie erkennbaren räumlichen Geometrie. Der Effekt war eine Art japanischer Ruhe. Wenn sie sich vorbeugte, verrutschte der kurze aanchal ihres Saris; ihre Brüste waren groß und voll.

Jumna entblößte ihr malvenfarbenes Zahnfleisch und sagte: »Sie hat sehr große ›Ball‹. Schau dir Arthur an, baaba. Jedes Mal kommt er aus der Küche und geht ins Wohnzimmer.« Das stimmte. Arthur kam angeschlurft und sah sich ein paar Augenblicke mit ausdrucksloser Miene im Wohnzimmer um, während sich ein Stück entfernt Shalini in einer Mischung aus professionellem Ernst und himmlischer Selbstvergessenheit über ihre Blumen beugte; dann kehrte er in die Küche zurück. »›Baap re, so groß Ball, so groß Ball‹, sagt er dann immer«, berichtete Jumna. Daraufhin zog es auch Nirmalya einige Male ins Wohnzimmer, lässig und anonym in kurta und pajaama, im Gesicht den hochmütig-abwesenden Ausdruck des ungeübten Voyeurs. Shalini nahm ihn weder zur Kenntnis, noch ignorierte sie ihn; ihr Blick, weder kalt noch unfreundlich, blieb gesenkt. Sie wurde nicht böse, sie versteifte sich nur kaum merklich, wie ein Pflanze es tun könnte – teils aus Ehrerbietung, weil der umhergeisternde Junge der Sohn des Generaldirektors war, teils … es war noch etwas anderes, das jedoch nie ganz ans Licht kam.

Arthur bereitete mit seinen flinken kleinen Händen (auch er selbst war winzig, weit unter einem Meter fünfzig) Gerichte, wie man sie aus Märchenbüchern kannte: Hackfleischpastete, Pfannkuchen, honiggeräucherten Schinken. Da die Senguptas solche Speisen jedoch nicht regelmäßig aßen, hatte er wenig zu tun und wurde zum Besserwisser, der das übrige Personal tyrannisierte. »Nicht wegwerfen!«, wies er Jumna an, wenn die von Shalini arrangierten Blumen verwelkt waren und trauernd aus den Vasen genommen wurden. Er briet die Blütenblätter gewissenhaft in masala und Öl, und manchmal gab es für die Dienerschaft nichts anderes zu essen. »Wissen Sie, was er uns heute vorgesetzt hat?«, beklagte sich Jumna einmal bei Mrs Sengupta. »Blumen. Die kann ich nicht essen«, sagte sie verdrießlich, und die Spitze ihrer rosa Zunge kam zum Vorschein. »Die sind bitter.« »Blumen?«, fragte Mrs Sengupta erstaunt. »Wieso?« »Er sagt, die sind gesund.« »Aber du kannst ihnen doch keine Blumen geben, Arthur«, wandte sich Mrs Sengupta sanft an den Koch. Der alte Mann nickte; sein zerfurchtes, bebrilltes Gesicht mit den vollkommenen

Zügen zeigte keine Regung. Er war erstaunlich vital mit seinen vierundsiebzig Jahren. Er glaubte an die segensreichen Wirkungen von Blüte und Wurzel.

Arthur konnte ein wenig Englisch. Das machte ihn für die anderen zu einem Kuriosum, zu etwas Großartigem, geradezu Unfassbarem, ähnlich einem Mitglied des englischen Königshauses. Einmal, als er noch Koch bei den Dyers und Nirmalya dort zu Besuch gewesen war, hatte Matthew gesagt: »Arthur hat einen Schokoladenkuchen für Tinas Geburtstag gebacken.« »Im Ernst?« »Ja, komm, ich zeig ihn dir.« Sie gingen in die Küche, und Matthew öffnete die Kühlschranktür. Ein großer Kuchen stand darin, von dem Lämpchen beleuchtet, mit einem eleganten Schriftzug aus weißem Zuckerguss: »Happy Birthday Dina«. »Aber …«, begann Nirmalya. Doch Matthew legte den Finger an die Lippen und schloss die Tür leise wieder. Arthur nannte Dyers Tochter »Dina«, und Dina würde sie an ihrem Geburtstag auch sein.

Shyamji interessierte sich im Grunde nicht für Kunstgegenstände. Bilder von Heiligen, Gottheiten oder Filmstars mochte er sich genauer ansehen, aber Kunst um ihrer selbst willen sagte ihm nicht viel. Die kleine darbaar-Szene betrachtete er jedoch mit Interesse, nicht unbedingt ihrer Schönheit wegen, sondern so, als kämen ihm die Figuren bekannt vor.

»Hat didi das gekauft?«, fragte er. »Es ist doch neu, oder?«

Nirmalya nickte.

»Didi hat wirklich ein Auge für so etwas.« Shyamji sah sich um, als erfasste er alles, was die Wohnung schmückte, auf einen Blick. Dann schienen seine Gedanken abzuschweifen, zu einem Gegenstand, der nicht im Raum war. Er wartete darauf, dass Mrs Sengupta aus ihrem Zimmer kam.

In Nirmalya war ein Interesse für diesen Mann erwacht: Shyamji. Noch wurde er nicht recht schlau aus ihm. Er beobachtete ihn von Weitem und hörte natürlich zu, wenn er sang. Shyamji kam fast jeden zweiten Tag, ein Mann, der zweifellos ein Meister seines Fachs war und das auch wusste, sich aber inmitten der Möbel, der Spiegel, der Luxusgegenstände nicht unwohl zu fühlen schien; ganz in seinem Element, nahm er seine Umgebung kaum wahr. Sein Gesang rührte Nirmalya an: Er war wie ein Sprühregen. Die zarten, flüchtigen Phrasen wurden nie zweimal auf die gleiche Art gesungen. Shyamjis Fähigkeit, diese schönen, melodischen Phrasen achtlos – manchmal sogar gefühllos, mit einem schnellen Blick auf seine Armbanduhr – aus dem Nichts zu zaubern, begeisterte und verblüffte Nirmalya.

Der Junge hatte alle möglichen Auffassungen von Kunst und Künstlertum entwickelt. Dass Shyamji ein großer Künstler war, sah er, aber er versuchte ihn mit seiner eigenen Vorstellung dessen, was ein Künstler sei, in Einklang zu bringen. Shyamji war ein Mann im weiten weißen kurta und pajaama, ein Mann, der sich das Haar einölte. Und obgleich seine Musik für Nirmalya manchmal inspiriert klang, war er ein Mann, der keine Ahnung von Inspiration oder keine Zeit dafür zu haben schien, ein Mann, der seinen Unterricht, sein Singen fast wie ein Gewerbe betrieb.

Nirmalya war inzwischen sechzehn, er hatte vor Kurzem auf dem Junior College angefangen und wusste, was er wollte. Er hatte sich Will Durants *Die großen Denker* gekauft und las gelegentlich im Bus darin, manche Passagen mehrmals. Er besaß auch *Das Sein und das Nichts*, war jedoch nicht über die ersten drei Seiten der Einleitung hinausgelangt – eine ganze Woche hatte er dazu gebraucht, so betäubend und schwindelerregend war der Text. Die Titelworte aber, »Sein« und »Nichts«, klangen in seinem Kopf nach und sickerten in sein Denken ein. Vor Kurzem war er sich der Tatsache bewusst geworden, dass er existierte, und er wollte dem unergründlichen Rätsel dieser neuen, unleugbaren Wahrheit auf den Grund gehen.

Shyamji entsprach weder dem Bild des orientalischen Künstlers noch dem des westlichen Musikers. Der orientalische Künstler war zu einem Teil religiöse Figur, der westliche war zu einem Teil Rebell, und Shyamji schien keines von beiden zu sein. Shyamji wollte sich Bombay zu eigen machen. Er wollte, so schien es Nirmalya, an den guten Dingen des Lebens teilhaben. Was er wollte, unterschied sich nicht wesentlich von dem, was sein Vater oder die Väter seiner Freunde wollten. Das passte für Nirmalya nicht zu dem Menschen, der Shyamji seiner Meinung nach hätte sein müssen.

Als er noch schwankte, ob er Philosophie studieren sollte oder Volkswirtschaft (wie sein Vater und seine Verwandten es gern gesehen hätten), war sein Interesse für die Musik erwacht. »Indische klassische Musik« – die zahlreichen Winterkonzerte in der Stadt hatten ihn darauf gebracht. Der oboenähnliche Klang der Sarod, ein über sein Instrument gebeugter Musiker in kurta und pajaama, Damen der Gesellschaft, Saris, die in der Taille verrutscht waren, sodass ihn der Bauchnabel mit einer derartigen Intimität anstarrte, dass Nirmalya ungeniert hinschauen musste, Ehemänner in Seidenkurtas, Geschäftsleute und Manager in schicker Abendkleidung: das obligate Vorspiegeln von Musikinteresse. Hier, in diesen Konzerten, inmitten dieser Inszenierung, unterzog sich Nirmalya einer langsamen privaten Schulung voller Demütigungen und Aufregungen: Er identifizierte Ragas, er verwechselte sie, er ließ sich anrühren von einer ihm unbekannten Melodie und freute sich, wenn er die Unverkennbaren erkannte: das untrügliche Vorspiel von Ragas wie Jaijaiwanti und Des, scheinbar von jeher unzugängliche Ragas wie Puriya Dhanashri – sein Ohr begann auch sie zu zähmen. Sie blieben zwar geheimnisvoll, wurden abends aber zu einem Teil seines Lebens. Und noch eine Entdeckung machte er: Kaum ein Zuhörer konnte einen Raga vom anderen unterscheiden. Das Publikum drohte sich ständig zwischen ihn und die Musik zu schieben. Sie mochte noch so herrlich sein – es war, als könnte er ihre Pforte nie ganz durchschreiten, weil er sich zu sehr der Menschen um ihn herum bewusst und durch sie abgelenkt war. Doch alle, auch er selbst, trugen auf die eine oder andere Weise eine Besitzer- und Kennermiene zur Schau. Nirmalya sah niemanden an und registrierte doch mehr, als man hätte meinen sollen. Einmal entdeckte er einen ranghohen Kollegen seines Vaters, den er zweimal auf Partys seiner Eltern gesehen hatte, kaum wiederzuerkennen in seinem leuchtend gelben kurta. Doch der Mann sah ihn nicht. Er selbst trug einen zerrissenen weißen Baumwollkurta und ausgefranste Jeans. Finster blickte er ins Publikum.

Manchmal bat er seine Mutter, ihn zu begleiten. »Komm mit, Ma! Ich will mir Kishori Amonkar anhören.«

»Ja, gut!«, sagte sie dann, insgeheim erfreut. Diese Ehre, die er ihr zuteil werden ließ – seine Aufmerksamkeit –, war etwas Neues, eine Kehrtwendung gegenüber den Jahren, in denen *er* als Kind Aufmerksamkeit eingefordert hatte. Die Musik hatte diesen Wandel bewirkt: eine Bereitschaft, die Phase des Entdeckens mit ihr, die er unversehens in einen gleichberechtigten Status erhoben hatte, zu teilen.

Während des Konzerts richtete er kaum ein Wort an sie. Manchmal schlief sie ein, müde nach einer schlaflosen Nacht, von der Musik beruhigt. Doch die Verachtung für das Publikum verband Mutter und Sohn.

»Schau dir diese Dummköpfe an!«, sagte sie.

Sie besaß die unanfechtbare Überlegenheit, die geistige Unanfechtbarkeit eines hochbegabten Menschen, dessen Begabung jedoch geheim bleibt. »Diese Musik ist misstönend«, flüsterte sie ihm ins Ohr, wenn der Sitarspieler einen falschen Ton anschlug. Und wenn sie einschlief – und das geschah nur bei den spontansten, aufwühlendsten Passagen – war Nirmalya, auch wenn es ihm ein wenig peinlich war, der Rückzug seiner Mutter in diese kindliche, unbewusste Einfachheit lieber als die angestrengt zur Schau gestellte Kennerschaft des Publikums.

Nach der Vorstellung und dem Applaus setzte die lange, langsame Prozession nach draußen ein: lächelnde, duftende Paare, die Despandes, die Boses, die Nanavatis, im Begriff, zur festgesetzten Zeit schlafen zu gehen oder noch ein Abendessen einzunehmen. Eine durch die Musik bewirkte freudige Benommenheit mischte sich in den allgemein zufriedenen Ausdruck auf den Gesichtern. Nirmalya und seine Mutter – an ihren kurzen Schlummer erinnerte sie sich kaum, während sie in der Menge dem Ausgang zustrebte – trafen dann manchmal noch Bekannte: »Ah, Mrs Sengupta!« – der Ton familiär, freundlich, eine Spur herablassend.

Nirmalya hielt sich nachdenklich im Hintergrund, während sich der Saal vollends leerte, und nahm weder die Bekannten noch seine Mutter zur Kenntnis.

Anfangs verstand er den Gesang nicht; zu vertraut und zugleich fremd war die menschliche Stimme, wenn man ihr lauschte. »Instrumentalmusik« hingegen fand er angenehm, obgleich sie ihn auch ein wenig abstieß. Die lieblichen, geschlagenen und gezupften Töne der Sitar, der rauschhafte Strom von Klang und Erregung, den die Tabla erzeugte: All das kannte er bereits – wie einen Vers aus einem in der Schule durchgenommenen Gedicht, der durch Lernen und Wiederholen seine Bedeutung nahezu eingebüßt hat – aus bukolischen Szenen in Hindifilmen, aus offiziellen Dokumentarfilmen über den Bau von Straßen und Staudämmen, selbst aus Nahaufnahmen Indiras Gandhis, wie sie Einweihungsbänder durchschnitt oder ausländische Würdenträger begrüßte. Solche Bilder verließen ihn nie ganz, auch dann nicht, wenn er glaubte, vollkommen versunken und aufmerksam zuzuhören.

Der Saal selbst – welcher auch immer – war ein seltsamer Ort, Teil der Stadt, aber mit eigenem Klima, eigenen Jahreszeiten und ewigem Licht; kaum öffneten sich die Türen, strömte das Publikum hinein und nahm seine Plätze ein. Vielleicht deshalb spielte eines Tages Ali Akbar Khan den Raga Lalit um sechs Uhr abends. Der alternde ustaad rang auf der Bühne mit seinem Instrument, sein kahler Kopf fast wie der Resonanzkörper einer Sitar – vollkommen. Einige Zuhörer regten sich unbehaglich, neigten sich einander zu und flüsterten: »Ist der ustaad senil?«, doch Nirmalya war nicht über Gebühr irritiert. Theoretisch wusste er, dass der Lalit ein Morgenraga war, aber noch erkannte er ihn nicht ganz, und schon gar nicht hatte er ihn verinnerlicht; noch assoziierte er ihn nicht mit den ersten Sonnenstrahlen und dem Gesang bestimmter Vögel. Er konnte sich ohnehin nicht erinnern, wann er jemals die ersten Sonnenstrahlen gesehen hatte, und es kümmerte ihn auch nicht. Der Morgenraga entfaltete sich. Die Züge des ustaad waren ruhig wie die eines Buddhas und trotzig wie die eines Kindes.

Noch zwei Tage später trug Nirmalya diese Erfahrung des Ragas Lalit am Abend wie etwas Unverdautes mit sich herum. Ist im Jahr 1980 alles möglich, fragte er sich. Nach einigen Tagen erzählte er Shyamji davon. Shyamji schüttelte den Kopf.

»Wie konnte Ali Akbar Khan das tun?«, sagte er sehr bedenklich. »Das kann man doch nicht machen.«

Doch Shyamjis übertrieben gravitätische Miene verriet Nirmalya, dass er in Gedanken woanders war.

Nirmalya stand mit den *Großen Denkern* unterm Arm an der Bushaltestelle; den Mercedes seines Vaters wies er bescheiden, aber entschieden zurück. Er hatte kein bestimmtes Ziel. Manchmal fuhr er zum College, um eine Vorlesung zu besuchen oder sich mit Freunden zu treffen, dann wieder, als sei er mit einem Bann belegt, drückte er sich nur an einem der Eingänge herum oder durchstreifte nachdenklich die Umgebung. Wenn der Mercedes ihn abholen kam, ignorierte er ihn. Manchmal folgte ihm der Wagen in geringem Abstand, diskret, absurderweise bemüht, mit dem Hintergrund zu verschmelzen, während Nirmalya in seinem khadi kurta und dem churidar scheinbar gelassen weiterging, vorbei an Erdnussverkäufern und eiligen Tagelöhnern, eins mit dem chaotischen Betrieb auf der Mahatma Gandhi Road.

Er saß im Bus und las in den *Großen Denkern.* Wenn der Wind durchs Fenster hereinwehte, hatte er Mühe, sein langes Haar zu bändigen; manchmal musste er es mit der Hand festhalten. Doch er las unbeirrt weiter, das Kapitel über Benedetto Croce gleich mehrmals. Das Kunstwerk gehe seiner realen Gestaltung voraus, schrieb Croce; es müsse im Kopf des Künstlers, in seinem Gehirn entstehen, ehe es auf Papier oder Leinwand gebannt werde. Das erschien Nirmalya angesichts seiner eigenen Versuche, Gedichte zu schreiben, unbestreitbar; er hatte ein Ideal im Kopf, dem er nach Kräften auf dem Papier Gestalt zu geben suchte. Leute stiegen ein und aus, junge Goanerinnen in Kleidern, Collegestudenten, Gujarati-Buchhalter, Männer, die Handwerker oder Fahrer sein konnten, plaudernde Paare. An seiner Haltestelle stieg Nirmalya aus und strebte dem hohen Gebäude mit der riesigen Wohnung zu.

»Ich soll ihn unterrichten? Shastriya sangiit?« Shyamji schien nicht übermäßig erfreut; die Frage brachte ihn aus dem Konzept, und er sah ratlos drein. Klassische Musik wollte sonst niemand bei ihm lernen. Sein Sohn Sanjay wollte Gitarre lernen; sie würden ihm bei Furtado eine besorgen. Shyamjis Frau sah ihn als zukünftigen Arrangeur: »Damit kann man viel Geld verdienen.«

»Shastriya sangiit?«, wiederholte Shyamji, als hörte er den Begriff zum ersten Mal. Dieser schwierige Kontinent – wieso sollte ihn jemand aus *dieser* Welt betreten wollen? Die Bitte bestätigte ihm nur, was für ein seltsamer Junge Nirmalya war. Die meisten der jungen Männer und Frauen in den Thacker Towers und den Wolkenkratzern ringsum – Shyamji hatte mittlerweile eine recht ansehnliche Klientel – wollten Ghazals lernen, Liebeslieder in einfachem Urdu (sie zogen das einfache dem schwierigen Urdu vor), Lieder von Wein, Liebschaften und Trauer, und die älteren Frauen, Gattinnen von Diamantenhändlern und -exporteuren, wollten bhajans singen, die Namen Radhas und Krishnas, bald richtig, bald falsch. Shyamji hatte sich für diese Formen entschieden, nicht nur weil sie seine Miete und (später einmal) die Hochzeiten seiner Söhne und Töchter sicherten, sondern auch, weil sie ihm den Weg in das Leben ebneten, das er anstrebte – er wollte davon kosten, er wollte daran teilhaben. Sein Vater und er hatten Stunden, Monate, Jahre auf shastriya sangiit verwendet, und was hatte es ihnen gebracht? Er scheute vor der Erinnerung daran zurück. Diese leise anrührenden Lieder waren eine Art gängige Währung; klassische Musik – shastriya sangiit – eine Verpflichtung.

»Gut, ich unterrichte ihn«, sagte er widerstrebend zu Mrs Sengupta und warf Nirmalya einen skeptischen Blick zu. »Aber das wird nicht einfach.«

»Shyamji«, sagte der Junge – er nannte ihn »Shyamji« und nicht »guruji« oder »panditji«, nicht aus Mangel an Respekt, sondern weil sich etwas in ihm gegen die Rolle des (unterwürfigen, verehrenden) wahren Schülers sträubte – »Shyamji, warum konzentrieren Sie sich nicht auf shastriya sangiit? Damit kämen Sie ganz groß raus. Nur wenige können so gut klassisch singen wie Sie.«

Wäre Nirmalya mit seiner Brille und dem langen Haar nicht Mrs Senguptas Sohn gewesen, die Frage hätte Shyamji empört. Nachsichtig und mit gerunzelter Stirn sah er den Jungen an. Er war perplex, aber auch ein klein wenig belustigt.

»Diese Ghazals – die sind so banal«, sagte Nirmalya, unerbittlich. »Und wie die bhajans heute gesungen werden! Früher hat man bhajans im Tempel gesungen.«

Shyamji legte seine Stirn in ernste Falten. »Unsere ganze Musik stammt aus dem Tempel, baaba«, sagte er leise. Er schaute auf die Uhr – gleich musste Mrs Sengupta aus ihrem Zimmer kommen. »Die Leichtigkeit, mit der ich diese Melodien singe«, vertraute er Nirmalya an – er hatte gerade Stimmübungen mit ihm gemacht –, »kostet viel Mühe und Anstrengung. Ich habe geübt, bis ich Blut gespuckt habe.« Draußen glitzerte das Arabische Meer. Shyamji beugte sich auf dem Sofa vor und schüttelte den Kopf, fassungslos angesichts seiner Zähigkeit von einst, dieses anderen, etwas unbeholfenen und ungeformten Ichs, das er einmal gewesen war.

Zu Shyamjis Schülern zählten die Tochter eines Sikh-Geschäftsmannes, der Sohn eines Ministers, die Frau eines leitenden Air-India-Angestellten, ein junger Student, der in Ghatkopar wohnte, weit außerhalb dessen, was für die anderen Bombay war, und Biswajeet, ein hochgewachsener junger Bengale aus Kalkutta, der eine Karriere als Ghazal-Sänger anstrebte. Diese Gruppe – es gab noch andere Gruppen und andere Treffen – kam zweimal wöchentlich in der Wohnung des Sikh-Geschäftsmannes in den Thacker Towers zu einem demokratischen Kreis um Shyamji zusammen. Die Wohnung war modern gestaltet, der Innenarchitekt oder die Innenarchitektin hatte sich von Hotels und Restaurants inspirieren lassen: Vom Wohnzimmer, in dem die Farbe Rot vorherrschte, führten Stufen auf eine erhöhte Ebene mit behaglichen Nischen für Sofas und Tische.

Die Musikstunde fand jedoch nicht im Wohnzimmer statt, in dem sich überhaupt nie jemand aufzuhalten schien, sondern in einem kleineren Raum. Priya Gill, die Tochter des Sikhs, war ein Mischung aus sinnlich und gelehrt, immer im salwar kamiiz, geradezu unnatürlich hellhäutig, das Kraushaar geglättet, kurzsichtig, die Brille zierlich auf der Nase. Ihr Gesang war kaum zu vernehmen, sie flüsterte in ihrer Ecke des Raumes, doch Shyamji sagte ihr nicht, dass sie gar nicht richtig sang; er schien sie bestens zu hören. Raj Khemkar, der Sohn des Ministers, wie sein Vater Baburao Khemkar im weißen kurta, sah auch aus wie der Minister, nur war er nicht dick. Er schien den Konfigurationen der Schicksale und Interessen – der Politiker, der Menschen, des Staates –, die im Leben seines Vaters stets präsent waren, seltsam fernzustehen. Baburaos Bild sah man täglich in der Zeitung, die Augen kugelrund geweitet, wenn er lachte oder in Zorn geriet. Raj Khemkar sang mit Enthusiamus, und auch das war seltsam, denn Leute, die Ghazals sangen, bewegten sich eher in leisen, verträumten Bahnen. Vielleicht hatte er den Enthusiasmus von seinem Vater geerbt.

Die Frau des Air-India-Managers, Mrs Jaitley, besaß die kräftigste Stimme in der Gruppe, hatte aber Mühe, die hohen Töne zu treffen. Am liebsten hörte sie zu, wenn Shyamji leise sang. Sie schloss dann die Augen, wiegte den Kopf und glitt in eine Art samadhi. Der junge Student, der den langen Weg bis von Ghatkopar gekommen war, saß zusammengesunken da und starrte Shyamji an, als hätte er noch nie einen Mann singen sehen. Der bengalische Ghazal-Sänger mit seinen bunten Hemden schien am wenigsten von schwerem Ernst gebeugt; nie sah man ihn ohne ein Lächeln auf den Lippen.

Nirmalya gehörte nicht zu der Gruppe. Einmal platzte er herein, als er Shyamji in dem Gebäude gesucht und gehört hatte, dass er in Mr Gills Wohnung Unterricht gab. »Setz dich doch einen Moment, baaba.« Doch er fühlte sich unwohl in dieser Runde, überlegen und zugleich benachteiligt. Einmal, als er in der Eingangshalle stand und ihm die langen Haare ins Gesicht wehten, kam Priya Gill mit ihrer Mutter herein, und er sah, wie die beiden auf dem Weg zum Aufzug ein verstohlenes Lächeln tauschten.

Seine eigene Beziehung zu Shyamji war ohne Belang; noch hatte er nicht regelmäßig Unterricht bei ihm. Es war – in gegenseitigem Einvernehmen – keine traditionelle Guru-shishya-Beziehung. Als Mrs Sengupta Shyamji fragte: »Solltet ihr beide nicht das Ritual vollziehen?« – was bedeutet hätte, dass der Guru den nada, die Schnur, um das Handgelenk des shishya band und der shishya seinem Lehrer guru-dakshina gab, ein paar Hundert Rupien und eine Schachtel Konfekt etwa –, antwortete Shyamji: »Es besteht keine Notwendigkeit, den nada zu binden.« Shyamji lebte in der realen Welt, nicht in einer fantastischen früheren Welt.

Nirmalya war ein wenig enttäuscht, aber auch erleichtert.

Nirmalya besaß einen kastanienbraunen, einen dunkelblauen und einen tiefgrünen kurta aus handgesponnenem und handgewebtem Stoff. Dazu trug er einen weißen churidar oder Bluejeans – einfache Sachen und doch eine komplexe Uniform, die sein Heraustreten aus seinem bisherigen Leben markierte. Ohne sie wäre er nichts gewesen; sie entsprachen dem, was weiße oder safrangelbe Gewänder für heilige Männer waren, Symbol dafür, dass er der Welt fern und doch ein Teil von ihr war, dass er sich nun einem Stand zugehörig fühlte, aus dessen Blickwinkel er das Leben einfacher Leute mit Distanz und Toleranz betrachten konnte. Sein Äußeres brachte seinen Vater auf, bestimmte Leute machte es misstrauisch, andere wiederum kühn: In den Collegefluren wurde ihm, obwohl er nicht rauchte, manchmal von einem Mann (Aussteiger und zugleich Visionär) im Flüsterton LSD angeboten. Er hatte seltsamerweise noch kein einziges Laster – Rauchen und Trinken interessierten ihn nicht –, erweckte aber unfehlbar den Eindruck eines Menschen, der in der Luft hängt, der die Orientierung verloren hat.

Seine Eltern sahen unterdessen immer besser aus; mit Mitte fünfzig wirkten sie nicht älter als Anfang vierzig. Nirmalya schlug sich mit dem Sinn des Lebens herum – wozu das Dasein, fragte er sich mitunter, wozu die rätselhafte Reise des Universums? Das Universum erschien ihm wie eine Varietévorstellung, in der er sich auf keines der einzelnen Elemente konzentrieren konnte. Er hatte eine Leere in seiner Magengrube festgestellt, die ihm das Gefühl gab, uralt, schon seit Jahrhunderten unterwegs zu sein. Der Anblick seiner Eltern tröstete ihn; sie ließen sich auf das Leben und den Lebensstil der Firma ein, und das verjüngte sie sichtlich. »Für deinen Vater hat das Leben erst spät angefangen«, sagte Mrs Sengupta zu Nirmalya. Sein Aufstieg zum Finanzchef und später zum Generaldirektor hatte Apurva Sengupta neue Energie und Jugend geschenkt. Das lag nicht nur daran, dass sein Haar wie durch Zauberei über Nacht schwarz geworden war oder dass er noch besser aussah als früher; er blickte auch jeden Morgen mit neuem Pflicht- und Verantwortungsbewusstsein in die Zukunft. Nirmalya fühlte sich abgespannt; die Welt – die Wohnung, der Blick vom Balkon, Cuffe Parade – bereitete ihm Schmerzen. Neben seinen Eltern wirkte er zerzaust und fehl am Platz.

Hin und wieder machte die viele Arbeit seinen Vater krank. Es machte ihn krank, zu lange in derselben Haltung dazusitzen – im Anzug auf dem Drehstuhl, die Hände auf dem Schreibtisch. Er überflog Akten, unterschrieb Memos und führte Vorstellungsgespräche, er hatte »Meetings« und diktierte zwischendurch Briefe. Während all dieser Tätigkeiten, und obwohl seine Gedanken an vielen Orten gleichzeitig weilten, bewegte er sich kaum. Eines Tages fuhr ihm ein heftiger Schmerz in den rechten Arm, und er konnte ihn – erst in der Firma, dann zu Hause – immer weniger bewegen. Der damals elfjährige Nirmalya beobachtete wie gebannt das Gesicht seines Vaters, während er den Arm zu heben versuchte. Eine Spondylitis wurde diagnostiziert. Infolge des stundenlangen Sitzens drückte ein Wirbel auf einen Nerv und verursachte qualvolle Schmerzen. Es war lange her, aber Nirmalya erinnerte sich noch gut an den bestürzten Blick seines Vaters, als man ihm Anzug und Hemd auszog und er schließlich im Unterhemd dastand, so wie Nirmalya ihn abends oft sah. Eine zweiwöchige Zwangspause auf dem Rücken im Breach Candy Hospital, ein Streckverband; der Fluch des Managers – harte Arbeit, um die Firma voranzubringen und Gewinn zu machen –, etwas ganz anderes als die Erschöpfung des Sportlers. Dyer besuchte seinen Finanzchef, und Nirmalyas Vater lächelte ihm in seinem Streckverband mit zusammengebissenen Zähnen zu. »Anders hätten wir Sie nie dazu gebracht, sich einmal auszuruhen, A. B.«, sagte der Engländer mit blitzenden Augen. »Aber wir brauchen Sie bald wieder.«

»Sitzende Lebensweise«: dieser Ausdruck fand damals dauerhaft Eingang in Mallika Senguptas Vokabular. »Sitzend« – keinerlei Aktivität, aber offenbar nicht weniger lebensgefährlich als eine hochriskante Aktivität wie etwa das Bergsteigen: der Hauch des Todes, auch wenn man nur auf einem Stuhl saß und an nichts Böses dachte. Der bloße Umstand, dass ihr Mann saß, raubte Mrs Sengupta ihre Sicherheit und Zufriedenheit. Der Tod schwebte über ihm genauso – wenn nicht noch unmittelbarer – wie über Brandungsschwimmern oder Fallschirmspringern. Sitzen hieß die Gefahr suchen.

Einige von Mr Senguptas Kollegen spielten Golf – eine würdevolle, langsame, kameradschaftliche Art, das Ende des Lebens hinauszuzögern. Auch Apurva wollte damit anfangen, brachte aber am Ende nicht genug Enthusiasmus auf, um den Sport zu erlernen, um sich im Morgengrauen auf einem weiten Gelände mitten in einer übervölkerten Stadt einzufinden und festzustellen, dass seine Gefährten mit zunehmender Helligkeit zwar vertrauter, aber auch uninteressanter wurden. Er trainierte selten; die Firma nahm ihn fast völlig in Beschlag. Aber noch hatte ihm die »sitzende Lebensweise« keine bleibenden Schäden zugefügt.

Nicht lange nach dem Streckverband, dem Abklingen der Schmerzen und der Befreiung seines rechten Arms war Mr Sengupta wieder auf den Beinen und fuhr morgens wie gewohnt in seinem schwarzen Anzug ins Büro. Abends besuchten er und Mallika Sengupta wieder Partys, und ihr illustrer Bekanntenkreis wuchs: Leute, die schwerreich waren, aber etwas Fahles, ein wenig Bedürftiges an sich hatten, die Straßen und Fabriken besaßen, aber in spärlich möblierten Wohnungen lebten – kaum ein Gemälde schmückte dort die Wände –, Leute, deren Name eine Art Kapital darstellte, die selbst aber unscheinbar und anonym wirkten. Die riesigen Brillantohrgehänge ihrer Frauen überraschten ebenso wie die verwitterten Wände ihrer meerzugewandten Wohnungen.

Sie waren bei den Poddars eingeladen, einer berühmten Familie, die Schulen und Krankenhäuser baute und sie stets nach sich selbst benannte, und fanden sie ganz normal, phantomhaft, nicht weiter bemerkenswert.

»Hast du gesehen, in was für Gläsern sie den sharbat serviert haben?«, fragte Mallika Sengupta leise. »Schöne Silbergläser waren das – Familienerbstücke wahrscheinlich.« Es klang entrüstet, als hätten Leute mit so viel Geld nicht das Recht, schöne Dinge zu besitzen.

Von Neuem drang das Breach Candy Hospital in ihr Leben ein. Für sie war es einfach eine angenehme, gut geölte Einrichtung, die ihren Bedürfnissen seltsam zuvorkommend gehorchte – wie es der Spitzenmanager überall erlebte –, Teil eines allgemein freundlichen Umfeldes; Patienten und Besucher gleichermaßen verließen es wie zufriedene Kirchgänger. Nie hätten sie gedacht, dass es sich sperren und unberechenbar werden könnte, dass es Zeuge einer kleinen Unterbrechung erfüllter, entspannter Nachmittage werden könnte.

Chandu Prakash Mansukhani, im ganzen Land für seine CP-Reifen bekannt: ein dynamischer neuer Typus mit einem Stanford-Abschluss, bescheiden, selbstbewusst, ganz anders als die schwerfälligen Abkömmlinge und Oberhäupter der alteingesessenen Unternehmerfamilien, jemand, mit dem man sich auf einer Party kurz unterhielt, um danach festzustellen, dass man noch immer ein Lächeln auf den Lippen hatte, einen Nachgeschmack des Ausgewogenen, Richtigen. So selten trafen Reichtum und Geschmack, Geld und Bildung zusammen, obgleich sie im Grunde doch füreinander bestimmt schienen. Und ausgerechnet Chandu Prakash Mansukhani verspürte eines Nachmittags Schmerzen in der Brust. Apurva und Mallika Sengupta waren mehrere Male bei ihm gewesen; vor zwei Wochen erst waren sie wieder mit dieser maßvollen, unaufdringlichen Persönlichkeit zusammengetroffen und hatten, ohne es auszusprechen, deren ausgewogene Proportionen bewundert.

An einem Tag bekam er Schmerzen in der Brust, am nächsten war er tot. Der Arzt hatte Blähungen diagnostiziert.

»Unfassbar …«, sagte Mrs Sengupta. Sie dachte an ihre letzte Begegnung mit ihm, an die Wärme und die besondere Vertrautheit, die ihnen das Gefühl gegeben hatten, ihn besser zu kennen, als es der Fall war. »Dabei wohnen sie direkt gegenüber dem Breach Candy Hospital. Wenn nur …«

Niemand war gefeit. Er war ein Mann gewesen, der nichts mit dem ehernen Bild des Industriellen gemein hatte. Doch er hatte sich ihnen entzogen; er war nur zweiundvierzig Jahre alt geworden.

»Die Vierziger sind eine schlimme Zeit«, sagte Mallika Sengupta und blickte von der Zeitung auf, plötzlich bedroht durch ein neues Wissen und – sie ängstigte sich leicht – eine geheime Furcht. »Besonders für Geschäftsleute.« Und sie überprüfte im Geiste die Diät ihres Mannes, obwohl er bereits weit über fünfzig war.

Ihre Gesangspraxis litt unter den Partys. Sie wurde vom extravaganten Lebensstil eines Generaldirektors eingesogen, und sie ließ sich von diesem Strudel geradezu bereitwillig verschlingen. Was sie auf den Partys redete, wusste sie später oft nicht mehr, Äußerungen anderer dagegen setzten sich in ihrem Kopf fest. Wieder zu Hause, wallte eine trotzige Liebe in ihr auf, sie stürzte sich in ihrem Ausgehstaat auf ihren schlafenden Sohn und bedeckte ihn mit Küssen. Er wachte dann kurz auf, aber am nächsten Morgen wusste er nichts mehr davon. Hatte sie später ihr Nachthemd angezogen, war sie zu erschöpft, um sich noch abzuschminken oder auch nur ihre zahlreichen Armreife abzulegen. Nacht für Nacht schlief sie mit dem Make-up im Gesicht ein, und das Rouge belebte ihre ermatteten Züge, der Kajalstift betonte die Konturen ihrer geschlossenen Lider. Am nächsten Morgen hatte sie beim Singen Schwierigkeiten mit der Stimme: Sie schwankte, sie war schwach, weil sie zu wenig gefordert wurde, sie rächte sich für die Vernachlässigung. »Ich kann nicht mehr singen. Meine Stimme ist weg«, dachte sie ungeduldig. Aber sie wusste, dass es nicht so war, dass sie nur einen Vorwand suchte und auch früher viele Male gesucht hatte, um sich einer lebenslangen Leidenschaft und Hingabe, einer scheinbar nutzlosen Anstrengung, zu entziehen. Und so vernachlässigte sie ihre Stimme weiter.

Unterdessen hatte sich Nirmalya mit dem Eifer eines Bekehrten auf die Stimmübungen geworfen, die Shyamji ihm aufgab. Er saß auf einem dari vor dem Harmonium, schlug die Taste an, die ihm das sa vorgab, und strebte eine Stunde lang nach Vollkommenheit. Obwohl noch Anfänger, sah er sich auf eine Art in der gleichen Lage wie seine Mutter – seine Stimme gehorchte ihm nicht –, aber im Gegensatz zu ihr hatte er Zeit und Energie im Überfluss. Eine Übung zu meistern konnte wie ein Kampf sein, der körperliche Kraft erforderte. Danach war er ausgelaugt, zufrieden, niedergeschlagen – alles zugleich.

Seine Wandlung – die Dienstboten bemerkten sie als Erste – hatte ihm eine Mission beschert. Er ermahnte seine Mutter, sich wieder ihrem Gesang zu widmen.

»Ma, du übst gar nicht mehr!«, sagte er vorwurfsvoll, während sie einen Armreif überstreifte. »Du weißt doch, was mit der Stimme passiert, wenn man nicht übt!« Und sie, die seit fünfzig Jahren sang – ihr Sohn erst seit fünf Monaten –, sah ihn schuldbewusst an. Es machte sie nervös, dass er sie so attackierte. »Du gehst viel zu oft auf diese dummen Partys.«

»Ich weiß, und ich finde sie schrecklich, aber dein Vater meint, sie sind wichtig, sie gehören zu seiner Position.«

In solchen Momenten fühlte sie sich zwischen zwei Einflüssen hin- und hergerissen: dem ihres Mannes, von dessen Weisheit sie sich leiten ließ und der in gewisser Weise ihr Leben geformt hatte, auch ihr Leben als Künstlerin, und dem ihres Sohnes, der zeitweilig die Rolle eines Gurus übernahm und mehr von ihr erwartete, als sie geben konnte – nicht mehr Mutterliebe, sondern mehr Hingabe an ihre Kunst. Er hatte ganz andere Vorstellungen (die er auch nachdrücklich äußerte) von der Rolle, die das Singen in ihrem Leben spielen sollte, als sein Vater. Streit gab es darüber zwischen Nirmalya und Apurva Sengupta nicht, ihre unterschiedlichen Standpunkte wären ihnen gar nicht bewusst gewesen, doch während der Vater seine Frau nur immer singen hören wollte und sich wünschte, auch andere würden sie hören, wollte der Sohn, dass sie ihrem Talent gerecht wurde – auf welche Weise, blieb unklar. Sie selbst konnte weder Apurva Senguptas tröstlichen Glauben an sie noch die Ungeduld ihres Sohnes ernst nehmen. Kompromisse waren nötig, um selbst ein so unwirkliches Leben wie ihres ruhig und vernünftig zu führen – Kompromisse, die Enttäuschung erzeugten, aber auch linderten.

Shyamji ließ sie weiterhin bhajans singen, von Menschen geschrieben, deren Leben durch Wahnvorstellungen zerrüttet und gewandelt worden war: Mira etwa, die ihren Gemahl, den Rana, ohne ersichtlichen Grund um des blauen Gottes willen verließ. Für sie war Krishna so real wie jeder Mensch – realer noch. Die Rituale des Wartens, die sie vollzog, des Erbebens bei der Berührung des Windes in Erwartung Krishnas – all das war eine Form von Wahnsinn, wie sie selbst bekannte und zugleich bestritt, wenn sie sang: »Log kahe Mirabai bauri – die Leute sagen, Mira sei verrückt.« Und dieser ferne, törichte Schmerz fand nun als Zeitvertreib Eingang in Mrs Senguptas Wohnzimmer und rührte die Sängerin, die Miras unglaubhaftes Sehnen bauchrednerisch wiedergab, leise an.

Mallika Senguptas Stimme besaß aus Gründen, die sie nicht kannte, das seltene Timbre der Andacht. Sie war nicht religiös, sie liebte das Leben, doch wenn sie sang, schwang in ihrer Stimme der wahre Klang von Glauben und Entsagung mit, als lebte in ihr die Erinnerung an ein anderes Leben in einer anderen Welt. Selbst jetzt noch, da sie aufgrund ihrer gesellschaftlichen Verpflichtungen aus der Übung war, wurde in ihrem so arglosen Gesang etwas von Miras absurder Sehnsucht lebendig.

Seine Eltern waren Freunde für ihn. Wenn sie zum Cocktail oder zum Dinner ins Taj gingen, begleitete er sie gut gelaunt. Eingeladen war er natürlich nicht; in der blitzenden Lobby verabschiedete er sich von ihnen. Fünfsternehotels waren ihm von Kindheit an vertraut, und er fühlte sich dort zu Hause. Er spazierte umher, schlampig, aber unbefangen, auf paradoxe Weise das Feld beherrschend, und niemand stellte ihn zur Rede.

Nach zwanzig Minuten ging er wieder hinaus, die breiten Stufen hinunter, vorbei an den Sikh-Türstehern, die kurz zuvor ehrerbietig die Schläge des Mercedes geöffnet hatten. Er schlenderte die Promenade entlang. Paare lehnten an der Brüstung zum Wasser hin, da und dort sah man Freundesgruppen in scheinbar unerschütterlichen Posen der Trägheit, zehn- oder elfjährige Limonaden- und Erdnussverkäufer betrieben heiser ihr Geschäft, das alte und das neue Taj blickten auf Nirmalya herab. »Maata pitaa se tuunt gaya jo dhaaga – der Faden, der mich mit Mutter und Vater verband, ist zerrissen« – Miras Worte in dem bhajan würden auf Nirmalya niemals zutreffen. Ohne seine Eltern wäre er verloren gewesen. Aber diese einsamen Stunden hatte er für sich – seine Eltern hätten jetzt auch in einer anderen Stadt sein können.

Es gab in den Nebenstraßen rings um das Taj keinen Abschnitt, der nicht voller Leben gewesen wäre: der Bürgersteig vor dem Gästehaus der Heilsarmee, vor Barretto und Sheperd's, dem Schneider, bei dem Mr Sengupta seine Anzüge nähen ließ, vor dem Antiquitätengeschäft. Dieses hustende, wispernde Leben ängstigte Nirmalya und zog ihn zugleich an. Die billigen Hotels hinter dem Taj mit ihren alten Türen und den vorsintflutlichen Aufzügen, das Gewimmel der Bettler unter dem Gateway of India mit ihren bidis und amputierten Gliedmaßen – hier machte er kehrt und ging zurück, vorbei am Eros-Kino, die ganze Strecke bis zu dem gotisierenden Bau nicht weit von seinem College, in dem Konzerte klassischer Musik und belanglose Ausstellungen stattfanden. Der Gehweg hier war leer, aber beleuchtet.

Eine Frau saß vor einer verschlossenen Tür des Gebäudes auf den Stufen. Sie war wie eine Fischersfrau gekleidet, und in einem Korb neben ihr lagen Bananenbündel aufgeschichtet.

»Komm her«, sagte sie. Ihre Zähne waren betelfleckig, und sie roch stark nach Alkohol – ein säuerlicher Dunst, der Nirmalya wie ein Schwall entgegenschlug. Nirmalya hatte auf Partys zwar Frauen trinken sehen, konnte sich aber nicht erinnern, je Alkoholgeruch an ihnen wahrgenommen zu haben. Er war ein wenig schockiert. Die Frau lächelte ihn herzzerreißend erwartungsvoll an. Sie schien ihn nicht als das zu erkennen, was er war, oder überhaupt einen Gedanken daran zu verschwenden: seine Sanftheit, seine Herkunft, seine Erziehung.

»Willst du meine Brust anfassen?«

»Wie viel?«, fragte Nirmalya ruhig und emotionslos, distanziert, aber fiebrig beherrscht.

»Zehn Rupien.«

Die Beleuchtung über dem Portal hatte eine renommierte Unternehmerfamilie gestiftet. Es war in ein grelles Licht getaucht, das die Flanken der vorbeifahrenden Autos neben ihnen aufblitzen ließ und ungeschützt den Blick auf die beiden freigab. Nirmalya glaubte jedoch, niemand könne sie sehen, und die Frau schien seine Überzeugung unbekümmert zu teilen. Er setzte sich neben sie. Die Stadt schloss ihre Reihen und nahm keinerlei Notiz von ihnen. Die Brüste der Frau, hellhäutig, aber faltig, lugten bereits aus der Bluse hervor.

Ein Polizist kam vorbei, blieb stehen, warf ihnen einen finsteren, aber nicht drohenden Blick zu und setzte dann seinen Weg fort, als hätte er es eilig.

Im Taj verabschiedeten sich Nirmalyas Eltern unterdessen von einem unausstehlichen Manager, der jünger aussah, als er war, und sich auch so gab; Jugendlichkeit schien für ihn ein unfehlbarer Weg zum Erfolg zu sein. Ein letzter nervöser, weithin hörbarer Ausbruch von Gelächter, wie er solche Abschiede üblicherweise begleitete, ertönte. Als Mrs Sengupta ihren Sohn zwischen den schlaflosen Gästen in der opulent ausgestatteten Lobby entdeckte – chaotischen Arabern, ein wenig fragend dreinblickenden Europäern und anderen, die zu glauben schienen, es sei mitten am Tag –, war es, als hätte sie ein Trugbild gesehen, ein geliebtes Phantom, das zurückkam, um sie Tag und Nacht zu beschäftigen. Auch in Nirmalya bestätigte sich etwas, als er seine Eltern sah: eine altvertraute Freundschaft, ein Gefühl der Geborgenheit, das in einem anderen Leben gewachsen sein musste, eine Komplizenschaft, die trotz der Distanz, die ihn neuerdings von ihnen trennte, nach wie vor da war. Er würde ihre Welt nie ganz verlassen können, das wusste er.

»Und, wie war die Party?«, fragte er, als wäre sie ein notwendiger Umweg auf einer unaufhaltsamen Reise durch die Zeiten gewesen. Seine Mutter ging in wiedergefundenem Gleichmut mit ihm zum Auto und beschrieb ihm die Gespräche mit seltsam gelassenem Enthusiasmus, denn ihr war plötzlich bewusst geworden, dass nichts davon wichtig war.

Als Nirmalya am nächsten Morgen erwachte, trat sein Ausflug vom Abend zuvor in den Hintergrund. Die Welt, die er kannte – die Welt seiner Eltern, in der er so tun konnte, als nähme er sich die größten Freiheiten heraus – kehrte trügerisch vertraut zu ihm zurück. Er betrat den jetzt leeren, sonnenhellen Balkon am Zimmer seiner Eltern, auf dem sie manchmal frühstückten. Den Anblick des Schlafzimmers ertrug er nicht; er hasste die Ausstattung des Raumes, den Farbenrausch der Tapete, und schaute stur woandershin. Die Aussicht war mehr oder weniger die gleiche wie von La Terrasse aus, nur war hier alles näher: das Meer hinter dem Gateway of India, die Kuppel – von der Größe und Farbe eines riesenhaften Nadelkissens – des alten Taj, vor und hinter dem er gestern Abend herumgelaufen war, die dicht gedrängten Gebäude, die Inseln Elephanta und Trombay, die an manchen Tagen gar nicht zu sehen waren. Er blinzelte in die Sonne; seine Augen hatten sich noch nicht ganz an das Licht gewöhnt. Seinen alten Traum von der gewaltigen Flutwelle, die sich jenseits der Inseln erhob und alles auf ihrem Weg zudeckte, hatte er nie vergessen, und so betrachtete er die Szene mit einer gewissen Skepsis, als wäre sie hastig zusammengefügt worden, als wäre er wieder einmal der kleinen Täuschung erlegen, die jeden Morgen eigens inszeniert wurde. Die Spielzeugautos auf dem Marine Drive ignorierten die Möglichkeit der Apokalypse.

Zu seinem Freundeskreis gehörten auch einige alte Schulkameraden, mit denen ihn Schwärmereien verbanden, die sich unterschiedlich entwickelten: für William Burroughs etwa, wobei dessen Ruf und der seiner Gefährten sie mehr interessierten als das Werk selbst. (Für Nirmalya war der Name untrennbar mit dem von Edgar Rice Burroughs verbunden; er assoziierte ihn mit dem nackten Weißen, mit Lianen und dem geheimnisvollen Afrika.)

Und zwei Rs: Rockmusik und Rimbaud. Außerdem Kerouacs *Unterwegs* – ein Land der Tramps und Mittellosen und einer durch Umherziehen erworbenen Weisheit. Nirmalya hatte als Einziger in der Gruppe das Interesse für das Fantastische verloren, und auch das für die Rockmusik war eingeschlafen. Er hatte – erfolglos – Rimbauds *Eine Zeit in der Hölle* zu lesen versucht und nur innegehalten, um über den Worthunger des jungen Dichters zu staunen. Rimbaud war damals nur wenig älter gewesen als er jetzt, vielleicht sogar gleich alt, doch er fühlte sich gelassener als der Franzose, verändert durch ein neues Gespür für sein Land, durch den Habitus eines Menschen, der die tausendjährige Blüte dieses Landes durchmessen hat.

Seine Freunde waren auf ihre Art alle Spinner; die meisten wollten irgendwann nach Amerika, um Betriebswirtschaft zu studieren und Amerikanerinnen »flachzulegen«. Sie pflegten eine Mischung aus Ostküstenmanierismus und -snobismus und San-Francisco-Sinnlichkeit, redeten zu Hause mit den Eltern, die sich verunsichert in ihrer Wohnung aufhielten, in ihren Muttersprachen. Zu ihrer Verwunderung sprach Nirmalya neuerdings manchmal von Mira, Tulsi und Surdas, Namen, die für die anderen zu sehr nach Verwandten aus der Kindheit klangen, fast übermenschlich und stets vorwurfsvoll, wie Verwandte es eben sind. Nur Kabir war »hip«, weil Ezra Pound sich mit ihm befasst hatte. Kabir, der als Waise von einem Weberpaar aufgefunden und großgezogenen worden war, diskutierten sie in kleinen Dosen.

Rajiv Desais Wohnung in Breach Candy war ein Treffpunkt. Als Nirmalya, Abhay Sen und Sanjay Nair um vier dort klingelten, schlief Rajiv noch – der schlaksige, helläugige Rajiv, der Gitarre spielte und bei den Mädchen so gut ankam. Er trug einen kurzen kurta und pajaamas und hatte im Moment das zerknautschte Aussehen reicher Kinder.

»Shit«, sagte Sanjay Nair.

Sanjay, ein drahtiger Brillenträger, hatte den Ständer in Rajivs pajaamas bemerkt. Verwundert über diesen Verstoß gegen seine Regeln der Selbstbeherrschung schaute Rajiv an sich hinab. »Shit«, sagte auch er und stand auf. Jetzt sahen es alle. Er rannte ins Bad, als hätte ihn ein plötzlicher Durchfall ereilt.

»Ich wache oft damit auf«, gestand er, als er zurückkam.

»Wir wachen alle damit auf«, sagte Nair.

»Wenn einer aufgehängt wird, kriegt er auch einen, stellt euch das vor«, sagte Abhay, der Kleine, Hellhäutige; seine Quelle war, wie nicht anders zu erwarten, Samuel Beckett.

»So eine Scheiße!«

Das Gespräch wandte sich dem Thema Masturbation zu. Rajiv Desai machte ein Spiel daraus, wie Golf, das einige besser beherrschten als andere.

»Wie weit spritzt ihr?«, wollte er wissen, jetzt vollends wach und wie ein Yogi mit gekreuzten Beinen auf dem Teppich sitzend. Die anderen wirkten überrascht und verunsichert von dieser Frage. Der Gedanke war ihnen noch gar nicht gekommen, dass Leistung auch hier gemessen und klassifiziert werden konnte; jetzt dämmerte es ihnen langsam.

»Ich hab mal einen Meter geschafft – einszwanzig sogar!«, prahlte Rajiv. Die anderen grinsten schockiert; Nirmalya stellte sich den Zustand der Toilette nach diesen Eruptionen vor.

»Okay, was war das Schlimmste, was ihr je gebumst habt?«, fragte Rajiv. Jetzt waren sie aufgefordert, in ihre dunkelsten, verstecktesten Winkel vorzudringen und zutage zu fördern, was sie lieber verschwiegen hätten.

»Was war bei dir das Schlimmste?«, fragte Nair zurück.

Darauf hatte Rajiv Desai nur gewartet. Er warf einen schnellen Blick in die Runde und sagte verlegen grinsend: »Die Bibel.«

Das Erscheinen Gottes in diesem Gespräch war so wenig real für sie wie das Erscheinen des Geistes von Hamlets Vater auf der Bühne, und doch verunsicherte sie der Hauch des Bösen und Geheimnisvollen, der es umgab. Sie waren von der Ausführlichkeit, mit der Rajiv von seinem einsamen Luststreben sprach, beeindruckt und zugleich peinlich berührt.

»Und was in der Bibel, yaar?«, wollte einer wissen.

»Das Buch Hiob, yaar«, antwortete Rajiv lässig und lasziv. »Hiob geht zu seiner Tochter und schläft mit ihr. Das hat mich angetörnt.«

»Shit! Wo steht das?«, fragte Nirmalya.

Der hochgewachsene Desai lief zu einer Schublade, kramte darin und brachte eine alte Schulbibel zum Vorschein, das Buch, in dem Nirmalya vor Jahren die Donnerstimme begegnet war, die Abraham befahl, Isaak zu opfern. Er hatte diese absurde, unumstößliche Forderung nie vergessen.

»Moment, gleich hab ich's.« Rajiv blätterte eilig die dünnen Seiten um und beugte sich über die winzige Schrift.

Rajiv besuchte mittlerweile das Sydenham College of Commerce und wusste noch weniger über klassische indische Musik als Nirmalya ein Jahr zuvor; er ging seinen pragmatischen, primatenhaften, diesseitigen Interessen nach und hatte keine Ahnung von indischer Kultur. Leute, die von »indischer« Kultur redeten, waren für ihn überhebliche Schleimer.

In der Schule hatten sie sich bis zum Überdruss die Jahreszahlen von Eroberungen und Königreichen einprägen müssen: Ashoka und Chandragupta, Akbar und Shahjahan. Hundertmal hatten ihre Augen mit leerem Blick auf verblassten Abbildungen des Roten Forts und des Ashoka-Rades geruht, Embleme, die zu Fingerabdrücken ihrer Identität werden sollten und auf dem billigen Papier des Schulbuchs so verschmiert waren wie echte Fingerabdrücke. Sie hatten *Der Kaufmann von Venedig* gelesen und nie recht gewusst, ob sie Shylock bedauern oder verabscheuen sollten. Edgar Allan Poe und G. K. Chesterton hatten mit ihnen kommuniziert wie Stimmen in einer Séance, der eine wild und ungebärdig – die Klasse hatte gekichert und geschaudert –, der andere so angenehm und vernünftig, wie er es auch zu Lebzeiten gewesen war. Auch Khushwant Singh war hin und wieder wie eine Rauchwolke an ihrem Horizont aufgetaucht, teils spitzbübischer Clown, teils orientalischer Magier. Von den indischen Dichtern des Altertums und späterer Zeiten aber, von den Hofdichtern der Kaiser und den fahrenden Sängern, die barfuß durch die alten Königreiche gewandert waren – Kalidasa, Kabir, Chandidas, Jayadeva –, hatten sie so gut wie nichts gehört, geschweige denn gelesen. Für Nirmalya wurde es immer schwieriger, seinen Freunden zu vermitteln, welche Veränderung in ihm vorging, seit er sich den Ragas öffnete und den knappen Texten über das Sehnen der Seele, geschrieben von unbekannten oder unter Pseudonym arbeitenden khayal-Komponisten in Braj Bhasha, ganz zu schweigen von den religiösen Dichtern – es war ein Lernen im Verborgenen. Nach Beendigung der Schule war er fast zufällig mitten in dieser nicht zu beschreibenden Phase gelandet.

Anfangs erzählte er keinem seiner Freunde in Breach Candy davon, doch dann – erst ganz ruhig und später mit wachsendem Eigensinn und einer schon fast törichten Hartnäckigkeit – begann er Rajiv Desai Vorträge zu halten, und in ihre ekstatischen Tiraden über Nashville und die Anfangsakkorde von »A Horse With No Name« schlich sich ein Unterton zermürbender Uneinigkeit ein, der Desai auf die Palme brachte. Er täuschte Langeweile und sogar Beschränktheit vor, er schnitt Grimassen und wandte den Blick ab. Anfangs empfand er Nirmalyas Reden von Ragas, ustaads und shrutis als einen großen Verrat, denn Nirmalya war als Einziger unter seinen Freunden ein kenntnisreicher Anhänger des Blues gewesen, zu einer Zeit, da alles im Universum – nicht nur die Musik, sondern auch Gemüse, Feste, Kleidung – in einen Zustand namens »Disco« umgemodelt wurde. Sich in dieser schwierigen Zeit von den wunderbaren Klängen des armen Chicago ab- und etwas so Gestaltlosem, von Gottessehnsucht Erfülltem zuzuwenden, das erschien Rajiv Desai noch nicht einmal pervers, sondern geradezu verlogen.

Hin und wieder aber kapitulierte er beinahe. Es war dann, als müsste er sich nach einer Kollision mit jenem geheimen Universum wieder aufrichten, seinen Kopf freischütteln und schnell, als wäre nichts gewesen, so weitermachen wie zuvor. Eines Abends sang ihm Nirmalya in einem Taxi mit wohlklingender Stimme über den Verkehrslärm hinweg zwei Zeilen aus einer alten Saigal-Ghazal vor.

»Wie findest du das?«, fragte er arglos, aber unbarmherzig.

Desai wandte den Blick ab und schaute zu einer berühmten, jetzt geschlossenen Drogerie hinüber. Die tragische Stimmung der Ghazal hing wie ein Nachgeschmack in dem heißen Taxi. Nach einer Weile gestand er:

»Irre.«

Es schien Nirmalya, als hätte sich Rajiv ein ganz klein wenig geöffnet, sich dann aber sofort wieder – und für immer – in die Geborgenheit von Kemp's Corner und der vertrauten Landkarte Bombays zurückgezogen.

Apurva Sengupta entschloss sich, Laxmi Ratan Shukla erneut zu umwerben – Laxmi Ratan Shukla, vor zehn Jahren Leiter der Abteilung Unterhaltungsmusik bei HMV und in Mr Senguptas Kopf noch immer fest verwurzelt. Eine Persona non grata, die den Schlüssel zum Glück in der Hand hielt, ein Mensch, den niemand kannte, jene ausgenommen, die Schlange standen, um ihn kennenzulernen, ihn zu überzeugen, ihn um eine Chance anzuflehen. Er sah sie dann durch seine Bifokalbrille an und redete sehr leise, sodass man sich anstrengen musste, um ihn zu verstehen.

Mr Sengupta musste sich nach all den Vorstandssitzungen, dem gesellschaftlichen Umgang mit den Tatas und den Poddars, den Cocktails am Pool von Fünfsternehotels erst wieder auf Laxmi Ratan Shukla einstellen. Er war den Starrsinn des Landes gewohnt, war es gewohnt, sich in Delhi nach einem schnellen, einsamen Frühstück im Hotel Janpath mit irgendeinem Minister oder Staatssekretär zu treffen, um ein Firmenprojekt durchzuboxen, das einer staatlichen Genehmigung bedurfte. Und eine staatliche Genehmigung brauchte man für alles, privat wie beruflich: um ein Konto zu eröffnen, einen neuen Geschäftszweig einzuführen, ein neues Produkt auf den Markt zu bringen. Bei Laxmi Ratan Shukla aber war es ein wenig anders, ihn musste Apurva Sengupta dazu bringen, das Talent seiner Frau zur Kenntnis zu nehmen und zu honorieren. Hier gab es keine klaren Regeln. Er war deshalb bereit, unbegrenzt zu warten, und er war bereit, Laxmi Ratan Shukla uneingeschränkt als seinesgleichen und als jemand Besonderen zu behandeln.

Laxmi Ratan Shukla wusste nicht, was ihn zu einem besonderen Menschen machte; im Grunde wusste er vielmehr, dass er keineswegs einer war, und die seltsame Wichtigkeit, die man ihm zuschrieb, machte ihn nur misstrauisch. Fast neun Jahre war es her, dass er Mallika Sengupta, ohne ihr in die Augen zu sehen, mit leiser Stimme mehr oder weniger versprochen hatte, eine Schallplattenaufnahme spiritueller Gesänge für sie in die Wege zu leiten. Sie hatten seinen Worten Glauben geschenkt wie einem flüchtig vernommenen, geheimnisvollen Mantra. Nirmalya – er war damals noch ein Kind gewesen – erinnerte sich an Laxmi Ratan Shukla: In der Wohnung nahe Kemp's Corner hatte er Tee getrunken, luchis gegessen und seltsame Kehllaute der Zufriedenheit oder des Unbehagens von sich gegeben. Kein nennenswerter Fortschritt war seit damals erzielt worden; in den folgenden neun Jahren hatte sich der Fall Mallika Sengupta um keinen Zentimeter bewegt, weder vorwärts noch rückwärts.

»Ihre Aussprache muss besser werden«, sagte Shukla. »Eine wohlklingende Stimme allein genügt nicht. Sie hat immer noch diese Bengali-Aussprache.«

Als Bengale in Hindi zu singen war in Shuklas Augen eine Todsünde, ein Makel, der nicht leicht zu beheben war. Apurva Sengupta, Zeitverschwendern gegenüber sonst recht ungnädig, hörte so aufmerksam zu, als würde ihm eine Geheimkunst offenbart. Er widersprach Shukla nicht, er lächelte, er nickte zu den kryptischen Weisheiten des Mannes. Mallika Sengupta fühlte sich von Shukla abgestoßen und hatte schon vor langer Zeit nichts mehr mit ihm zu tun haben wollen, aber ihr Mann sagte mit liebevoll-gebieterischer Ungeduld: »Wenn du dich von deinen Emotionen leiten lässt, erreichst du nie etwas.« In ihrer Enttäuschung ließ sie sich von seinem väterlichen Rat besänftigen und beinahe überzeugen. Die Botschaft war klar: Sein kühler Kopf hatte Mr Sengupta dorthin gebracht, wo er jetzt war. Er war Generaldirektor, er hatte Dyer überlebt, er hatte vieles andere überlebt; Höhen und Tiefen gehörten zur Legende seines Lebens. Aber waren ein kühler Kopf und Geduld bei Shukla ausreichend?

Mr Sengupta lud Shukla zum Abendessen ins Tanjore ein, das indische Spezialitätenrestaurant im Taj: Shukla – untersetzt, kurzsichtig, muskulös geradezu – mit seinen Töchtern Priya und Sudha, beide im salwar kamiiz, etwas größer als er. Schönheiten waren sie nicht gerade, sie waren sogar recht reizlos, aber sie hatten den Charme, den man bei jungen Frauen häufig findet, besonders bei jenen Blumen, die im Schatten eines Felsens gedeihen. Shukla war Witwer, und als Nirmalya ihn mit seinen Töchtern sah, spürte er zum ersten Mal die Leere, aus der Shukla kam und über die er vermutlich nicht sprechen konnte, weil ihm die nötige Unbefangenheit nicht gegeben war. Diese Verschlossenheit aber, dieses Unvermögen, sich normal auszudrücken, das ihn für Bittsteller so undurchschaubar machte, wurde im Umgang mit seinen Töchtern zu einer eigenartigen hermetischen Vertrautheit, einer Intimität, die keiner Worte bedurfte. Sie waren eine normale, durch nichts sichtbar privilegierte Familie, die auch nicht so tat, als sei sie in einer solchen Umgebung zu Hause; die Mädchen nahmen die beflissenen Ober als kurzzeitige Inkarnationen hin.

Sie setzten sich an einen Tisch hinten rechts, nicht weit von dem Podest, auf dem später die Tanzdarbietung stattfinden würde. Schon jetzt war eine Art Hintergrundmusik zu hören, ähnlich den Klängen eines Windspiels; sie konnte vom Band kommen, es konnte aber auch nur das Klirren von Besteck sein. Ein Mann im Kellnerfrack brachte ihnen kunstvoll verzierte Speisekarten, und die beiden Schwestern betrachteten die Messer, Löffel und Gabeln, die er vor sie hinlegte. Sollte dies Thanjavur sein, jener Ort, der vor tausend Jahren erblüht war, erblüht und dann gestorben, wie es eben so geht; sollten sie in die glanzvolle Chola-Zeit versetzt werden?

»Ich nehme saag paniir«, sagte Laxmi Ratan Shukla schließlich in einem bescheiden bekräftigenden Ton, mit dem er eine Schwäche eingestand, aber auch seine Rechte wahrnahm. Denn das Essen gehörte zu dem Ritual, mit dem er sich in Mr Senguptas Welt seinen eigenen Machtbereich schuf. »Haben Sie Butter-naan?«, fragte er den Ober. Tanjore. Inzwischen war die Tänzerin erschienen, und sie tanzte auch, während sie aßen. Nirmalya versuchte, sich nicht nach der Frau umzudrehen, die sich über das Podium schlängelte, als fürchte sie danebenzutreten, auf den Marmorboden, auf dem die Ober hin und her gingen. Der Tablaspieler schaute die Leute an den Tischen direkt an, und der Sänger trug, über das Harmonium gebeugt, die Lobpreisung Krishnas vor. Niemand beachtete die drei; zwischen den Küchentüren und dem Raum, in dem die Ober ihre Arbeit taten und die Gäste speisten, sangen und tanzten sie, als wären sie ebenso ein Fantasiegebilde wie die Episoden aus der Mythologie des blauen Gottes, die sie darstellten.

»Nimm dir«, wandte sich Priya an Nirmalya und schob ihm das Kupfergefäß mit der daal hin. Er nickte; er mochte die Schwestern und ihre sanfte, aufmerksame Art. Sein Vater hatte es bis jetzt nicht fertiggebracht, das Thema Schallplattenaufnahme anzuschneiden. Sie konzentrierten sich aufs Essen, das zu ihrer Enttäuschung nicht weiter bemerkenswert war. Ambrosisch war nur der Name des Restaurants, Tanjore, er versprach den Geschmack der Speisen zu wandeln.

Nach etwa einer Dreiviertelstunde verließen die Tänzerin und ihre Begleiter das Podium, ein wenig unbeholfen und verlegen, wahrscheinlich um an einem Ort, an dem weder Gäste noch Ober sie sehen konnten, ebenfalls zu essen. Sie hörten einfach auf zu existieren, doch als das Windspiel wieder erklang, wurden sie paradoxerweise ein klein wenig vermisst, und Nirmalya sah seine Mutter zum Podium hinüberschauen, zu dem Harmonium und dem Tuch, auf dem der Sänger gesessen hatte. Das Dessert wurde serviert: kulfi für alle außer Nirmalya. Laxmi Ratan Shukla schabte mit dem Löffel an seinem Eis und blieb unergründlich.

Jemand winkte Mr Sengupta zu, ein Mann von einer anderen Firma, und Apurva Sengupta winkte lächelnd zurück. Dann wandte er sich wieder Shukla zu.

Würde er etwas bei ihm erreichen? Shukla verfolgte seine eigenen Ziele; im Grunde war er jemand, der in sträflicher Weise schlechten Geschmack verbreitete. Er hatte Om Prakash Vrindavan lanciert – ob er wirklich so hieß, wusste man nicht –, einen Marketingerfolg, einen modernen Dichter-Heiligen, einen stimmgewaltigen falschen Kabir. Wie die alten Dichter-Heiligen komponierte er seine Lieder selbst, und die letzte Strophe trug seine Signatur: »Also spricht Vrindavan«, wie »Also spricht Kabir« oder »So sagt Mira«. Den Ton von »Also spricht Vrindavan« hielt er mit seiner Rohrflötenstimme eine volle Minute lang. Neureiche Damen der Gesellschaft erbebten und dachten, so muss Kabir gewesen sein oder Surdas, und sie ließen sich in vergangene Zeiten versetzen, ohne die Gegenwart verlassen oder ihre Vorliebe für Hindi-Filmsongs aufgeben zu müssen.

»Der Mann ist eine Beleidigung für den bhajan«, hatte Mallika Sengupta einmal zu ihrem Mann gesagt. Sie war Om Prakash Vrindavan zweimal begegnet, das eine Mal in Dadar, in einem Raum über dem Saal, in dem sich die Sänger vor ihrem Auftritt »aufwärmten«. Er saß, wie stets in Safrangelb, auf einem kleinen Teppich vor seinem Harmonium, und seine Frau, eine extrem aufgeputzte Person, die wesentlich jünger war als er, musste einige Zeilen eines bhajans mit ihm üben. Sie sang schmachtend, mit genau der dünnen, fast metallischen, automatenhaften Jammerstimme, die nach Lata Millionen von Frauen kultiviert hatten. An der Decke drehte sich nachsichtig ein Ventilator. Sie warf Mrs Sengupta nur einen kühlen Blick zu, doch Om Prakash Vrindavan unterbrach die Übung für ein kurzes, bescheidenes namashkaar.

Laxmi Ratan Shukla hatte seine kulfi fast aufgegessen; der Rest war am Grund der Schale zu einer Pfütze geschmolzen.

Om Prakash Vrindavan war bei jedem bhajan sammelan der Star. Mit seinen vorquellenden Augen, das Gesicht von langem, glattem Haar eingerahmt, saß er über das Harmonium gebeugt, und in Momenten der Verzückung sah man das Weiß seiner Augen. Er sang den Kassenschlager, der täglich im Radio zu hören war: »Meri chadar purani – Mein alter Umhang.« »Also spricht Vrindavan«, sang er, und die Damen strahlten vor spiritueller Erbauung. Er war ohne Frage ein zweiter Kabir. Für den Weberssohn Kabir waren der Umhang, die Kleidung und überhaupt jedes Stück Stoff ein Symbol des Körpers gewesen, die Arbeit des Webstuhls ein Symbol göttlichen Schöpfertums und sein Geräusch – jhini jhini jhini – das Summen des Universums. Aber Om Prakash Vrindavans »alter Umhang«? Mr Sengupta, der in seinem dunklen Anzug im Publikum saß, rümpfte angewidert die Nase.

»Was soll denn das mit seinem Umhang?«, wandte er sich an seine Frau. »Ein unangenehmer Gedanke.«

Aber sie waren in der Minderheit; die Platte hatte sich über fünfzigtausendmal verkauft.

Sie hätte berühmt werden können, das wusste sie, aber sie hatte sich für das Leben einer Direktorengattin entschieden. Das hatte sie nicht nur deshalb getan, weil sie es sich leicht machen wollte, sondern auch, weil sie mit Leuten wie Shukla nicht zurechtkam; die Welt war voll von Shuklas. Sie versteckte sich hinter Apurva Sengupta – beinahe im körperlichen Sinne.

Wenn sie Lata im Radio hörte, versetzte es ihr einen Stich. Lata und Asha, Lata und Asha – die hohen Stimmen der Schwestern, kaum voneinander zu unterscheiden, waren überall. Dies war nicht das Indien, in dem sie aufgewachsen war. Indien war zu einer Insel mit einem einzigen Rundfunksender geworden, und sie musste sich wieder und wieder dieselben Stimmen anhören.

Sie besuchte dann eine Sari-Ausstellung und bewunderte einen Baluchari oder kaufte einen Kanjivaram. Eine halbe Stunde lang konnte sie sich im Rot und Tiefblau eines Saris verlieren.

Sie wusste, dass ihre Entscheidung richtig gewesen war. Man musste sich nur Lata ansehen: im weißen Sari, unverheiratet, führte sie in Prabhu Kunj das Leben einer Einsiedlerin. Mallika Sengupta wollte keine Einsiedlerin sein, sie liebte das Leben noch. Mit vierundfünfzig und nachdem ihr Mann Generaldirektor geworden war, hatte sie das Gefühl, es gerade erst zu entdecken. Die Annehmlichkeiten, die mit der

Position ihres Mannes verbunden waren, hatte sie angenommen, ohne sich zu zieren, so als hätten sie ihr von jeher zugestanden. Und Asha: von ihrem Mann verlassen, Asha Bhonsle, die sich in O. P. Nayyar verliebte, den stets in Weiß gekleideten Filmkomponisten, der dann alles, was sie tat, zu dominieren suchte – das war für Mallika Sengupta kein Leben; sie schauderte bei der Vorstellung. Für Mallika Sengupta war Lata auch keine Göttin Saraswati, wie ihre Bewunderer behaupteten, sondern eine einsame Frau, allzu abgekapselt, niemandem nahe. Mallika freute sich über ihren Mann, ihren Sohn, über die Wohnung, die sie von Zeit zu Zeit renovierte. Das alles füllte ihre Tage aus, und es wäre Wahnsinn gewesen, es gegen die Verwirklichung eines großen persönlichen Ziels einzutauschen – dazu fehlte ihr der Mut, und sie wollte es auch gar nicht.

Und doch lag ein Schatten auf ihrem Leben: auf den Cocktailpartys, der Wohnung in Cuffe Parade, dem Mercedes, ihren Einkäufen. Es war die ständige Sorge um die Gesundheit ihres Sohnes. Nicht dass er nicht gesund gewesen wäre, er war nicht krank, aber das Geräusch, das der Arzt jedes Mal in seiner Brust hörte, wenn er – aus welchem Anlass auch immer, einem Husten, einer Grippe – ein Stethoskop daranhielt, vernahm Mallika Sengupta hinter allem, was sie tat. Sie bedauerte, dass ihre Mutter ihm den Namen »Nirmalya« gegeben hatte, »ein Opfer an die Götter«. Sie hatte nicht die Absicht, ihn den Göttern zu opfern, die Götter in ihr Leben eingreifen zu lassen.

Während seiner Kindheit hatte sie große Angst gehabt, ihn zu verlieren. Jeden Tag, wenn sie ihn zur Schule schickte, die Haare nass gekämmt, das Hemd in die frisch gewaschene kurze Hose gesteckt, die Krawatte baumelnd, hatte eine leise

Furcht sie beschlichen, er könnte für immer verschwinden. Vor Kurzem hatte sie in der Zeitung von einer Kindesentführung gelesen. Diese Dämonen konnten ihr den Vormittag verderben, auch noch, wenn sie später in einem hellen bedruckten Sari, das Haar zu einem Knoten gebunden, scheinbar unbeschwert zwischen Amarson's in Breach Candy und Sahakari Bhandar in Churchgate bummelte und allerlei Schnickschnack kaufte.

Zu ihren Albträumen hatten in jener Zeit auch die Kinder gehört, die in jedem Verkehrsstau auf die Autos zuliefen. Nicht die Aussätzigen, deren Nasen und Finger unaufhaltsam dahinschwanden wie die Seife an einem Waschbecken, nicht die Spendensammler für das Rote Kreuz, die hypnotisch mit ihrer Büchse rasselten wie mit einem Becken oder einem Tamburin, und auch nicht die schmutzstarrenden Männer, durch deren Lumpen man die Haut sah, Menschen, die weder blind noch verstümmelt waren, nur verloren und namenlos. Es waren die Kinder. Sie klopften an die Scheibe und bettelten mit einem Wortschwall um Geld, sie legten abwesend die Hand an die Scheibe, als wäre es ein Spiel und sie wären mit den Gedanken nicht ganz dabei, oder ihre Gesichter tauchten plötzlich im Geviert des Fensters auf, und sie sangen: »Bitte, bitte, ich hab nichts zu essen.« Mrs Sengupta scheuchte sie weg oder gab ihnen eine Münze. Was sie empfand, war nicht Mitleid; es war etwas Unentrinnbares, Persönliches, als wären die Stimmen nicht auf der Straße draußen, sondern in ihrem Kopf, in ihrem Leben und ihrer Erinnerung. Eine Angst suchte sie in ihren vielen Auto-Tagträumen immer wieder heim: wenn es nun Nirmalya wäre? Das Gesicht eines fremden, hartnäckig an die Scheibe klopfenden Kindes wurde dann zu Nirmalyas Gesicht, und sie konnte nichts dagegen tun. Von ihren vielen geheimen, absurden Obsessionen war dies eine der heftigsten: die Vorstellung, dass ihr von einem Augenblick zum nächsten ihr Sohn entrissen wurde, dass ihr Leben, so wie sie es kannte, dahin sein würde. Dieses Kind, das sie wieder und wieder um die Münze bat, konnte sie, obwohl sie es verscheuchte, nicht ausblenden oder ignorieren. Ob auf der Heimfahrt von der Schule mit Nirmalya oder auf der Fahrt zum Friseur in Kemp's Corner oder Chowpatty – die Angst und das Bedauern kamen immer wieder, untrennbar verbunden mit Nirmalyas Kindheit. Manchmal sprang die Ampel von Rot auf Gelb, ehe sie ihr Portemonnaie öffnen konnte. Dann war das Kind verschwunden; morgen würde es wieder da sein.

Inzwischen war das »Opfer an die Götter« siebzehn. Nirmalya lief mit den *Großen Denkern* unterm Arm herum und befasste sich mit Santayana. Die Ärzte hatten gesagt, bis er vierzig sei, bestehe »keine Notwendigkeit, Hand an ihn zu legen«.

Apurva Sengupta war ein Muster an Rationalität; seine Frau tadelte er als zu emotional. Er nahm an Vorstandssitzungen teil, er flog in seinem dunklen Anzug nach Delhi, dem Himmel entgegen, und später in einer India-Airlines-Maschine wieder zurück, er brachte Firmenklatsch mit und von längeren Reisen Abrisse von Bordkarten oder Parry's Pastillen, die er Nirmalya wie Bestechungsgeld überreichte. »Es besteht kein Grund zur Sorge«, sagte er zu seiner Frau.

Doch eines Tages brachte er einen Yogi mit, einen bärtigen, wild aussehenden, für den Moment jedoch zahmen Mann mit einem Kastenzeichen auf der Stirn. Nur mit einem Lendentuch bekleidet, stand er neben einem etwas unbeholfenen, strahlenden Mr Sengupta in dunklem Anzug und Krawatte. Apurva Sengupta hatte den Mann in die Wohnung in den Thacker Towers mitgenommen – Arthur und Jumna hatten sich sprachlos in die Küche zurückgezogen –, um sich Nirmalyas Zukunft vorhersagen zu lassen.

Nirmalya empfand sowohl Sympathie als auch eine Spur Verachtung dafür, dass sein Vater sich so unbefangen in dieses Experiment stürzte; offenbar war er doch nicht so ruhig, ging doch nicht so in der Welt der Firma und den praktischen Lösungen auf, wie er vorgab. Der Yogi machte Nirmalya ungeduldig; Nirmalya war noch zu jung, sein Sinn für Romantik noch zu neu, als dass er das Irrationale der Kindesliebe im wirklichen Leben hätte verstehen können. Eine Zeile aus einem Gedicht fiel ihm ein, das er in der Schule hatte lernen müssen, einem Gedicht, das ihm nicht gefallen hatte, unter anderem auch deshalb, weil der Dichter, ein Mann mit einem indischen oder zumindest nicht-europäischen Namen, die Kühnheit besessen hatte, unter dem Titel »Night of the Scorpion« auf Englisch über die *condition humaine* zu schreiben. Eine Mutter – eine Idee fast, kein Geschöpf aus Fleisch und Blut – wird von einem Skorpion gestochen, und die Anwesenden versuchen, sie vor dem Tod zu bewahren. »Mein Vater, Rationalist, Skeptiker, probierte jeden Fluch und jeden Segen …« Ramachandra, der Streber, der Gescheiteste in der Klasse – er schlief manchmal mit dem Kopf auf dem Arm ein, weil er die Nacht durchgelernt hatte, und keiner der Lehrer rüttelte ihn wach, denn sie fürchteten weniger zu wissen als er – Ramachandra hatte mit schriller Stimme gefragt: »Wenn der Vater ein Skeptiker und Rationalist war, warum hat er dann Fluch und Segen probiert?« – als hätte er den Dichter zu Fall gebracht. Die anderen hatten nur eine vage Vorstellung davon, was ein »Skeptiker« und »Rationalist« sei. Nirmalya hatte sich dieselbe Frage gestellt, aber er hatte die Antwort schon gewusst. Ramachandra hatte wohl nur angeben wollen.

Der Yogi wandte sich zuerst Mrs Sengupta zu. Gebieterisch saß er auf der Sofakante, Mallika Sengupta in seiner Blickrichtung. Er las die Zukunft nicht aus ihrer Hand, sondern aus ihrer Stirn, dann zog er sich in sich zurück.

»Sangiit!«, rief er schließlich aus. Seine Miene, nicht bereit, Ehrfurcht auszudrücken, angesichts dessen, was ihn hier umgab, wirkte ein klein wenig überrascht. »Musik!« Fassungslos und zugleich triumphierend sah Mrs Sengupta ihren Sohn und ihren Mann an. Die meisten ahnten nichts von ihrem Talent; der Yogi aber ließ sich von ihrem Sari und ihrem Make-up nicht täuschen: Er hatte erkannt, was sie im Grunde war; ihre Bestimmung – von allen vernachlässigt, auch von ihr selbst – stand für ihn außer Frage.

Dann musste Nirmalya vor dem Yogi Platz nehmen. Er fühlte sich wie ein Zwischending aus widerstrebender Braut und gescholtenem Schüler. Der Mann, die roten Augen zusammengekniffen, der nackte Oberkörper aufrecht, hatte sich nicht von der Stelle gerührt. Er runzelte die Stirn und zählte etwas an den Fingern ab – was, gab er nicht preis.

»Unglück«, sagte er schließlich. »Du bist nicht glücklich.«

Nirmalya hatte etwas anderes erwartet, eine Prophezeiung von Größe oder zumindest einen Funken Einzigartigkeit. Insgeheim erschrak er über das, was der Mann ohne jedes Gefühl, aber mit Überzeugung gesagt hatte. Ja, er war unglücklich. Aber wie konnte der Mann das wissen? Oder konnte man das geradezu absurd leicht behaupten – würden nicht die meisten Menschen Unglück in ihrem Innern entdecken, wenn man ihnen sagte, sie seien unglücklich?

»Du wirst nicht großer Direktor sein wie Vater«, fuhr der Yogi fort, seltsam abweisend jetzt, als habe er genug vom Leben anderer Leute. »Kleiner Direktor.«

Das war ernüchternd, aber es amüsierte Nirmalya auch,

wie hier das Maß des Erfolgs mit dem Wort »Direktor« gemessen wurde. Wo hatte der Yogi das her? Er musste trotz seiner dunklen Erscheinung, die wie ein Markenzeichen wirkte – man konnte glauben, er sei einem Märchenbuch entstiegen –, eine sehr spezielle Klientel haben.

Später, nachdem er gegangen war, unterhielten sich Vater, Mutter und Sohn darüber – jeder mit seinem eigenen Maß an Neugier, ehrfürchtigem Staunen und Ironie –, wie er gewusst haben konnte, dass Mallika Sengupta Sängerin war. Hatte er Musikinstrumente im Wohnzimmer gesehen, eine Tabla oder ein Harmonium? Nein, die Instrumente befanden sich in einem anderen Raum. Es war eine Episode, die das rationale Denken weder akzeptieren noch auf sich beruhen lassen konnte.

Das Herzgeräusch beunruhigte Nirmalyas Eltern in letzter Zeit weniger als früher. Ein Arzt hatte schließlich gemeint, bis Nirmalya vierzig sei, bestehe »keine Notwendigkeit, Hand an ihn zu legen«. Das war, von jetzt aus gesehen, eine sehr lange Zeit, mehr als ein Viertel eines Lebens. »Jetzt« – das war eine Zeit der Terrassenpartys, der abendlichen Gespräche, des Umherschweifens am Tage zwischen Ausstellungen, Hotellobbys und dem Wohnzimmer zu Hause. Nirmalya mit vierzig – die Welt würde bis dahin anders sein, nicht wiederzuerkennen, es würde eine Welt sein, in der heute noch unausdenkbare Möglichkeiten zum Alltag gehörten.

Jumna, der Mrs Sengupta ihre Sorgen und Ängste anzuvertrauen pflegte, hatte sich verändert. Ihr Körper war nicht gealtert, aber ihr Gesicht. Vor sieben Jahren hatte ihr Mann, der Säufer, ihr die Schneidezähne ausgeschlagen. Wenn die Senguptas eine Schlagzeile sahen, in der es etwa hieß: SIEBEN TOTE BEI LÄNDLICHER ALKOHOLTRAGÖDIE, mussten sie jedes Mal an Jumnas Mann denken. Kam Jumna dann zur Arbeit und holte den Besen aus der Küche, sagte Nirmalya zu ihr: »Da sieht man, wie diese Säufer enden.« »Er geht jeden Abend weg und trinkt«, sagte sie kopfschüttelnd, den Blick gesenkt, den Besen in der Hand. Nirmalya hatte ihren Mann nie gesehen. In dem Bild, das in ihm aufblitzte, stellte er sich ihn in einem überdachten Raum mit Tischen und einer nackten Glühbirne vor, zusammen mit anderen Männern, die stumpfsinnig dasaßen und tranken. Den Alkohol, der diese Männer nach und nach oder auch jählings umbrachte, dachte er sich golden oder klar wie den, der auf Partys ausgeschenkt wurde. Doch irgendwann fiel ihm auf, dass er milchweiß war wie Toilettenreiniger.

Und so fand Jumnas Mann Eingang in Nirmalyas Leben, ein böser Gast, der nicht mehr daraus wich, anwesend und abwesend zugleich. Nirmalya bekam ihn nie zu Gesicht.

Eines heiteren, von der Firma finanzierten Vormittags kam der Mann in die Wohnung in La Terrasse. Wenige Monate zuvor hatte Jumna berichtet, wie sie mitten in der Nacht völlig durchnässt aufgewacht war: Ihr Mann hatte sie in sturzbetrunkenem Zustand mit Petroleum übergossen, er versuchte erfolglos, ein Streichholz anzureißen, und murmelte im Dunkeln: »Du Miststück, du Miststück!« Und nun war er in La Terrasse aufgetaucht und hatte es sich im Dienstbotenquartier, das nach hinten hinausging, bequem gemacht. Alle in der Wohnung waren verändert, wie bei der Ankunft eines schwierigen Bräutigams, keiner wusste, ob er lächeln oder entsetzt sein sollte, weder die Dienstboten noch die Senguptas. Jumna hatte ein Lächeln auf den Lippen; was es ausdrückte, war nicht zu erkennen – Verlegenheit, Traurigkeit, eine seltsame Zärtlichkeit. Ihr Mann hatte sich das Bein gebrochen und war gekommen, um sich Geld zu leihen.

Der zwölfjährige Nirmalya war zu dem Zeitpunkt in der Schule und verpasste ihn knapp, dabei hätte er zu gern gewusst, wie Jumnas Mann aussah.

»Er wirkt ganz nüchtern«, sagte Mallika Sengupta. Mit »nüchtern« meinte sie »seriös«. »Ein sehr ruhiger Mensch.«

Sie war eine erfreuliche Gestalt in Mrs Senguptas und Nirmalyas Leben, diese Frau, die seit über zehn Jahren in ihrem Dienst stand und deren eigenes Leben einem ausgefransten Stück Stoff glich. Nach wie vor wandte sich Mrs Sengupta an sie, wenn Ängste oder Zweifel sie quälten.

Jumna konnte die anderen Dienstboten herrlich nachahmen. Sie erfasste genau ihre Ausdrucksweise, ihre Eitelkeiten, sie imitierte mühelos Arthurs häufige interessierte Blicke in den Spiegel. Die Küche und ihre Dramen erwachten in Jumnas Geschichten zum Leben, und Mrs Sengupta und Nirmalya hörten laut lachend zu.

Jumnas Berichte von ihrem Elend schienen dazu bestimmt, einen Hauch von Traurigkeit, den sie sonst nicht gekannt hätten, in das durch die Firma ermöglichte wohlgeborgene Leben der Senguptas zu tragen.

Diese Frau, die nichts hatte – sie waren ihr seltsam verpflichtet.

Das staatliche Familienplanungsprogramm war spurlos an Jumna vorübergegangen: Sie hatte fünf Kinder. Ihr Mann hatte keine Nirodhs benutzt, dabei hingen die Nirodh-Plakate überall, in Kinosälen und an Reklametafeln, wie königliche Erlasse oder Warnhinweise auf Gesundheitsrisiken. Als Kind hatte Nirmalya Jumna vorgeworfen, dass sie zum Bevölkerungswachstum Indiens beitrage, zum Anwachsen der Zahl mit den vielen Nullen, die er sich in der Schule eingeprägt hatte, jede Null für fast alle Menschen, die diese Zahl umfasste, die Gesamtsumme des Schicksals. Nach seiner Überzeugung war dies eine der Ursachen für Jumnas Sorgen, ebenso wie ihr Analphabetentum und ihre Unkenntnis der Fakten des Universums, mit denen er täglich bekannt gemacht wurde.

»Kya karu, baaba?«, sagte sie, wenn er ihr seine Predigten hielt. »Was soll ich machen?« Sie hatte es rätselhafterweise nicht in der Hand. Was war Nirodh? Eine Art Mixtur oder Medizin? Bekam man es in Flaschen oder in Packungen? Wie erfüllte es seinen eindämmenden Zweck?

Jumna ging in ein staatliches Krankenhaus und ließ sich die Eileiter entfernen; sie erschien an diesem Tag nicht zur Arbeit. »Was sollte ich machen?«, sagte sie. »*Er* würde nie aufhören.« Mrs Sengupta lächelte erleichtert. »Das war die richtige Entscheidung, Jumna.« Sie gratulierte ihr zu der klugen Investition.

»Warum hat sie überhaupt so viele Kinder bekommen?«, fragte Nirmalya den Chauffeur. Dieser Chauffeur, George, ein tamilischer Christ, hatte ein Alkoholproblem. Einmal war er nach der Mittagspause betrunken zur Arbeit erschienen, hatte allen, die er in der Wohnung antraf, große Reden gehalten und den anderen Dienstboten mit ihrem Arbeitgeber gedroht. Nach Beendigung seines Vortrags hatte er ungeduldig sein weißes Hemd mit den Schulterstücken ausgezogen – zusammen mit der Hose »Chauffeursuniform« genannt, ein beeindruckendes Ensemble – und sich damit der Hälfte seiner Uniform entledigt. Dann war er im Dienstbotenquartier in einen tiefen Schlaf gesunken. Später, wieder nüchtern, hatte er seine angeschlagene Würde wiederherzustellen versucht und sich teils ungläubig, teils zerknirscht eine Beschreibung seines Benehmens durch Apurva Sengupta angehört. George hatte es auch auf Frauen abgesehen. Am Steuer verengten sich seine Augen plötzlich, und er beschleunigte abrupt, wenn vor ihm eine Frau die Straße überquerte; im letzten Moment bremste er dann scharf ab. Zu Nirmalyas Verwunderung schien das den Frauen zu gefallen. Wenn sie sich von ihrem Schrecken erholt hatten, lächelten sie komplizenhaft, weil er ihre Unnahbarkeit ad absurdum geführt hatte.

»Sie will's wohl auch«, antwortete George mit einem schiefen Grinsen.

Der Gedanke schockierte den Jungen. Der Gedanke, dass Jumna, die in diesem Leben niemals reich oder glücklich werden konnte und trotzdem jedes Verlangen überwunden zu haben schien – dass Jumna *es* wollte.

»Du gibst neuerdings Mallika Unterricht?« Zum ersten Mal seit Jahren sprach Motilalji den Namen wieder aus. Shyamji zuckte zusammen, weniger, weil Motilalji respektlos den Vornamen gebrauchte, sondern weil er ihn mit solch besitzergreifender Selbstverständlichkeit aussprach – als wäre Mrs Sengupta für immer sein Eigentum, wie alle seine Schüler, die neuen ebenso wie jene, die ihn wie alte Kleider abgeschüttelt hatten. Es war acht Jahre her, dass Motilalji seinen Schwager zu Mallika Sengupta mitgenommen hatte. Damals war *er* ihr Lehrer gewesen, er hatte das Recht gehabt, großspurig ihre Wohnung zu betreten. Wie kurz war diese Episode gewesen, und wie lang war die Erinnerung daran! Mrs Sengupta schauderte, wenn sie an Motilalji dachte, aber sie sprach mit traurigem Respekt von seinem Talent. »Er hat so schön gesungen«, sagte sie zu Shyamji. »Wenn er nüchtern war.«

»Ja, zweimal die Woche«, antwortete Shyamji missmutig und ausweichend.

Vor anderthalb Jahren hatte Motilalji einen Schlaganfall erlitten. Ein Teil seines Gesichts war gelähmt gewesen und förmlich versteinert, aber jetzt war er fast vollständig wiederhergestellt. Er hielt sich vom Alkohol fern, und die Nüchternheit machte ihn schweigsam und mutlos. Hochmütig und matt lag er auf dem Diwan, hinter ihm an der Wand kniete das Kind Krishna, und die Küchengerüche seiner

Frau, vermischt mit einem schwachen Duft nach Sandelholzräucherwerk, hingen unbewegt und doch flüchtig im Raum.

Shyamji war in vielerlei Hinsicht ein tugendhafter Mann. Er hatte keinerlei nennenswerte Laster, er trank und rauchte nicht. Seine Schwäche waren Süßigkeiten: Er liebte jalebis mit Milch.

Als er Mrs Sengupta von dieser Kombination vorschwärmte, sagte sie: »Das ist ja widerlich! Ihr Marwaris und Punjabis habt so schreckliche Süßigkeiten. Jalebis mit Milch! Halwa aus Karotten!«

Seine zweite Schwäche war das Leben selbst – das Leben und sein materieller Lohn, seine große materielle Verheißung. Darauf wollte er nicht verzichten.

Der Gedanke, sich zurückzuziehen – in sich selbst, in einen Tempel der Kunst, einen Raum, der nicht vergiftet war von dem Leben, das seine reichen Schüler führten –, kam ihm gar nicht. Oder wenn doch, dann als Metapher, als etwas, was man seiner Wahrheit wegen glühend und weihevoll bewunderte, in der Realität aber tunlichst vermied. Man durfte nicht eine Fiktion, und sei sie noch so schön und erhaben, mit dem verwechseln, was das Leben bieten konnte. Denn das Leben konnte so freigebig, so großzügig sein; um sich herum sah er das jeden Tag.

Die Erinnerung an seinen Vater erfüllte ihn mit Ehrerbietung und machte ihn zugleich nervös. Er pries ihn fortwährend und war doch ständig bestrebt, sich von Panditjis Vermächtnis zu distanzieren. Das ungeheure Opfer, das Ram Lal für die klassischen Künste gebracht hatte! Hinterlassen hatte er der Familie letzten Endes den chawl am King's Circus, wo man ununterbrochen den Lautsprecher des gurdwara hörte.

Und dies war die Geschichte der Familie: Hanuman Prasad und Kartik Prasad, zwei Brüder. Niemand konnte mit Gewissheit sagen, woher Hanuman Prasad sein Talent hatte. Sein Bruder Kartik Prasad war Bauer. Die Mutter der beiden hatte eine kräftige, klangvolle, fast männliche Stimme, die man auf Festen hören konnte oder abends, wenn sie Schlaflieder sang.

»Der Trottel ist zu nichts zu gebrauchen«, pflegte Kartik Prasad von seinem Bruder zu sagen, als sie heranwuchsen. Wo Hanuman Prasad all die Musikstücke aufschnappte und wie er sie singen lernte, wusste niemand. Er war eine Plage für die Familie. Nachts lag er auf seinem khaatiya und schaute in den Himmel. Jetzt stand er im Sold des Maharadschas von Bikaner und trat am Hof des Maharadschas von Jodhpur auf.

Einen großen Teil seiner Zeit brachte er damit zu, eine Haschischpfeife zu rauchen. Seine Frau war von großer Langmut. Sie gebar ihm zwei Kinder; das erste nannten sie Trilok, und als neun Jahre später das zweite kam, nannten sie es Ram Lal. Bei Ram Lals Geburt starb die bereits kränkliche Frau.

Wenn ein Abgesandter des Hofes ins Dorf kam und sagte: »Der Maharadscha braucht dich«, verschwand Hanuman Prasad für einige Tage. Es gab da eine lustige Geschichte: Nach einem Auftritt fragte ihn der Maharadscha voller Bewunderung vor der sabhaa, was er sich wünsche. Hanuman bat um Haschisch. Als Kartik das erfuhr, war er außer sich. »Wir haben hier eine kranke Tante, die uns wie eine Mutter großgezogen hat, und dir fällt nichts Besseres ein, als um Haschisch zu bitten?« Und er versetzte seinem Bruder ein paar Hiebe. Das nächste Mal, als Hanuman Prasad bei Hofe auftrat und gefragt wurde, was er sich als Belohnung wünsche, bat er um fünf Rupien, damit sie Medizin für ihre Tante kaufen konnten. Zu Hause setzte es erneut Hiebe. »Fünf Rupien?«, rief Kartik Prasad. »Mehr hast du nicht verlangt?« Hanuman Prasad war perplex und wütend – nie konnte er es seinem Bruder recht machen. Ein Groll erwachte in ihm.

Gleichgültig wie immer gegenüber den täglichen Anforderungen, wartete er auf die nächste Gelegenheit. Wieder wurde er an den Hof bestellt, und nach seinem Auftritt sagte er: »Ich hätte gern ein Gewehr.« »Ein Gewehr?« Weitere Fragen wurden jedoch nicht gestellt, und man überreichte ihm eine Flinte in einem Holzkasten. Als er nach Hause kam und sein Bruder ihn fragte, was der Maharadscha ihm geschenkt habe, antwortete er: »Ein Gewehr.« Kartik Prasad war entgeistert. Was er damit wolle? »Du machst mir das Leben zur Hölle. Ich werde dich töten«, sagte Hanuman Prasad und zeigte ihm die Flinte. Aber er hatte keine Ahnung, wie man sie handhabte; möglicherweise hatte er überhaupt noch nie ein Gewehr gesehen. »Weißt du, wofür das ist?«, fragte Kartik Prasad und versetzte ihm einen harten Schlag auf den Kopf.

Das Gewehr liegt bis heute beim örtlichen Großgrundbesitzer.

Er starb ganz plötzlich; man fand ihn tot im Bett, die Haschischpfeife neben sich. Ram Lal war damals ein Jahr alt, sein Bruder Trilok zehn.

Trilok zog Ram Lal groß. Ram Lal war ein kränklicher, aber rastloser Junge, er rannte herum, er spielte mit Murmeln, und er hatte keinerlei Vorstellung davon, dass sein Vater nicht mehr lebte und dass auch seine Mutter vor einem Jahr gestorben war. Sein großer Bruder half seinem Onkel auf dem Feld, verlor jedoch nie das Interesse an der Musik, das die neun Jahre mit seinem Vater in ihm geweckt hatten.

Ram Lal sträubte sich dagegen, etwas zu lernen, doch Trilok setzte sich mit ihm hin und brachte ihm einige Lieder bei, darunter die Ragas Kedar und Vibhas. Ram Lal war während dieser Unterrichtsstunden alles andere als aufmerksam, aber er eignete sich die Ragas trotzdem an, und oft hörte man, wie er sie bei irgendeiner anderen Tätigkeit vor sich hin summte.

Dem Großgrundbesitzer gefiel Triloks Gesang. Jemand hatte Trilok, als er fünfzehn war, in dessen Villa mitgenommen, ihn dem Mann vorgestellt und gesagt: »Hören Sie sich den Jungen an, Herr. Das ist der ältere Sohn dieses haschischsüchtigen Hanuman Prasad. Er arbeitet auf dem Feld und hat nie bei einem ustaad Unterricht gehabt, aber er hat etwas vom Talent seines Vaters geerbt. Und er ist ein sehr ernsthafter Junge.« Trilok trug mit seiner angenehmen, hohen Stimme den Raga Maand vor, und der Großgrundbesitzer war entzückt, seine Miene veränderte sich beim Zuhören wie etwas, was sich aus einer Starre löst, und er wiegte in geheimer Sehnsucht den Kopf. Als Trilok geendet hatte und mit niedergeschlagenen Augen dasaß, schwieg er eine Weile. Dann sagte er: »Sing noch etwas.«

Zwei Jahre später bekam Trilok ein Harmonium von dem Großgrundbesitzer geschenkt, einen massiven schwarzen Kasten mit Knöpfen vorn und Blasebälgen hinten, die in sich zusammenfielen, wenn man die seitlichen Klammern löste. Die linke Hand hatte die selbstlose Aufgabe, sie unermüdlich zu betätigen, damit das Instrument in Klänge ausbrach. Und ein Ausbruch war es wirklich – als spielten mehrere Musiker gleichzeitig. Immer häufiger spielte Trilok auf dem Harmonium, und der kleine Ram Lal sang dazu, volltönend und unbekümmert, mit noch höherer Stimme als sein Bruder.

Mitten im Spiel oder in der Arbeit hielt er plötzlich inne und wurde zu einem Instrument, das keinen anderen Gedanken und keine andere Aufgabe kannte.

Ram Lal liebte die Schauspielerei. Wenn er tanzte oder in eine Rolle schlüpfte, war er in seinem Element. Nach und nach wurde er in den Dörfern bekannt für seine Darstellung des Majnu – drahtig, quecksilbrig, ein Energiebündel – in der tragischen Geschichte von seiner Liebe. Erst zwölfjährig, wurde er nautanki-Schauspieler und zog mit einer abgerissenen Truppe und seinem Bruder, der sein Harmonium mit sich herumschleppte und es kaum weniger ängstlich hütete als Ram Lal, von Dorf zu Dorf, von staunendem Publikum zu staunendem Publikum.

Eines Tages befielen den Großgrundbesitzer Schmerzen in der Brust, er griff sich ans Herz und starb. Das machte Trilok und Ram Lal abhängiger von der nautanki-Truppe, als sie es zuvor gewesen waren, doch es gab ihnen auch die Freiheit, von Dorf zu Dorf und einer hochdramatischen abendlichen nautanki-Vorstellung zur nächsten zu ziehen und bei Tagesanbruch nach Hause zurückzukehren.

Einmal lag Trilok spät in der Nacht nach einer Vorstellung in der Nähe eines Feuers und versuchte einzuschlafen, Ram Lal neben ihm, beide von Kopf bis Fuß in Decken gehüllt. Zwei Männer aus der Truppe wärmten sich am Feuer, und Trilok hörte, wie sie sich leise unterhielten.

»Trilok ist uns nur ein Klotz am Bein, ständig führt er sich wie der Vater des Jungen auf, als ob niemand sonst Anspruch auf ihn hätte. Der majnu sollte einer von uns sein – er *ist* einer von uns. *Wir* sind seine Familie.«

»Das sag ich doch die ganze Zeit.«

Dann war nur noch das Knacken von Holz zu hören und

ein lang gezogenes, genussvolles Räuspern und Ausspucken. Trilok rührte sich nicht; wie ein Jutesack lag er da.

»Bei nächster Gelegenheit sollten wir … am besten auf der Rückreise … schnell, und bald …«

»Aree, bhaisahab, ich mach's.«

Dann begann einer der Männer mit krächzender Stimme leise zu singen.

Trilok bekam es mit der Angst zu tun, so erzählt man sich, und floh zwei Tage später mit Ram Lal nach Delhi. Sie wanderten umher, bis sie in einem Aschram unterkamen, in dem Gosain Baaba sang – Gosain Baaba, der langhaarige Heilige, der auf den weltlichen Erfolg an den Königshöfen verzichtet hatte, um über Radha und Krishna zu meditieren, die Gottheiten, die er verehrte.

Gosain Baaba liebte den Monsun. Was für malhars er komponierte! Den Sughrai malhar, den Adana malhar … die seltsamsten Kombinationen.

Vormittags setzte sich der zwölfjährige Ram Lal mit gekreuzten Beinen hin und lauschte seinem Gesang. Er verlor sich in der Musik, und wenn er wieder zu sich kam, schien selbst sein rechtes Bein, auf das er sich eine Stunde lang gestützt hatte, woanders zu sein, denn er spürte es nicht mehr; erst allmählich kehrte es mit einem unangenehmen Kribbeln zurück. Während der Raga Bahtiyar verklang, blieb er still sitzen, bis seine zeitweilige Behinderung schwand und er sicher war, dass er aufstehen konnte.

Ein neuer Ernst erfasste den Jungen. Selten hatte Trilok ihn so gesehen; nicht einmal die Erwähnung seiner toten Eltern oder einer Krankheit weckte ein solches Pathos in ihm. Schließlich offenbarte er seinem Bruder, was ihn umtrieb, und er tat es mit dem Trotz eines Kindes, das ein Nein erwartet und sich mürrisch und unversöhnlich gegen die Enttäuschung wappnet.

»Bhaiya, ich will bei Baabaji lernen.«

Trilok, der Vater und Mutter für den Jungen war, lächelte überrascht, als er das hörte, und fragte sich, wie lange Ram Lal wohl bei diesem Wunsch bleiben würde.

Und da er ein Mensch war, der nichts auf die lange Bank schob, ging er zu Gosain Baaba, berührte seine Füße und weckte den Mann damit aus seinem trägen Tagtraum. Ram Lal drückte sich im Hintergrund herum, ein zappeliger Missetäter.

»Baabaji, maharaj«, stammelte Trilok, »mein Bruder Ram hat eine gute Singstimme und eine große Liebe zur Musik. Er hat Jahre mit nautanki-Liedern vergeudet, und jetzt schämt er sich für seine Unwissenheit. Er möchte bei Ihnen lernen.«

»Wo ist er denn?«, fragte Goasin Baaba.

»Komm her, ullu!«, sagte Trilok zu der Gestalt, die ein Stück entfernt stand. Der Junge gehorchte erst nicht, doch auf das drängende Stirnrunzeln seines Bruders hin trat er doch lieber vor.

»Ich habe ihn schon einmal gesehen«, sagte Gosain Baaba und sah den schmalen Jungen ruhig an. »Was kannst du?«, wandte er sich dann direkt an Ram Lal.

»Sehr wenig«, schaltete Trilok sich ein. »Er kann besser tanzen als Musik machen.«

»Das Tanzen wird er fürs Erste vergessen müssen«, sagte Gosain Baaba.

Vier Jahre, so erzählt man sich, lernte der Junge bei Gosain Baaba im Aschram. Endlos übte er die Ragas, in blinder, freudiger Hingabe an das Vollkommene, Erhabene. Oft setzte er sich zum Singen hin, wenn er es gar nicht sollte, nach dem Mittagsmahl zum Beispiel; auf diese Weise zog er sich die Verdauungsschwäche zu, die ihn im späteren Leben plagen sollte. Schon jetzt begann er, äußerst anspruchsvolle Melodien zu singen, und entfesselte in dem kleinen Raum einen Sturm, einen Sturzbach von Klängen.

Aus dem Aschram kehrten Trilok und Ram Lal nach Jaipur zurück. Die Welt veränderte sich; allenthalben forderten nationalistische Parolen den sahab auf, das Land zu verlassen. Die Brüder kümmerten sich nicht darum. Nicht lange nach ihrer Rückkehr heirateten sie zwei Schwestern.

Murli Prasad, ihr Schwiegervater, ein beleibter, untersetzter Mann mit ergrauendem Haar, war etwas Besonderes: Er war Hoftänzer im Palast des Maharadschas von Nepal gewesen, und sein Herr hatte ihn mit Geschenken überhäuft, Schmuck vor allem, den er mit gleichmütiger Zufriedenheit und instinktiver Grazie zur Schau stellte: Ketten, Ringe, goldene Armreife und sogar kunstvolle Ohrgehänge, die stolz an seinen durchstochenen Ohrläppchen baumelten. Unter seinen Schätzen waren auch silberne Fußschellen; ab und zu band er sie sich um die Fußgelenke und ging damit herum, reich geschmückt und wohlklingend.

Die Fußschellen bekam Ram Lal als Bräutigamsgabe, dazu einen Beutel Silberrupien aus Murli Prasads unterirdischer Schatzkammer. Die Braut war ein dunkelhäutiges, stämmiges Mädchen von zwölf Jahren.

Nach einem Jahr begann sich Ram Lal in dem Dorf und in Jaipur zu langweilen, und er wollte nach Delhi zurück. Eine neue Ära brach dort an: Massenversammlungen fanden statt, und die Briten zogen ab. Ram Lal mietete sich ein Zimmer, verkaufte die Fußschellen kurzerhand und nahm in Angriff, wozu es ihn insgeheim schon länger drängte: Er wollte eine Schauspieltruppe gründen. Eine Schar bereitwilliger und treu ergebener Schüler sammelte sich um ihn: Sie lernten bei ihm singen, sie kochten für ihn, sie wuschen seine Kleider. In dem gemieteten Zimmer wurde auch geprobt. Doch aus dem Plan wurde nichts.

In diesem neuen Zustand der Unruhe, seinem und dem seines Landes, das der Unabhängigkeit entgegentaumelte, fand er Arbeit als Abteilungsleiter bei All India Radio. Er telegrafierte seinem Schwager und bat ihn, seine Frau nach Delhi zu bringen. Anfangs sah sie ihn kaum an, doch bald wurde sie zu seinem Erstaunen gesprächig – sie hatte zu jeder Zeit unendlich viel zu sagen – und entpuppte sich in mehr als einer Hinsicht als energisch und aktiv. Anderthalb Jahre nach ihrer Wiedervereinigung und gegenseitigen Entdeckung bekamen sie ein Kind, einen Jungen, der jedoch kurz nach der Geburt starb.

Nachdem sie sich von ihrem Kummer erholt und aufgehört hatten, über dieses frühe Wirken des Schicksals und der Hand Gottes zu grübeln, schlug die trauernde und doch hoffnungsvolle junge Mutter vor: »Vielleicht sollten wir nach Bombay gehen. Dort ist immer Platz für uns, hat mein Onkel ja gesagt.«

Sie sprach von einem Onkel mütterlicherseits, der sich als Musikmanager in der Filmindustrie einen Namen gemacht hatte.

Ram Lal mit seinen neunzehn Jahren brauchte nicht groß überredet zu werden. Einen Moment lang bedrückte ihn die Aussicht, aber er sehnte sich auch nach einem Neuanfang.

Der Onkel forderte sie telegrafisch auf, sich Zugfahrkarten zum Victoria Terminus zu kaufen.

Das waren, in groben Zügen, die Anfänge der Musikerfamilie. Teile der Geschichte hatte Nirmalya immer wieder einmal gehört. Als Ram Lals Frau erneut schwanger wurde, fuhr sie nach Jaipur und brachte dort Shyamji zur Welt. Nach drei Monaten kehrte sie mit dem wimmernden Säugling, der ihre Brüste wund saugte, nach Bombay zurück. Zwei Jahre später wurde Shyamjis Bruder Banwari geboren, ein ruhigeres, zurückhaltenderes Kind, das die Welt von Anfang an so zu akzeptieren schien, wie sie war. Für Nirmalya kamen diese Einzelheiten – über seinen Lehrer und dessen Bruder in ihren ungeschütztesten Momenten, bevor sie wurden, was sie jetzt waren – Geheimnissen und Offenbarungen gleich, ähnlich der Geburt von Königen oder Heiligen in der scheinbar wenig bemerkenswerten Zeit, in der wir leben. Sie gingen von Haus zu Haus, sie unterrichteten oder spielten, aber wer wusste noch um ihre Bedeutung? Doch sind nicht auch die Großen unter uns banal und sterblich, sogar in ihren eigenen Augen?

Seit drei Jahren veranstaltete Shyamji alljährlich eine Gedenkfeier für seinen Vater – um Ram Lals Vermächtnis zu ehren, aber auch, ohne sich dessen ganz bewusst zu sein, um es sich gefügig zu machen, es zu seinen Zwecken umzuformen. Denn die Welt seines Vaters war nicht die gewesen, in der Shyamji jetzt lebte, und diesen Umstand musste das Gedenken zwangsläufig widerspiegeln. Es musste die Vergangenheit bewahren, aber es musste auch seinen Platz in Gegenwart und Zukunft haben. Die Feier nannte sich Gandharva Sammelan. Ram Lals Bewunderer hatten dem Meister um die Mitte seines Lebens in einer etwas verspäteten sentimentalen Aufwallung von Dankbarkeit den Titel »gandharva« verliehen. Ein gandharva ist ein himmlischer Sänger – manche Sänger haben eine so wohlklingende Stimme, dass sie für ihre Zuhörer die fiktive Welt der kinnars, Götter und Apsaras zum Leben erwecken. Sie scheinen uns von dort einen kurzen Besuch abzustatten und werden dann als gandharvas erkannt. Ihre Musik bringt unserer Welt die Botschaft jener anderen Welt, in die sie eines Tages zurückkehren werden. Shivputra Komkali, der mit sieben Jahren seiner musikalischen Begabung wegen von einem Shankaracharya den Namen Kumar Gandharva erhielt – »der junge gandharva« –, war ein solcher Mensch. Ram Lal ebenfalls.

Im November lief Shyamji also mit einem hektografierten grau-weißen Anzeigenformular in der Hand herum: tausend Rupien für ein ganzseitiges Inserat im Programmheft, tausendfünfhundert für Vorder- und Rückseite und so weiter.

Shyamjis Wunsch, seines Vaters zu gedenken, war stark und aufrichtig, aber er wollte einen Saal mieten, und er musste die Kosten decken.

Natürlich wandte er sich wegen der Ankündigung an Mr Sengupta – in einer Welt ohne Mäzene müssen Firmen und Firmenchefs Mäzenatentum beweisen. »Sengupta sahab«, sagte er sanft, fast singend, »der diesjährige sammelan findet bald statt.« »Wann?«, fragte Mr Sengupta. Er hatte andere Dinge im Kopf: Ein Gewinnrückgang infolge hartnäckiger Gewerkschaftsaktivitäten bereitete ihm Sorgen; unglücklicherweise war seine Beförderung zum Generaldirekor mit dem Aufstieg Datta Samants und anderer unbeugsamer Gewerkschaftsführer zusammengefallen. Er erinnerte sich an den letztjährigen sammelan, aber so schnell, so ungeduldig, wie die elf Monate vergangen waren, konnte er kaum glauben, dass es schon Zeit für den nächsten war. »Im Dezember«, sagte Shyamji, wie immer untadelig höflich und geduldig. »Am neunten und zehnten.«

Zwei Tage lag das Formular wie ein Fremdkörper zwischen Einladungen des Gouverneurs und der Handelskammer auf Mr Senguptas Tisch; er vergaß es. Als sein Blick wieder darauf fiel, geriet er für einen Moment, der länger schien, als er war, in einen Zustand blanker Unschlüssigkeit, dann klingelte er seiner Sekretärin.

»Sagen Sie Nair, er soll sich darum kümmern«, sagte er.

Das war jedoch nicht das einzige Mal, dass Shyamji die Senguptas um Nachsicht und Unterstützung bat. Apurva Sengupta war Gönner und Respektsperson gleichermaßen. Und Shyamji hatte Familie: Alle meldeten sie mit endlosem, lautstarkem Geschnatter ihre Bedürfnisse und Wünsche an. »Vergessen Sie nicht meinen Sari, didi«, sagte etwa seine Frau Sumati. Sein jüngerer Bruder Banwari war schüchtern; seine fast tintenschwarze Haut und die vorstehenden Zähne, die sein ansonsten angenehmes, ernstes Gesicht entstellten, machten ihn extrem scheu. Doch auch er zeigte sich den Senguptas gegenüber immer weniger wortkarg.

Im gleichen Maß, wie er aus sich herausging, tat es auch Mallika Sengupta. Lächelnd und mit schützend vor den Mund gehaltener Hand bat er ständig um »Vorschüsse«. Er spielte bei Mrs Sengupta die Tabla, feierlich, ein Meister seines Instruments, der sich jedoch als einer der vielen, die den Unterricht in »leichter« Musik begleiteten, gezwungen sah, auf einem mittleren Niveau zu verharren. Er ließ sich mit seinen Instrumenten auf dem Wohnzimmerteppich nieder, sein weißer kurta und die pajaama, stets makellos, verliehen seiner dunklen Haut den satten warmen Ton glühender Kohle. Wenn er verhindert war, spielte Shyamjis Schwager, der rastlose, genialisch sich gebärdende Pyarelal, die Tabla; Shyamji hatte demokratisch dafür gesorgt, dass die männlichen Mitglieder seiner Familie Arbeit hatten, auch die, die er nicht mochte. Jeder von ihnen hatte ja Mäuler zu stopfen; die Söhne waren noch zu jung, um zu arbeiten, übervoll mit unrealistischen, hochfliegenden Erwartungen, die Töchter fast alle noch unverheiratet.

Die Frauen in ihren Chiffonsaris, deren Enden sie wie einen Schleier über den Kopf und einen Teil des Gesichts zogen, erweckten den Anschein, als seien sie zu scheu, um sich der Welt zu stellen, aber das waren sie keineswegs. Sie waren die treibende Kraft hinter ihren Männern.

Besonders anspruchsvoll war Tara, Shyamjis jüngere Schwester mit ihrem freundlichen Lächeln und dem kleinen Goldring im Nasenflügel, übergewichtig seit Jahren trotz ihres frommen, ostentativen Fastens, Tara, die Ram Lal Pyarelal, diesem Hansdampf in allen Gassen, zur Frau gegeben hatte. Immer erwartete sie etwas von ihrem Bruder, auch wenn sie kein Wort sagte. Shyamji spürte es in ihren liebevollen Gesten, ihrem verträumten, an niemanden im Besonderen gerichteten Gemurmel. Ihretwegen und weil er sie kraft der Bande des Blutes und der Erinnerung liebte, hatte er es auf sich genommen, den verlogenen Pyarelal zu unterstützen. Und die übergewichtige Tara wusste das und richtete sich entsprechend in ihrem Leben ein: Für ihren Bruder hielt sie ihr zuckersüßestes Lächeln bereit.

Dann war da die Matriarchin, Ram Lals Witwe, klein, tonnenförmig, Tochter des juwelenbehängten Mannes, der einst vor dem König von Nepal getanzt hatte. Ihr unausgesprochenes Edikt an Shyamji: Kümmere dich stets um deinen jüngeren Bruder Banwari, und vergiss nie unsere Tara.

Und Sumati selbst, Shyamjis Frau, ein bisschen dumm und versponnen, aber immer fröhlich, nach Meinung einiger in der Familie etwas zu stolz darauf, dass ihr Mann sich so wacker schlug.

Und schließlich Neeta, Banwaris Frau, hellhäutig, außerordentlich hübsch unter dem halb übers Gesicht gezogenen pallu ihres Saris, aber zänkisch und mit einer fast krächzenden Stimme ausgestattet. Eine Perle, vor der Welt verborgen, unzufrieden. Wäre Banwari mit seinen vorstehenden Zähnen nicht Ram Lals Sohn gewesen, sie hätte sich zu gut für ihn gedünkt.

Die Bühne war bereit. Nach dem üblichen Herumprobieren, nachdem Arbeiter, die Shyamji irgendwo aufgelesen hatte, Wimpel und zum Schluss noch Girlanden angebracht hatten, prangte dort, von Blumenmustern umrahmt, das Transparent mit der Aufschrift 3. GANDHARVA SAMMELAN. Rajasthanische Familien – noch keine richtigen Großstädter, aber auch nicht mehr Bewohner oasenartiger Dörfer in den kahl gefegten Wüstenlandschaften, aus denen sie einst gekommen waren – spazierten geschäftig im Foyer umher, wo Männer in der Pause rauchten und Jungen Eiscreme hinunterschlangen. Alle waren sie gekommen, alte Frauen und Kinder, jeder, der auch nur entfernt mit Shyamji verwandt war. Und Shyamji verneigte sich, legte die Hände zum namashkaar zusammen, hieß Anzug tragende Geschäftsleute und ihre Gattinnen liebenswürdig willkommen, trügerisch bescheidene Manager, Herrscher über ihre Firmen und ihre Familien. Seinem Sohn übertrug er die Aufgabe, sie zu ihren Plätzen in der zweiten, dritten oder vierten Reihe zu geleiten; diejenigen, die ein wenig abwesend und unentschlossen dastanden – getriebene, gestresste Führungskräfte –, führte er auch selbst dorthin. Ab und zu betrat ein hochrangiger Polizeibeamter oder ein Politiker den Saal; dann wurde im vorderen Gang vertrauter Umgang demonstriert, der Beamte umarmte den Musiker, überwältigte ihn einen Moment lang, und die Ehefrau schaute lächelnd zu. Wurde er dann zu seinem Platz geführt, erhob sich beiläufiges Gemurmel.

All das gehörte zum Zauber, zur Bereicherung des Lebens und seiner Perspektiven für die Manager, die Geschäftsleute, für Shyamji. Beim sammelan, was immer er bewirken mochte, trafen diese täglichen Verheißungen – dass etwas Gutes bevorstand, dass gegenseitiges Verständnis beiderseitigen Vorteil versprach – zufällig zusammen. Wer in Bombay lebte und arbeitete, hielt daran fest wie an einem Dogma oder einem Aberglauben. Die Musik – und im Grunde auch alles andere – war daneben fast zweitrangig. Ram Lals girlandenbekränztes Porträt, streng, unpassend, wie nicht anders zu erwarten, war unten rechts platziert. Eine Petroleumlampe stand davor, die Shyamji am ersten Tag des sammelan, über den Docht gebeugt, entzündete – auch das ein unpassender Moment, kein Moment des Innehaltens, sondern einer, der keine Zeit für Erinnerungen ließ. Es war ein wenig, als würde ein Scheiterhaufen angezündet, der Scheiterhaufen, den Shyamji vor elf Jahren in Brand gesteckt hatte, ein Akt der Ehrerbietung und Sühne. Jetzt aber war, angesichts der Banalität, die diesen Jahren und dem Tag selbst anhaftete, das Gefühl geschwunden, und es blieb nur die öffentliche Geste. Shyamji war abgelenkt – abgelenkt durch den klimatisierten Zuschauerraum, der hinter ihm wartete.

Der erste Tag war ausschließlich klassischer Musik und klassischem Tanz gewidmet – er begann mit dem nachdrücklichen Räuspern und den unsicheren Improvisationen der jüngeren

Künstler und endete mit der Geläufigkeit und routinierten Sicherheit der erfahreneren. Am zweiten Tag folgte die »leichte« Musik. Den ersten brachten die Zuhörer irgendwie hinter sich; interessanter war für sie der zweite, an dem sie, Shyamjis Schüler, selbst auftreten würden: von jungen, um Anerkennung kämpfenden Ghazal-Sängern bis hin zu Unternehmersgattinnen, erhitzt, aber strahlend in ihren Saris, die freiliegenden Ohren provokativ mit Gold behängt, Frauen, deren Ehemänner ganzseitige Nachrufe finanziert hatten. Die Beziehung dieser Frauen zur Musik hatte im embryonalen Zustand begonnen. Sie hatten eine Vorgeschichte als Zuhörerinnen; hatten die Lieder ihrer Lieblingskünstler einmal halblaut mitgesummt oder auch laut, für sich allein. Und irgendwann war der Gedanke an das Unvorstellbare aufgetaucht, ein Gedanke, der ihnen ein halbes Jahr zuvor gar nicht gekommen wäre oder den sie sich nicht einzugestehen gewagt hätten. »Kann ich nicht selbst Sängerin werden?«, hatten sie sich gefragt. Warum sollten sie nur zuhören, warum sollten nicht andere *ihnen* zuhören? War diese radikale Frage einmal gestellt, gab es darauf eine einfache Antwort, die Freude und Befreiung, aber auch traumatische Erfahrungen mit sich brachte. Dann musste Shyamji paradoxerweise mehr Vermittler als Lehrer sein. Nicht nur das Bedürfnis der Mittelschicht nach Musik galt es zu befriedigen, sondern auch das brennende, kindliche Verlangen dieser Frauen, selbst Musikerin zu werden (wie leicht war diese Metamorphose zu vollziehen!), im Rampenlicht zu stehen, wenigstens eine Viertelstunde lang dort zu sein, wo zuvor der traditionelle Musiker aufgetreten war.

Die Lampe wurde entzündet, und einen Moment lang hing ein Petroleumhauch in der Luft, dann brannte das kleine Auge der Flamme pflichtbewusst und von niemandem beachtet immer weiter. Der erste Tag begann eher bescheiden, mit einer dreiviertelstündigen kathak-Tanzdarbietung von Shyamjis Schwiegersohn Sunder. Sunder war zweiundzwanzig, er war mit Shyamjis ältester Tochter verheiratet und lebte in Delhi. Sein Vater hatte zu Shyamji gesagt: »Bhaiya, du musst deinem Schwiegersohn mindestens eine halbe Stunde geben. Er arbeitet hart, und schließlich ist er der Mann von Ram Lals Enkelin.« Shyamji hatte genickt – ein unwiderlegbares Argument.

Doch sosehr Sunder sich auch mühte – er war noch zu unerfahren. Zwei Jahre lang hatte sein Vater getobt, geschrien und geschmeichelt, während er, Sunder, die technischen Aspekte des kathaks zu meistern suchte. Mit dem Gefühlsaspekt – abhinaya, wenn der Tänzer durch seine Mimik und Gestik die Überraschung, Zärtlichkeit und Enttäuschung Radhas bei einem Stelldichein mit Krishna ausdrückt –, hatte er sich noch gar nicht befasst. Er war auch insgesamt zu schlaksig, und die Schellen an seinen Fußgelenken klangen zu laut, wenn er aufstampfte. Er erweckte den Eindruck, als machte er eine verspätete Pubertät durch.

Eine Dreiviertelstunde ging es so: Der dünne, bebrillte Vater schlug wütend die Tabla, Pyarelal spielte das Harmonium und nannte in schneller Folge die bols, zu denen Sunder tanzte. Sunders Frau saß im Publikum und starrte ihn offenen Mundes an. Dreimal wirbelte er herum, dann hielt er beklommen inne, die Augen noch von unterdrückter Angst geweitet, der Körper in Balance wie eine heruntergefallene Nadel, wenn sie den Boden berührt. Shyamjis übrige Familie schaute höflich desinteressiert drein. Dem Jungen fehlte im Grunde jede Anmut. Selbst wenn er es versucht hätte: Er wäre außerstande gewesen, in Radhas Körper, in ihre Bewegungen hineinzuschlüpfen. Nicht sein Geschlecht, sondern eine Beklemmung, die immer mehr von seinem Körper Besitz ergriff, ließ ihn hölzern und zugleich unstet erscheinen, wie eine rajasthanische Marionette, die auf einen Ruck an ihren Fäden hierhin und dorthin springt. Vielleicht hatte er sich noch nicht von der langen, staubigen Bahnfahrt erholt; erst am Abend zuvor war er aus Delhi gekommen, benommen noch, aber voller Hoffnung und Ungeduld.

Pyarelal saß mit einer bidi in der Hand auf den Stufen des Foyers und rauchte wütend; eben hatte er seinen Auftritt mit Sunder hinter sich gebracht. Sein langer blauer kurta schimmerte im Mondlicht, doch unter den Achseln zeichneten sich dunkel indigofarbene Schweißflecke ab. Erbost schimpfte er vor sich hin und spie dazwischen Rauch aus. Als der Schmarotzer, der er war, hatte er zwar nichts dagegen, Gelegenheitsarbeiten für Shyamji zu übernehmen – für Sunder das Harmonium, für diesen oder jenen die Tabla zu spielen –, ab und zu aber kehrte aus heiterem Himmel seine Selbstachtung zurück und mit ihr die Empörung; dann traten halblaute Schimpftiraden an die Stelle seiner Speichelleckerei.

»Hast du seine Drehungen gesehen? Ich dachte schon, er stürzt. Wozu die Eile, baaba?« Er stieß den Rauch aus, wandte das Gesicht ab und hustete. »Das ist eine schwierige Kunst; um die zu lernen, braucht man fünf Jahre, zehn Jahre. Nur weil einer der Schwiegersohn von …« Seine Augen funkelten, und er senkte die Stimme, als wollte er nicht gehört werden. »Hast du gesehen, was er am Anfang gemacht hat? Seinem Vater hat er die Füße berührt, aber mir nicht. Eine Beleidigung ist das!«

Er sah Nirmalya Zustimmung heischend an, vogelähnlich, sein Blick der eines Wesens, das der Gefahr entronnen ist, verletzt zu werden. Nirmalya nickte so teilnahmsvoll und überzeugt, wie es ihm möglich war.

Die letzte Darbietung des ersten Tages stand bevor: Pandit Rasraj würde singen, ein auffallender kleiner Mann mit Glatze, der einzige wirklich bedeutende Künstler des Gandharva Sammelan. In aufrichtiger, wenn auch etwas demonstrativer Demut legte er Blumen vor Ram Lals strengem Porträt nieder. Bevor er anfing, überzeugte er sich mit duldsam-geringschätziger Miene, ob die Tanpuras seiner beiden Schüler gestimmt waren, dann schloss er die Augen und regte sich nicht mehr. Das Publikum war so still, als hätte es Krishna auf dem Berg Kailash vor sich. Dann setzte Rasraj mit dem Raga Puriya Dhanashri tatsächlich zu einer Anrufung Shivas an, ganz leise erst, flüsternd fast, seine Darbietung in diesem frühen Stadium voller Verheißung und göttlicher Spannung. Hinter seiner verzückten Wiedergabe des Ragas stand eine kluge Verwendung des Mikrofons: Für Rasraj war das Mikrofon die Hauptgottheit; ohne dass irgendjemand es merkte, nahm es übernatürliche Eigenschaften an, trotz – oder wegen – Rasrajs geschlossener Augen. Es war, als wäre das Mikrofon – sein eigentlicher Adressat – unsichtbar.

Die ersten sieben bis acht Reihen waren voll besetzt, dahinter sah man zwischen den zufällig platzierten Zuschauern immer mehr freie Plätze: Der Saal war nur halb voll. Die meisten von Shyamjis »Leuten« würden erst morgen kommen, um selbst zu singen oder Verwandte zu hören; Rasraj interessierte sie nicht übermäßig. Außerdem war der Gandharva Sammelan trotz seines bombastischen Namens nicht allzu bekannt, denn in den vergangenen drei Jahren war in der Zeitung nicht dafür geworben worden. Werbung erschien nur im Programm: für die Firmen oder Unternehmen von Shyamjis Schülern.

Dann setzte der badaa khayaal ein. Majestätisch, immun gegen Eile, tat er die ersten Schritte seines gewaltigen, königlichen Laufs: »O Blaukehliger, o Träger der Ganga ...«

Am zweiten Tag drängten sich die Schüler auf der Seitenbühne; jeder von ihnen würde zwei Lieder singen. Einige waren noch kaum ausgebildet, aber Shyamji hatte sie trotzdem ins Programm genommen – aus Mitleid mit den Schwachen, aber Bemühten und auch, weil sie oder ihre Väter halbseitige Anzeigen geschaltet hatten. Shyamji brachte ein kluges, liebevolles Verständnis für die Eitelkeit jener auf, die unbedingt singen wollten. Hierin unterschied sich seine Zeit von jener, in der Ram Lal gelebt und gelehrt hatte. Es war nicht mehr die patriarchalische Zeit, als Großgrundbesitzer und ihresgleichen die Musiker wertgeschätzt und bei ihnen gelernt, sie aber auch unterdrückt und gedemütigt hatten. Jetzt herrschte Demokratie: Der ganz normale Mensch, der Durchschnittsbürger, stand an oberster Stelle. Tief im Innern und ungeachtet der geneigten Köpfe seiner Schüler, ihres liebenswürdig-furchtsamen Lächelns und ihrer schnellen Berührung seiner Füße begriff Shyamji, dass er mit ihnen auf gleicher Stufe stand, dass er ihr Guru, aber auch ihresgleichen war. Die Rechte des Mäzens waren der nicht mehr zu schmälernden Macht des Normalbürgers gewichen, der nun den Künstler, wie es sich in gewisser Weise der Mäzen vorbehalten hatte, ehren und sogar besitzen und die Trennlinie zwischen Künstler und Alltagsmensch überhaupt aufheben konnte. Shyamji lebte und profitierte von dieser Gleichheit und zog seinen Gewinn daraus. Er mischte sich unter seine Schüler, als wäre er einer von ihnen. Er überwachte sie, väterlich, aber mit klarem Blick für seine eigene Rolle an diesem Abend: nervöse Mädchen im salwar kamiiz, verwöhnte Töchter von Geschäftsleuten, junge, schon dünkelhafte Berufssänger, die komplizierte Modulationen vor sich hin summten und bereits die Manierismen übernahmen, die etabliertere Sänger derzeit pflegten – das unmotivierte Rucken des Kopfes, wenn die Tabla zum ersten Takt des Zyklus zurückkehrte, das Krümmen der Hand bei einer Verzierung –, Gesten, ohne die sie verloren gewesen wären. Sie gaben vor, tief berührt zu sein vom mittelmäßigen Geträller eines Konkurrenten, sie zeigten sich unbeeindruckt oder taten so, als seien sie beschäftigt, wenn jemand einen vollkommenen Ton traf. Dann waren da ältere Damen in teuren Saris, lächelnd, unter ihrem Make-up schwitzend wie in der Wärme des Paradieses, und schließlich Nirmalya mit Kinnbart und ausgefransten Cordjeans. Er versuchte, sich in das Treiben hinter den Kulissen zu mischen, er geleitete seine Mutter hinter die Bühne, vorbei an Reihen von Lichtschaltern, er nahm teil und nahm doch nicht teil.

»Das ist Sengupta sahabs Sohn, Sengupta sahab, Sie wissen schon, der Generaldirektor von …« Wenn Shyamji ihn dem einen oder anderen seiner Schüler vorstellte, traf ihn ein aufmerksamer Blick, als verfügte er ungeachtet des schuldbewussten Eindrucks eines Ertappten, den er erweckte, über bestimmte Eigenschaften: Er war Sengupta sahabs Sohn, er verkörperte gleichsam die berühmte Firma – eine Auszeichnung, für die er nichts konnte; seinen Vornamen brauchte man nicht zu wissen.

Sie saßen in der dritten Reihe: Apurva Sengupta im dunkelblauen Anzug und mit perfektem Krawattenknoten und neben ihm sein schlampiger Sohn, aufmerksam, mit funkelnder Brille, nichtssagend bis auf seine ruhige Kritikermiene.

Auf der Bühne saß Mrs Sengupta in einem schönen violetten Benares-Sari mit silbernen Borten, die Wangen weiß im Licht der Bühnenscheinwerfer, abwesend im Liederbuch blätternd, als würde sie die Seite, die sie suchte, niemals finden. Und neben ihr Shyamji, der wie bei allen seinen Schülern das Harmonium spielte. Er wirkte nicht so sehr müde als vielmehr in Gedanken woanders und auf eine vage Art pflichtbewusst. Ein leises Summen drang aus seinem Instrument.

Es war ein bedeutsamer Moment für Mrs Sengupta, innerhalb wie außerhalb ihres gesellschaftlichen Lebens, diese kurze Zeitspanne im Schweinwerferlicht, in der sie ganz allein war und dann zu singen anhob, vor einem Publikum, das gar nicht richtig zuhörte. Nach all den anderen Sängern und Sängerinnen in ihrer Hast und ihrem Ehrgeiz, der schnellen Einstimmung auf den dunklen Saal, dem Lächeln und dem aufgeräumten namashkaar zum Abschluss ihrer beiden Lieder, wirkte Mrs Sengupta wie ein etwas vergessliches Mitglied eines Königshauses, sich ihrer Zuhörer kaum bewusst, im Exil, eine Gestalt aus einem anderen Zeitalter. Das Publikum nahm ihr Erscheinen und ihren kurzen, aus dem Rahmen fallenden Auftritt wohlwollend auf. Nirmalya aber ertrug ihren Gesang kaum. Ihre Stimme, durch das Mikrofon verstärkt und leicht verändert, erschien ihm wie eine Stimme aus der Vergangenheit, sie klang zu schrill, sie war nicht ihre eigene. Seine Mutter war aus der Übung, sie besuchte mit ihrem Mann zu viele Partys, von denen sie Geschichten von den Tatas und den Singhanias mitbrachte. Nirmalya konnte nie ruhig zuhören, wenn sie auf einer Bühne sang. Erst Monate, manchmal Jahre später, wenn er zufällig etwas hörte, was sie für sich selbst aufgenommen hatte, staunte er, wie schön ihre Stimme klang, wie mühelos frisch und unmittelbar, und er fragte sich, warum er sie nie im entscheidenden Moment zu hören bekam.

Als sie sich später erhitzt, aber gelassen zu ihnen in den Zuschauerraum setzte, flüsterte sie: »Mrs Makhija hat zu mir gesagt: ›Sie haben eine wunderbare Stimme!‹« Nirmalyas Vater lächelte, erfreut über ihr spontanes Glücksgefühl, über den Abschluss der Unternehmung ebenso wie über das Kompliment. »Sehr schön. Sehr schön.« Sie wandte sich um und suchte im Gesicht ihres Sohnes nach einem Hinweis, einem Zeichen, doch Nirmalya nickte nur knapp, ohne zu lächeln. Später schmerzte es ihn, dass er nicht netter gewesen war.

Um zehn war es schon wie um Mitternacht. Die Sängerinnen und Sänger hatten ihre Auftritte hinter sich, nur Shyamji, ihr Lehrer, sang noch vor fast leerem Saal bhajans. Seine Angehörigen saßen in einer Gruppe beieinander, und auch Apurva, Mallika und Nirmalya Sengupta waren noch da, weil sie Shyamji so gern singen hörten. Die meisten anderen waren gegangen; sie mussten zum Bus.

In der ersten Reihe saß, seiner Körperfülle wegen unübersehbar, ein ganz in Weiß gekleideter bärtiger Mann, der anerkennend den Kopf wiegte.

»Wer ist das?«, flüsterte Nirmalya seinem Vater zu, der die Gestalt belustigt musterte.

»Hanuman Rao«, antwortete sein Vater leise. »Vom Vorstand der Kongresspartei.«

Hanuman Prasad Rao entstammte einer Großgrundbesitzerfamilie in einem Dorf an der Grenze zwischen Maharashtra und Karnataka, und entsprechend war auch sein Auftreten: Er war kein Mann des Volkes, er war ein Beschützer des Volkes. Stets weiß gekleidet, sah er im kleinsten Fleck eine Bedrohung, die nicht nur seine Kleider, sondern auch seinen Ruf beschmutzte. Seine Hände waren riesig; er hätte damit ohne Weiteres jemanden erwürgen können. Etwas Ahnungsvolles haftete ihm an, als könnte ihn eines Tages ein Schlaganfall oder ein Blitzschlag niederstrecken. Im Moment aber wirkte er auf ruhige, selbstsichere Art unbesiegbar.

Er hatte Shyamji eines Tages entdeckt und war in seinem Überschwang eine Art Verehrer von ihm geworden. »Sie sind der beste Sänger im Land«, sagte er und legte ihm seine Pranke auf die Schulter. »Irgendwann werden das alle wissen.« Auch hier zeigte er sich hoheitsvoll und besitzergreifend, nicht unähnlich einem Forscher, der einen neuen Kontinent entdeckt und anfängt, ihn als sein Eigentum zu betrachten. Seine Bewunderung für Shyamji war ein Ausläufer seiner Ichbezogenheit und besaß die Dynamik und den Reiz der Selbstliebe. Shyamji wusste, dass er sie ihm jederzeit wieder entziehen konnte: Hanuman Rao konnte anfangen, sich zu langweilen, er konnte sich, wie jemand, der verliebt zu sein glaubt, aus irgendeinem Grund gekränkt fühlen. Und so hielt Shyamji ihn bei Laune.

Hanuman Rao war ein begeisterter Kinogänger, er liebte Dilip Kumar und Raj Kapoor, ihre strahlende Jugend voller schlichter ländlicher Freuden und unergründlichen Zaubers, ihre Offenheit für die Gefahren der Liebe und die Ungewissheit einer gewandelten Welt. Und er liebte Hema Malini und Waheeda Rehman, Gefährtinnen in der gewandelten Welt, Trost- und Sehnsuchtsgestalten, denen er sich verbunden fühlte. Die großen Filme, die tiefe Einsicht in die so wichtige Rolle der Opferbereitschaft boten, bewegten ihn; während der großen Szenen kam seine massige Gestalt zur Ruhe, und er begann zu weinen.

Für ihn war auch die Politik eine Form des Kinos, nur mit dem Unterschied, dass sie real war. »Die wahren Helden sind nicht sie«, sagte er unter vier Augen zu seiner Frau und schlug sich auf die Brust. »*Wir* sind es.«

Nun war ihm, wie er fand, eine großartige Idee gekommen: Er wollte einen Film produzieren und – was angesichts seiner Persönlichkeit und seiner Erscheinung nur folgerichtig schien – auch selbst darin mitspielen. Dass er schon einundfünfzig war, spielte keine Rolle, die Filmindustrie brauchte einen reiferen Protagonisten. Der Inhalt des Films sollte so sozialistisch sein, wie man es von einem Mitglied der Kongresspartei erwartete: Er sollte von einem Bauernaufstand und vom Sturz eines Großgrundbesitzers handeln, und Hanuman Rao wollte den Bauernführer spielen, der aus seinem Dorf verbannt wird, durch eine List dorthin zurückkehrt und den Dorfbewohnern die Augen öffnet.

»Shyam« – so sprach er den Sänger an, als wäre er Shyamjis älterer Bruder – »Sie machen die Filmmusik. Ihre Lieder habe ich im Ohr, wenn ich an den Film denke. Er hat auch einen wunderbaren Titel: *Naya raastaa, nayi aashaa.*« Ein neuer Weg, eine neue Hoffnung.

Es war Shyamjis Glück, dass er – ein versierter klassischer Sänger, ein Meister – eine geschmeidige, schöne Stimme besaß. Dadurch konnte er von der derzeitigen musikalischen Mode profitieren, von den Liedern, mit denen eine Mittelschicht treuer, schwer arbeitender Ehemänner und munterer Hausfrauen ihre Träume zum Ausdruck brachte. Seine Stimme passte sich der Ghazal an, deren großartige Banalitäten von Liebestaumel, Herzeleid und Sehnsucht Ehemänner, die sonst gegen Leidenschaften immun waren, tief berührten und aufseufzen ließen. Und sie passte sich dem frommen bhajan an, der andachtsvollen Stimmung, der Verneigung vor Ram und Krishna, die in dem von Schwiegermutter und Schwiegertochter gestalteten Haushalt zum Alltag gehörte. Shyamji stand im Mittelpunkt dieser feierlichen Selbstdarstellung. Doch die Schönheit der Stimme verführte ihn auch – nicht ohne Grund hatten sich die Meister alter Zeiten vor reiner Schönheit gehütet. Sie ließ Shyamji glauben, er könne alles tun, alles singen und später immer noch zu den anderen Erfordernissen seiner Berufung zurückkehren.

»Sie werden in dem Film singen«, sagte Hanuman Rao, seine große Hand auf Shyamjis Schulter. »Nur unter dieser Bedingung mache ich Sie zum musikalischen Leiter. In der Szene, in der ich die Dorfbewohner wachrüttle, kommt ein besonderes Lied vor, und das sollen Sie singen.« Hanuman

Rao gab ein Krächzen von sich, als die Vision Gestalt annahm. Dass er selbst es war, der auf der Leinwand das Lied mit Shyamjis Stimme schmettern würde, störte ihn nicht. Ein so bedeutender, willensstarker Mann hielt sich nicht mit Details auf.

»Didi!«, rief Shyamji, als er die Wohnung betrat. »Didi, sie ist fertig! Ich hab sie mitgebracht.«

Er hatte etwas ganz Alltägliches dabei und doch – so wie er es in der Hand hielt – etwas Besonderes: eine Langspielplatte in einer leuchtend gelben Hülle. Auf der weißen Rückseite standen in akkurater dunkler Schrift auf Englisch die Titel der Lieder, Angaben zum Film und die Namen des musikalischen Leiters, des Produzenten und der Sänger und Sängerinnen. Ein Drittel der gelben Vorderseite nahm ein imposantes Bild Hanuman Raos ein, weiß gekleidet auch hier und mit einer Art Stab in der Hand. Hinter ihm, zweitrangig, aber nicht unbedeutend, sah man zwei kleinere Figuren vor einer Hütte, eine junge Frau und einen Mann. Shyamji war geblendet, von der Platte ebenso wie von dem komprimierten Epos auf dem Cover. Nirmalya wagte die Hülle kaum zu berühren.

»Leg sie auf, baaba«, sagte Shyamji; die sanfte Bitte konnte seine kindliche Freude und Ungeduld kaum verbergen. Er musste die Platte schon zwanzigmal gehört haben.

Schrille Orchestermusik erfüllte den Raum. Shyamji nahm stirnrunzelnd Platz und überließ sich ab und zu seinen Emotionen, starrte auf den Teppich und seufzte, wenn sich in den Liedern plötzlich die Stimmlage änderte. Auch Mallika Sengupta und Nirmalya hörten mit halbem Ohr zu, achteten aber – teils respektvoll, teils fürsorglich – mehr darauf, wie sich ihr Lehrer einmal mehr seine eigene Musik anhörte.

»Wann kommt der Film denn in die Kinos, Shyamji? Wann können wir ihn sehen?«, fragte Mrs Sengupta strahlend, als das zweite Lied zu Ende war. Sie hatte nicht die leiseste Absicht, ihn sich anzuschauen, und die Mühe, die es sie kostete, so zu tun, als ob, schlug sich in einem glühend enthusiastischen Ton nieder. Sie ging so gut wie nie in Hindifilme, kaufte sich aber wie andere Frauen ihres Alters und ihrer Gesellschaftsschicht hin und wieder die Zeitschrift *Filmfare* und amüsierte sich in müßigen Nachmittagsstunden damit, Berichte aus dem Leben der Stars zu lesen, alberne Geschichten, die man sofort wieder vergaß, die aber unterhaltsamer und weniger langweilig waren als die Filme selbst.

»Bald, didi«, antwortete Shyamji, um sie bei Laune zu halten. Er wagte weder Hanuman Rao noch dem Schicksal zu misstrauen. Er ahnte, dass es Mrs Sengupta aus moralischen Gründen eigentlich gar nicht interessierte, wann der Film anlief, und dass es ihr lieber gewesen wäre, es hätte auch ihn nicht interessiert. »Der Film ist fertig.«

»Badhaai, didi, badhaai!«, sagte Sumati strahlend (sie schielte, aber es war das glückbringende »Lakshmi«-Schielen), den Kopf mit dem Ende ihres Chiffonsaris bedeckt. »Herzlichen Glückwunsch! Ihr Guru wird ein berühmter Filmmusiker!«

Was für eine dumme Person, dachte Mallika Sengupta (denn sie selbst, die davon profitierte, war abergläubisch, was glückliche Fügungen anging – ähnlich einem Broker, der nervös das Auf und Ab der Börsenkurse verfolgt). Ein Wort, das Shyamjis Frau treffend beschrieb – sie merkte es sich, um es später ihrem Mann zu sagen –, war »lebenslustig«. Sie empfand Sumatis Fröhlichkeit geradezu als einen Affront. Das Glück musste man ernst und würdevoll annehmen, mit unbewegter Miene, auch wenn man innerlich jubelte. Mallika Sengupta – auch sie nervös, Nirmalyas wegen, jeglicher Bedrohung seiner Gesundheit wegen – betrachtete es als eine sträfliche Gedankenlosigkeit, etwas als gegeben vorauszusetzen, was noch gar nicht eingetreten war. Für sie stellte das Unterdrücken sichtbarer, unmittelbarer Freude über eine gute Nachricht eine Art Buße dar. Bei Sumati aber hatte der Ausdruck unmittelbarer Freude etwas Argloses. Mrs Sengupta, an Zurückhaltung gewöhnt, wünschte sich insgeheim, Sumati würde so lange düster schweigen, bis sie Grund zum Feiern hatte.

Nirmalyas Musikstunden schob Shyamji stets eilig zwischen andere Verpflichtungen ein. In alten Filmen bringen der Guru und sein Schüler lange mühselige Stunden in halbdunklen Tempeln oder Höhlen aus Pappe oder Pappmaschee zu, oftmals vor einem gigantischen, in den Fels gehauenen Bildnis Shivas – ebenfalls aus Pappmaschee –, der Gott stumm, erhaben über die Prüfungen menschlichen Strebens, der Guru fordernd, launisch bisweilen, Hingabe und harte Arbeit von seinem jungen Schüler verlangend, während in einer Ecke ein Spinnennetz wächst und wächst, bis der Schüler endlich mit der Vollkommenheit eines berühmten Playbacksängers zu singen anhebt. In den Thacker Towers war es anders: Nichts kann uns letztlich gegen die Anstrengung abschirmen, die es kostet, etwas zu meistern, gegen die Tatsache, dass der Ertrag mühsam der investierten Energie abgerungen wird – so wenig, wie wir uns vor dem Banalen und Alltäglichen schützen können, das unser Leben bestimmt und es sicher und vertraut erscheinen lässt. Die Welt, die Apurva und Mallika Sengupta sich ganz und gar zu eigen gemacht hatten, das bevorstehende Mittagessen oder der Tee, das Kommen und Gehen der Dienstboten – das alles prägte die Musikstunden.

Der Kassettenrekorder ordnete, komprimierte und beschleunigte den Prozess des Lehrens und Lernens, sowohl für den Guru, der stets in Zeitnot war, als auch für seinen unentschlossenen Schüler, der in dem modernen Leben verhaftet war, das ihn geprägt hatte, lernbegierig, aber an den geheimen, tastenden Rhythmus seines Tages gebunden. Denn jeder Tag glich für Nirmalya einerseits einem Fegefeuer, in dem er fortwährend den Trübsinn der Verdammnis streifte, andererseits einer Zeit, in der er wahllos und in ungeduldiger, fast respektloser Hochstimmung die Kulturen der Welt erforschte. Er hatte reichlich zu tun: Er las philosophische Werke, er las Romane, in denen Männer in Kneipen plötzlich merkten, dass das Dasein *kontingent* und *absurd* war, dass es aus keinem erkennbaren Grund in Erscheinung getreten war, er las Gedichte von Frauen, die damit kokettierten, dass sie besessen seien von Gedanken an Selbstmord; er blätterte in osteuropäischen Pornoheften mit Bildern aus schwindelerregenden Blickwinkeln und eng gedruckten, obszönen Texten in Deutsch, Englisch und vermutlich Dänisch, jeweils ein kurzer, fiebriger Absatz, das Deutsch voller strammstehender Großbuchstaben. Und zwischen all dem kam Shyamji. Nirmalya setzte sich ergeben mit ihm hin, neben sich den Kassettenrekorder. Der Panasonic diente als Schüler und Lehrer gleichermaßen. Wenn Shyamji, beiläufig fast und doch magisch, ins Mikrofon sang, als sänge er einer uralten Vergangenheit ins Ohr, schien das Gerät verzückt zu lauschen. Später dann wurde es zum Guru: Wenn Nirmalya die Aufnahme abspielte und Shyamjis Stimme vom Band kam, wurde es gleichsam zu einer Erweiterung Shyamjis. Doch es konnte nicht Shyamji *sein*, es war nicht so klug wie er, und es war flexibler und fügsamer als er. Aber zumindest war es immer da. Es nahm gewissermaßen seinen eigenen Raum ein, seine eigene Domäne, von der aus es sein Regiment führte. Und es machte Guru und Schüler unabhängig voneinander und auch ein wenig überflüssig füreinander.

Und so wurde der Guru für Nirmalya zu einer Idealfigur, einer Art imaginärem Wesen, fast unabhängig davon, dass sein realer Lehrer, Shyamji, ein Wanderer und seinen eigenen Zwängen unterworfen war (Unterrichtsstunden, Verabredungen, die eilig improvisierte Schallplattenaufnahme), dem es angesichts seiner zahlreichen Termine mitunter schwerfiel, sich Zeit für Nirmalya zu nehmen. Wann Nirmalya anfing, die Ragas einfach so zu lernen, aus dem Radio, von Shyamjis Kassetten und den Schallplatten anderer Sänger, und welche Ragas er von Shyamji, welche er von der Langspielplatte eines toten Sängers gelernt hatte, wusste er nicht mehr; er konnte nicht mehr zwischen der geplanten, routinemäßigen und der eher zufälligen Art des Lernens unterscheiden. Das entsprach jedoch genau dem, worin ein junger Mann mit seinen Privilegien geschult worden war: der zunehmenden Ausübung seines Rechts, seine Erziehung selbst zu gestalten. Je mehr er lernte, desto selbstständiger wurde er und desto mehr Geschmack fand er an dieser Selbstständigkeit – das war der Weg, auf dem er sich Schritt für Schritt fortbewegte. Für jemanden wie ihn war Lernen trotz der gemeinschaftlichen Aspekte im Grunde ein Sichöffnen für Einsamkeit und Freiheit. Und der Musikunterricht vermochte daran nichts zu ändern, er musste sich irgendwie, chamäleonhaft, diesem Muster anpassen. Das begriff Shyamji instinktiv, er wusste, dass der Junge strengere Anforderungen an sich stellte, als er, Shyamji, es hätte tun können. Wenn er sich je darüber ärgerte, dass Nirmalya ihn zwar verehrte, seine musikalische Erziehung aber – zumindest teilweise – eigensinnig und kompromisslos selbst in die Hand nahm, so deshalb, weil er sich ein wenig bedroht fühlte von der Unbeirrbarkeit und Radikalität seines Rivalen, des inneren Gurus in Nirmalya, der weniger einem mystischen Glauben entsprang als vielmehr einem Leben, das dem freien Willen und der Entscheidung des Einzelnen Vorrang einräumte. Denn Shyamji war wie ein Vogel, der sich nicht einsperren ließ: Er flatterte hierhin und dorthin, er verschwand, und er erschien wieder am Horizont.

Es war August. Den ganzen Vormittag sah es nach Regen aus. Das Meer war aufgewühlt; nur eine einzige weiße Jacht forderte das Wasser elegant und respektlos heraus. Der Himmel war hellgrau.

Nirmalya kam vom College nach Hause, schmutzig, sein Kinnbart schweißverklebt, und von der Idee eingenommen, den Raga Miya ki Malhar zu singen. Das Wetter hatte ihn körperlich in einen Zustand zwischen Vorfreude und Nostalgie versetzt. Er ließ sich, an das Sofa gelehnt, in dem riesigen Wohnzimmer auf dem Teppich nieder, vor sich die Tanpura, die seine Eltern ihm gekauft hatten. Vor Hunderten von Jahren hatte Miya Tansen mit dem Raga Deepak die Lichter an Akbars Hof entzündet und Dürre über die Provinz gebracht. Die Menschen flehten ihn an, es regnen zu lassen. Da sang er den Raga Megh Malhar, und über dem ausgedörrten Land zogen Wolken auf. Wunder machten Nirmalya skeptisch; nur naive, schwache und dumme Menschen glaubten an Wunder. Doch die alte Geschichte weckte, zumal in Verbindung mit dem Einsetzen des Monsuns in Bombay, unerwartet ein flüchtiges Machtgefühl in ihm. Er sang die ersten tiefen Töne des Miya ki Malhar – ni dha ni sa –, liebkoste das ni und schwebte einige Minuten lang in der Spannung, die zum sa zurückführte. Tansen hatte den Raga selbst geschaffen, eine einfache, aber ungeheuer wirkungsvolle Modulation des Megh Malhar, ein geduldiges Verweilen auf den tieferen Tönen, um dann zu den höheren zu springen: Für Nirmalya spiegelte er wunderbar die Gewitterstimmung wider, das leise, grollende Herannahen und schließlich das allumfassende Losbrechen des erlösenden Regens. Er hatte den Raga nicht bei Shyamji gelernt, er hatte ihn sich selbst beigebracht, hatte ihn sich von oft gehörten Schallplattenaufnahmen mit Bhimsen Joshi und Amir Khan angeeignet. Der Miya ki Malhar gehörte zum großen Vermächtnis Tansens, des Mogulreichs und einer noch weiter zurückliegenden Zeit. Nirmalya schaute aus dem Augenwinkel zum Fenster hinüber: nichts. Das Wetter war erstarrt; es würde sich nicht bewegen. Er fuhr fort, ni dha ni sa zu singen, niedergedrückt nicht nur von der Absurdität seines Tuns, sondern auch vom gewaltigen Ausmaß der Aufgabe: dem Raga gerecht zu werden, obwohl er gerade erst anfing, ihn zu verstehen und sich zögernd mit ihm zu befassen. Ein romantisches Verlangen erfüllte ihn: Er wollte das Wetter nicht wie Tansen beeinflussen und beherrschen, er wollte sich irgendwie mit ihm verbinden. Nach etwa zwanzig Minuten stand er gereizt und erschöpft auf. Noch immer kündigte sich kein Regen an.

Entmutigt trat er auf den Balkon hinaus und lehnte sich an die Brüstung. Tauben trippelten unruhig auf den Gesimsen des Gebäudes umher oder saßen, ohne von ihren Nachbarn Notiz zu nehmen, in Reihen nebeneinander und warteten darauf, dass etwas geschah.

Dann, eines Tages im August, regnete es tatsächlich, während er sang. Er übte seit zehn Minuten, als plötzlich dicke Tropfen am Ende ihrer langen Reise ans Fenster klatschten und graues Wasser die Scheibe hinunterlief. Leider war es kein Monsun-Raga, sondern Bhupali, der grünende, erdige Bhupali, den er mit großem Ernst sang.

»Ach, herrje!«, sagte Banwari, ohne dass seine Finger ihr Spiel unterbrachen, und schaute aus kleinen, ängstlichen Augen zum Fenster. »Und ich habe keinen Schirm dabei.«

Shyamjis jüngerer Bruder Banwari begleitete Nirmalya und Mrs Sengupta auf der Tabla. Er wirkte ruhig und war doch flink und wendig, vollkommen statisch und zugleich auf listige Art flexibel, wie einer jener Geister, die überallhin gelangen, ohne sich von der Stelle zu bewegen, die urplötzlich und ohne dass man es merkt ihre Gestalt verändern. Sein Lächeln war starr, nichtssagend fast, seine Augen nicht etwa halb geschlossen, sondern nur klein, seine Hände schlugen unermüdlich die Tabla, wach, aber automatenhaft, scheinbar losgelöst von einer bewussten Absicht. Wenn das Lied zu Ende war, veränderte sich Banwari kaum merklich. Es war, als sei ein Double aus Fleisch und Blut an seine Stelle getreten und habe sogleich beschlossen, die Klimaanlage und andere Segnungen physischer Existenz zu genießen. Im anschließenden Gespräch legte Banwari wieder seine gequälte, fast hilflose Höflichkeit an den Tag. Noch immer haftete ihm die Unbeholfenheit des jungen Bräutigams an, der den Schleier vom Gesicht seiner Braut gehoben und darunter eine wunderschöne Frau vorgefunden hatte. Banwari hatte sich von der Last, eine schöne Ehefrau zu haben, noch nicht erholt. Alles, was er tat, strahlte Selbstzweifel und gezwungene Würde aus; er litt unter seiner tiefschwarzen Haut und seinen vorstehenden Zähnen. Schließlich ließ er sich auf Geheiß seiner Frau Neeta die beiden vorderen Schneidezähne ziehen und durch gerade Zähne ersetzen. Das Resultat hatte Auswirkungen auf seine Persönlichkeit. Im Stillen war er hocherfreut. Verlust und Ersatz kann man nicht immer zur Schau stellen, aber anfangs strahlte er nur so, und die Leute wussten nicht, warum. Doch die Erinnerung an die Zeit davor ließ ihn nie ganz los. Auch jetzt noch hielt er sich, wenn er sich in der Teepause einen Scherz erlaubte, beim Lächeln die Hand vor den Mund, als spukten darin noch immer die viel zu großen Zähne herum.

Manchmal begleitete auch Pyarelal Nirmalya auf der Tabla. Shyamji hegte eine heftige Abneigung gegen seinen Schwager, tat aber seiner Schwester zuliebe einiges für ihn.

Vor drei Jahren hatte Shyamji ihm eine Anstellung an einer Musikschule in Jaipur verschafft, doch eines Tages war Pyarelal wieder da gewesen, schlanker, dunkler, in einer neuen, voll Stolz getragenen Nehru-Jacke – eine Mischung aus zurückgekehrtem verlorenem Sohn und Würdenträger auf Besuch. Shyamji würde seinen Schwager nicht so leicht loswerden. Er vertrage die Hitze in Jaipur nicht, hatte Pyarelal erklärt (obwohl er dort geboren und aufgewachsen war). Seitdem hatte er keinerlei Anstalten mehr gemacht, Bombay zu verlassen. Die Sogwirkung der Stadt und seiner Familie hielt ihn in seinem weiten kurta und den spitzen Pantoffeln in der Schwebe, wie einen Engel, der sich nicht vertreiben ließ.

Eine der Gefälligkeiten, die Shyamji ihm erwies, bestand darin, dass er ihn Mrs Sengupta und Nirmalya begleiten und damit sechzig Rupien pro »Sitzung« verdienen ließ.

Irgendwann fing Nirmalya an, sich auf Pyarelals Besuche zu freuen. Das Schauspiel, das Shyamjis Schwager bot, fesselte ihn; seine Pedanterie und Akribie erschien bei einem Menschen wie ihm umso ausgeprägter und absurder. Pyarelal hatte ein feines Gespür für Unausgesprochenes, er bemerkte die Veränderung und überschüttete Nirmalya mit den Komplimenten, die der Junge so gern hörte – Nirmalya träumte davon, sie auch verdient zu haben.

»In zehn Jahren wird baaba diese bandishs singen wie ein Vogel!«

Dann die unendliche, unwahrscheinliche Geschichte seines Lebens, die er nur zu gern erzählte:

»Ich habe einmal am Hof von Raja Man Singh getanzt ...«

Solche Geschichten langweilten Nirmalya meist, Pyarelal selbst aber, eine Fantasiefigur fast, ein Mann nicht nur ohne Status, sondern auch ohne Herkunft, langweilte ihn nie.

»Am Hof von Man Singh? Wann?«

Ein bedächtiger Schluck Tee, dann die Antwort:

»Ich habe vor Man Singh getanzt, als ich vier war.«

Pyarelal war also ein klein wenig vom Glanz vergangenen höfischen Lebens umgeben, und das wirkte auch völlig glaubwürdig. Er war Strandgut der alten Welt, Teil einer Gesellschaft von Künstlern, die mit den Palästen untergegangen war – zumindest stellte er sich Nirmalya gegenüber so dar –, ganz anders als sein jüngerer Schwager, den die Stadt mit ihren Unterrichtsstunden, Ehemännern im Hintergrund und Honoraren geformt hatte. Und er spürte, dass Nirmalya dieser Welt zwar angehörte, aber nicht im Einklang mir ihr war, dass seine, Pyarelals, Anziehungskraft in seiner Andersartigkeit lag. Sehr schnell hatte er in Nirmalya eine starke Nostalgie erkannt, eine Sehnsucht nach einer anderen Zeit und einem anderen Ort, die ihn unruhig machte und ihm Unbehagen bereitete. Nur Pyarelal nahm diese Nostalgie wahr; an anderen jungen Menschen hatte er sie nie bemerkt, schon gar nicht an seinen eigenen drei Söhnen oder an den Schülern, mit denen er musizierte.

Er war ein selbst ernannter kathak-Lehrer (Nirmalya hatte ihn allerdings nie unterrichten sehen), der sich als Kind die ungleichen Künste des Gesangs, des Tablaspiels und der Harmoniumbegleitung angeeignet hatte. Ein Unfall in der Vergangenheit – was genau passiert war, darüber ließ er sich Nirmalya gegenüber nicht aus – hatte es ihm unmöglich gemacht, weiter als Tänzer aufzutreten. Er nannte sich großartig »kathak-Lehrer und Guru«, tatsächlich aber war er – ungeachtet der zwei oder drei Schüler, die er angeblich hatte – ein getreuer Übungsbegleiter, der die Tabla schlug, während die Tänzerin ihre Figuren einstudierte, im Kreis wirbelte und mit den Füßen aufstampfte, so lange, bis sie sich alles eingeprägt hatte.

»Jeder Raga hat einen ruup – eine Form«, sagte er wehmütig und weise, als hätte er einmal die Vision eines Ragas gehabt. »Er hat einen chehra – ein Gesicht« – er zeichnete das Gesicht mit den unwillkürlichen Bewegungen des Tänzers vor sich in die Luft, sein eigenes stoppelbärtiges, hakennasiges Gesicht, konzentriert, die Augen zusammengekniffen –, »einen Körper. Wenn du zum Beispiel den Yaman richtig singst, kannst du seine Form sehen. Dann kommt der Yaman und stellt sich neben dich.«

Das hieß natürlich, dass man den Raga heute nicht mehr sah, dass der Raga für die jetzigen Musiker eine Ansammlung von Noten, Konventionen und Regeln war, der sie ihre subjektive Leidenschaft, ihren Instinkt und ihr Maß an Können hinzufügten. Für Pyarelal aber, der sich am Kinn kratzte und Nirmalya seine eigene Sichtweise vermittelte, waren diese

Musiker im Irrtum: Man musste den Raga nicht nur *richtig* und *gut* spielen, man musste ihn auch umwerben, ihm nachstellen.

Wenn Mrs Sengupta die beiden im Gespräch vorfand, lächelte Pyarelal ertappt und befriedigt zugleich, wie wenn ein Freund zwei Liebende stört. Traf Shyamji sie so an, erschrak er und erhob sich schuldbewusst.

Im Gegensatz zu vielen anderen Tänzern hatte Pyarelal nichts Feminines an sich: Er war klein und stämmig. In seiner Jugend war er ein passionierter Ringer gewesen. Stundenlang schaute er im akhaara den Männern zu, die sich im Sand wälzten oder wie Bullen aufeinander losgingen und die Arme umeinander hakten. Den Blick nach innen gewandt, übte er Griffe und Stellungen. »Ein Mann zu sein«, mit aller dazugehörigen Härte, ehrenhaft und stolz, das war ihm wichtig.

Sein Gesicht – schmale Lippen, schmaler Schnurrbart, Hakennase, eine kleine Warze unter dem Auge, das ziemlich lange Haar aus der Stirn gekämmt – war hart und knochig. Nur die Brauen, die er während eines Gesprächs gelegentlich zu einem Bogen hochzog, einen Moment lang innehaltend, legten von der Kunst des Tänzers Zeugnis ab.

»Kathak« kommt von »kathaa – Geschichte«. Das war Nirmalya nicht klar gewesen. Wörter horteten Bedeutung wie Schätze, und Nirmalya war in einem Alter, in dem schon die Etymologie einen Weg von unwiderstehlicher, geheimnisvoller Anziehungskraft, von dessen Existenz er vorher nichts gewusst hatte, sichtbar machte und beleuchtete. Der Tänzer war nicht nur Virtuose, er war auch Geschichtenerzähler, wie schon das Wort »kathak« besagte. Im klimatisierten Wohnzimmer bei halb geschlossenen Vorhängen auf dem Teppich sitzend, führte Pyarelal Nirmalya vor, wie Radha sich das Ende ihres Saris vors Gesicht zieht, um sich vor neugierigen Blicken zu schützen, wenn sie durch die Gassen zu ihrem Liebsten geht. Eine Bewegung des Handgelenks, ein Abwenden des Blicks genügten, um Radhas Verletzlichkeit, um ihr hämmerndes Herz darzustellen. Nirmalya, in Bluejeans und kurta, für den Moment ohne Beschäftigung, Erziehung oder Zukunft, lehnte an einer Schranktür und schaute zu, wie der vierundfünfzigjährige Mann versuchte, ihn zu beeindrucken und zugleich etwas zu tun, was fraglos legitim war: ihm die Elemente seiner Kunst zu offenbaren. Pyarelal schüttelte leicht den Fuß, um anzudeuten, dass die Schellen an Radhas Fußgelenk zu laut waren, dass ihre Schwiegermutter jeden Moment aufwachen und das Liebesverhältnis entdecken konnte. Und die ganze Zeit blieb Pyarelal auf dem Teppich sitzen. Hin und wieder sang er im Flüsterton Passagen des Liedes, das die Geschichte erzählte, im Grunde eine Litanei von Klagen, gerichtet an den göttlichen Liebhaber, der sie mit seligem Gleichmut erwartet. »Wie kannst du wollen, dass ich in dieser Vollmondnacht zu dir komme, die Schellen könnten meine Schwiegermutter und meine Schwägerin wecken und so weiter.« Pyarelals Nasenflügel weiteten sich kaum merklich, während er sang.

Als Nirmalya Pyarelal bat, ihm die vielen Lieder aufzuschreiben, die er ihm in den letzten Monaten vorgesungen hatte, zeigte sich, dass der ältere Mann kaum lesen und schreiben konnte. Die Devanagari-Schrift war weitgehend unbekanntes Terrain für ihn, er verspürte kein dringendes Bedürfnis, es zu erkunden, und hatte das auch praktisch sein Leben lang vermieden, ohne dass er das Gefühl gehabt hätte, etwas zu versäumen. Nirmalya zuliebe aber unternahm er den Versuch und schrieb in kaum lesbarer Schrift vier Zeilen in das Schulheft, das Nirmalya als Liederbuch benutzte. Er lächelte, als wollte er um Nachsicht bitten für eine Behinderung (keine ernste oder gefährliche, aber dennoch eine Behinderung), für die es keine schnelle Abhilfe gab und über die zu sprechen ein wenig geschmacklos war.

So gut er es vor dem Jungen verbarg und sosehr seine Erinnerungen von einer spontanen Freude am Leben zeugten, war Pyarelal doch von einem tiefen Minderwertigkeitsgefühl erfüllt. Seltsamerweise stammten alle Erinnerungen, von denen er erzählte, aus der Zeit vor seiner Heirat, als er sich rastlos zwischen Rajasthan und Dehradun herumgetrieben hatte, bis er sich in Bombay zielstrebig in Ram Lals Leben eingeschleust und schließlich Ram Lals Tochter geheiratet hatte. Danach versiegten seine Erinnerungen; das Leben schien realer geworden zu sein, ärmer an Überraschungen und irgendwie auch an Lebendigkeit. Er kompensierte dieses Minderwertigkeitsgefühl, diese Empfindung, dass man ihm nicht den gebührenden Respekt erwies, auf seine Weise. Jeder wusste, dass er sich abends betrank, und da man sich in einer Familie an alles gewöhnt und schließlich darüber lacht, wurde dieser Umstand zu einem Spaß, besonders für Shyamjis Kinder, die ihn von klein auf liebevoll-spöttisch »Puuaaji« genannt hatten – eine gelispelte Kurzform anfangs, da sie »Pyarelal« nicht aussprechen konnten, später nur noch eine Anrede wie »kaaka – Onkel«. Dass »Puuaaji« fatalerweise ähnlich klang wie »paaji – böse«, wurde selten erwähnt, aber Pyarelals Nichten und Neffen wussten, dass Puuaaji, wenn der Abend nahte, redselig wurde und ihre Tante Tara verprügelte. In seiner eigenen Wohnung war Pyarelal unangreifbar, schließlich war er Herr und Gebieter von Ram Lals Tochter. Shyamji schritt nicht ein; er achtete peinlich darauf, sich aus dieser Unannehmlichkeit – wie aus vielen anderen – herauszuhalten. Was Pyarelal und seine Familie in ihren vier Wänden machten, ging ihn nichts an.

»Worüber redest du mit ihm, baaba?«, fragte Shyamji betrübt. Er wirkte ruhig, aber sein Groll war hartnäckig und durch nichts zu besänftigen.

Pyarelal hatte soeben unter Kratzfüßen, Verbeugungen und einem an Shyamji gerichtetem »Ja, bhaiya, nein, bhaiya, durchaus, bhaiya« seinen Abgang gemacht.

Nirmalya wusste nicht, was er sagen sollte.

»Er ist ein großer Schauspieler«, sagte Shyamji, noch ehe Nirmalya seine Frage beantworten konnte.

Pyarelal hatte seine eigene Methode, sich in aller Unschuld an Shyamji zu rächen: Er pries seinen Schwiegervater, den toten Ram Lal.

»Am ersten Abend der Tagung in Kalkutta hat Bade Ghulam Ali den Bihag gesungen«, sagte er beispielsweise mit einem halben Lächeln, als könnte er die Stimme des ustaads vernehmen. »Da gab es nur den Bihag. Am zweiten Abend hat Panditji« – so nannte er Ram Lal – »den Malkauns gesungen. Da gab es nur noch den Malkauns!« Der Schwiegersohn, der aus dem Nichts gekommen war und sich Ram Lals Zuneigung erschlichen hatte, erzählte von dem Toten.

»Und Shyamji?«, fragte Nirmalya, dessen Herz überströmte von Zuneigung zu seinem so oft abwesenden Lehrer. »Er singt auch wunderschön, nicht wahr?«

»Er singt sehr gut, aber das ist nichts gegen Panditji.« Pyarelal lächelte nachdenklich. Und da hier der Vater gepriesen wurde, musste auch Banwari, der jüngere Sohn, zu solchen Äußerungen feierlich nicken. Und nicht nur Banwari – ein Schatten glitt über Shyamjis Gesicht, wenn Pyarelal etwa sagte: »Niemand kann diese Lieder so singen wie Panditji.« Dann nickte er resigniert und fügte hinzu: »Er hat recht, baaba, du hättest meinen Vater hören müssen.« In solchen Momenten war es, als sei ihm der klare Verstand abhandengekommen und die Unüberwindlichkeit des Lebens trete zutage. In Nirmalya regte sich Mitgefühl, und zugleich war er überzeugt, dass Pyarelals Behauptung eine Lüge war, dass man Lügen über die Toten erfinden konnte, um die Besten unter den Lebenden zu quälen.

Die Besten unter den Lebenden: Sein Lehrer war zweifellos einer der »Besten«, aber es enttäuschte Nirmalya, dass Shyamji sich mit den »leichten« Formen abgab, dass er nach materiellem Wohlstand strebte. Ein Künstler musste sich dem höchsten Ausdruck seiner Kunst weihen und den Erfolg verschmähen. Nirmalya war fast siebzehn, er hatte solche Ideen aus Büchern, die er in letzter Zeit gelesen hatte, aber es kam ihm vor, als hätte er es schon immer gewusst und als sei es für alle Zeiten gültig. Er fragte Shyamji ganz direkt:

»Shyamji, warum singen Sie nicht öfter klassisch? Warum singen Sie nicht weniger Ghazals und treten mehr in klassischen Konzerten auf?« Shyamji blieb stets ausgesucht höflich. Interessiert musterte er das Gesicht des Generaldirektorssohnes, als fiele ihm plötzlich wieder ein, wie naiv der Junge war.

»Baaba«, sagte er (in geduldigem Ton), »ich möchte erreichen, dass ich mir um Geld keine Gedanken mehr machen muss. Dann kann ich mich ganz der Kunst widmen. Mit leerem Magen kann man nicht klassisch singen.«

Eine Variante dieses Arguments hatte Nirmalya im College gehört: dass man erst seine physischen Bedürfnisse – nach Nahrung, Kleidung, einem Dach über dem Kopf – befriedigen müsse, ehe man die psychischen – Kultur etwa – befriedigen könne. Die Worte seines Gurus überzeugten ihn nicht. Wie wusste man, wann man diesen Punkt erreicht hatte, wann man so weit gesichert war, dass man sich ausschließlich und angstfrei der Kunst zuwenden konnte? Wie und auf wann legte man den Stichtag fest? Nirmalya kannte keinen Mangel und verstand es deshalb nicht, wenn jemand sagte oder andeutete, er könne nicht ohne das, was er bereits hatte, auskommen.

Er ging auf den Balkon hinaus und betrachtete die Aussicht: viel gepriesen, hochgeschätzt – kostbarer als jeder Kunstgegenstand in der Wohnung, bestimmte sie, indem sie tagtäglich das arglose Schauspiel von Licht und Sonnenuntergang zeigte, den hohen Preis derselben. In der Ferne sah man La Terrasse, weiß und breit, und den langen Sandstreifen, der sich wie eine schmale Goldader zum Gouverneurspalast hin verjüngte.

Wenn man in der Abenddämmerung vom Balkon nach unten schaute, sah man am Rand des Wassers die Umrisse von Menschen. Die Thacker Towers wurden frisch gestrichen. Die Arbeiten hatten schon vor dem Monsun begonnen; jetzt wurden sie in den Regenpausen fortgesetzt. Ein Bambusgerüst umgab die Gebäude, und wenn Nirmalya in seinem Zimmer las oder Musik hörte, tauchte manchmal ein Mann am Balkon auf oder auch mehrere, unbekümmert wie Seeleute an der Mastspitze, scheinbar ohne sich für ihn zu interessieren.

Es ging das Gerücht, Mr Thacker habe keine Toiletten für die Arbeiter vorgesehen – vielleicht hatte er einfach nicht daran gedacht. Diese Männer und ihre Familien waren es, die man in der Abenddämmerung am Wasser unterhalb der Thacker Towers sah.

Mit seinen fast siebzehn Jahren ließ Nirmalya die Welt seines Vaters hinter sich – das Wohnzimmer mit seinen Gemälden, Aschenbechern und Vasen, das Arbeitszimmer mit seinen Büchern, das Esszimmer mit dem dicken ovalen Glastisch, die vier Schlafzimmer. Seit sie in die Thacker Towers gezogen waren, fühlte er sich nicht mehr zu Hause. Nur die Fliegen, die trotz des Fliegendrahts immer wiederkamen, amüsierten ihn; mit glänzenden Augen fixierte er die Todeskandidaten, dann erschlug er sie unbarmherzig.

Als Kind war das Zuhause eine Zuflucht für ihn gewesen – vor dem furchteinflößenden Terrain von Kindergarten und Schule, den glänzenden Schaubildern, auf denen das Alphabet oder Katzen, Bälle und Lieferwagen in starren Konstellationen abgebildet waren, dem Sportunterricht, in dem man rannte und stürzte, und den Singstunden, in denen man soldatisch strammzustehen hatte und alle paar Minuten zu dem weißen Zifferblatt mit den großen Zeigern hochschaute. Jetzt aber, seit sein Vater Generaldirektor war, wirkten die Wohnung in den Thacker Towers und ihr Mobiliar – Gipfel der Karriere seines Vaters und wohl auch seines eigenen materiellen Daseins –, zu verschiedenen Tageszeiten von der Sonne, am Abend von kristallbehangenen Lampen erhellt, seltsam öde, wenn man nach Hause kam, als könnte man sie niemals wirklich bewohnen.

Nirmalya schien im Begriff, eine neue Definition zu entdecken – was es war, wusste er nicht, aber es sonderte ihn ab, was ein wenig grausam, aber auch ein Glück war, und es verkehrte seinen latent fehlenden Glauben an sich selbst in eine anhaltende kratzbürstige Arroganz. Selbst die Dienstboten merkten es.

Er begann die Bedeutungen, mit denen er aufgewachsen war, zu verwerfen und allem emsig neue zuzuweisen. Geradezu kampflustig verliebte er sich in eine Idee, die mit einem uralten Bewusstsein seines Landes zusammenhing, und die Musik gehörte unabdingbar dazu. Der Raga barg das Land in sich – seine Jahreszeiten, seine Tageszeiten, seine Vogelstimmen, seine Wolken, seine Hitze –, er vermittelte Nirmalya ein vollkommenes, magisches Gespür für das Land. Es war eine Fiktion, in die er sich verliebte. Und nachdem er sich der Fiktion verschrieben hatte, war alles andere Zerrbild oder Abweichung: der Marine Drive, die Thacker Towers, die Firma, die sein Vater leitete, der Tee im Taj-Mahal-Hotel –, nichts war »echt« genug. Wenn er kurz nach Sonnenuntergang zum Himmel über La Terrasse und den Nachbargebäuden aufschaute – den Marine Drive und die Neonreklamen blendete er wohlweislich aus –, dachte er an den Raga Shree und daran, wie gut er zu diesem Moment passte, dem letzten der Geschichte, am Ende zahlloser solcher Tage – an einem Ort, der hier und doch nicht hier war, nicht in Cuffe Parade oder den Thacker Towers.

Eine Vase fing das Licht ein; frische Blumen. Shalini musste da gewesen sein und die Stiele gekürzt haben. Teestunde; ein Kreis von Damen. Eine von ihnen, im Kleid, war Engländerin.

Ein Gedanke machte ihm zunehmend zu schaffen: Die Ragas hatten keine Komponisten. Woher kamen sie, und warum störte es niemanden, dass es keine Antwort auf diese Frage gab? Die indische Musik hatte keinen Bach, keinen Beethoven – warum nicht? Instinktiv, insgeheim und verworren setzte sich, während er Abend für Abend vom Balkon blickte, der Begriff der Urheberschaft in ihm fest – ein schwieriger Gedanke, mit dem er sich einige Zeit herumschlug. War es nicht die Idee des Urhebers, aufgrund deren man ein Kunstwerk als etwas Originäres, Geschaffenes betrachtete, als ein Eigentum, das ihm Wert verlieh? Man konnte dann sagen: »Es gehört ihm«, »Es ist seine Schöpfung« oder »Er hat ein großes Werk geschaffen«. Und dieser Aspekt des Eigentums und des Schaffens floss in das Bild ein, das sich ein Volk durch seine Künstler von sich selbst machte. Ohne es ganz in Worte fassen zu können und mit einer gewissen Verzweiflung, aber auch einem widersprüchlichen Gefühl der Befreiung erkannte Nirmalya, dass die indische Musik nicht auf diese Weise zu verstehen war. Dieser Umstand war ein Geheimnis, das sich ihm nach und nach erschloss und das er für sich behalten musste. Er sprach mit niemandem darüber, auch nicht mit Shyamji. Ein paarmal war er versucht, das Thema mit Pyarelal zu erörtern, aber er tat es nicht. Unterdessen las er seine geliebten Philosophen und Dichter und sah allenthalben, wie das Genie gefeiert wurde: »Der und der hat es als Erster gemacht«, »Der und der hat es am besten gemacht«. Er nahm es so hin, doch wenn er an den Raga dachte, begann sich etwas in ihm dagegen zu sträuben. Erst als er sich noch einmal Yeats' Gedicht über Byzanz vornahm, sah er sich in dem, was er über eine Kunst ohne Urheber las, bestätigt, zumindest in bestimmten Zeilen und Wendungen: »Bilder, die immer neue Bilder zeugen« und »Flammen von Flammen gezeugt … In Todeslust von Flammen, die kein Tuch versengen«. Was für eine Art Bild konnte das sein, wenn nicht eines, dessen Urheber unbekannt war, das aus der Kunst selbst geboren oder von ihr geschaffen war? Die Zeilen enthielten das Mysterium, das es bedeutete, mit einem Kunstwerk in Berührung zu kommen, dessen Herkunft im Verborgenen lag und letzten Endes auch immateriell war. Es spielte keine Rolle, dass man jenes »Bild« nicht mit einer Signatur versehen konnte. An anderer Stelle nannte Yeats diese Bilder »Selbst gezeugter Spott auf das, was Menschen tun«. Nirmalya glaubte jetzt zu verstehen, was »selbst gezeugt« bedeutete – es bezog sich auf jene immateriellen Überreste von Kultur, die nicht mit Urheberschaft zu erklären oder zu umschreiben waren. Es war, als wären sie aus dem Nichts gekommen, wie das Leben und die Planeten, und doch waren sie nicht Natur. Er ahnte dunkel, dass der Raga zwar eine Schöpfung des Menschen und doch – paradoxerweise – »selbst gezeugt« war.

Der Anstrich des Gebäudes war zu drei Vierteln fertig. Die Männer standen auf dem Gerüst, manchmal hielten sie sich an einer Stange fest und reckten sich nach links oder rechts, sie bewegten sich seitwärts, sie hockten lässig auf einer Stange, und die Lumpen, die sie am Leib trugen, flatterten im Wind, als ritten sie auf dem Nichts. Nie schauten sie durch die Fenster ins stille Innere der Wohnung, sie waren zu beschäftigt, sie schwatzten während der Arbeit, sie riefen, lachten und zeigten ihre Zähne (einmal konnte Nirmalya einem der Arbeiter in den Mund schauen, und er fragte sich, ob der Mann seinen Kautabak auch aus dieser Höhe ausspuckte). Er beobachtete sie durch das große Fenster. »Ich könnte das nie und nimmer«, sagte er sich, »und wenn mein Leben davon abhinge.« Einer von ihnen rutschte ab und stürzte in die Tiefe; Nirmalya hörte später davon. Er stellte sich den jungen Mann vor – sie waren alle jung –, seine hilflos rudernden Arme. Die Arbeiten gingen weiter.

Seine Freunde sah Nirmalya immer seltener. In der Dämmerwelt, die er sich geschaffen hatte oder auf die er zufällig gestoßen war, am Schnittpunkt von Raga und Natur, waren seine Freunde Eindringlinge. Diese Welt beherbergte einen großen Teil des Universums – Sonne, Dunkelheit, Regen, das Flügelschlagen einer Taube, das Krächzen einer Krähe –, Rajiv Desai, Sanjay Nair und die anderen konnte sie nicht beherbergen.

Ohne es wirklich zu beabsichtigen, verweigerte sich Nirmalya der Normalität – und litt darunter.

Er verfiel in Rückzugs- und Entsagungsstimmungen.

»Ich möchte in den Himalaja«, sagte er, als hätte er länger über diesen Punkt und generell über das Leben, das er führte, nachgedacht und sei zu dem Schluss gekommen, dass dies die einfachste und naheliegendste Lösung war. Sein Publikum waren seine Mutter und Nayana Neogi, die hochgewachsene, bebrillte Frau, die seine Familie seit über zwanzig Jahren kannte und mitverfolgt hatte, wie Apurva Sengupta sich von einem kleinen, frisch aus England zurückgekehrten Aspiranten zu einem hohen Tier mit einer Wohnung von scheinbar unbegrenzten Ausmaßen gemausert hatte. Sie hatte sich damit abgefunden. Ihr eigenes Leben, geprägt von ihrem Gebrauchsgrafiker-Ehemann, ihren Haustieren und dem anfänglichen Reiz des Bohemienhaften (sie rauchte unbeirrt fünfzehn Zigaretten am Tag, sie lebten seit fünfundzwanzig Jahren in derselben Parterremietwohnung und besaßen nichts Eigenes), war schal geworden und verlief in gewohnheitsmäßigen Bahnen. Aber Gewohnheiten haben etwas animalisch Warmes und Vertrautes. Sie war dick geworden bei dem müßigen Leben der gescheiterten Künstlerin, zu dick, um ihre handgewebten Saris und die knappen ärmellosen Baumwollblusen noch bequem tragen zu können. Stattdessen hüllte sie sich jetzt von den Schultern bis zu den Zehen in bequeme, weite Gewänder. Ihre Haustiere von früher waren gestorben; neue waren in die Parterrewohnung eingezogen. Nirmalya erinnerte sich aus seiner Kindheit an einen Dackel, ein schönes, großherziges Tier, kurzbeinig und mit einem verkohlten Schwanzstummel; vor langer, langer Zeit hatte es vor dem Haus die Straße überqueren wollen und war von einem Auto überfahren worden. Andere – Katzen und Foxterrier – waren in hohem Alter eines natürlichen Todes gestorben, aber vor Kurzem hatte es wieder einen tragischen Todesfall gegeben. Nayana hatte am Nachmittag auf dem schönen handgearbeiteten Sofa gelegen (ein so schlichtes Stück, dass man seine Schönheit leicht übersehen konnte), und ein Kätzchen hatte sich an ihren breiten Rücken geschmiegt. Sie war in einen tiefen Schlaf gesunken und hatte sich umgedreht, ohne etwas zu spüren. Als das Gezwitscher der Spatzen sie weckte, hatte sie bestürzt entdeckt, dass sie zur Todesfalle für das Kätzchen geworden war. Heute hatte sie – mit diesem Kummer und dem Kummer über ihr Gewicht, aber in Hochstimmung wegen des Tapetenwechsels – den weiten Weg bis zu der prächtigen Wohnung in den Thacker Towers zurückgelegt, um den Tag mit Mallika Sengupta zu verbringen. Sie musste lächeln, als sie den Jungen, den sie von klein auf kannte, in seinem alten kurta vor sich stehen sah, in sich gekehrt, das Kind in ihm noch sichtbar, aber auch der neue, unglückliche junge Mann. Sie tippte den kumulusartigen Aschefortsatz von ihrer Zigarette und zog daran; Nirmalyas Unglück berührte sie seltsam.

»Warum denn das, Nirmalya? Was kann dir schon fehlen? Du hast doch alles.«

Später aß er mit den beiden Frauen zu Mittag und schlang mürrisch Arthurs Obsttrifle hinunter.

Trotz seines dringenden Wunsches, in den Himalaja zu reisen, ging er mit seinen Eltern nach wie vor ins Taj und aß dort in der Sea Lounge Chili-Käse-Toast. Bestimmt und routiniert-vertraulich legte Mr Sengupta dem Ober beim Eintreten den Arm um die Schultern und bat ausdrücklich um einen Platz an den großen, dem Meer zugewandten Fenstern links. Dort setzten sie sich an einen der Zweiertische, die für Paare oder Geschäftsfreunde gedacht waren. Seine Eltern kamen jeden Samstag für eine ungestörte Stunde hierher. Sie aßen schweigend eine Kleinigkeit, rührten in ihrem Tee und plauderten zwischendurch ein wenig. Wenn Nirmalya sie begleitete, wurde auf dem engen Raum noch ein dritter Stuhl dazugestellt, und Nirmalya nahm Platz und wartete auf die rechteckigen Toastscheiben mit dem dicken, signalrot gefleckten Käsebelag.

Nie ganz abwesend von dort, wo seine Eltern waren, oder von den Orten, an denen er aufgewachsen und zur Schule gegangen war, konnte man ihn dennoch – auch samstags im Taj – an mehreren Orten fast gleichzeitig sehen, als verfolgten seine verschiedenen Inkarnationen – in der Buchhandlung, an einem Ende der Lobby, dann am anderen – alle einen geheimnisvollen Zweck oder eine Mission. Einmal, als er gedankenverloren und fast stillvergnügt durch den gläsernen Korridor zwischen dem alten und dem neuen Taj ging, sah er eine kleine Gestalt reglos im Kommen und Gehen eleganter Leute stehen. Pyarelal! Pyarelal hatte ihn ebenfalls gesehen.

»Pyrelal, was machen Sie denn hier?« fragte er erfreut und verwirrt.

Pyarelal grinste, als hätte er ein Geheimnis. Sein blassgelber kurta schimmerte. Als Apurva und Mallika Sengupta herankamen, verneigte er sich tief und legte die Hände zum namashkaar zusammen.

»Ich habe hier um sechs eine Vorstellung.« Er war schlecht rasiert; graue Bartstoppeln waren noch an seinem Kinn zu sehen. »Meine Schülerin Jayashree Nath tritt vor Touristen auf. Komm doch vorbei, wenn du Zeit hast, baaba.« Die schwere Tür des Restaurants Tanjore hinter ihm stand halb offen. Nirmalya sah einen Ober im dunklen Anzug, eine schattenhafte, auffallend gut aussehende Gestalt – um diese Zeit aß noch niemand in dem Restaurant –, und eine Gruppe Männer und Frauen, dem Anschein nach Amerikaner.

In der Woche darauf schaute Nirmalya tatsächlich im Tanjore vorbei. Er schob die Tür auf und wurde von dem Ober im schwarzen Anzug wortlos eingelassen. Etwa fünfzehn Touristen hatten sich im Halbdunkel des Restaurants versammelt, rotgesichtige Frauen in Kleidern oder Hosen – sie sahen aus, als seien sie zusammengekommen, um sich die flammenden Reden eines Predigers anzuhören oder über die Umweltpolitik eines Industriebetriebs zu diskutieren – und dicke, unerklärlich schüchterne Männer. Pyarelal erschien mit geschäftsmäßiger Miene und blickte ins Publikum, wie ein von den Toten auferstandener Künstler die Lebenden ansehen mochte, ohne Überraschung, aber mit versteckter Neugier. Als er Nirmalya entdeckte, lächelte er ihm erfreut und wissend zu. Er verneigte sich mit einem formvollendeten namashkaar, das fast ebenso Teil der Vorstellung zu sein schien wie der Tanz selbst, doch sein Blick ging über das Publikum hinweg. Die Touristen regten sich ein wenig, respektvoll, als sollte eine Rede gehalten werden; sie wussten nicht, was die angemessene Reaktion gewesen wäre. Pyarelal ließ sich überaus feierlich vor dem Harmonium nieder. Man erwartete Würde von ihm, und so schob er den anderen Pyarelal beiseite, den Pyarelal, der mit Tara verheiratet war und drei Kinder hatte, Puuaaji für seine Neffen und Nichten, den alten Puuaaji, der er immer bleiben würde und der abends die Beherrschung verlor. Schellen erklangen, wieder und wieder, dann erschien Jayashree Nath auf dem Podium – die Schellen an ihren Fußgelenken vibrierten bei jedem ihrer Schritte – und mit ihr ein junger Tablaspieler, der mit eingezogenem Kopf dümmlich ins Publikum schaute. Die Tänzerin wirkte wesentlich weltgewandter und sicherer als er, wie eine Fremdenführerin, fröhlich und automatenhaft unter ihrer Aufmachung als Apsara. Im Englisch einer Fremdenführerin erzählte sie auch, was sie gleich darstellen würde: die immer wieder gewinnende Geschichte von Radha, die mit ihren Freundinnen ans Ufer der Yamuna geht und dort von Krishna bedrängt wird.

Als sie zu tanzen anfing und Pyarelal sich geziert räusperte, um dann leise den Text des Ragas Khamaj ins Mikrofon zu singen, erübrigte sich die Erklärung nach und nach. Die blauen Augen der biederen Touristinnen glitzerten wie Aquamarinsplitter, als wäre eine zusätzliche Interpretation überflüssig. Pyarelal schaute mehrmals verstohlen und doch seltsam ungeniert zu Nirmalya hinüber, wie ein Liebender, der seinen Überschwang jedem zeigen will; heute spielte und sang er für ihn. Die Touristen waren immer ein dankbares Publikum: Auch an schlechten Tagen, wenn sich die Künstler, von den Zuschauern unbemerkt, weniger ins Zeug legten, wurde spontan und mechanisch applaudiert. Pyarelal war zufrieden, blieb innerlich jedoch unbeteiligt; er wusste, dass er nur Zierde war, schmückendes Beiwerk in einem umfassenderen »Indien«-Erlebnis. Heute aber hatte die Vorstellung durch Nirmalyas Anwesenheit etwas von einem Wettbewerb. Sie waren nicht mehr nur »indische« Künstler, sie wollten ihm zeigen, dass sie auch *gute* Künstler waren. Und so spielte sich zwischen Pyarelal und sogar Jayashree Nath und dem Tablaspieler einerseits und dem Eindringling andererseits ein Geben und Nehmen der versteckten Freuden, der Offenbarungen und Gesten ab, das den Touristen verborgen blieb.

Einmal nahm Nirmalya Pyarelal mit nach oben, auf die Veranda vor der Sea Lounge, wo seine Eltern in der Nachbarschaft einiger prachtvoller Kübelpflanzen in Rohrsesseln saßen und Tee tranken. »Pyarelal, setzen Sie sich doch!«, sagte Mallika Sengupta, und er ließ sich vorsichtig in der abweisenden Oase nieder. »Möchten Sie Tee?«, fragte Apurva Sengupta, und Pyarelal antwortete mit einer seiner demütigen, aber übertriebenen Gesten, die alles bedeuten konnten. Als der Tee kam, beobachtete er kritisch, wie der Ober das schwache Gebräu in die Porzellantasse goss, und gebot ihm mit einem würdevollen »bas, bas« Einhalt, als er Milch dazugeben wollte. Dann entspannte er sich. Nachdenklich, aber hellwach rührte er in seinem Tee.

Vor zwei Monaten waren Nirmalya und Mallika Sengupta zum ersten Mal bei Shyamji gewesen.

»Es ist sehr weit, didi«, hatte Shyamji Mrs Sengupta gewarnt, als hätte sie plötzlich erklärt, sie wolle in die Wildnis aufbrechen. »Die Wohnung ist sehr klein – es gibt nicht viel zu sehen bei uns …«

»Unsinn!«, sagte Mrs Sengupta. Ihr Entschluss stand wie immer felsenfest. Die Hitze setzte ihr zu, und auf ihrer Nasenspitze saß ein Puderfleck.

Shyamji fasste sich sofort wieder und strich sich das Haar zurück, als er die Wohnung verließ. Er hatte seinen Stolz wiedergefunden und sagte völlig aufrichtig:

»Bitte kommen Sie, didi. Wir würden uns sehr freuen.«

Als sie an dem Sommerabend nach anderthalbstündiger Fahrt von bekanntem Terrain ins unbekannte Matunga, durch Staub, Ölpfützen und dichten Verkehr, vorbei an den Slums von Dharavi, endlich ankamen, erwarteten Shyamji und Sumati sie schon, er im makellos weißen kurta und pajaama, sie lächelnd, den Kopf mit dem pallu ihres Saris bedeckt.

»Kommen Sie herein«, sagte Sumati. »Ich freue mich ja so, dass baaba mitgekommen ist. *Vel-come*«, begrüßte sie Nirmalya auf Englisch. »Na, hab ich's richtig gesagt?« Und sie lachte laut.

Shyamji und Sumati überließen den Diwan Mrs Sengupta und Nirmalya und nahmen ihnen gegenüber auf einem alten Sofa Platz. Sumati ging eilig Tee aufsetzen; die Küche war von dem kleinen Wohnzimmer durch einen Vorhang getrennt, das Schlafzimmer durch eine Wand. Sie brachte noch rasch ein Tablett mit zwei Wassergläsern für die Besucher und machte die beiden damit für einen Moment ratlos. Das Problem war nicht die Kaste, denn warum sollten sie im Haus eines Brahmanen nicht Speisen und Getränke zu sich nehmen? Nein, die Kaste spielte für die Senguptas ohnehin keine Rolle; etwas anderes beschäftigte sie. Die Senguptas tranken kein unabgekochtes Wasser; sie waren übereingekommen, Wasser, das ihnen außerhalb ihrer eigenen vier Wände angeboten wurde, grundsätzlich abzulehnen, es sei denn, es war von absolut vertrauenswürdiger Herkunft. Doch nun stand Sumati mit einem halben Lächeln auf den Lippen wie ein fürsorglicher Geist geduldig wartend vor ihnen. Mrs Sengupta zögerte, schwitzend in ihrem Sari, dann nahm sie das Glas und stellte es vor sich auf den Tisch, als sei dies nur folgerichtig. Nirmalya dagegen zog sich fast sichtbar in seine Verlegenheit zurück. »Nein, danke«, sagte er. Sumati protestierte ungläubig. »Na, baaba, kein Wasser?« Und das Glas verschwand wieder hinter dem Vorhang. An der Wand hinter dem Diwan hing in vollkommener Stille Pandit Ram Lals Porträt. Von draußen hörte man die kirtans aus dem Lautsprecher des gurdwara.

Aber wie wunderbar war es, im Haus des Gurus zu sein. Glühbirnen tauchten den Raum in grelles Licht. Besucher wurden hier empfangen, doch nachts diente der mit einem leichten Tuch bedeckte Diwan offenbar als Bett. Mrs Sengupta bestritt den Großteil des Gesprächs, Nirmalya schwieg meist, wie früher als Kind, wenn er seine Mutter zu Bekannten begleitet hatte. Er empfand zu viel Hochachtung für Shyamji, als dass er sich je ungezwungen mit ihm hätte unterhalten können. Worüber hätten sie auch reden sollen? Über Musik konnten sie nicht diskutieren, denn Musik war nicht diskutierbar. Sie war ein System aus Regeln und Geboten, die weitergegeben werden mussten und fast unbesehen übernommen wurden. Es war fraglich, ob Shyamji überhaupt je über die Dinge *nachdachte*, die für Nirmalya die Domäne des *Denkens* waren. Was Shyamji im täglichen Leben beschäftigte, das waren seine unmittelbare Zukunft, die seiner Kinder und im Zusammenhang damit die Frage, wie er sich am besten verhielt und was statthaft war. Für Nirmalya war das kein »Denken«. In seinem eigenen täglichen Leben zermarterte er sich – unterbrochen von Phasen der Leere und Benommenheit – den Kopf über die Geschichte, die vom Anbeginn der Zeit her in diesen Moment gemündet war, in dem er sich jetzt, 1981, so unwohl fühlte. Derlei Grübeleien wären bei Shyamji höchstwahrscheinlich auf Unverständnis gestoßen. Ein Gespräch mit ihm stand daher gar nicht zur Debatte – wohin sollte es auch führen? Nirmalya freute sich, hier zu sein und zuzuhören, wie so oft, wenn seine Mutter redete. Vor ihnen standen zwei dampfende Tassen Tee mit Milch, und von Zeit zu Zeit verlor er sich im schwierigen, feinen Gespinst seiner Überlegungen.

Als Mrs Sengupta das nächste Mal zu Shyamji kam, saß dort eine verlegen wirkende dunkelhäutige Frau auf dem Diwan, etwas jünger als sie.

»Didi, das ist Ashaji«, stellte Shyamji sie besonders sorgsam und höflich vor. »Sie singt zwei Lieder in dem Film – ein großes Glück für uns.«

Mrs Sengupta betrachtete sie genauer, diese Frau, deren Lieder täglich im Radio gespielt wurden und die mit ihrer älteren Schwester eine Doppeltyrannei über die Welt der Hindi-Filmmusik ausübte. Ihr Gesicht wirkte freundlich, aber maskenhaft; sie schien sich ein wenig unbehaglich zu fühlen.

»Mein Sohn mag Ihren Gesang sehr«, sagte Mrs Sengupta und nahm Platz. Ashas Miene hellte sich kaum merklich auf, doch das Maskenhafte blieb.

»Sie müssten didi einmal singen hören, Ashaji«, schmeichelte Shyamji. »Sie hat eine sehr schöne Stimme.«

»O ja, das kann ich mir vorstellen.« Asha lächelte schwach. »Ihre Sprechstimme klingt schon so melodisch.« Ihre eigene Sprechstimme war kaum mehr als ein heiseres Flüstern, und sie redete bewusst langsam, wie ein Kind.

Am nächsten Tag fielen Mallika Sengupta Ashas Worte wieder ein. Ja, sie freute sich darüber, nahm sie aber nicht ernst; es war unter ihrer Würde, diese Brosamen des Lobes von einer Frau anzunehmen, die sie als eine ganz normale berufstätige Frau in einem einfachen bedruckten Sari erlebt hatte. Man konnte es drehen und wenden, wie man wollte: Sie, Mallika Sengupta, lebte in einer völlig anderen Welt als Asha, sie war glücklich verheiratet mit einem erfolgreichen Mann, sie bewegte sich in illustren, wenn auch bisweilen geistlosen Kreisen. Doch sie fragte sich, ob es Zufall oder Schicksal oder aber ihr eigener geheimer Wunsch war, der sie zu dem gemacht hatte, was sie war. Sie hätte keinesfalls mit Asha tauschen mögen; aber warum war ihre eigene Begabung bedeutungslos ohne das Glück, das sie genoss, und warum war dieses Glück ihrer Begabung wegen doch nie vollkommen?

Shyamjis Klientel war in den letzten drei Jahren stetig angewachsen, und er beschloss, die kleine Mietwohnung, in der sie jahrzehntelang gelebt hatten, zu verlassen. Nebenan wohnten Banwari und Pyarelal, und auch ihre Familien wurden größer. »Beta, Shyam«, sagte seine Mutter, »du musst etwas tun. Die Kinder werden groß, wir haben nicht mehr genug Platz.«

Sie verließen also den King's Circle; fast schmerzte sie der Abschied vom Lärm des gurdwara und der Verkehrsstaus. Wohnungen mussten für die Familien gefunden werden, das Geld, das sie beim Auszug von ihrem Vermieter bekamen, musste geteilt und für die neuen Wohnungen verwendet, Kredite mussten aufgenommen werden, und all das blieb an Shyamji hängen. Pyarelal, der kaum lesen und schreiben konnte, hielt sich im Hintergrund (selbst seine Rückzüge waren theatralisch und darauf angelegt, Aufmerksamkeit zu erregen) und beschränkte sich darauf, zu nicken oder wie ein Taubstummer den Kopf zu schütteln, wenn eine Reaktion von ihm erwartet wurde. Shyamji ignorierte ihn weitgehend. Seine Augen wurden glasig, wenn Pyarelal in seine Nähe kam, doch er kümmerte sich stoisch darum, nicht nur für sich selbst und seinen Bruder, sondern auch für seinen Schwager Wohnungen zu beschaffen. Auch Banwari war keine Hilfe; ihm fehlte es an Selbstvertrauen. Er fuhr einfach fort, in stummer Würde bei verschiedenen Leuten die Tabla zu spielen, und überging damit bewusst und auf seine Weise das Bemühen seines Bruders, als hätte sich in seinem Leben nichts verändert.

»Er möchte, dass ich für ihn bürge«, sagte Mr Sengupta am Abend zu seiner Frau. Er räusperte sich. Die Lampen waren gelöscht, und sie lagen in dem breiten Bett und unterhielten sich. Der tibetische Vorleger neben dem Bett, der Teppich auf dem Holzpodest, auf dem es stand, der Weg zu den Schränken und ins Bad, die wild gemusterte Tapete hinter ihnen, die schmetterlingsgleich schimmernde Decke, zu der sie aus den Kissen aufsahen, ein zutiefst beruhigender Anblick in den letzten wachen Momenten des Tages – all das war, als einer von ihnen das Licht ausgemacht hatte, verschwunden und zu einem Nachbild geworden, in dem sie nicht mehr enthalten waren. Mit offenen Augen lagen sie nachdenklich da, und während ihre Augen sich an die Dunkelheit gewöhnten, kehrte die Magie des hellen Tages mit seinen bohrenden Fragen zurück.

»Bürgen ... wofür?«

»Er hat mich gestern angesprochen – sehr vorsichtig.« Mr Sengupta verfiel in seine gewohnte schwerfällige Variante des Hindi. »›Sengupta sahab‹, hat er gesagt, ›ich möchte einen Kredit aufnehmen, um Wohnungen zu kaufen. Wenn Sie für mich bürgen, Sengupta sahab ... Ich zahle das Geld auf jeden Fall in zwei, drei Jahren an die Bank zurück.‹«

Sie schwiegen vor dem gleichmütigen, lebenspendenden, immerwährenden Hintergrund der Klimaanlage. Sie waren ein wenig unzufrieden mit Shyamji; allzu schnell war er damit bei der Hand, Apurva Sengupta anzupumpen und Mrs Sengupta Versprechungen zu machen, die er kaum je hielt.

Ihre Gesangskarriere hatte sich in zehn Jahren keinen Schritt von der Stelle bewegt: Laxmi Ratan Shukla war noch genauso weit davon entfernt, eine Platte mit ihr aufzunehmen, wie zu der Zeit, als sie ihn kennengelernt hatten. Mit der Ziellosigkeit und Hingabe einer Nonne, aber auch der einer Hausfrau, die in ihrem eigenen Haushalt im Exil lebt, sang sie noch immer die bhajans, die Shyamji ihr gab, und das fast ausschließlich zu Hause. »Didi, mit dieser Stimme können Sie weltberühmt werden«, hatte Shyamji gesagt, doch in Momenten wie diesem, wenn sie mit geschlossenen Augen auf dem Rücken lag, ihrem Mann zuhörte und ihre Gedanken schweifen ließ, bezweifelte sie, dass er irgendetwas von dem, was er sagte, ernst meinte.

Nach einer Weile sagte Apurva Sengupta:

»Ich werde das Formular unterschreiben.«

»Er glaubt, wir schwimmen in Geld«, warnte Mrs Sengupta ihren nur noch schemenhaft sichtbaren Mann. »Er sieht unseren Lebensstil und denkt, wir sind reich. Gott verhüte, dass irgendetwas schiefgeht, wenn er die Wohnungen gekauft hat … Du weißt, du hast kein Geld.« Sie sagten sich das Unglaubliche immer wieder vor: Führungskräfte wie Apurva Sengupta hatten Vergünstigungen – die großzügige Wohnung, den Mercedes, Dienstboten –, aber, und das sahen und spürten sie nur zu deutlich, sie waren nicht reich, hatten keine Reserven. Doch das hätte Shyamji weder geglaubt, noch hätte er es hören wollen.

»Didi, Sie *müssen* kommen!«, protestierte Sumati, Shyamjis Frau, lachend und mit einem prophylaktischen Kopfschütteln. »Wir machen die Einweihungszeremonie nicht ohne Sie!«

Das war so unsinnig und übertrieben, wie es für Sumati typisch war, doch Mrs Sengupta sagte zu, denn sie spürte einen gewissen Auftrieb, ein Gefühl, erwartet zu werden, etwas Besonderes zu sein – es war der Zauber der Ankunft, auf den sie sich stets freute, ein Zauber, der sich auch einstellte, wenn sie beispielsweise aus einem familiären Anlass ärmere Verwandte besuchte: Sie war dann einfach nur die Mallika, die sie immer gewesen war, zugleich aber die Mrs Sengupta, die sie heute war, verwandelt und unerreichbar. Ende November hatte Shyamji die neuen Wohnungen gekauft, in einer Wohnsiedlung weit draußen in Borivli, und bevor sie endgültig einzogen, musste die Einweihungszeremonie vollzogen werden, ein glückverheißendes Ritual. Noch so ein Unsinn, dachte Mallika Sengupta, noch mehr Ausgaben von geliehenem Geld. Doch eines Dezembermorgens fuhren Mutter und Sohn in dem weißen Mercedes los. (Mrs Sengupta hatte ihre vermeintliche Ungeduld Lügen gestraft und sorgfältig einen Kanjivaram-Seidensari ausgewählt, in dem sie wie eine mythische Tempelherrin aussah.) Dass Apurva Sengupta mitkam, stand nicht zur Debatte; er hatte den ganzen Tag Sitzungen.

Borivli war für die Senguptas nichts weiter als ein Name. Sie wussten, dass es nach ihren Begriffen weit außerhalb der Stadt lag, hatten aber keine Ahnung, wo. Jemanden zu kennen, der in Borivli wohnte, kam für sie im Grunde gar nicht in Betracht. Der Chauffeur fuhr erst Richtung Flughafen, bog dann aber an einer belebten Kreuzung rechts in eine Straße voller kleiner Läden und Auslieferungslager ab und passierte eine Reihe von Gassen, in denen er nach dem Weg fragen musste. Zu ihrer Verwunderung – obwohl sie allmählich nichts mehr wunderte – schienen hier immer noch mehr Menschen zu leben. Sie kamen nur mühsam vorwärts. Mrs Sengupta war mit ihrer Geduld am Ende und sagte von Zeit zu Zeit zu Nirmalya, Shyamjis Familie hätte nicht von ihnen verlangen dürfen, so weit hinauszufahren. Endlich, erschöpft von der Monotonie der Fahrt, aber auch immer wieder voller Staunen darüber, wie weit sich die besiedelten Flächen in die Landschaft schoben, hielten sie mitten im Nirgendwo vor drei Gebäuden an. Es waren die für die unteren Einkommensschichten typischen Wohnbauten, mit schmucklosen Fassaden, kaum einem Hauch Farbe – blassrosa – und winzigen Balkonen. Aber sie waren nagelneu.

Am Morgen hatte es – was für die Jahreszeit ungewöhnlich war – genieselt, und der Boden war matschig. Mallika Sengupta raffte mühsam ihren Kanjivaran, als sie zur Haustür ging; ihre halbhohen Absätze markierten ihren schwankenden, vorsichtigen Weg in der weichen Erde. »Warten Sie hier«, sagte sie und wandte sich zum Chauffeur um, als wäre ihr gerade wieder eingefallen, wie wichtig er war, und sie wollte ihn nicht ohne eine Anweisung zurücklassen. Er stieg aus und blieb dann in seiner weißen Uniform und der Mütze neben dem Wagen stehen, einsam und auf sich selbst gestellt, ein Sendbote in einer Umgebung, die seiner unwürdig war. Nirmalya machte sich nicht bewusst, dass etwas fehlte, als er auf das Haus zuging, aber er spürte es: Es gab hier weit und breit keine Bäume.

Kinder – dünn, ärmlich, aber energiegeladen – rannten unter lautem, unverständlichem Geschrei in dem düsteren Treppenhaus auf und ab und blieben einen Moment stehen, um Mrs Sengupta anzusehen, arglos, wie man ein Wesen aus einer anderen Welt betrachtet, bewundernd, ohne Groll, fast wie jemanden, den sie wiedererkannten. Im ersten Stock stand eine der Wohnungstüren offen; der Flur war von der Sonne erhellt. Es wimmelte in der Wohnung von Verwandten Shyamjis, die gekommen waren, um den Umzug zu feiern.

»Didi!«, rief Banwaris Frau Neeta, als sie Mrs Sengupta und Nirmalya erblickte. Ihr Gesicht war wie immer zu einem Viertel vom pallu ihres Saris verhüllt. »Bitte, kommen Sie herein und nehmen Sie Platz.«

Ein Mann in Unterhemd und dhoti saß mit dem Rücken zum Balkon und erzählte weitschweifig eine Episode aus dem Ramayana. Ein Kreis von Zuhörern hatte sich um ihn gebildet, unter ihnen auch Shyamji und seine Mutter. Wie sie es liebten, sich unterweisen zu lassen, sich von einer Geschichte, die sie seit ihrer Kindheit hundertmal gehört hatten, einmal mehr verzaubern und gefangen nehmen, sich ihre moralischen Gewissheiten bestätigen zu lassen!

Dann begannen die Männer, von denen einige ausschließlich vom Zimbel- oder Tanpuraspielen lebten – Geister, die zu sehr ins Erdendasein verliebt waren, um es loslassen zu können, und die doch gar kein richtiges Erdendasein hatten –, und ihre Frauen, die aarati zu singen, jene sich wiederholende, liebliche und zutiefst tröstliche Melodie, die man am liebsten ewig singen möchte. Und Nirmalya schien es auch, als würden sie sie ewig singen, immer wieder ein und dieselbe Phrase. Er und Mrs Sengupta waren weiter ins Zimmer hineingegangen und standen nun hinter Shyamji und seiner Mutter. Der Priester ließ eine Lampe kreisen, deren Flamme in der Luft rasche, flüchtige Bögen beschrieb und kaum einen Moment später in seinen Augen aufblitzte. Erst wenn dieser Moment vorbei und das Sehen schon zum Erinnern geworden war, wurden die Kreise real. Mrs Sengupta hörte Shyamjis hohe Stimme, klar, wohlklingend und unaufdringlich, wie eine Vogelstimme, und bald war es, als könnte sie nur noch diese eine Stimme vernehmen und alle anderen wären zu einem Summen im Hintergrund geworden.

Als alles vorbei war, brach das Chaos aus. Kinder flitzten umher, stießen zusammen und rannten in ihrer Ungeduld beinahe die Erwachsenen um. Nirmalya, Mrs Sengupta und andere (Mutter und Sohn wurden mit einer Höflichkeit behandelt, die niemandem sonst zuteil wurde; sie waren aus einem anderen Stoff gemacht als alle anderen hier, Shyamji eingeschlossen) wurden ins Nebenzimmer geführt, wo auf langen, schmalen Tischen feuchte Platten mit Kichererbsen, Blumenkohl-bhaaji, paniir und puris standen.

»Hast du Shyamji singen gehört?«, fragte Mallika Sengupta ihren Sohn. »Ohne Tanpura und Harmonium oder sonst eine Begleitung, nur die Stimme – so melodisch!« »Natürlich.« Nirmalya nahm mit einer puri einen Happen Gemüse auf. »Aber etwas anderes erwartet man von Shyamji auch nicht, oder?« »So habe ich als Kind gesungen. Ganz selbstverständlich«, sagte Mrs Sengupta. »Das hört man heute gar nicht mehr.«

Da war doch dieser Mann, der von Sita und Lanka erzählt hat und von Hanuman, wie er mit dem Gandhamadan in der Hand durch die Lüfte fliegt«, sagte Pyarelal. Er stand mit flatternden kurta-Enden neben der Klimaanlage. Es klang, als hätte er diesen epischen Moment selbst erlebt, lange vor Beginn der Geschichte, wie wir sie kennen, und als sei er es leid, diese Dinge aus zweiter Hand zu hören. Er sprach von der Einweihungszeremonie vor zwei Tagen; besonders der Priester erregte seinen Zorn. Er goss ohne Eile Tee in eine Untertasse und trank bedächtig davon. In der Wohnung in den Thacker Towers war er immer erstaunlich entspannt, als flößte sie ihm eine Art nachdenklicher Ruhe ein. »Ich habe gehofft, er hört auf, aber warum hätte er das tun sollen? Shyam bhaiya und maataji saßen ja so andächtig vor ihm, als ob sie gleich einschlafen würden.« Und als fiele es ihm eben noch ein, räusperte er sich und fügte beiläufig hinzu: »Die Kichererbsen waren zu hart.« Er bewegte verdrießlich das Kinn, als machten ihm seine Zähne immer noch zu schaffen. Sie waren empfindlich; wenn er auf etwas Hartes biss, konnte seine unbekümmerte Miene, die besagte, dass er die widerspenstige, turbulente Welt, in der er sich täglich bewegte, im Griff hatte, ganz schnell verschwinden.

Pyarelal hatte es zu einer eigenen Wohnung gebracht, und er hatte sie auch gewollt, aber in ihm gärte ein seltsamer

Groll, weil er das Gefühl hatte, keine Wahl gehabt zu haben: Er hatte sie nehmen müssen. In der riesigen Wohnung in den Thacker Towers und in Nirmalyas Gesellschaft wurde er kühner und konnte seinem Bewusstsein der eigenen Größe Ausdruck verleihen, bevor er sich ohne Verlegenheit wieder an die Tablas setzte. Und er konnte in eine seltsame Beunruhigung darüber verfallen, dass er nun Besitzer einer Immobilie war. Bei der Einweihungszeremonie hatte er nichts zu melden gehabt; er hatte Mrs Sengupta und Nirmalya in den Raum mit den Speisen geleitet, dann hatte er gelangweilt herumgestanden. Sich unter den Horden von Verwandten bescheiden und aufmerksam zu geben, das war nichts für ihn; er hatte sich in eine Ecke verzogen und eine bidi geraucht.

Niemand nahm groß Notiz von Pyarelal. Nirmalya aber hörte ihm zu und gelangte zu einem ganz anderen Eindruck. Er befand sich mitten in einer Entdeckung, was Pyarelal betraf; gewissermaßen erfand er den alten Mann neu. Später konnte er diese anfängliche Begeisterung, die Pyarelal erhöht und einzigartig gemacht hatte, nicht mehr nachvollziehen und sah nur noch den sterblichen, beschädigten, unterwürfigen Menschen. Manchmal schien Pyarelal zu spüren, dass er in einem von Nirmalya gesponnenen Netz gefangen war; er konnte sich nicht daraus befreien und war auch ganz zufrieden so. Einige Male allerdings sah er den Jungen, ohne sich dessen bewusst zu sein, verständnislos und fast traurig an, als fragte er sich in einem versteckten Winkel, wie lange die Faszination wohl anhalten würde. »Ma«, sagte Nirmalya zu Mrs Sengupta, »er kann zwar kaum lesen und schreiben, aber er hat das, was man bei einem gebildeten Menschen ›kritischen Verstand‹ nennen würde.« Denn Pyarelal nahm landläufige Meinungen nicht unbesehen hin. »Tulsi, Kabir – wunderbar«, sagte er. »Aber Mira? Vieles von dem, was sie schreibt, taugt nicht viel. ›Pag ghungru bandh Mira nachi re – Mira tanzt mit Schellen an ihren Füßen‹ – das soll etwas Besonderes sein?« Er schaute Nirmalya direkt an, als hätte er eine hässliche, aber seiner Meinung nach zutreffende Bemerkung über Miras Äußeres gemacht. Nirmalya war perplex. Niemand, den er kannte, machte sich Gedanken darüber, ob Miras Texte gut oder schlecht waren; man pries ihr Werk, die Geschichte, die ihre Lieder erzählten: wie sie aus Liebe zu Krishna ihren königlichen Gemahl und den Palast verlässt, wie der Rana immer wieder versucht, sie zu vergiften, seine Versuche aber jedes Mal wie durch ein Wunder vereitelt werden. Nirmalya kannte die ganze Geschichte aus einem Comicheft. Doch als Pyarelal ihn jetzt so ansah, klangen die berühmten Worte »Pag ghungru bandh Mira nachi re« plötzlich tot; Pyarelal hatte sie getötet. »Einiges ist natürlich ganz gut«, sagte Pyarelal, jetzt plötzlich gebieterisch und zugleich demokratisch. »Hari, bezwinge das Leid der Welt / Rette den Elefanten vor dem Ertrinken / Dehne den Stoff des Gewandes.« Erst viel später verstand Nirmalya, worauf diese Zeilen in komprimierter Form anspielten: auf den Elefanten, der von dem Krokodil ins Wasser gezogen und dann von Krishna gerettet wird, als er dessen Namen anruft; und auf Draupadis Sari, den Krishna endlos verlängert, als Dushaasana ihn ihr vom Leib reißen will. In diesem Lied wendet sich Mira nicht wie sonst an Krishna, ihren geheimen Geliebten, sondern an Krishna, den Überwinder der Angst der Menschen. Nirmalya hatte noch nicht alles erfasst, aber er hörte einen Unterschied heraus zwischen der Melodie dieser Worte und der nicht zu leugnenden Plattheit der anderen Zeile. Er warf Pyarelal einen verstohlenen Blick zu. Pyarelal konnte kaum schreiben – war der Klang der Worte deshalb vernehmbarer für ihn? Eine Theorie nahm in Nirmalyas Kopf Gestalt an.

»Das Leben ist schwer, wenn man nicht lesen und schreiben kann«, gestand Pyarelal, eine Hand auf dem Harmonium.

»Die vielen Formulare, die man ausfüllen muss ...«, sagte er trübsinnig. Für den halb analphabetischen Musiker in Bombay, der sich im Dickicht der Bürokratie gefangen sah, war das Leben eine Verschwörung der Formulare.

Manchmal wurde deutlich, was die fünfzehn Jahre in dem chawl am King's Circle bei Pyarelal angerichtet hatten. Bevor er sich in Nirmalyas beschaulichem, aufgeräumtem kleinem Zimmer ans Harmonium setzte, schloss er die Badezimmertür. Stand sie hinter ihm offen, würde er sich nicht auf die Musik konzentrieren können und noch einmal aufstehen und sie zumachen müssen. »Warum ist die Tür offen?« Die Kacheln schimmerten märchenhaft, das Waschbecken war in Granit und Marmor eingelassen, die Wasch- und Toilettenutensilien wurden von einem Putzmann wie ein Museumsschatz gehütet und täglich poliert. Nirmalya fragte sich, warum die offene Badezimmertür Pyarelal so irritierte. Erst als er einmal in dem chawl am King's Circle gewesen war und mehr über Pyarelals, Shyamjis und Banwaris Leben erfahren hatte, begriff er, wie der Gestank einer Gemeinschaftstoilette sich in eine Wohnung einschleichen und sich in ihr festsetzen konnte. Der Geruch der Toilette am King's Circle war es, der Pyarelal verstörte.

Shyamji wurde krank. Er spürte plötzlich einen Druck auf der Brust und rieb sich die Stelle beunruhigt. Man brachte ihn ins Krankenhaus – er hatte einen leichten Herzinfarkt erlitten.

»Wie ist denn das passiert?«, fragte Apurva Sengupta; er hatte mitten in der Arbeit seine Frau angerufen. Es klang ungeduldig, als sei seine Krawatte zu eng gebunden oder seine Sekretärin hätte ihm signalisiert, dass ein Termin anstand. Es war drei Uhr, eine ruhige, aber strapaziöse Zeit, in der ein Generaldirektor, nach dem Mittagessen plötzlich allein, den Tag um sich herum ordnen muss. »Geht's ihm wieder besser?«

Shyamji war erst dreiundvierzig. Er war leicht übergewichtig – als er einmal vor einem Auftritt seinen kurta wechselte, hatte Nirmalya den dunklen, runden Körper unter dem Unterhemd gesehen, die geheimen weichen Fleischfalten, die in die Hose gesteckte Brahmanenschnur. Eine Diabeteserkrankung verschlimmerte seinen Zustand noch.

»Sie müssen dafür sorgen, dass er keine Süßigkeiten mehr isst«, sagte Mrs Sengupta zu Sumati. Leute aus seiner Welt hatten ja ein unwiderstehliches und für Mallika Sengupta unerklärliches Bedürfnis nach jalebis mit Milch. »Wenn er als erwachsener Mann sich nicht zurückhalten kann, dann müssen Sie als seine Frau ihn zurückhalten.«

»Didi, Sie wissen doch, unser Shyamji ist wie der Shyam, von dem er seinen Namen hat«, sagte Sumati mit einem teils nachsichtigen, teils verzückten Lächeln. »Er schleicht sich in die Küche und isst, was ihm schmeckt, davon kann ihn niemand abhalten.«

Eine törichte Poesie lag in Sumatis Worten, die Mallika Sengupta wütend machte. Einen Moment lang musste sie an das Kind Krishna denken, das sich in die Küche der Mutter stiehlt, um seine pflichtvergessene Lust auf Buttermilch zu stillen. Aber jener Shyam war ein Gott, ein amüsantes Fantasiegebilde, dachte sie, und Sumatis Mann hatte gerade einen Herzinfarkt erlitten. Die Mythologie beschwichtigte Sumati und schützte sie vor der Angst – die Mythologie ihrer Religion war in die Mythologie ihres Mannes eingegangen und nicht mehr von ihr zu trennen: Er konnte nicht ernsthaft Schaden nehmen.

Die Reichen Bombays besuchten Shyamji in der Klinik. Er saß, an zwei Kissen gelehnt, im Bett, auf dem Nachttisch eine Blumenvase, ein Trinkglas und eine Wasserflasche. »Kommen Sie, kommen Sie«, sagte er mit unfassbar gelassener Miene, als hieße er Gäste in seinem Heim willkommen. Er war noch matt, aber die Besuche der Reichen machten ihm Mut. Draußen gingen »Schwestern«, Fantasiegestalten in Weiß, zielstrebig durch den Flur und warfen ab und zu besitzergreifende Blicke durch die Tür ins Zimmer. Die Besucher – zu verschiedenen Zeiten – waren: Priya Gill und ihr Vater, eine imposante, beeindruckende Erscheinung mit seinem Sikh-Turban, Raj Khemkar – sein Vater war nicht mehr Minister, aber Raj strahlte noch immer das ironische Selbstbewusstsein eines Ministersohnes aus, Mrs Jaitley, deren Mann kürzlich zum Generaldirektor von Air India befördert worden war – sie und andere brachten, wenn sie sich freundlich an Shyamjis Bett setzten, die beruhigende Sicherheit des

Alltäglichen und Beständigen mit und spendeten ebenso Trost wie die Vögel und die hüpfenden, summenden Insekten vor dem Fenster links von Shyamji.

Auch eine berühmte Besucherin kam: Asha (wenn man ihre heisere Stimme hörte, konnte man kaum glauben, wie volltönend sie ihre Lieder sang) »Wie geht's ihm?«, fragte sie und legte ihm mit klirrenden Armreifen die Hand auf die Stirn: »Fieber hat er nicht.«

Einer fehlte an Shyamjis Krankenbett: der bärtige, stets weiß gekleidete Hanuman Rao, der Mann von der Kongresspartei. Sein Film *Naya raastaa, nayi aashaa* – ein neuer Weg, eine neue Hoffnung – war fertiggestellt, aber nun schien es unwahrscheinlich, dass er je in die Kinos kommen würde, dass der neue Weg beschritten, die Hoffnung in Erfüllung gehen würde. Hanuman Rao war bei den Mächtigen der Kongresspartei in Ungnade gefallen, kleinen Intriganten, die sich an seiner Größe störten, physisch wie im übertragenen Sinn. Ein Mitglied der Opposition hatte eine alte, aber nicht vergessene Geschichte ausgegraben, die mit Hanuman Raos Rolle in seinem Wahlkreis während des Ausnahmezustandes zusammenhing, und die Kongresspartei hatte es versäumt, ihm beizuspringen – manche behaupteten, übelwollende Kräfte in der Partei selbst hätten dafür gesorgt, dass der Fall wieder aufgerollt wurde. Man hatte Hanuman Rao zwar nicht verhaftet, aber seine Vermögenswerte waren eingefroren worden, und dazu gehörte leider auch der Film. *Naya raastaa, nayi aashaa* war mitsamt dem Soundtrack und allem anderen für immer in den Tunnel verlorener Chancen eingesogen worden, und damit waren auch die Tausende von Rupien verloren, die Shyamji in Ruhm und Unangreifbarkeit eines »musikalischen Leiters«

und »Playbacksängers« investiert hatte, der er endlich geworden wäre.

»Ihre bhajans könnte ich stundenlang hören, Shyam«, hatte Hanuman Rao gesagt. »Sobald der Film raus ist, werden alle die Stimme hören, die ich so liebe.« Shyamji hatte sich verführen lassen, nicht nur von Hanuman Rao, sondern auch von der Magie des bunten Zelluloids, unvergänglich, ein ewiger Frühling. Der Verlust dieser Verheißung und damit seines Geldes hatte eine Leere hinterlassen, mit er sich nicht hatte abfinden können; sie hatte auf sein Herz gedrückt.

Niemand sprach in dem Klinikzimmer Hanuman Raos Namen aus.

Sahab, wir sind knapp mit Geld.« Mit diesen Worten brachte Shyamji das Thema alle paar Monate bei Apurva Sengupta aufs Tapet, leise und gesittet, nicht wie ein Bitten oder Betteln, sondern so, als gäbe er eine Information weiter, die ihn beunruhigte. Der Vorschuss wurde durch die »Sitzungen« mit Mrs Sengupta wieder »ausgeglichen«. »Das wird sich ausgleichen«, sagte er mit gewohnter Gelassenheit.

Diese Gelassenheit war nicht etwa nur eine Pose, die er gegenüber seinen Schülern und seiner Familie einnahm. Sie war zu einem Dharma geworden, einer Lebensphilosophie. Und sie war auch eine Abwehrstrategie. Er ahnte (glaubte es aber noch nicht recht), dass die Welt, in die er verliebt war – Cuffe Parade, Malabar Hill, die Wohnzimmer seiner älteren (durch ihre Heirat in Überfluss und Besorgnis versetzten) Schülerinnen und selbst die Glitzerwelt der Filmstudios –, seine Liebe nicht erwidern würde, obwohl ihre verschwenderischen, scheinbar aufrichtigen Gesten danach aussahen; sie hatte zu viel anderes zu tun. Der Gedanke hatte in seinem Kopf noch nicht Gestalt angenommen, aber die losgelöste Gelassenheit hatte sich ein wenig vertieft.

»Aber das war doch nicht nötig, sahab«, sagte er leise.

Diesmal hatte er nicht um Geld gebeten, es war ihm angeboten worden: fünftausend Rupien in einem Bündel, das

Mrs Sengupta seiner Frau Sumati diskret in die Hand gedrückt hatte.

»Wir sind nicht reich«, sagte Mrs Sengupta zu ihrem Mann. »Im Grunde sind wir arm.« Nirmalya sah im Blick seiner Mutter eine unerschütterliche Überzeugung. Vielleicht warf sie sich und ihrem Mann vor, dass sie in all den Jahren nicht genug gespart hatten; vielleicht rief sie sich auch nur in Erinnerung, dass ihr Mann seine Position, die dieses Heer von Bediensteten und all den Komfort ermöglichte, nicht ewig innehaben würde. Die Dienstboten selbst schienen keinen Gedanken daran zu verschwenden; als Symbole von Kontinuität und Wohlstand besaßen sie ungeachtet ihrer kleinen Streitigkeiten die Festigkeit und Sorglosigkeit von Symbolen. Mrs Sengupta beneidete sie fast um ihre erstaunliche Unbekümmertheit.

Nein, die schockierenden Worte standen in einem bestimmten Zusammenhang; sie waren nicht für die Öffentlichkeit bestimmt, sie wurden privat ausgesprochen, wie ein Fluch oder ein Gebet. Anfang der Achtzigerjahre genossen Direktoren und andere Führungskräfte (wie ihre englischen Vorgänger) einen Lebensstandard, der alle Kennzeichen des Reichtums aufwies, und ein Prestige, das Gewerbetreibenden und Geschäftsleuten fehlte; ihre Gehälter aber wurden hoch besteuert. Fast alles, was diesen Lebensstandard ausmachte, gehörte der Firma, fast ihr ganzes Gehalt gehörte dem indischen Staat. Was ihnen selbst gehörte (das Einkommen, das in ihre Taschen floss), war ein relativ bescheidener Rest. So sah es zumindest Mrs Sengupta. Sie tat alles, was von einer Direktorengattin erwartet wurde, wahrte aber zugleich – auch wenn sie einen Baluchari kaufte oder ihren Schmuck trug – die Distanz einer Eremitin zu diesem Leben. Das dachte sie zumindest.

Menschen, die den Anschein von Reichtum erwecken, sehen sich genötigt, sich auch wie die Reichen zu verhalten. Das Geld beispielsweise hatten sie Shyamji aus echter Sorge gegeben; eine Rückzahlung erwarteten sie nicht. Doch bei dieser Großzügigkeit war auch Aberglaube im Spiel. Nirmalya hatte trotz seines Herzgeräuschs keine Symptome entwickelt, und das vergaßen sie nie. Jemand wachte über ihn, über sie und über ihr Leben in den Thacker Towers, in Cuffe Parade, in der Einkaufspassage im Oberoi, im Büro und bei den vielen gesellschaftlichen Anlässen, die sich durch die Woche zogen – dieser Jemand mochte auch über andere wachen, ganz sicher aber über sie. Manchmal hatten sie, vor allem Nirmalyas wegen, plötzlich das Gefühl, beobachtet zu werden. Ihr Lebensstil wurde teilweise zur Inszenierung; nie erlebten sie ganz den Luxus, die ersehnte Wohltat, glauben zu können, es gebe nichts anderes.

Langsam erholte sich Shyamji wieder. Er hatte das Bedürfnis, in die Welt zurückzukehren, in ihr aufzugehen, sie zu genießen – das alte Verlangen, die alte Rastlosigkeit stellten sich wieder ein. Doch der Optimismus und die Ungeduld seiner Familie kamen ihm zuvor. Kaum sahen sie, dass er genas, machten sie wieder Zukunftspläne. Der Bruch, den seine Krankheit bedeutet hatte, gehörte schon der Vergangenheit an.

Einige seiner Schüler, Frauen vor allem, waren Emigranten. Sie lebten seit Jahren in England, und jeden Winter, manchmal auch schon früher, kamen sie nach Bombay zurück, mit leisen Zweifeln, aber auch neugierig und erwartungsvoll, und ihre Ehemänner folgten ihnen wie Maskottchen. Hier falteten sie dann ihre Strickjacken zusammen und legten sie in eine Schublade, und unter ihren Saris trugen sie keine Socken mehr. Man hätte meinen können, sie hätten etwas Weltgewandtes, Überlegenes an sich, aber so war es nicht. Sie lebten in den Außenbezirken und der Umgebung Londons, in Tooting, Chapham und Surrey, einige auch in Hampstead, und kamen sich im Trubel Bombays provinziell vor. In ihren unmodernen Saris hatten sie, von ihrem entschuldigend-zaghaften Auftreten abgesehen, nichts Englisches an sich. Während ihres Aufenthalts in Bombay lebten sie in überfüllten Wohnungen, umgeben von Verwandten: dieser didi, jenem chachi, gebrechlichen kleinen Müttern, die genügsam von Tag zu Tag lebten, Neffen und Nichten, die sie vielleicht als Neugeborene kurz gesehen hatten oder auch noch gar nicht.

Neben der Familie war es die Musik, die sie immer wieder nach Bombay zurücktrieb. Vor langer Zeit, im Dämmer der Vergangenheit, ehe sie, meist frisch verheiratet und noch ohne Kinder, nach England gegangen waren, hatten sie gesungen, hatten bei einem Lehrer Unterricht genommen. Sie sangen nicht gut, aber sie sangen auch nicht schlecht. Die Auswanderung, die eilige Abreise, die halbherzige, ungläubige Fortsetzung ihres alten Lebens an einem neuen Ort, in einem neuen Klima, ihre Mutation zu der Frau, die sie heute waren – das alles hatte ihre Entfaltung als Sängerin endlos hinausgezögert. Jahrzehnte später, wenn ihre Kinder erwachsen und »gesettelt« waren, glaubten sie wiederaufnehmen zu können, wovon sie damals abgeschnitten worden waren; ihre Männer hatten inzwischen genug Geld für die alljährliche Reise zu den Neffen und Nichten und der gebrechlichen Mutter. Und einer der Menschen, zu denen sie zurückkehrten, war erstaunlicherweise Shyamji.

»Es geht Ihnen nicht gut, guruji – ich hoffe, Sie bekommen die richtige Behandlung«, sagte Mrs Lakhani. Sie wohnte in Hampstead und war wohlhabender als die anderen. Ihre Erscheinung hatte nichts Ungewöhnliches an sich, wirkte aber beruhigend, trotz ihrer müden Augen und der abgespannten Züge. Jahre des Kindererziehens, des Lauschens auf die Stille, der Regentage und des gesellschaftlichen Umgangs mit anderen Indern hatten ihr gerade genug Zeit gelassen, um ihre Liebe zur Musik zu pflegen, ohne ihre Freundschaften aufzugeben. Jetzt, wieder in diesem schwierigen, aber unvergesslichen Land, saß sie mit geneigtem Kopf da, während Shyamji, schon auf dem Wege der Besserung, im weißen kurta im Bett sitzend, ihr ein Element aus dem Raga Hansdhwani beibrachte:

pa ni sa, sa re ga pa ni sa

Es war Nachmittag, nicht die richtige Zeit für den Raga Hansdhwani. Aber in England war keine Zeit die richtige, Abend, Nachmittag und Morgen waren dort mehr oder weniger gleich.

»Sie brauchen eine Luftveränderung, guruji«, sagte Mrs Lakhani, nachdem sie die Töne zusammen gesungen hatten – ihre ungeübte, unsichere leise Stimme für einige Minuten im Gleichklang mit seiner angenehmen, aber nach der Krankheit noch gebremsten Stimme. »Die Luft dort ist sehr gut. Nicht wie hier. Sogar die Tauben sind dicker.« Sie lächelte, als sie seine maßvoll ungläubige Miene sah. »Kommen Sie zu uns. Kommen Sie und wohnen Sie bei uns. Ich arrangiere ein paar Konzerte, ich arrangiere alles. Meine Freunde würden Sie schrecklich gern hören.«

Das war ein Glücksfall für Shyamji und seine Familie, eine einmalige Gelegenheit. Mrs Lakhani, blass, aber stets in geschmackvollen, teuren Saris, durch die grauen Strähnen in ihrem Haar eine noch würdevollere Erscheinung, wurde nun immer häufiger mit Shyamji gesehen, aufmerksam in der besonderen Art der Besucherin, eine Dame mit einem Ziel – vielleicht nur in Shyamjis Nähe zu sein –, die ihm zuhörte, die während eines Mitschnitts wartete, kurz etwas mit ihm besprach und manchmal sogar bescheiden ein Lied probte, das sie bei ihm gelernt hatte. Nachdem Nirmalya sie an drei verschiedenen Orten gesehen hatte, flüsterte er seiner Mutter zu. »Wer ist die Frau?« »Ich kann mich nicht an ihren Namen erinnern«, antwortete sie. »Eine Schülerin von Shyamji, die in England lebt.« Nirmalya hatte einmal gehört, wie sie sich geräuspert und dann schüchtern gesungen hatte. »Warum vergeudet er seine Zeit mit solchen Leuten?« Der strenge Puritaner sprach aus ihm. England, das bedeutete englische Pfund, und englische Pfund waren ein Glückstreffer, sie hatten die Kraft zu heilen, zu erneuern. »Na los, überleg nicht so lange«, sagte Shyamjis Mutter. Doch er überlegte nicht mehr, er war bereits entschlossen, das Angebot anzunehmen. Auf seine höfliche, geduldige Art besorgte er sich mit Mrs Lakhanis Hilfe Pass und Visum. Insgeheim freute er sich, zum ersten Mal frei zu sein von seiner Familie, von ihrem Geschnatter, ihren Wünschen, Bedürfnissen und Meinungen, angefangen bei seiner verehrten Mutter bis hin zu diesem Faulenzer und dramabaaz Pyarelal. Es würde wie ein Probedurchlauf für sannyaas sein, jene letzte Phase, wenn der Hausherr sich von seinen weltlichen Pflichten zurückzieht – nur zog Shyamji sich nicht in den Wald zurück, er brach nach Hampstead auf. Die Reise hatte etwas von den Verdiensten des Verzichts und war zugleich geschäftlich sinnvoll. Eine Verwandlung ging mit ihm vor: Für das Passfoto trennte er sich von pajaama und kurta und zog Hemd und Hose an. Er wirkte tüchtiger in dieser Inkarnation, und er fühlte sich auch tüchtiger.

Der Flug sollte um drei Uhr nachts gehen. »Da lohnt es sich nicht, vorher noch zu schlafen«, sagte Shyamji müde, aber vernünftig zu seiner Familie. »Haa, Shyam, du kannst ja im Flugzeug schlafen oder wenn du angekommen bist. Und wir schlafen, wenn du weg bist«, sagte seine Mutter in gleichmütigem Ton, hinter dem sich jedoch allerlei Befürchtungen verbargen. Durch ihre dicken Brillengläser sah sie niemanden im Besonderen an.

Da er am Samstag abreisen sollte, mieteten sie am Freitag einen Videorekorder und holten sich zwei Videokassetten – *Dharam Karam* und *Namak Halal* – in einer der stickigen Videotheken, die zwischen den neuen Gebäuden wie Pilze aus dem Boden schossen, kurzlebig und leuchtend, wie Glühwürmchen. Um acht Uhr waren die Koffer gepackt, diverse weiße kurtas und pajaamas lagen darin, die puja war verrichtet, und auf Shyamjis Stirn prangte ein roter tilak. Alle, auch Banwaris und Pyarelals Familie, Erwachsene wie Kinder, saßen dicht gedrängt vor dem Fernseher und sahen sich eine schlechte Kopie von *Dharam Karam* an. Die Lautstärke schien sie nicht zu stören; lachend und rufend übertönten sie Dialoge und Geigenklänge, und die meiste Zeit unterhielten sie sich, denn sie hatten den Film schon einmal gesehen. Er war auch nicht in erster Linie dazu gedacht, angeschaut zu werden, er war ebenso Teilnehmer dieser Versammlung wie sie. Zwischendurch wurde gegessen, rotis, die unter Neetas geschickten Händen aufgegangen waren, Gemüse und der Rest des Joghurts, der über Nacht in einer Edelstahlschüssel gereift war. Als *Dharam Karam* zu Ende war, taten ihnen von den flimmernden Bildern die Augen weh, und Banwari verspürte eine leichte Übelkeit. Shyamjis Sohn Sanjay nahm die Kassette heraus, klappte die Abdeckung hoch und schüttelte den Kopf, als er die feine Linie sah, die sich über das Band zog. Trotzdem machten sie mit *Namak Halal* weiter, legten die Kassette ein und schauten gespannt zu, wie sie in dem Schlitz verschwand. Sumati lachte, als der bekannte Titel erschien. Shyamji saß in einem Sessel und schaute bald zu, bald war er in Gedanken woanders; sein Geist schweifte weit fort und kehrte dann unvermittelt zu den ohrenbetäubenden Dialogen und in das Zimmer mit seiner Familie darin zurück. Er war reisefertig, aber der Schlaf, den er abgewehrt hatte, kehrte wie eine alte Gewohnheit wieder. Er gähnte zweimal, doch niemand hörte es in dem Lärm. Als sich die Handlung kurz nach Mitternacht, etwa nach der Hälfte des Films, überstürzte, sagte Banwari leise zu ihm: »Bhaisahab, wir müssen los.«

Mrs Lakhani wohnte in einem Einfamilienhaus mit Garten. Geschickt manövrierte sie den Wagen auf einen Platz an der Vorderseite; eine Garage schien es nicht zu geben. Dann stiegen sie und ein neugieriger, sich aber nur langsam akklimatisierender Shyamji aus, traten ins Sonnenlicht und schlugen die Türen zu. Rechts führte ein schmaler, kaum erhellter Durchgang irgendwohin – in den Garten, wie Shyamji später sah. Aus diesem Garten fiel Licht ins Wohnzimmer. Noch nie hatte Shyamji solch eine Stille, solch einen Frieden erlebt. So viele Gegenstände waren im Raum verteilt, aber keiner wirkte fehl am Platz: die Sofakissen, die Bierkrüge, die Schmuckteller, die geordnete Schar gerahmter Fotos von Vorfahren und dem Sai Baba, von Kindern und Enkeln und auf dem Couchtisch ein Heft der *Radio Times* mit einem großen, auf dem Kopf stehenden Gesicht auf der Titelseite. Ein eigenartiger Geruch hing in der Luft, der Shyamji irgendwie bekannt vorkam und ihn verwirrte: Kreuzkümmel und Asant.

Shyamji mochte die Stille auf Anhieb; sie bedrückte ihn nicht. Am nächsten Morgen schlug er schon früh die Augen auf und starrte in einer Mischung aus Verwunderung und Panik auf die Wand gegenüber, doch als er Mrs Lakhanis unbefangenes »Guruji?« aus der Küche hörte, schob er seine Verwirrung rasch beiseite und gewöhnte sich an das Klima und an die Länge des Tages. Auf sorgsam beherrschte, aber kindlich spontane Weise freute er sich, endlich frei zu sein von der Kakofonie, die er hinter sich gelassen hatte. Hier, in diesem Klima, ergriff ihn eine flüchtige, aber starke Ahnung, dass er imstande sein würde, seiner Musik eine Heimat, einen Zufluchtsort zu geben.

Mrs Lakhani führte ihn in den ersten Stock, zu dem Harmonium, das sie vor zwei Jahren aus Indien hatte kommen lassen. Auch das Instrument hatte die weite Reise gemacht, aber inzwischen war es mit dem Haus verschmolzen und hatte die kaum je unterbrochene Stille des kleinen verwaisten Kinderzimmers in sich aufgenommen. Fast freudig strich Shyamji über die Tasten; sie fühlten sich fremd und hart an, und er attackierte sie etwas aggressiver als sonst. Doch schließlich hatten das Instrument und er ihren Frieden gemacht, und er war bereit, seine erste Unterrichtsstunde zu geben und – am nächsten Tag – Mrs Lakhanis bewundernde Freunde zu empfangen.

Er unternahm keinen Versuch, London auf einen Schlag zu erkunden (vor langer Zeit hatte er geglaubt, es mit England gleichsetzen zu können), sondern war es zufrieden, in der Umgebung des Hauses spazieren zu gehen. In seiner aschgrauen Hose, einem Hemd und neuen Schuhen – dass sie ihm zu eng waren, ignorierte er – ging er die Böschungen unter den Bäumen hinunter und betrachtete geduldig und liebevoll die Kinder, die so taten, als bemerkten sie ihn nicht.

»Aber gehen Sie nicht zu weit, guruji«, mahnte Mrs Lakhani.

Aus dem Wohnzimmer schaute er durch die Terrassentür in den Garten, wenn Mrs Lakhani nach dem allmorgendlichen freundlichen Abschiedsgruß zur Arbeit gegangen war und er nichts anderes zu tun hatte, als uneingeschränkt über ein Haus zu herrschen, das ihm nicht gehörte und ihn in keiner Weise zur Kenntnis nahm. Dann befiel ihn ein Hauch von Heimweh. »Die Tauben sind hier wirklich dicker«, dachte er, während er das Hin und Her der Vögel auf dem Rasen draußen beobachtete. »Und die Spatzen auch.« Bisher hatte er Größe und Umfang der Spatzen zu Hause für universell gehalten. Jetzt sah er sich die Vögel im Garten genau an, und das war, bis Mrs Lakhani den Schlüssel im Schloss umdrehte und die Tür öffnete, seine trügerische, ergebnislose Art, an den Ort zu denken, von dem er gekommen war.

Zwei Monate später erschien er, erstaunt in die Sonne blinzelnd, im Ankunftsbereich des Sahar International Airport und schob – er, der weder Auto noch Fahrrad fahren konnte – traurig einen Gepäckwagen mit einer prall gefüllten, abgenutzten burgenderroten Reisetasche mit Schnallen vor sich her. Inmitten einer Menschenmenge, die sich hinter instabilen Absperrgittern das Schauspiel der einzeln ankommenden Passagiere ansah, wartete seine Familie und setzte sich kaum merklich in Bewegung, als sie ihn erblickte. Er berührte maatajis Füße, und sie segnete ihn mit distanzierter, unerschütterlicher Befriedigung darüber, dass sich ein Kreis geschlossen hatte. Andere traten vor und berührten leicht die Füße des Zurückkehrenden. Seine Schwester Tara fragte ihn mit einem schiefen, süffisanten Grinsen als Erstes:

»Was hast du mir mitgebracht, bhaiya?«

Die Frage empörte Shyamji. Seine Augen, die wenig Schlaf bekommen hatten, blickten ins helle Sonnenlicht der Stadt. Hatte die Ehe mit Pyarelal Tara zu einer Bettlerin gemacht? Es war nicht ungewöhnlich, dachte er (als er wie jemand, der sich widerstrebend in die alte Umgebung einzufügen beginnt, auf die Reihe der drängelnden schwarz-gelben Fiat-Taxis zuging), dass Ehefrauen Eigenschaften ihres Mannes übernahmen. Sie war nicht mehr die kleine Tara, seine Schwester, Ram Lals Tochter, sie war Pyarelals Partnerin und Gefährtin. Doch ein kurzer Blick sagte ihm, dass auch die anderen nicht hier waren, um ihn willkommen zu heißen; in den zwei Monaten hatten sie sich bereit gemacht, ihn zu verschlingen. Sie wollten etwas von ihm, alle wollten sie etwas von ihm. Es war heiß, aber innerlich fror er; er hatte nichts von sich selbst zu geben.

Die beiden Sommermonate in London waren ihm bestens bekommen; er hatte abgenommen, er fühlte sich verjüngt, und es ging ihm entsprechend besser. Von seinen neuen Kleidern hatte er sich noch nicht getrennt; bei den Senguptas erschien er in Hemd, Hose und Riemensandalen. Es war, als hätte man einen Menschen vor sich, der mit einem neuen Pseudonym und einer neuen Zukunft aus der Vergangenheit zurückgekehrt war. Unter den Kleidern war er natürlich der Alte. Der Ausdruck »rosig aussehen« kam Nirmalya in den Sinn; doch sosehr er in diesem Augenblick auf Shyamji zutreffen mochte – zu seiner Gesichtsfarbe passte er nicht.

»Es ist ein gutes Land«, sagte Shyamji trübsinnig. »Ich würde gern dort leben. Vielleicht sollte ich auswandern.«

Mallika Sengupta lächelte ein wenig beunruhigt, obwohl sie sehr gut verstand, was ihn bewegte – das verspätete Gefühl für eine Möglichkeit, die alles plötzlich ganz einfach erscheinen lässt. Sie mochte gar nicht daran denken, denn wenn Shyamji auswanderte, hatte sie keinen Lehrer mehr. Nirmalya aber beunruhigten Shyamjis Worte. All die Ideen, die er aus philosophischen Werken und englischer Dichtung bezog, sagten ihm, dass der Künstler seinem Milieu treu bleiben und seine Kunst dort ausüben müsse. Wie konnte Shyamji daran denken, sein Land mir nichts, dir nichts zu verlassen?

Zudem war seine Kunst für ihn als klassischen hindustanischen Musiker eng mit den Jahreszeiten, dem Licht *hier* verknüpft; das hatte Nirmalya vor noch nicht allzu langer Zeit auch für sich selbst entdeckt. Und nach dieser Entdeckung, die für ihn einer moralischen Offenbarung gleichkam, konnte er Shyamjis neue Wurzellosigkeit und den leise herausfordernden Blick, der seine Worte begleitet hatte, nicht verstehen.

Doch Shyamji verließ das Land nicht, jedenfalls nicht auf Dauer. Im folgenden Jahr reiste er noch zweimal nach England. Sein Leben und sein Lebensstil nahmen einen Aufschwung, als hätte eine der kleinen stummen, zinnoberverschmierten Gottheiten, vor denen er sich verneigte, spontan beschlossen, ihn mit allerlei Schnickschnack und nützlichen Dingen zu überhäufen. Für die lange Fahrt von Borivli in die verschiedenen Stadtteile erwarb er einen gebrauchten Fiat und stellte einen jungen Chauffeur ein.

»Was immer Hari wünscht«, sagte er und schaute zu den Wolken auf, aus denen der Gebrauchtwagen herabgekommen war.

Er fuhr darin auch zu den Thacker Towers, das ersparte ihm den Umstand mit Zügen und Taxis. Noch war er kein »baraa sahab«, ein schickes »Fahrzeug« konnte er sich nicht leisten, aber er war stolz auf die Schicksalswende, die ihm ein eigenes »Fahrzeug« beschert hatte. Unter vielen Entschuldigungen erhöhte er seine Preise. »Was soll ich machen, didi?«, sagte er mit schmerzlicher, aber entschlossener Miene und in der beruhigenden Gewissheit, dass die Bezahlung, die er von den meisten seiner Schüler erhielt, nur ein Bruchteil dessen war, was sie jeden Tag für ein Dekorationsstück, ein Gemälde oder einen Sari ausgaben.

Nach seiner dritten Auslandsreise war der größte Teil seiner Schulden getilgt, und er hatte noch genug Geld übrig, um seine Wohnung in Borivli verkaufen zu können und vom Erlös und einem Teil dessen, was er mit seinen Auftritten vor einer an die Kissen in Mrs Lakhanis Wohnzimmer gelehnten Zuhörerschaft (wie laut es an diesen mit Drinks und Erdnüssen bestückten Abenden in dem stillen Haus wurde!) und andernorts in London verdient hatte, eine Dreizimmerwohnung mit Seeblick in Versova zu kaufen. Der Gebäudekomplex, gut belüftet, die Fensterscheiben ab und an im Seewind erzitternd, hieß passenderweise Sagar Apartments. Er war für Händler erbaut worden, die es zu einem gewissen gesellschaftlichen Ehrgeiz und einigem Schwarzgeld gebracht hatten und am Immobilienboom teilhaben wollten. Nachdem sie über Jahre, zum Teil über Generationen, in feuchten Räumen neben ihren Läden oder Lagerhäusern gewohnt hatten, zog es sie ans Meer. Der Eingang und die Flure, die zum Aufzug führten, waren mit Marmor gefliest, was jedem Haus in dieser Stadt eine gewisse Noblesse verlieh. Das Gebäude war nagelneu, als Shyamji einzog, und auf den weißen Böden sah man noch die Fußspuren der Arbeiter, aber einen Moment lang versanken seine Augen wohlig in dem Weiß. Mit ihm zogen maataji, die Mutter, seine Frau, seine beiden unverheirateten Töchter und sein Sohn in die elegante Wohnung ein.

»Papa«, sagte Sanjay, Shyamjis fünfzehnjähriger Sohn mit leiser, aber eindringlicher Stimme. »Papa, Motilal mamus Sohn Kailash sagt, wenn man richtig Musikarrangieren lernen will, braucht man ein Keyboard.«

»So? Wer sagt das?« Shyamji sah sich wider Willen aus der Weite einer Träumerei in den engen Raum dieses Gesprächs hineingezogen. Er hatte oft solche abwesenden Momente, in denen er weder an seine Familie noch an seine Schüler zu denken schien.

»Kailash«, wiederholte sein Sohn mit Bestimmtheit.

Shyamjis Antwort kam prompt und gelassen: »Der ist ein Idiot.«

Doch Shyamjis Frau Sumati hatte zugehört und ergriff trotzig lächelnd für Kailash und ihren Sohn Partei: »Wenn unser Sanjay jetzt Keyboard lernt, dann kann er, so Gott will, mit achtzehn Arrangeur werden« – sie hatte eine Vision von diesem zukünftigen Moment, ein Bild, das eine gewisse Macht über sie ausübte – »und« – hier erhellte Zärtlichkeit ihren Blick in die Zukunft – »du siehst ja, wie schön er schon Gitarre spielt.«

Diese westlichen Instrumente ... Sie waren wunderbar, denn sie kamen nach einer langen Reise wohlbehalten an und konnten sich unerschrocken in fast jeden musikalischen Hintergrund einfügen; ihre Vorzüge und die ihnen eigene Jugendlichkeit nahmen durchaus auch Shyamji für sie ein. Wer ein westliches Instrument spielte, konnte sich in der Welt von heute immer sein Brot verdienen, so sahen es die alten Musikerfamilien. Die viersaitige Tanpura hatte zwar nichts von ihrem Zauber eingebüßt, aber es wurde immer schwieriger, sich die Zeit für sie zu nehmen. Doch ihr Klang wühlte den Hörer immer wieder auf – seine Schwingungen, dieser Solipsismus des Himmels, waren schwer zu beschreiben; es war, als summte ein Gott vor sich hin.

Ein schlanker weißer Synthesizer mit einer scheinbar endlosen Reihe weißer und schwarzer Tasten hielt Einzug in das Wohnzimmer, und Sanjay begann sofort darauf herumzuspielen. Die glitzernden Klangkaskaden brachten eine neue, ein wenig genierliche Atmosphäre in die kleine Wohnung, filmi, aber beschwingt und voller Möglichkeiten.

Zwei Tage lang nahm eine Serie scheinbar willkürlicher, aber in den verschiedensten Tonarten und in rascher Folge ausgeführter Akkorde das Leben in dem kleinen Wohnzimmer in Beschlag. Die anderen Familienmitglieder achteten bald nicht mehr auf Sanjay, doch auf Shyamjis Gesicht erschien von Zeit zu Zeit ein stilles Lächeln, als wäre sein Sohn wieder ein Kind und verfolgte unbeirrt und ungebärdig seine Belange – wie damals, als der Junge noch nicht hatte laufen und sprechen können: Im Spiel hatte er mit glasigem Blick denselben stummen, dogmatischen Eifer an den Tag gelegt.

Sanjay war geblendet von dem Synthesizer, schon allein von seinem aufregenden Namen – Yamaha –, und wie versprochen schien es keinen Ton zu geben, den er dem Instrument nicht entlocken konnte. Es war, als sei darin ein ganzes Orchester verborgen, nur ohne die schwerfällige, umständliche Körperlichkeit von Menschen, ein Orchester, das auf Befehl von Sanjays Fingerspitzen ständig seine Zusammensetzung veränderte. Es war ein transportabler Synthesizer, und Sanjay trug ihn wie einen Zauberstab von Standort zu Standort, von Zimmer zu Zimmer.

Als Shyamji und Sumati als Achtzehnjährige bei ihrer Hochzeit die Girlanden getauscht hatten, war das unter Berücksichtigung des makellosen musikalischen Erbes beider Familien geschehen, im Hinblick auf ein Gen für die Zukunft, ein Gen, das Sanjay nun verkörperte, der sich mit der einen Hand die Haare zerzauste und die andere über die Tasten gleiten ließ. Derlei Berechnungen lassen jedoch außer Acht, dass Neigungen, die in einer Generation unterdrückt werden, in einer anderen möglicherweise freie Bahn haben, dass das Gen zwar erhalten bleibt, sich aber auch teilt, dass es seine eigene Zerstörung oder Mutation in sich trägt.

»Die Musik verlässt das Haus der ustaads, der Maestros«, hatte ein älterer und etwas wichtigtuerischer Sänger, ein Freund von Ram Lal, vor einiger Zeit zu Shyamji gesagt, mit einer Bitterkeit, als wäre der jüngere Mann irgendwie schuld daran. Shyamji hatte in aller Aufrichtigkeit ernst und beschwichtigend genickt; es war ihm in diesem Augenblick am sichersten erschienen, sich vollkommen einig mit dem Achtzigjährigen zu zeigen. Doch zu diesem Zeitpunkt seines Lebens interessierte ihn das Problem im Grunde gar nicht mehr – es interessierte ihn nicht, wo genau die Musik ihren Ort hatte. Und er machte sich kaum Gedanken darüber, ob das glanzvolle, aber wenig bekannte Erbe seines Vaters in der Versenkung verschwinden würde oder nicht. Sanjay hatte nicht die Geduld aufgebracht, sich mit all den schönen, schwierigen Kompositionen vertraut zu machen, und auch Shyamji selbst war neuerdings zu beschäftigt – aber es war ja noch genug Zeit, er war erst vierundvierzig, Sanjay erst sechzehn. Das alles würde noch kommen, und es würde viel Fleiß und harte Arbeit erfordern! Der gharana war Shyamjis geringste Sorge. Wichtig war ihm – und das wollte er sicherstellen –, dass sich das Leben für ihn, seine Kinder und deren Kinder weit auftat und dass er die Chancen, die sich ihm plötzlich boten, intelligent und erschöpfend nutzte. Und ohne es zu wollen, ließ er sich ein wenig einfangen: Er äußerte sich zwar nicht anders als bisher, war aber sichtlich erfreut über Sanjays neues Spielzeug. Vorsichtig und neugierig probierte er die Tasten aus – Tasten waren ihm ja vom Harmonium her vertraut – und verschaffte sich einen Eindruck von ihrem metallischen Klang.

Nicht alle waren glücklich über Shyamjis Umzug in die Sagar Apartments, sein jüngerer Bruder Banwari beispielsweise. Hochgewachsen, in makellosem Weiß, auf natürliche Weise zugewandt und respektvoll, aber mit der charakteristischen Hilflosigkeit und dem deplatzierten Stolz des jüngeren Bruders, ging er gesenkten Blickes in dem Wohnzimmer in Borivli auf und ab, hin- und hergerissen zwischen dem Wunsch, sich über Shyamji zu beklagen, und dem, ihn gegen seine Frau und den Rest der Welt zu verteidigen.

»Unser Vater wollte, dass alles gleichmäßig zwischen uns aufgeteilt wird«, murrte er und vergaß dabei, dass er im Vergleich zu seinem älteren Bruder sehr wenig verdiente und das Wenige auch nur durch Shyamjis Vermittlung. Seine Augen waren blutunterlaufen, vielleicht aus Schlafmangel; allerdings waren sie immer ein wenig rot. »Ich habe nicht meinen vollen Anteil bekommen, als wir vom King's Circle weggezogen sind.« Plötzlich hob er den Blick und beschloss mit einer einzigen gottgleichen Geste, die ganze Sache abzuschütteln. Gefühlvoll und zugleich listig sagte er: »Aber was soll's, er weiß einfach mehr als ich.« Es klang vollkommen ehrlich, aber auch gekränkt. »Er ist mein gurujan.«

Pyarelal sagte nichts – konnte nichts sagen –, wirkte aber ständig halb einverstanden, halb gekränkt; in der andeutenden Art des Tänzers zog er lediglich kritisch die Brauen hoch. Tara jedoch, seine Frau, murrte leise, aber vernehmlich. Alle trugen eine Miene zur Schau, die Tapferkeit, Insiderwissen und zurückgehaltene Einsichten verriet, doch wenn jemand die Sagar Apartments erwähnte, blinzelten sie nur vielsagend.

Die Wohnungen, in denen Banwari und Pyarelal mit ihren Familien lebten – sie hatten zwei beziehungsweise drei Kinder –, waren zu klein, rudimentäre Zweizimmerwohnungen, die anfangs einladender und größer gewirkt hatten, als sie wirklich waren, ihre Bewohner jetzt aber langsam zermürbten. Sie lebten geradezu festlich darin und erfüllten sie notdürftig mit aller geschäftigen Energie eines Zuhauses, aber sie wären auch bereit gewesen, woandershin zu ziehen. Seltsamerweise vermissten sie das Verkehrsgewühl am King's Circus; nichts ersetzte ihnen hier das Gefühl, von der anarchischen Ebbe und Flut menschlicher Aktivität umgeben zu sein. Auch Natur gab es hier nicht, nur Läden und auf dem Balkon die Aussicht auf frische Luft. Hin und wieder ließ sich dort eine Krähe nieder, wenn sie ihren Flug von einem unsichtbaren Punkt an der Peripherie der Stadt zu einem anderen unterbrach. Sie schaute in ihr Leben hinein, in das Sammelsurium der Möbel und Musikinstrumente in dem kleinen Raum, dann scheuchten die jüngeren Kinder sie weg. Außer dem schlauen Eindringling vertrat hier nichts die Vielfalt der Natur.

»Was es heißt, zweimal pro Woche von hier zum Taj zu fahren, das kann sich keiner vorstellen«, murrte Pyarelal. Seine Worte umfassten gleichsam episch die ganze schreckliche Strecke und ihre zahllosen Haltestellen, doch mit »keiner« meinte er speziell Shyamji.

Diese Empfindungen wurden Shyamji jedoch nicht direkt mitgeteilt; das Medium, das sie ihm ins Ohr summte, war maataji, seine Mutter.

»Dir geht es gut, beta, durch Gottes Gnade und die guten Werke deines Vaters. Aber, beta, vergiss Tara und Banwari nicht.«

Während der Englandaufenthalte Shyamjis begleitete Pyarelal Nirmalya nicht nur, sondern unterrichtete ihn auch selbst. Er führte ihn ansatzweise durch die Ragas und half ihm, sich die Stücke einzuprägen. Manchmal verbrachten sie Stunden zusammen, vom späten Vormittag bis in den Nachmittag hinein, Nirmalya ohne an seinen Vater zu denken und doch durch ihn geschützt, jenen gut aussehenden Mann im Anzug, der morgens die Wohnung verließ und abends wiederkam, irgendwo an der Peripherie von Nirmalyas Bewusstsein. In der Zeit dazwischen war Nirmalya der eigentliche Herrscher, der Tag mit seinem Luxus gehörte ihm allein, und zugleich war er ein Flüchtling in Gesellschaft des kleinen älteren Mannes im langen kurta. Wenn sie eine Passage aus dem Raga Yaman geübt oder sich am komplizierten, schwingenden Geflecht des Puriya Dhanashri versucht hatten, standen sie auf und gingen auf den Balkon hinaus, um sich den Sonnenuntergang anzusehen, zuzuschauen, wie das orangefarbene Fragment seine Form verlor, wenn es den Horizont berührte, und später, nachdem es versunken war, in riesige Farbkleckse zerfiel.

Pyarelal zündete sich dann verstohlen und theatralisch wie immer eine Zigarette an, als hätte die ganze Welt nichts anderes zu tun, als ihn auf frischer Tat zu ertappen. Dann hob er zu einem missionarischen Monolog über die Bewegungen des Universums und der Planeten und über das Ziehen und Schieben der Gezeiten an, die alle untrennbar mit laya verknüpft seien, dem Tempo und dem Rhythmus der Stücke, die sie gesungen hatten. »*Das* ist laya«, sagte er mit einer großartigen Geste zum Wasser hin, in dem das kindhafte Fragment der Sonne verschwunden war, »diese Bewegung von brahmanda«, sichtlich begeistert und bewegt von seinen eigenen Worten, auch wenn es stark übertrieben schien, den Anblick brahmanda zu nennen. Am Rand des orangefarben eingefassten Meeres, in dem sich noch das über den ganzen Himmel verteilte Licht spiegelte, drängten Scharen ungeduldiger Autos von den Büros am Marine Drive nach Hause.

Doch er maßte sich niemals an, sich Nirmalyas »Guru« zu nennen. Manchmal sah man ihm an, wie sehr er nach Anerkennung lechzte, aber er besaß ein Gespür dafür, wo seine Grenzen waren; so oft war es in seinem Leben darum gegangen zu wissen, wie weit er sich vorwagen konnte und wann er innehalten musste. Und Nirmalya seinerseits machte nie den Fehler, ihn als seinen Lehrer zu betrachten. Pyarelal war sein Begleiter, mehr nicht. Er war zwar auch noch etwas anderes, und Nirmalyas Gefühle für dieses »andere« vertieften sich und wurden beständiger, aber es hatte keinen Namen und keinen offiziellen Status.

»Du musst aufpassen, baaba«, sagte Pyarelal, »wenn du beim Bhairav ›re pa‹ oder ›pa re‹ singst. Das klingt wie der Shree. Der Bhairav geht so.« Und er sang sa re ga ma pa, ga ma dha pa ga ma re sa. Es war Morgen – Pyarelal wohnte für fünf Tage bei ihnen –, nicht lange nachdem Nirmalya seinen Toast mit Tee und süßem Limonensaft verzehrt und Pyarelal sein Omelett taxiert und kurzen Prozess damit gemacht hatte. Die Sonne schien in die Zimmer und ließ sie schlicht erscheinen. Pyarelals Stimme war allenfalls noch ein Flüstern, als wäre das Singen irgendwann zu seinem Privatvergnügen geworden, nicht mehr für die Welt bestimmt, nur noch für einzelne Personen. Wenn er zu lange sang oder Nirmalya Melodienmuster demonstrierte und dazu die Tabla spielte (ein schwieriges, verwegenes Unterfangen, in das er sich mit unbedachter, geradezu masochistischer Beharrlichkeit immer von Neuem stürzte), überschlug sich seine Stimme irgendwann – Ergebnis mangelnder Übung und des Kettenrauchens von bidis.

Am Abend, wenn die große Stadt draußen schimärenhaft glitzerte, ließen sie sich in dem riesigen vornehmen Wohnzimmer feierlich auf dem Sofa nieder, und Nirmalya spielte Pyarelal Platten vor, nicht die aus der alten Sammlung, die kostbare, zum Teil direkt aus Amerika stammende Raritäten enthielt – die langhaarigen Engelschöre von Crosby, Stills and Nash und anderen, die in jener euphorischen Woche in Woodstock zusammengekommen waren; unerklärlicherweise waren sie eines Tages nur noch Ausschuss für Nirmalya gewesen –, sondern die Hindifilmsongs, die er im Dämmer des Heranwachsens verspätet entdeckt hatte, Lieder aus den Fünfziger- und Sechzigerjahren, als er noch nicht geboren oder gerade unterwegs oder eben erst zur Welt gekommen war. »Hören Sie sich das an«, sagte er zu Pyarelal. Der ältere Mann kannte die Stücke natürlich von früher, er nickte, und sie hörten ernst zu, als das Knistern der Nadel verstummte und Kishore Kumar zu singen begann: »Chhod do aanchal zamaana kyaa kahega.« Nirmalya führte seine Fundstücke mit einer Befriedigung vor, als sei jene untergegangene Welt seine Erfindung, und Pyarelal fühlte sich verjüngt durch diese wiederentdeckten Lieder und die Begeisterung des Jungen für sie.

In der akuten Einsamkeit seines Lebens fühlte sich Nirmalya durch diese Stunden mit Pyarelal belebt und beglückt. Und auch für Pyarelal war es etwas Besonderes, hier zu sein, in dieser Wohnung. Er arbeitete hart mit dem Jungen und ging über seine Anweisungen hinaus, obwohl – oder vielleicht gerade weil – er nicht sein eigentlicher Guru war. Beim Mittagessen mit Mrs Sengupta und Nirmalya an dem sorgfältig mit Sets, Besteck und allerlei Porzellan gedeckten großen Tisch mit der dicken Glasplatte und den gedrechselten Beinen fühlte er sich jedoch stets unbehaglich, ausgesetzt, seltsam isoliert. Da er kein Reisesser war, gab es für ihn rotis, die er vorsichtig und unter leichtem Kopfschütteln zerriss, als führte er insgeheim ein Gespräch mit den Stücken, die er in die daal tauchte, und als könnte er, wenn er den Blick auf den Teller gesenkt hielt, das Esszimmer ausblenden. Doch der Esstisch war der einzige Ort, an dem Pyarelal sich nicht wohlfühlte; nach dem Essen unterhielt man sich, danach mochten sich ihre Wege für eine Weile trennen, dann wurde wieder geübt.

Der Junge mochte Pyarelal, und er nutzte diese Zuneigung spontan und ohne Berechnung aus, solange Pyarelal bei ihnen wohnte. »Pyarelal, könnten Sie die Tabla-thekas für mich aufnehmen?« oder »Könnten Sie mir zeigen, wie der Asavari geht?«, und Pyarelal willigte ein. Mit ihm zu lernen hatte etwas Spielerisches und sogar etwas von einem Wettbewerb, in dem der Ältere jedes Mal vor dem Jüngeren kapitulierte. »Diese Melodie ist zu schwierig für mich, sing du sie«, sagte Pyarelal mit verdrießlicher und doch zufriedener Miene. Er log nicht, er übertrieb nur. Seine Zuneigung zu dem Jungen ließ ihn während dieser Übungsstunden sein Können schmälern.

Am Ende des vierten Tages war Nirmalya dieser Kameraderie ein wenig überdrüssig; ein paarmal ertappte er sich dabei, dass er sich wünschte, wieder allein zu sein, versuchte es sich aber nicht anmerken zu lassen. Doch Pyarelal hatte ein feines Gespür auch für Unausgesprochenes, es verletzte ihn und führte dazu, dass er die Dienstboten, die ihm immer nur daal und Huhn vorsetzten, beim Abendessen schlecht behandelte: Er scheuchte sie gebieterisch weg, oder er nahm sie kaum zur Kenntnis und schlug ihnen gegenüber einen barschen Ton an, als hätten sie hier nichts zu suchen. Das verstärkte Nirmalyas Gefühl des Gestörtseins noch.

Am nächsten Morgen, wie um die Illusion zu nähren, er werde noch viele Tage bleiben, verrichtete Pyarelal seine pujas und stolzierte dann, wie zu jedermanns gelinder Verwirrung schon in den Tagen zuvor, mit drei brennenden Räucherstäbchen (aus einem Bündel, das Mrs Sengupta ihm gegeben hatte) durch die Wohnung, postierte sich vor einem der diversen Kultbilder, die als Dekorationsstücke überall verteilt standen, oder einem der Porträts von Nirmalyas längst verstorbenen Großeltern und schloss die Augen, verneigte sich und murmelte irgendeine magische Formel, dann ging er eilig und gewichtig weiter, um vor dem nächsten Bild in genau der gleichen Weise innezuhalten. Auch diese ungewöhnlichen Auftritte hatten Nirmalyas Nerven strapaziert, doch an diesem letzten Morgen wusste er nicht, was er empfinden sollte – ob er gerührt sein sollte oder froh darüber, dass sie morgen nicht mehr stattfinden würden.

Vor dem diesjährigen »guru purnima« ließ Pyarelals Frau Tara eine Bemerkung fallen:

»Baba, wollen Sie Ihrem Guru nicht etwas schenken?«

Überall gingen an diesem Abend im Schein eines riesigen

Vollmondes Anhänger und Schüler der verschiedensten Disziplinen durch die ganze Stadt zu ihren Tanz- oder Musiklehrern und brachten ihnen Pakete mit Rohseide für kurtas oder flache rote Schachteln, dicht vollgepackt mit Konfekt und kunstvoll verschnürt mit einem Band, auf dem der Name des Geschäfts aufgedruckt war. Mit einer Mischung aus Besorgnis und Zurückhaltung berührten sie dann die Füße ihres Lehrers und legten das Paket wortlos neben ihm ab. Nirmalya starrte seine Erpresserin offenen Mundes an – wen meinte sie? Tara lächelte, sodass man ihre Äußerung auch für einen Scherz halten konnte, aber offenkundig meinte sie Pyarelal – eine Frechheit.

»Wie kann sie es wagen?«, sagte Mrs Sengupta entrüstet. »Du hast nur einen Lehrer, und das ist Shyamji. Wie kann sie so etwas sagen?«

Der Junge sann darüber nach. Natürlich würde er Shyamji nichts schenken, das wäre viel zu förmlich gewesen. Er scheute nicht das Schenken, sondern vielmehr die Zurschaustellung von Ergebenheit; er hasste jedes Übermaß und wollte etwas so Privates, so Wohlgehütetes und über jeden Zweifel Erhabenes wie die Verehrung für seinen Lehrer nicht nach außen tragen. Und zu seinem Glück war Shyamji auch kein Guru dieser Art; der Kalender und das Zu- und Abnehmen des Mondes hatten nichts mit ihrer Beziehung zu tun.

»Er hat mir wirklich sehr geholfen«, sagte Nirmalya unschlüssig und in Gedanken. Er meinte Pyarelal.

»Tara will doch nur etwas für sich haben«, antwortete seine Mutter aufgebracht. »Sie sieht dich, und sie wittert eine Chance.«

Ihrer Miene nach zu schließen war sie auf eine simple Lösung gekommen. Sie stand auf, ging zum Schrank und öffnete die Lamellentüren, ihr Kopf verschwand für einige stumme, aber geschäftige Augenblicke in dem schwach glitzernden Dunkel, dann brachte sie einen leuchtend pinkfarbenen Sari zum Vorschein. »Den Synthetiksari hier habe ich geschenkt bekommen, den kann ich nicht gebrauchen.« Sie schien hochzufrieden. Nirmalya betrachtete ihn entsetzt, vertraute aber auf seine Mutter und ihre Menschenkenntnis – sie würde nichts Falsches tun und damit ihn oder sich selbst in Verlegenheit bringen. »Den schenke ich Tara, so etwas mag sie.«

Ein unterirdisches Rumoren war im Gange, von dem Nirmalya kaum etwas bemerkte, leichte, aber weitreichende tektonische Verschiebungen innerhalb der Firma, gegen deren Erschütterungen er weitgehend abgeschirmt war.

»Dieser Thakore«, murmelte Mr Sengupta, als er um sechs nach Hause kam. Es klang, als hätte er gerade einen dummen Streit hinter sich. Bei der Erinnerung daran trat ein betroffener und verwunderter Ausdruck auf sein leicht gerötetes Gesicht. Er schien verlegen. Allem Anschein nach hatte er sich bei irgendeiner Art Spiel blamiert. Er sprach von dem Aufsichtsratsvorsitzenden, den er vor einigen Jahren in der Euphorie der ersten Wochen nach seiner Beförderung zum Generaldirektor in den Vorstand geholt hatte. Alles war damals nicht nur Beweis von Urteilsvermögen, sondern auch großzügige Geste gewesen; eine Gruppe neuer Kollegen war dazugekommen, man sprach sich bald mit Vornamen an, und jeder war ein Freund. »Mein Vertrag wird nicht verlängert«, sagte er zu seiner Frau. Sie saß an ihrer Frisierkommode und sah zu seinem Spiegelbild hinter ihrem eigenen auf; es war, als bewegte er sich in einem imaginären Raum. »Und was heißt das?«, fragte sie. Ihre Lippen wurden plötzlich schmal. Er schüttelte den Kopf und lachte. »Man hat einen neuen Posten für mich geschaffen, als Sonderberater. Das heißt im Grunde gar nichts. Ich habe keine Entscheidungskompetenz mehr.« Dann entschloss er sich wie immer, die Nachricht mit einer positiven Interpretation abzurunden. Sein Status sei angeschlagen, aber nicht ernsthaft beschädigt. Ein kleines Problem sei aufgetreten; er werde sich umorientieren und sich von dem Schlag erholen. »Ich bekomme weiter mein Gehalt und kann die Wohnung noch ein Jahr behalten.« Mrs Sengupta schwieg. Dann begann sie sich bedächtig und ein wenig bedrückt das Gesicht zu pudern. Widersprüchliche Gedanken schwirrten ihr durch den Kopf. »Ich hätte Thakore nicht vertrauen dürfen«, sagte ihr Mann. Der selbstherrliche Aufsichtsratsvorsitzende gab sich mit einer Rolle als Erfüllungsgehilfe nicht zufrieden. »Anscheinend hat er mit diesem Trottel Dick gemeinsame Sache gemacht.« Er meinte den englischen Aktionär, der wie ein verirrtes, desorientiertes Mitglied eines konfusen Königshauses unfehlbar auf jeder Hauptversammlung erschien, den Direktorenkollegen den Arm um die Schultern legte, Lieder sang und dann wieder verschwand. »Und Raman.« Raman, ein kalter Mensch mit einer leisen Stimme, der perfekt Englisch sprach und mit seiner Frau regelmäßig klassische Konzerte besuchte. Seinem Aussehen nach hätte er auch Museumsdirektor sein können. »Die haben alle ein Interesse daran, mich abzudrängen. Ab Montag ist Raman Generaldirektor«, fügte er desinteressiert und emotionslos hinzu, als berührten ihn die so erstaunlich unerwarteten und endgültigen Veränderungen aus irgendeinem Grund nicht weiter. »Im Moment bist du also noch Generaldirektor?«, fragte seine Frau ohne jede Ironie, wie ein Kind, dem man etwas erklären muss. Er antwortete nicht.

Am Abend mussten sie wie fast jeden zweiten Tag zu einer Party. Mallika Sengupta spürte eine nervöse Leere, war aber imstande, sorgfältig einen Sari aus den gefalteten Stapeln und den anderen Saris, die schlaff und vielfarbig an ihren Kleiderbügeln hingen, auszuwählen, einen dezenten Chanderi von schwach schimmerndem, ins Weiße hinüberspielendem Grün. Dann schloss sie rasch eine Schublade auf und vollzog das Ritual der Schmuckwahl. Die Demütigung war es, die ihr zu schaffen machte, nicht ihre, sondern die ihres Mannes. Über ihre Eltern, ihre Brüder und Freunde war sie hinausgewachsen, aber nicht über ihn. Für sie war er trotz seiner Unzulänglichkeiten stets unfehlbar gewesen. Dass man ihn wie jeden anderen hintergangen hatte, war ein Schock. Dennoch war sie fast stolz darauf, dass sein offenkundigster Fehler seine Arglosigkeit war: Er vertraute den falschen Leuten, er legte an andere das Maß seiner eigenen Schlichtheit an (denn so sah sie ihn, als einen schlichten Menschen) – oder hätte er sonst über so lange Zeit den wortkargen Laxmi Ratan Shukla umworben, in der Hoffnung, er werde eine Schallplatte mit ihr produzieren? Sie begann bereits, kleine Korrekturen am Bild des Ehemannes anzubringen, den sie seit neunundzwanzig Jahren kannte. Im Nachhinein staunte sie geradezu, dass ein so schlichter Mensch so erfolgreich hatte sein können.

Das Essen fand beim dänischen Konsul statt; der dänische Botschafter weilte zu Besuch. Die Einladung – edler schwarzer Prägedruck in Kursivschrift auf weißem Grund –, war vor zwei Wochen gekommen. Die Dinners in den Residenzen der Europäer waren manchmal etwas leichter zu ertragen; die Gastgeber spürten Mrs Senguptas reservierte Würde und wussten nichts von ihrer provinziellen Herkunft, oder sie interessierten sich nicht dafür. Sie hatte nichts Besonderes zu sagen, und dafür mochte man sie. Heute musste sie Theater spielen: Sie durfte nicht daran denken, dass sie nur noch eine Woche lang Generaldirektorengattin sein würde, und musste dennoch sie selbst sein. Sie zitterte vor unterdrücktem Ärger bei der Vorstellung, Raman und seiner Frau zu begegnen.

Wie reibungslos, wie wohlanständig und unauffällig hatte sich alles von gestern auf heute für die beiden und für sie selbst verändert! Und doch hatte sich nichts verändert; das Leben war nun einmal, wie es war.

An diesem Abend, als sie äußerlich zufrieden und in sich ruhend mit einem Glas süßem Sherry auf dem Sofa saß, musste sie sich immer wieder beherrschen. Entschlossen und mit ausdrucksloser Miene lächelte sie, als ihr die Frau des Botschafters – das Heimweh in ihrer Stimme höflich und gekonnt ins Anekdotische gewendet – liebevoll detailliert von ihren erwachsenen Kindern erzählte, einem Sohn und einer Tochter, die sie in Kopenhagen zurückgelassen hatte. Die Wohnung des Konsuls lag im dritten Stock eines prächtigen, kühlen Art-déco-Baus auf einer Anhöhe in Breach Candy. Die Gastgeber hatten die Fenster offen gelassen, damit der Seewind durch ihr temporäres Heim mit seinen gastlichen Zusammenkünften wehen konnte, und immer wieder fächelte die Natur Mallika Sengupta Luft zu, ein großer, sanfter Trost, der aus dem Nichts kam. Eine breite Tür öffnete sich einladend auf den halbkreisförmigen Balkon, ein schwach erleuchteter Vorsprung, der ins geschützte Dunkel des Geländes hinausragte.

Das Essen war eine Ablenkung, wie immer ein Beispiel heiterer Ichbezogenheit und Fantasie in der von Grillenzirpen erfüllten Nacht der sieben miteinander verwachsenen Inseln. Einem unsichtbaren Koch, der höchstwahrscheinlich aus Kerala stammte, hatte man freie Hand gelassen. Mrs Sengupta hatte keine Ahnung, ob es so etwas wie eine dänische Küche gab, sie hatte nur eine vage Vorstellung von Schinken, Würstchen und Aufschnitt. Doch die Suppe, ein milchiges Gebräu, das ein Diener in Schalen servierte, beruhigte sie ungemein. Heute Abend hätte sie alles, was man ihr vorsetzte, mit Dänemark in Verbindung gebracht. Tränen traten ihr in die Augen, aber sie trockneten von selbst wieder, und niemand bemerkte sie, auch sie selbst kaum. Die Veränderungen in ihrem Leben waren ein Geheimnis, doch es hätte ihr nichts ausgemacht, wenn sie keines gewesen wären; sie begann bereits zu akzeptieren, wie ihr Leben von nun an aussehen würde. Das Buffet mit seinem einschüchternden Aufgebot an kaltem Braten wurde aufgefahren, und die gierigen Fleischesser strebten ihm schnurstracks zu, ihr Glas noch in der Hand. Zwischen den langen Porzellanplatten stand eine Schüssel mit einer dampfenden Masse darin. Mrs Sengupta blieb davor stehen – eine Süßspeise? Mit einem Löffel durchstieß sie verstohlen die Oberfläche und tat sich etwas davon auf den Teller. Als sie es später aß, war sie verblüfft: Es schmeckte köstlich nach Fisch. Es war Fischmousse; so etwas hatte sie in ihrem ganzen Leben noch nicht gegessen.

Am nächsten Tag war weiter keine Veränderung zu bemerken. Nirmalya sah Jumna an einem Ende des Wohnzimmers kauern und mit einem nassen grauen Lappen breite Streifen über den Boden ziehen. Es beunruhigte ihn nicht, dass sie die Thacker Towers verlassen würden. Der Tag verging, das Licht schwand, das harte Glitzern des Arabischen Meeres und das vom Balkon aus sichtbare gekrümmte Panorama wurden zum unvermeidlichen Lichtermeer der Nacht.

Mehr und mehr hatte er das Gefühl, dass die Philosophie seine Zukunft sei, dass er etwas zu sagen habe zu diversen Geheimnissen – Gott, Sein, Bewusstsein, das Selbst und so weiter. Die Kapitel über Croce, Santayana und Nietzsche in den *Großen Denkern* hatte er längst gelesen, auf Santayana und Croce hatte er mit Zustimmung und Freude reagiert, Nietzsche und sein Zarathustra machten ihn wütend, weil er sie nicht verstand. Für Spinoza hatte er eine besondere Vorliebe gefasst, ohne ihn im Mindesten zu verstehen, einfach deshalb, weil er mit dem Instrumentarium des Logikers bewiesen zu haben schien, dass Gott und das Universum ein und dasselbe waren. Was für eine wunderbare Hypothese, und wie märchenhaft wäre es, wenn sie unwiderlegbar wäre! Er nahm sich ein Buch aus dem Arbeitszimmer seines Vaters vor, einen Grolier-Klassiker (aus einer schön gebundenen Reihe, die sein Vater einmal aus jugendlicher Hochachtung für Meisterwerke erworben hatte), um genau nachzulesen, mit welchen logischen Schritten Spinoza seine These belegt hatte: Sein Geist trübte sich. Ein Ausdruck sprang ihm ins Auge, den der Philosoph des siebzehnten Jahrhunderts, wie eine Anmerkung besagte, einmal benutzt hatte: »gotttrunken«. Zug um Zug sog Nirmalya in dem klimatisierten Arbeitszimmer Kultur in sich auf.

Während seine Eltern ansatzweise und noch halbherzig Vorbereitungen trafen, um in einem Jahr in die Außenbezirke zu ziehen, und sich halb scherzhaft darüber unterhielten, befasste sich Nirmalya zunehmend auch mit Göttern und der göttlichen Natur des Universums. Mit dreizehn hatte er Gott als Fiktion abgetan. Jetzt aber – durch Tulsidas, Kabir und die unter Pseudonym arbeitenden Verfasser der klassischen Schriften und ihr ständiges Beschwören von Krishnas Lippen, seinen Augenbrauen, seinen Kinderstreichen, seinen wirren Locken, seinen unergründlichen Launen, seinem Schweigen und seiner fantastischen Wut – musste Nirmalya darüber lachen, wie ausschweifend und real das Universum der Götter war. Ungekämmt und in Sandalen von Joy-Shoes bummelte er herum und versuchte die anarchische Schöpfung der Dichter zu verstehen. Wie chaotisch diese Welt der Ewigen war: Shivas verfilztes Haar, in dem der Mond und der Ganges zu nisten schienen wie billiger Schmuck oder wie raschelnde Fledermäuse in einer Höhle oder Ruine, die Buttermilch, die Krishna in Yashodas Küche verschüttete, als er in ihren Utensilien kramte – in den Liedern wimmelte es von solch alltäglichen Katastrophen und Zwischenfällen.

Wenn er die Einfahrt hinunter und dann durch die Tore der Thacker Towers hinausging, wurde er von dem Wachmann misstrauisch beäugt, und manchmal traf ihn ein Blick des Chauffeurs seines Vaters, der ihn plötzlich erkannte. Was hatte es auf sich mit diesem Jungen im kurta? Weder der Chauffeur noch der Wachmann waren sich darüber im Klaren. Der Wachmann wusste mittlerweile, dass Nirmalya kein Student war, der von draußen auf das Gelände spaziert kam, sondern der Sohn des Mannes im zwanzigsten Stock, der im untadeligen Anzug mit dem weißen Mercedes zur Arbeit fuhr.

Seit Nirmalya wusste, dass seine Zeit in den Thacker Towers zu Ende ging, spürte er stärker denn je, dass seine Heimat, seine Berufung woanders lag. Er schlenderte an Snowman's Ice Cream Parlour vorbei, wo Jungen in engen Hosen und Mädchen, über deren Jeansbund übermütig ein horizontaler Streifen Taille schwebte, die brüchigen Eistüten verschlangen, die sie in der Hand hielten. Lachten sie über ihn? Auf der Parkfläche in der Mitte der Straße standen erwartungsvoll Motorräder aufgereiht; sie heulten auf, wenn die Hand des Besitzers sie berührte, ein Dröhnen ertönte, wenn er sein Handgelenk drehte und sich auf die straffe, muskulöse Epidermis des Sitzes schwang, dann raste die Maschine abrupt los. Nirmalya kümmerte es nicht. Ihn beschäftigte das Dasein selbst, die Frage, die durch ihre ständige Wiederholung fast unsinnig wurde: »Warum existiere ich?«

»Die Frage an sich ist weniger interessant«, schrieb er in ein Notizbuch, das er in einem duftenden, unauffälligen kleinen Schreibwarenladen in der Einkaufspassage unweit der Thacker Towers gekauft hatte, »als die Art wie, der Geist, in dem sie gestellt wird. ›Warum existiere ich?‹ könnte der Beginn einer intellektuellen Erörterung sein, einer wissenschaftlichen oder rationalen Untersuchung mit dem Ziel, durch Überlegen und Schlussfolgern zu einer Antwort zu gelangen, doch am Ende wird es keine befriedigende Antwort geben.

Oder es könnte ein Schmerzensschrei sein, ›*Warum* existiere ich?‹; dann ist die Antwort nicht mehr wichtig. Die Antwort liegt in der Frage, die aus Leiden erwächst.«

Er wich einem Auto aus und überquerte die Straße. Er hatte sich gut gefühlt, nachdem er diese Sätze aufgeschrieben hatte. Er tendierte zu der Schmerzensschrei-Therapie; hätte ihn jemand gefragt, was er denn erlitten habe, hätte er antworten müssen: sehr wenig. Doch er wanderte in einer Stimmung visionärer Verzweiflung, in der sich einschleichenden Qual und Unentschlossenheit des Philosophen durch diese Gegend, die sich weiterhin täglich veränderte: Neue Lichter kamen hinzu, noch neuere Gebäude sprossen empor, wahllos mit Grünanlagen durchsetzt, und noch immer stieß man überraschend auf verwilderte Grundstücke, die man abends erkunden konnte, auch wenn sie immer weiter beschnitten wurden. Er gelangte an ein seltsam breites, weißes Gebäude, das wie vieles andere, was er gesehen hatte, von nirgendwo herabgestiegen zu sein schien, einfach so ohne Erklärung, ohne Rechtfertigung. Irgendein nutzloser, in seinem Kopf gespeicherter Informationssplitter sagte ihm, dass es World Trade Center hieß. Er blieb einen Moment stehen und versuchte sich mit der offenkundigen Funktionslosigkeit des Baus anzufreunden; weder der Handel noch die Welt schienen irgendetwas damit zu tun zu haben. Vielleicht würde es noch in seinen Namen hineinwachsen? War hier seine Mutter vor zwei Wochen aus dem Wagen gestiegen und zielsicher, als kenne sie sich hier aus, zwischen allerlei leer stehenden Läden hindurch in diese Geisterstadt namens World Trade Center vorgedrungen und hatte ein Geschäft mit zwei völlig normalen Menschen darin betreten, bei denen sie nach längerer, aber nicht allzu langer Überlegung kleine, auf einem Stück Papier aufgereihte Klebe-bindis gekauft hatte? Und war er dabei gewesen? Doch das Gebäude erschien ihm reizlos und vollkommen fremd; er konnte sich nicht vorstellen, je etwas damit zu tun gehabt zu haben.

Als er in die Wohnung zurückkam, hörte er lebhafte Stimmen aus dem Zimmer, in dem die Musikstunden stattfanden, begleitet von einigen unmotivierten Tablaschlägen und sporadischen kurzen Harmoniumakkorden. Sie machten gerade Pause. »Und wo ziehen Sie hin, didi?«, fragte Shyamji, sein Gesicht von Neugier belebt wie das eines Kindes. »Weit hinaus?« Banwari saß wie ein Buddha auf seiner Kokosmatte und hörte leise lächelnd zu, unbewegt von den vielen Umdrehungen der Erde, die Hände noch auf der Tabla. »Kommen Sie in unsere Gegend«, fuhr Shyamji fort und biss in einen Keks. Die Vorstellung räumlicher Nachbarschaft, aus der sich eine Art spiritueller Verbundenheit ergab, schien ihm zu gefallen. »Dann sind Sie in unserer Nähe.« Plötzlich bemerkte er den Jungen in der Tür, und ein arglos verschmitzter Ausdruck erschien auf seinem Gesicht. »Was denn, baaba, didi sagt, du hast dich in der Gegend hier nie wohlgefühlt?« Scheu und nervös wie eine Braut lächelte der junge Herumtreiber im engen churidar und dem streng wirkenden khadi kurta und ergriff mit einem knappen Nicken die Flucht. Wie immer mied er jedes normale Gespräch mit seinem Guru; nie konnte er ihn ohne Ehrerbietung ansehen, und sein Stolz hinderte ihn, seinem Lehrer so unbefangen zu begegnen, wie man es von einem Schüler erwartete. »Wo ist er denn hin?«, wandte sich Shyamji verwundert an Mrs Sengupta, dann war er in Gedanken schon wieder woanders und trank von dem Rest Tee in seiner Tasse.

Die Handelskammer von Bombay wurde hundertdrei Jahre alt, und obwohl nichts der selbstzufriedenen, lebhaften Versammlung von Herren im Anzug und ihren Ehefrauen bei der Hundertjahrfeier gleichkam – es war wie ein Treffen von Firmenchefs und zukünftigen Chefs gewesen, bei dem jeder wunderbarer- und praktischerweise die Erwartungen, die man in ihn gesetzt hatte, erfüllt zu haben schien –, fanden sich die Wirtschaftsführer und ihre herausgeputzten Gattinnen mit unvermindertem Enthusiasmus im Souterrainsaal des Oberoi ein. Der Präsident, ein liebenswerter Trottel, hielt mit belegter Stimme eine Rede, die Leute lachten über seine Witze und über ihn, und er strahlte sie an und redete unbarmherzig weiter. Dann war die Rede zu Ende, alle standen auf, und durch die Menge schlängelten sich unauffällig Männer in weißem Hemd und schwarzer Hose mit Tabletts voller Canapés; kaum hatte man sie erblickt, verschwanden sie wieder. Vor zwei Tagen hatte Mr Makhija angerufen, der Sekretär der Kammer – Makhija, an dessen bedächtige, höfliche Anrufe und Mahnungen sie sich in den letzten Jahren gewöhnt hatten, ein Türhüter der Welt des Handels, weder außerhalb von ihr, noch – zum Glück – ganz ein Teil von ihr. »Sie müssen unbedingt kommen, Sir«, hatte er gesagt, ein freundlicher Tyrann, der ihr Leben von Weitem beobachtete. Mrs Sengupta hielt ein halb volles Weinglas mit Mangosaft in der Hand. Ihren

Mann hatte sie aus den Augen verloren, und auch Makhija war nirgends zu sehen. Die Menge in dem langgestreckten Saal hatte sich auf Grüppchen von Männern verteilt, die einander zutranken und Witze erzählten. Ringsum sah Mrs Sengupta bekannte Gesichter – fast war es ihr zur Gewohnheit geworden, dieses rasche, neutrale Zuordnen von Namen, Eigenschaften und Positionen zu bestimmten Zügen –, und plötzlich entdeckte sie in einiger Entfernung ihren Mann: Strahlend – er war kaum gealtert – hob er mit einer unbestimmten Geste sein Glas (er trank auf trügerische und unengagierte Art: An diesem einen Glas würde er den ganzen Vormittag gewichtig nippen), sein Haar noch so untadelig schwarz wie vor fünfundzwanzig Jahren, als er auf Drängen seiner Frau angefangen hatte, es zu färben, mit Ausnahme einer weißen Strähne über der Stirn, die sich wie eine Flamme all die Jahre behauptet hatte. Er unterhielt sich angeregt wie immer, den Diener, der mit seinen Canapés vergeblich neben ihm verharrte, ignorierte er, und auf seinem Gesicht lag ein seltsam argloser, erwartungsvoller Ausdruck. Mrs Sengupta konnte kaum glauben, dass sie nicht mehr im Zentrum des Geschehens standen, so unendlich weit weg schienen der Horizont und die Grenze zum Nichts. Bedurfte es nicht zweier Leben, um einer Karriere gerecht zu werden und ihr die angemessene Form zu verleihen, aus ihr zu lernen und sie zu vervollkommnen, einer Karriere, die noch immer voller Verheißung und Jugend schien? Sie waren keine Erben von Immobilien oder Vermögen wie die Unternehmerfamilien; was sie symbolisierten, hatte nichts Statisches an sich, denn für sie waren die Karriere und das Leben das, was sie daraus machten, voller Überraschungen, ein stetiges, strapaziöses, aber authentisches Erkunden, und alles, was vor oder nach den Jahren in der Firma geschah, würde von dem künden, was letztlich ihr Leben gewesen war. Sie würden verschwinden, auf eine Weise, wie Unternehmerfamilien es wohl gar nicht konnten. Ihr Leben würde Erinnerung werden, für sie selbst und für die Menschen, denen sie an solchen Jahrestagen begegneten, unendlich vielen scheinbar, in Wirklichkeit aber einer begrenzten Zahl von Gesichtern, die man nicht vergaß und die im Nachhinein wirkten wie zufällig zusammengewürfelt.

Es war eine Zeit, in der ständig irgendwelche Feste stattfanden. Das große, bizarre Ereignis im November war die Hochzeit von Chanchal Mansukhanis ältestem Sohn in einem künstlichen, auf den Grünflächen an der Wodehouse Road eigens aufgebauten Dorf, vom Regal Cinema aus zu Fuß erreichbar. Die Leute stiegen aus ihren Autos, Männer schlugen nachdrücklich die Türen zu, Frauen, schmuckbehängt und in Organza-Saris, bewegten sich auf unsicheren Füßen langsam vorwärts, alle bestrebt, diesem Mann nicht nur Hochzeitsgeschenke, sondern auch Anerkennung zukommen zu lassen. Die Senguptas trafen in einem Zustand milder Besorgtheit und Erregung ein. Chanchal Mansukhani, in schwarzem Anzug und dunkler, gepunkteter Krawatte, begrüßte alle Gäste gleichermaßen lächelnd mit einem namashkaar, egal, ob er sie erkannte oder nicht, und manchmal barg er ihre Hände, ohne sie festzuhalten, ein paar Augenblicke lang dezent in seinen. Die allgegenwärtigen schwarzen Anzüge hatten fast etwas Ironisches an sich: Es war, als sollten sie zum einen daran erinnern, dass Chanchal Mansukhani sein Vermögen mit Textilwaren gemacht und einen wesentlich gebildeteren Konkurrenten aus einer angesehenen Politiker- und Unternehmerfamilie ausgestochen hatte, und als sollten sie zum anderen den Mythos illustrieren, dass er der Sohn eines Mannes war, der kurz nach der Teilung bettelarm am Victoria Terminal angekommen war und sich als Schuhputzer und Tagelöhner durchgeschlagen hatte. Während Apurva Sengupta Schlange stand, um dem Gründer von Mansukhani Suitings and Shirtings die Hand zu schütteln, überlegte er, ob der Mann nun ein Ungeheuer oder ein Engel war. Mansukhani hatte eine schlaffe Haltung und runde, stumpfe Konturen, und um seine Lippen spielte das teilnahmsvolle, mütterliche Lächeln eines Menschen, der in einer großen chaotischen Familie, einem behaglichen Mikrokosmos aufgewachsen ist. Es gab Gerüchte (ob glaubwürdig oder nicht, war schwer zu sagen), er habe bei seinem so erbaulichen – denn wünscht sich nicht jeder, dass der Mächtige einst gleichsam ein Bettler auf der Straße war? – Aufstieg auf bezahlte Killer zurückgegriffen. Wie viele Fabrikarbeiter – die Abfindungen aufgebraucht, die hohen Schornsteine erkaltet – saßen seinetwegen zu Hause und spielten missmutig Karten? Im Hintergrund ertönte plötzlich optimistische Hochzeitsmusik, nicht die shanaai, sondern eine menschliche Stimme vom Band. Nach ihrem freundlich gemurmelten Glückwunschmantra hatten Apurva und Mallika Sengupta das Gefühl, sich von ihrem Gastgeber gelöst zu haben, und spazierten über den Rasen, ganz so, als seien sie in eigener Sache hier – auch wenn sie noch tagelang mit ironischem Vergnügen von der Hochzeit sprachen. Sie blieben an Ständen stehen, an denen es kabaabs gab, andere boten zu ihrer Überraschung nicht minder großzügig Bombayer Junkfood an. Apurva Sengupta war wie in Trance: Ein schwaches Lächeln lag auf seinem Gesicht, als bestünde noch immer die Möglichkeit, dass irgendetwas passierte. Seine Frau war neugierig; nur in Fünfsternehotels brachte sie den Mut auf, solche Dinge zu essen. Entschlossen zupfte sie ihn am Ärmel, eine charmante kleine Bitte (er war in Gedanken woanders und bemerkte es kaum): »Komm, lass uns da hingehen«, flüsterte sie und zog ihn unbeirrt wie ein kleines Mädchen zu den pani puris.

Eines Tages erschien am späten Vormittag Mr Wilson von der Personalabteilung der Firma in der Wohnung. Er blieb verlegen stehen, nachdem er eingelassen worden war, dann schlenderte er fast gleichmütig und mit dem forschenden Blick eines Museumsbesuchers in die Diele.

Die Nachricht, dass Mr Wilson da war, wurde von Arthur an Jumna, von Jumna an eine dritte Person und von dieser ins Schlafzimmer übermittelt, und schließlich trat Mrs Sengupta, frisch gebadet und noch gelassen, in einem Tangail aus dem Flur ins sonnendurchflutete Wohnzimmer.

Sie kannte Wilson; er war, was sie betraf, eine Art Mädchen für alles. Wenn sie etwas brauchte – eine Auskunft, ob der Flug ihres Mannes Verspätung hatte, oder ein Privattaxi, weil der Chauffeur nicht erschienen war –, wandte sie sich an ihn, und er kümmerte sich darum. Er war ein großer, stämmiger Mann, der sein knappes, höfliches Englisch mit südindischem Akzent sprach und das R wie auch alles andere weich rollte.

»Madam«, sagte er entschuldigend, aber auch so, als sei er im Begriff, ein unangenehmes Geheimnis zu lüften, »ich muss das Inventar aufnehmen, bevor Sie ausziehen. Was der Firma gehört und was nicht …«

»Wilson«, sagte Mrs Sengupta schnell. »Sind Sie verrückt geworden? Wovon reden Sie?«

Nie war in all den Jahren an seinem Verstand gezweifelt worden; er war gekränkt, aber er schämte sich auch.

»Es tut mir leid, Madam, aber was soll ich machen?«, sagte er missvergnügt und verstockt und fügte seinen Lieblingssatz für heikle Situationen im Umgang mit Vorgesetzten hinzu: »Ich habe meine Anweisungen.«

Mit Stift und Notizblock begann er zögernd im Wohnzimmer umherzugehen, das er noch nie betreten hatte. »Ein Skandal ist das«, sagte Mallika Sengupta mit klarer Stimme, während er sich weiter entfernte. »Ich werde mich beschweren.«

»Die bleiben hier«, dachte Mr Wilson, als er mit kompetentem, besitzergreifendem Adlerauge eine Rosenholzvitrine und das große L-förmige Sofa inspizierte, als sei er eine Art Verwandtschaft mit den Möbelstücken eingegangen. Die Tischlampen in Form griechischer Vasen würdigte er kaum eines Blickes. Vor einem riesigen, weichen rötlichen Teppich blieb er unschlüssig stehen und schaute auf das Papier in seiner Hand. Er war seltsam emotional gestimmt, bescheiden und zugleich unbekümmert stur und durch nichts aufzuhalten. Nur einmal lächelte er ein wenig, als er drei Fotos auf einem Rosenholzbord betrachtete: eine zehn Jahre alte Porträtaufnahme von Mrs Sengupta, auf der ein glückliches Lächeln ihre reizend unregelmäßigen Zähne entblößte, ein Bild des pummeligen elfjährigen Nirmalya zwischen seinen Eltern, im Hintergrund verwildertes Gelände – es war auf Elephanta Island aufgenommen worden –; der Junge trug darauf voll Stolz ein T-Shirt mit Reißverschluss, das ihm ein Verwandter aus Europa geschickt hatte, und blinzelte harmlos in die Sonne (wenige Tage später hatte er eine Brille bekommen). Auf dem dritten Foto standen Mr und Mrs Sengupta mit dem neunjährigen Nirmalya, für den Winter in Delhi gekleidet, neben einer zwar geduldig, aber auch streng wirkenden Frau – Indira Gandhi, wie sich herausstellte. Beschwingt und ein wenig selbstvergessen ging Mr Wilson weiter, dann wurde er allmählich wieder ernst und aufmerksam. In seiner

Nähe fuhr Jumna mit dem Besen unter einen der vielen Tische, dann schlängelte sie sich zum Sofa durch und klopfte ein Kissen auf.

Schließlich verabschiedete sich Mr Wilson mit der schmerzerfüllten, verständnisvollen Miene eines Menschen, der viel lieber Privattaxis für Mallika Sengupta bestellt und Ankunfts- und Abflugzeiten eruiert hätte. »Vielen Dank, Madam«, sagte er, als meinte er nicht ihre Haltung in der letzten halben Stunde, sondern schlüpfte wieder in die kleine Rolle, die er in ihrem Leben gespielt hatte.

»Wie geht es Ihrem Sohn?«, fragte eine Frau, die Mrs Sengupta von gesellschaftlichen Anlässen her gut kannte, die Ehefrau eines Sindhi-Geschäftsmannes. Mallika Sengupta erschrak und wusste nicht, wo sie anfangen sollte. Die Dessertteller auf ihrem Schoß enthielten ein Arrangement, wie es in Wirtschaftskreisen immer beliebter wurde: Honigmelone, Eiscreme und fast durchsichtige, plastikgelbe jalebis. »Er liest die ganze Zeit, sehr schwierige Bücher«, antwortete sie lachend. Sie verhielt sich stets abwehrend, wenn es um Nirmalya ging. »Was will er denn studieren?«, beharrte die Frau. »BWL?« Mrs Sengupta empfand ein grausames Vergnügen, weil sie wusste, dass ihre Antwort die Frau beim Essen stören würde. »Er sagt, er will Philosophie studieren.« Sie lächelte. Die Frau hielt inne, versuchte mit dem Löffel ein wegrutschendes Stück Eiscreme einzufangen und sagte mit abgewandtem Blick: »Ah, sehr schön.« Und als spräche sie von einer ungewöhnlichen Gegebenheit, die sie nicht zu verurteilen oder allzu eingehend zu untersuchen gedachte: »Um Geld geht es ihm also nicht?«

Und um das Thema zu wechseln, fragte sie: »Sie verlassen diesen Teil der Stadt, Mallika? Wo werden Sie hinziehen, wenn Ihr Mann aus der Firma ausscheidet?« »Bombay ist ja so riesig und so teuer«, antwortete Mrs Sengupta und überprüfte mit einem raschen Blick ihre Frisur in einer der großen Glasflächen an den Wänden, die – mehr oder weniger beifällig – alles verdoppelten: die kannelierten Stühle, die Türen zu den Fluren, Haar, das zu kunstvollen Knoten frisiert war oder dunkel auf Schultern herabfiel, den schimmernden Kronleuchter. »Mein Sohn sagt«, fügte sie mit geheimem Stolz hinzu, »er will irgendwohin, wo es ruhig und grün ist.«

Schließlich verließen sie diesen Teil der Stadt für immer – ein allzu wohlfeiler Ausdruck, dessen Bedeutung man in einem ganzen Leben nicht vollständig erfasst; man benutzt ihn nur voller Selbstmitleid, um wehmütig in dem Bewusstsein zu schwelgen, dass etwas abgeschlossen ist. Die Senguptas vermieden ihn instinktiv, sie glaubten nicht an ein »für immer« – die Firma hatte ihnen ja vor fast zwei Jahrzehnten eine sichere Zukunft vorgegaukelt. Erst viel später erkennt man, dass es kein Zurück gibt – eine unwiderlegbare, leicht verständliche, kleine Lektion –, dann wendet man sich anderen Dingen zu.

Vielleicht war dies der »ruhige, grüne Ort«, der Nirmalya vorgeschwebt hatte; er hätte nur nie gedacht, dass es ihn wirklich gab: ein Sträßchen, das von einer der abschüssigen Straßen in Pali Hill abzweigte, ein blaues Straßenschild, an zwei Ringen selbstgenügsam und unerschütterlich im Monsunwind baumelnd, ein Eingangstor, eine Vierzimmerwohnung im zweiten Stock, rund hundertdreißig Quadratmeter, etwas mehr als ein Drittel der Wohnung in den Thacker Towers. Es war, als hätten sie einen bisher von niemandem bemerkten Anbau der Thacker Towers entdeckt, dessen Balkon auf einen stillen Nachbarn, einen Brotfruchtbaum, hinausging, und beschlossen, nie wieder in die Hauptwohnung zurückzukehren.

Die Fahrt in die Stadt war lang, manchmal dauerte sie eine ganze Stunde. Jeden Morgen fuhr Apurva Sengupta wieder zur Arbeit – er hatte jetzt einen Beraterposten bei einer deutschen Firma –, vorbei an umgedrehten Fischerbooten am Strand von Mahim, am sumpfigen Gelände der neuen Oil and Natural Gas Commission im Hintergrund, an einem Plakat der Air India links, auf dem ein betont ehrlich wirkender Comic-Maharadscha sieben Flüge pro Woche nach London versprach. Eine Klimaanlage war in den robusten weißen Ambassador eingebaut worden, den Mr Sengupta der Firma abgekauft hatte. Sie hatten sich an die klimatisierten Fahrten gewöhnt, an die frische Luft im Wagen, daran, dass die Scheiben die geschäftige, glitzernde, zerlumpte Welt draußen aussperrten; längere Fahrten ohne Klimaanlage konnten sie sich gar nicht mehr vorstellen. Die Anlage war als Sonderzubehör in einer Werkstatt eingebaut worden, sie verlangte dem Motor einiges ab und verkürzte langsam und ungeniert dessen Lebensdauer. Doch wie auch immer – sie schenkte den Senguptas Komfort, denn an unerträglich heißen Tagen war jeder kühle Luftzug willkommen. Sie machte das Innere des Ambassadors zu einer Zeitkapsel, die eine nahtlose Fortführung ihres alten, vertrauten Lebens in dem Mercedes ermöglichte, von dem sie sich ohne großen Abschiedsschmerz getrennt hatten. Da sie aber nachträglich eingebaut worden war, arbeitete sie mit Unterbrechungen, sie schaltete sich ab, wenn der Wagen an einer Ampel hielt, und der Ventilator wehte warme Luft von draußen durch die Schlitze und holte die Senguptas auf einer Welle des Ärgers in die Realität zurück. Erleichterung trat erst ein, wenn die Ampel auf Grün schaltete und sie weiterfahren konnten.

Doch obwohl sie zufrieden waren mit der bezaubernden kleinen Wohnung in Pali Hill, dem ruhigen Sträßchen und seinen Flammenbäumen mit den fächerartigen Blättern, den Kirchen, die am Ende einer Straße still, aber geschäftig aufragten, den erinnerungsschwangeren Bungalows, die noch Goanern gehörten, zog es sie jeden Tag ins Zentrum Bombays, nach Dhobi Talao und zum Flora Fountain; sie wollten weiter an ihrem früheren Leben teilhaben, obwohl sie es als seicht und etwas künstlich empfanden. Leicht derangiert nach der langen Fahrt und wie Eindringlinge betraten sie, nachdem sie eine Stunde lang Benzin verfahren hatten, ihren angestammten Club. Sie bestellten etwas zu essen, verschwanden in den weiträumigen, diskreten Toiletten, um sich Wasser ins Gesicht zu spritzen, die bindi auf der Stirn zu überprüfen und sich die Kleider glatt zu streichen, dann kehrten sie beruhigt und wiederhergestellt auf ihr Sofa zurück und aßen Wontonsuppe und Bratreis oder einen Teller Steaksandwiches.

Eines Tages, eine Stunde nach dem Ende ihres Musikunterrichts, traf Mrs Sengupta Shyamji noch in Pali Hill an, entschlossen, aber sorgenvoll: Sein Fiat versagte aus unerfindlichen Gründen den Dienst, und er wollte ihn gerade anschieben. Sein Fahrer stand mit weit von dem braunen Hals abstehendem Kragen neben dem Wagen, den Arm im Fenster, die Hand am Lenkrad. Mitleid wallte in Mrs Sengupta auf, und sie beugte sich hinaus und überraschte Shyamji mit der Frage: »Shyamji, ich nehme Sie mit – wo müssen Sie hin?« Nirmalya, der mit ihr hinten saß, lächelte vage. Shyamji lächelte ebenfalls, schmerzvoll, als läge die Schuld weder bei ihm noch bei dem Gebrauchtwagen, sondern bei irgendetwas Rätselhafterem, das an diesem strahlenden Vormittag Ärger machte.

Dankbar ließ er sich neben dem Chauffeur nieder; er hätte sonst mit der Bahn fahren müssen. »Wohin fahren Sie, didi?«, fragte er höflich, wie nebenbei, und zog vorsichtig die Ärmel seines kurtas zurecht; unter den Achseln zeigten sich dunkle Flecke. Doch es lag auch Neugier in seiner Stimme, fast ein Erstaunen, als sei er überzeugt, dass Mrs Senguptas Tagesablauf zwangsläufig interessant und unvorhersehbar sein müsse. Und da er sie seit vier Jahren kannte und der Familie nahestand, war er in dezenter, zurückhaltender Weise besorgt darum, wohin sie in diesem Moment fuhr; er wollte nicht, dass sie sich je zu weit von dem entfernte, was ihr Freude und Wohlbefinden verschaffte. Ihre Antwort machte ihn augenblicklich froh:

»Wir wollen in den Club. Wir essen dort zu Mittag«, erklärte sie in einem ruhigen Singsang. »Zum Tee erwarten wir dann auch Mr Sengupta.«

Es ist also alles mehr oder weniger beim Alten geblieben, dachte Shyamji und nickte innerlich zustimmend. Nach dem kleinen Zwischenfall mit dem Fiat beruhigte er sich in der unregelmäßig klimatisierten Luft des Wagens zusehends; der Umzug an den Stadtrand hatte im Grunde nichts geändert. Nach einer Weile fragte Mallika Sengupta:

»Sagen Sie, Shyamji, möchten Sie uns nicht Gesellschaft leisten? Wenn Sie nichts anderes vorhaben?«

Der Gedanke gefiel Mrs Sengupta. Verkehrsampeln tauchten auf, Moscheen und eine Kirche. Wohnbauten mit Namen wie Jaijaiwanti und Ahir Bhairav wichen neuen Bürokomplexen, und das Meer kam und ging verstohlen. Shyamji fühlte sich unbehaglich, war aber voller Neugier.

»Didi«, sagte er, den Blick auf die Straße im Shivaji-Park gerichtet, »lässt man mich in diesen Kleidern überhaupt hinein?« Er trug wie immer kurta und pajaama, weit und weiß.

»Aber natürlich.« Mrs Senguptas Tonfall schloss jeden möglichen Widerspruch von vornherein aus. »Es gibt dort keine Kleidervorschriften.«

Im Foyer des alten Gebäudes mit dem Schieferdach trug sie ihn ungeduldig in das voluminöse Register ein, das auf einer Seite voller Namen in markanten Schriftzügen aufgeschlagen war. Shyamji stand neben ihr, auf der Stirn eine leicht fragende Falte, wie zurzeit fast immer, und den Rest eines orangefarbenen tikas, das seine Mutter nach den morgendlichen pujas angebracht hatte. Er wirkte weder verloren noch entspannt und schien auf etwas zu warten, eine Peinlichkeit, eine unerwartete Panne. Doch nichts geschah; wenn Neuankömmlinge den Korridor betraten, schauten die Clubmitglieder von ihrem Essen, einem Gespräch oder einem Glas frischem Limonensaft auf und sahen sie an, aber nur wenn sie sie bereits kannten oder kennen zu müssen glaubten. Auf einem fremden Gast ruhte ihr Blick ungeniert, mit Wärme fast, ohne jede Feindseligkeit, so als würden sie gleich lächeln. Doch sie hielten sich instinktiv nicht bei Leuten oder Einzelheiten auf, die sie nicht interessierten. Kaum jemand nahm Shyamji zur Kenntnis.

Mallika Sengupta ging die drei Stufen zur Veranda voraus, ohne Shyamjis Unbehagen zu bemerken, und betrat den Speisesaal, gefolgt von Shyamji, der den Blick sittsam und erwartungsvoll gesenkt hielt, und Nirmalya, dessen chappals über das Parkett schleiften. Shyamji hätte Nirmalyas kampfbereiten Trotz oder das, was er zu bekämpfen glaubte, nicht verstanden. Untadelig in seinem weißen kurta und pajaama, sah er nun ernst und ein wenig missbilligend drein, wie immer, wenn etwas auch nur annähernd liederlich wirkte.

Im Stimmengewirr der Ober und Manager, der Rechtsanwälte und Geschäftsleute ringsum setzten sie sich an einen Tisch, die Speisekarte auf einem Ständer vor sich. In nüchterner Standardschrift stand darauf »Xacuti-Huhn, brauner Reis, daal, Kachumbar-Salat« und darunter getreulich noch einmal dasselbe, nur statt »Huhn« »paniir«. Noch weiter unten folgte der knappe, aber verlockende Zusatz: »Ingwerpudding mit Vanillesauce«.

»Was nehmen Sie, Shyamji?«, fragte Mallika Sengupta. Ober verschwanden am anderen Ende des Saals hinter einer Trennwand zwischen Küche und Speiseraum.

»Vegetarisch«, sagte Shyamji nur, als könnte das alle seine Probleme lösen. Er sah sich gedankenvoll um. Mrs Sengupta bestellte bei einem hochgewachsenen, dunkelhäutigen Ober, der plötzlich aufgetaucht war und nickend mitschrieb, dann schwiegen sie eine Weile. Shyamji spielte mit seiner Serviette und faltete sie auseinander, Mrs Sengupta wirkte so zufrieden, als lüde sie Shyamji nicht nur zum Lunch ein, sondern servierte ihm den ganzen Club auf einem Tablett. Worte erübrigten sich zwischen Lehrer, Schülerin und Schüler; erst als ihre Gläser aus einem Krug mit Wasser gefüllt wurden, fragte Shyamji mit nachdenklich gerunzelter Stirn:

»Didi, was kostet es, hier Mitglied zu werden?«

Die Frage versetzte Mrs Sengupta einen Stich, zu kurz, als dass man von Traurigkeit hätte sprechen können – wieder empfand sie eine Art Mitleid, wie in dem Moment, als sie Shyamji in der prallen Sonne in Pali Hill abwesend neben seinem kaputten Fiat hatte stehen sehen.

»Sieben- oder achttausend«, antwortete sie schnell. Sie registrierte die Goldknöpfe an seinem kurta, das glatt zurückgekämmte Haar. »Mr Sengupta könnte es Ihnen genau sagen.«

Shyamji nickte ernst.

»Achha hai«, sagte er nüchtern und mit fester Stimme, als machte es ihm nichts aus, der Wahrheit ins Auge zu sehen, so überraschend sie auch sein mochte. »Schön ist es hier.«

Kurz nach dem Essen musste Shyamji gehen; sein Unterricht in diesem Teil der Stadt begann am frühen Nachmittag. Mutter und Sohn gingen zu den Sofas auf der Veranda und blieben neben den Netzen stehen, die dort gespannt waren, um Krähen, marodierende Katzen und Kricketbälle abzuhalten. Shyamji verabschiedete sich von ihnen.

»Bhojan se anand aa gaya.« Er meinte das Essen. Er lächelte Nirmalya liebevoll neckend zu, dann wandte er sich an Mrs Sengupta, und sein Lächeln wurde förmlich, ohne deshalb an Wärme zu verlieren. »Es war mir ein großes Vergnügen«, sagte er.

»Sie haben ja kaum etwas gegessen, Shyamji«, protestierte sie.

»Aber ich bitte Sie, didi«, sagte er sanft tadelnd. Sein kurta sah aus wie neu; nichts an ihm wirkte auch nur entfernt nachlässig.

Nirmalya und seine Mutter nahmen auf einem der Sofas Platz und warteten darauf, dass der frühe Nachmittag in die Teestunde überging. Andere saßen nach dem Essen unbeweglich da und lasen in den ersten Abendzeitungen. Die Netze vermochten den Club nicht katzenfrei zu halten. Die Tiere bettelten an den Tischen, mit überzeugendem Miauen, routiniert und keineswegs hoffnungslos. Kinder, die schon Schulschluss hatten – Schleifen und Abzeichen zeigten ihre Schulfarben – und in ihren Uniformen allein oder für kurze Zeit bei Vater oder Mutter saßen, warfen den Katzen Stücke von ihrem Steaksandwich oder Kekse hin, die sich die Tiere gelassen holten. Im Großen und Ganzen gab es hier kaum Kleidervorschriften: Männer stolzierten langsam in Shorts und Riemensandalen vorbei, und einmal rannte ein hübscher, gut gebauter Jugendlicher auf einer Abkürzung von den Toiletten zum Pool in der Badehose durch den Raum, ein Handtuch um die Schultern, das tintenschwarze Haar nass. Brauen wurden hochgezogen, und da und dort hörte man ein leises Lachen.

Um halb fünf – ein älterer Herr am Nebentisch nickte gerade ein – erschien Apurva Sengupta mit seinem Jackett über dem Arm.

»Ah, da bist du ja!« Mallika Sengupta hatte ihn zufällig entdeckt und kostete den Moment aus.

Als Nirmalya seinen Vater in der Inkarnation des umtriebigen Pensionärs sah, noch immer und doch nicht mehr ganz Teil der Unternehmenswelt, erfreut, an der geisterhaften Vergänglichkeit des Nachmittags und der Teestunde teilhaben zu können, was ihm früher nicht möglich gewesen war –, als Nirmalya ihn so sah, konnte er wie früher als Kind förmlich spüren, dass sie beide etwas gemeinsam hatten, was er gar nicht erst zu benennen versuchte.

Einiges aus der Wohnung in den Thacker Towers tauchte in der neuen Wohnung wieder auf. Über dem Sofa an der Wand links hing ein großes Ölgemälde von Vithal: zwei galoppierende weiße Pferde auf grünem Grund, ein Bild mit Technicolor-Effekt, voller melodramatischer Energie – die trommelnden Hufe schienen den ganzen Raum zu beherrschen. Der Maler sollte bald in Vergessenheit geraten, doch vor vier Jahren, als sie das Bild erworben hatten, war es ein heiß begehrtes Objekt gewesen. Davon abgesehen, hatte das Wohnzimmer wie die übrige Wohnung eine spröde, Mr Senguptas Ruhestand angemessene Eleganz. Die Räumlichkeiten waren kleiner als vorher, Möbel, Teppiche, Pflanzen und Dekorationsstücke waren geschickt und ansprechend arrangiert.

Doch nicht für alles war Platz, was aus der großen Firmenwohnung mitgekommen war, einiges musste woandershin. Der große grüne Teppich beispielsweise war viel zu groß für das neue Wohnzimmer, und man hatte ihn leider zerschneiden müssen. Das abgeschnittene Stück war schnell als Läufer in Shyamjis Wohnung gelandet, hocherfreut begrüßt und mit dankbarem Nicken in Besitz genommen. Zwei Stühle und ein niedriger Sankheda-Tisch waren still und leise ebenfalls dorthin gewandert, und auf einen alten Schrank hatte schüchtern, aber nachdrücklich Shyamjis jüngerer Bruder Banwari Anspruch erhoben. (»Didi, was ist mit uns?«, hatte er nach der Musikstunde stirnrunzelnd gefragt, scheinbar gekränkt wie ein Kind, das eine ältere Person bezirzen will: »Alles bekommt Shyamji bhaiya.«)

Als Mrs Sengupta Shyamji in seiner Wohnung besuchte (was einfacher geworden war: Das anonyme, ungeduldige Neubaugebiet von Versova lag nicht allzu weit von Pali Hill entfernt), sah sie dort das abgeschnittene Teppichstück liegen; sie erkannte es im ersten Moment nicht, fühlte sich aber irgendwie damit verbunden. Von seiner früheren Fläche getrennt, war es mit seiner neuen Umgebung verschmolzen, rechts einem kleinen Tisch mit einem Stapel Töpfe darauf und dem Rechteck der Verandatür dahinter, das sich auf die Dämmerung draußen öffnete. Als Mrs Sengupta sich wieder erinnerte, woher es stammte, fragte sie erfreut und schelmisch blinzelnd: »Aree, ist das nicht *mein* Teppich?« Die anderen nickten nachdrücklich auf diese berechtigte Frage, als hüteten sie lediglich einen ihnen anvertrauten Gegenstand. Und da waren auch die beiden Sessel und der schöne niedrige Tisch mit der Glasplatte und den kannelierten hölzernen Beinen, vor Jahren bei Gurjari erstanden. »Hübsch sehen die aus«, sagte sie, ein Urteil, das von Ironie so weit entfernt war wie von wörtlicher Wahrheit.

»Didi«, sagte Sumati, Shyamjis Frau, »nehmen Sie doch Platz.« Sie führte Mrs Sengupta zu einem ihrer »eigenen« Sessel.

Trotz dieser Geschenke war in der Beziehung zwischen den Senguptas und Shyamji eine gewisse Abkühlung eingetreten. Mrs Senguptas alter Kummer darüber war zurückgekehrt, dass Shyamji nie ernsthaft versucht hatte, ihre Aussichten auf eine Karriere als Sängerin zu befördern, dass er im Grunde nichts aus ihrem Talent gemacht hatte. »Was tut er eigentlich für dich, was er nicht auch für alle anderen tut?«, fragte ein langhaariger, unbeugsamer Nirmalya seine Mutter verärgert. Gereizt dachte er an das ewige Ritual der Gesangsstunden, die zu nichts führten, seit er sich erinnern konnte, seit er als Kind in der Wohnung in Cumballa Hill ins Schlafzimmer geschlichen war, wo seine Mutter, auf dem Bett sitzend, das Harmonium vor sich, das Lied übte, das sie als Letztes gelernt hatte. Im Spiegel der Frisierkommode hatte er ihre ferne Gestalt gesehen, ihren Ausdruck forschender, entrückter Hingabe. Lied um Lied hatte sie ihrem ohnehin schon überreichen »Bestand« an Liedern von Mira, Tulsidas oder Kabir hinzugefügt. Dass die Karriere seiner Mutter nicht in Gang gekommen war, erboste Nirmalya. Belastet wurde das Verhältnis zwischen Guru und Schüler auch durch den leisen Verdacht, dass Shyamji, stets verbindlich, aber mit einem feinen Gespür dafür, wo seine Zukunft lag (wie hätte er sich sonst halten können?), nach Apurva Senguptas Pensionierung weniger Zeit für Mallika Sengupta haben würde. Das war in Bombay nun einmal der Lauf der Dinge; dass man die gewohnten Bahnen nach und nach verließ, gehörte hier auch bei den Wohlhabenden zu den kleinen und größeren Erschütterungen des Lebens im Ruhestand. »Er ist mit den Gedanken woanders, das spüre ich«, beklagte sich Mrs Sengupta. »Drei Stunden hintereinander hat er mich dasselbe Lied üben lassen, dann hat er mir eines mit einer etwas banalen Melodie gegeben. ›Shyamji‹, habe ich zu ihm gesagt, ›dieses Lied gefällt mir nicht.‹ Da hat er ganz befremdet und verärgert geschaut und gesagt: ›Es ist ein schönes Lied.‹«

»Hast du gewusst, dass Laxmi Ratan Shukla tot ist?«, fragte Mr Sengupta ein wenig ungläubig (wie jedes Mal von Neuem, wenn er hörte, dass jemand gestorben war), aber mit einem schiefen Lächeln, als sei ihm endlich der Grund für ein besonders langes, ermüdendes Warten offenbart worden. Er war gerade aus der Stadt zurückgekommen; mit dem Rücken zu seiner Frau öffnete er den Schrank und hängte nachdenklich sein Jackett über einen Kleiderbügel.

»Was?«, rief Mallika Sengupta. Sie blickte auf und wartete darauf, dass er sich umdrehte und sie ihm in die Augen sehen konnte. Ein Wust von Gefühlen erfasste sie, und ihr wurde bewusst, was für eine einfache Lösung der Tod eines Menschen für so viele Zwangslagen und Unsicherheiten ist, eine Lösung allerdings, die wir nie in Betracht ziehen, so lange, bis der Fall eintritt und uns mit seiner Unmittelbarkeit überrascht. Laxmi Ratan Shukla war bis zuletzt Leiter der Abteilung Unterhaltungsmusik bei HMV gewesen, doch sie hatte sich längst nicht mehr so viel mit ihm beschäftigt wie noch vor zwei Jahren. Manche Menschen gehen nie in den Ruhestand, sie sind fixiert auf ihren Beruf, der zur Maske wird. Nur sehr wenige finden heraus oder wollen überhaupt herausfinden, was sie ohne diese Maske wären.

»Ja.« Apurva Sengupta nickte. »Vor zwei Tagen. Ein Schlaganfall.«

Am Nachmittag hatte er in der Lobby des Taj einen Angestellten von HMV getroffen, der einen Augenblick stehen geblieben war, um ihm die Neuigkeit mitzuteilen, als müsste Laxmi Ratan Shukla für einen Moment in irgendeiner Form Gegenstand dieses förmlichen Geplauders sein. Ein kurzes Erstaunen, bedächtige Fragen – »Wann?« »Wie?« –, ein Nicken und ein paar düstere Phrasen, dann waren sie in entgegengesetzte Richtungen davongegangen. Mallika Sengupta fühlte sich, als sei eine Last von ihr abgefallen, als sei sie nun davon befreit, auf den Tag warten zu müssen, an dem Laxmi Ratan Shukla sich einen letzten Ruck gab und eine Platte mit ihr produzierte. Und bestimmt waren viele andere, denen er ebenfalls ein stetes dumpfes Unbehagen bereitet hatte, ähnlich erleichtert. Dieser Tag – der Tag, an dem Shukla zum Hörer greifen und zu ihrem Mann sagen würde: »Sengupta sahab, es ist so weit, es gibt da eine Möglichkeit …«, oder an dem er von seinem Schreibtisch aufstehen und auf seine verwirrend sanfte Art ganz harmlos sagen würde: »Sengupta sahab, nehmen Sie doch Platz …«, um dann grünes Licht zu geben –, dieser Tag würde nun nie mehr kommen, und sie war froh, dass sie sich nicht mehr damit befassen musste.

»Shyamji«, sagte sie am Telefon – sie wollte ihn so schnell wie möglich eines Besseren belehren, falls er glaubte, der Mann sei noch auf der Welt –, »Laxmi Ratan Shukla ist nicht mehr.«

Die Antwort kam gemessen und unbeeindruckt: »Er hat anderen nie etwas Gutes getan.« Später musste sie über seinen Ernst bei diesen Worten lachen; für sie wurden sie zu Shuklas Epitaph.

Mr Sengupta nahm Shuklas Tod zum Anlass, Bilanz zu ziehen, sich klarzumachen, was die Musik – speziell in der Inkarnation seiner Frau, seiner Ehe – ihm bedeutet hatte; allerdings nur nebenbei, denn er hatte im Zusammenhang mit seiner Beratertätigkeit für die deutsche Firma an dem Abend auch noch einiges andere zu tun. War er zu weich gewesen, hatte er Shukla zu viel Beachtung geschenkt, wie seine Frau anzunehmen schien? Wäre sie besser gefahren, wenn er sich nicht so ausschließlich auf diesen rätselhaften Mann konzentriert und – aus seiner eigenen Sicht – mehr Wagemut an den Tag gelegt hätte? Er musste in sich hineinlachen, als er in einen imaginären Dialog – aus starken, unentwirrbaren Gefühlen, nicht aus Worten – zu diesem Thema mit seiner Frau und seinem Sohn verfiel (wenn er tatsächlich mit ihnen darüber reden musste, fielen ihm nur die simpelsten Allgemeinplätze ein, die sein Sohn zu seinem Ärger prompt zurückwies). Mallika hatte sich Anerkennung gewünscht; diese reine, kummervolle Sehnsucht nach einem Lohn für ihre Begabung hatte sie ihr Leben lang begleitet – allerdings ohne je übermächtig zu werden –, aber sie hatte sich nicht im Musikgeschäft die Hände schmutzig machen wollen. Sie hatte das Prestige aufrechterhalten wollen, Künstlerin und zugleich Ehefrau eines erfolgreichen Managers zu sein. Sie selbst war sich ihres Wertes in schlichter Ehrlichkeit bewusst; wie weit konnte sie Kompromisse eingehen, wie weit konnte sie sich klein machen, wenn andere vorgaben, ihren Wert nicht zu kennen? Sie wahrte ihre Distanz, und sie war ständig beschäftigt, ohne einen Moment Pause, beschäftigt mit der Musik, beschäftigt mit dem Haushalt, beschäftigt mit dem Leben ihres Sohnes und ihres Mannes. Das hatte ihm keine andere Wahl gelassen, als Shukla nachzulaufen, der auf seine phlegmatische Art mehr als erfreut darüber gewesen war – sofern man bei ihm überhaupt von »erfreut« sprechen konnte –, dass man ihm nachlief. Es hatte Apurva Sengupta nicht *gefallen*, Shukla nachzulaufen, er hatte es als verstörend und sinnlos empfunden, als Mensch und auch als Manager von Menschen und Abteilungen. Nun hatte das Nachlaufen ein Ende; die Beute – als solche fühlte sich Mallika Sengupta allerdings eher selbst – hatte sich plötzlich entfernt, für immer.

Nirmalya wollte sich um einen Studienplatz im Ausland bewerben, obwohl er sein Collegestudium noch nicht beendet hatte. »Es gibt hier keinen Philosophie-Abschluss, der etwas taugt«, sagte er geringschätzig und ungeduldig, nachdem er einen Tag lang störrisch am Eingang des College in Kala Ghoda herumgelungert war.

In seiner Mutter fand er eine Verbündete. Normalerweise ertrug sie es kaum, ihn aus den Augen zu lassen, aber nun nickte sie ernst zu allem, was er sagte, als wäre es von höchster Wichtigkeit. Sie, die ihn gemaßregelt hatte, wenn er sich als Kind neue, noch unerprobte Möglichkeiten des Schuleschwänzens ausgedacht hatte, war zu einer Art Gefolgsfrau für ihn geworden. Dreißig Jahre hatten ihr Mann und die Firma ihr Leben geprägt; jetzt tauchte ihr Sohn als Repräsentant einer anderen Ordnung wie ein Leuchtturm am Horizont auf, unordentlich, grüblerisch, mit einer Meinung zu allem und jedem.

»Er will nicht so sein wie *du*«, sagte sie tadelnd zu Apurva Sengupta, als wären er und seinesgleichen eine Spezies ungebärdiger, leichtfertiger Dinosaurier, deren Zeit abgelaufen war.

Mr Sengupta lächelte. Seine eigenen Tage mochten zwar gezählt sein, aber er wusste, dass Leute seines Schlags, mit ihrer Firma verwachsen, ehrgeizig, energisch, demokratisch und vom geheiligten Wert des Unternehmertums überzeugt, prosperieren würden – es stimmte ihn ein wenig traurig, dass sein Sohn sich entschieden hatte, nicht an dieser Blüte teilzuhaben –, auf eine Weise, wie die Dinosaurier es nie vermocht hatten. Sie würden die Welt bevölkern, in ungeahnten Mutationen. Geld war wie ein landeinwärts wehender Seewind, noch schwach, aber imstande, alles aus den Fugen zu reißen. Er, Apurva Sengupta, hatte Geld immer nur in seinen vornehmsten Aspekten kennengelernt, nie in seiner entfesselten Form, doch er konnte schon riechen, wie es gärte. Nirmalya aber schien immun gegen den Geruch oder entschlossen, ihn zu ignorieren.

Doch erstaunlicherweise brachte Apurva Sengupta dem Interesse seines Sohnes für die Philosophie ein liebevolles Wohlwollen entgegen. So wie die Gegenwart versinken mag und Tagträume von vor dreißig, vierzig Jahren prickelnd wieder zum Leben erwachen, wenn man eine bestimmte Musik hört, so spürte Mr Sengupta einen kurzen Widerhall des Zaubers der Jugend. Dann kehrte die Gegenwart abrupt zurück, physisch wie emotional; man war nun einmal der, der man geworden war. Nirmalyas Absicht, Philosophie zu studieren, und die profanen, aber unabweisbaren Fragen, die sich daraus ergaben, machten ihm Sorgen. Dennoch fand er es völlig in Ordnung und auch sehr schön, dass Nirmalyas erste Jüngerin seine Mutter war. Eine kleine, aber revolutionäre Veränderung fand vor seinen Augen in der Familie statt, und wer weiß, vielleicht würde eines Tages auch er bekehrt werden. Denn was war Elternschaft anderes als ein Sicheinstellen (ein verspätetes in seinem Fall) auf die mögliche Größe der Kinder?

Wenn Nirmalya aber nach England ging – und er hatte es eilig damit, denn plötzlich war er felsenfest überzeugt, dass das wahre Streben nach Wissen erst dort beginnen könne –, dann musste das finanziert werden, und woher sollte das Geld kommen? Nirmalya war zu weltfremd, zu sehr abgeschirmt gegen die materiellen Launen des Lebens, um sich für diese Details zu interessieren. Apurva Sengupta hatte ein Unternehmen gemanagt, und nun oblag es ihm, seinen Sohn und dessen Weltfremdheit zu managen. Er würde schleunigst seine Ersparnisse überprüfen (unter Indira Gandhis Steuersystem war nicht viel zusammengekommen; das meiste war jeden Monat in eine seltsam flüchtige Versicherung geflossen) und einen Bildungskredit aufnehmen müssen. Es war teuer, einen Heiligen, einen Mystiker zu unterhalten. Hatte nicht Sarojini Naidu gesagt – Apurva Senguptas Gedanken wanderten zu seiner schäbigen, rastlosen Collegezeit und zum indischen Freiheitskampf zurück –, es koste eine Menge Geld, Gandhi ständig dritter Klasse reisen zu lassen? Jahrzehnte waren seit dieser Äußerung mit ihrer feinen Ironie vergangen, und die Begeisterung von damals war zum nüchternen Wohlstandsstreben von heute heruntergebrannt. Mr Sengupta musste lächeln, als er sich an die Worte erinnerte – nun, da er die neue Aufgabe anging, erkannte er den toleranten und sogar liebevollen Spott, der in ihnen steckte.

»Das King's College in London«, sagte er, als er von der Arbeit nach Hause kam, mit fragender und auch erfreuter Miene, wie ein Junge, der glaubt – sich aber nicht ganz sicher ist –, dass er eine wichtige Neuigkeit zu verkünden hat. »Jane sagt, die philosophische Fakultät dort ist gut.«

Jane, eine schlanke, zögerliche, aber großherzige und hilfsbereite Frau, Mitglied einer Abordnung des Außenministeriums, zu deren Ehren heute ein fröhliches und konstruktives Geschäftsessen im Konferenzraum eines Fünfsternehotels stattgefunden hatte. Themen des munteren, oberflächlichen Geplauders zwischen den Indern im Anzug und den unbeholfenen Engländern – einige machten schüchterne, ruckende Kopfbewegungen, andere wirkten selbstgefällig und undurchdringlich – waren Auslandsinvestitionen (natürlich) und Fusionen gewesen, die jährliche Zuwachsrate, Handelsbeschränkungen und zwischen Jane und Apurva Sengupta sieben bis zehn Minuten lang philosophische Fakultäten.

Und so wurde Nirmalya zum Studienbewerber und nahm widerstrebend seine erste transkontinentale Korrespondenz auf, in der eine gewisse Mrs Sandra Dixon von der Fakultät ihn mit einem pflichtgemäß zugeschickten dicken Umschlag voller Formulare erfreute und aufwühlte. Er ließ sich damit gewichtig auf dem Bett nieder, beugte sich vor und füllte die Papiere mit einem Schreibheft als Unterlage mühselig aus, Kästchen für Kästchen, die ganze Zeit seufzend wie ein Kranker (beim Ausfüllen von Formularen wurde er fast zum Legastheniker, er kam sich vollkommen verloren vor und musste ein Gefühl der Panik unterdrücken). Nach getaner Arbeit erfasste ihn eine unbeschreibliche Erleichterung, als müsste er so etwas nie wieder tun. Er trat auf die Veranda hinaus, um Luft zu schöpfen und zu sehen, wie ein normaler Tag seinen Lauf nahm. Jede Woche kamen nun längliche weiße Umschläge, deren Briefmarken einen geisterhaften Druck des Kopfes der Königin von England zeigten.

Der Brief, den sie erwartet, mit dessen Inhalt sie aber nicht gerechnet hatten, kroch eines Nachmittags zusammen mit Luftpostbriefen und Bankauszügen unter der Tür durch: die Zulassung.

Nachdem Nirmalya den Umschlag aufgerissen und das Schreiben mit der sauberen, korrekten, mittlerweile vertrauten Schrift herausgenommen hatte, las er mit denselben schwimmenden Augen wie der unglückliche Formularausfüller: »Wir freuen uns, Ihnen mitteilen zu können …« Er ging damit zu seiner Mutter. Sie öffnete erstaunt den Mund und las den Brief dann mit ihrem kindlichen, stolpernden und nachdrücklich mütterlichen Akzent am Telefon ihrem Mann vor.

Er unternahm Spaziergänge durch Pali Hill und die Gassen von Bandra. Nachmittags stieß er dort auf Hunde, die in selbstgenügsamer, pilgerhafter Gelassenheit mitten auf der Straße lagen, oder er sah einen verwaisten Autoreifen am Straßenrand liegen, abends flatterten Flughunde über ihn hinweg. Er befand sich in einem seltsamen Zwischenstadium: Plötzlich ließ er seine Kindheitsängste und die Beklommenheit des Jugendlichen hinter sich und öffnete sich erstmals der lockenden Welt. Fast befand auch er sich in einer Art Ruhestand: Er verschloss seine Gedanken über Literatur, Musik und das King's College in seinem Innern und hatte die meiste Zeit nichts zu tun, während er darauf wartete, nach England gehen zu können. Freunde hatte er fast keine mehr – nach und nach hatte er aufgehört, sich mit ihnen zu treffen –, und so unternahm er seine Ausflüge allein. Seine Eltern stellten ihm keine Fragen mehr zu seinem unregelmäßigen Collegebesuch. Alles setzte ihn hier in Erstaunen: die warmen, brotlaibähnlichen Steine, aus denen die Mauern der christlichen Schulen bestanden, die hübschen, seidenpapierartigen Blüten der Bougainvilleen (fast sahen sie aus wie von einem Grußkartenhersteller in Massen produziert) am Eingang zu den Bungalows der Goaner; unentschlossen und verwirrt blieb er vor ihnen stehen. An manchen Kreuzungen, die die Autos auf der Fahrt von der Hill Road zur Perry Road und anderen Straßen passierten, sah man wie Wachposten plötzlich Kreuze aufragen, und zwischen den Seitenstraßen oder an den Straßenecken standen Kirchen. Wie anders sah es hier aus als in dem Bombay, in dem er aufgewachsen war!

»Du gehst also nach London«, sagte Nayana Neogi, die Freundin seiner Eltern, diese große, nachdenkliche Frau, die Nirmalya seit so vielen Jahren kannte. Sie saß in einem weiten Gewand im hellen kleinen Wohnzimmer der neuen Wohnung. Mit den Freunden seiner Mutter fühlte sich Nirmalya inzwischen wohler und vertrauter als mit seinen eigenen; sie schienen zu spüren, dass er sich verändert hatte. »Wir sind ja so stolz auf dich, Nirmalya.« Sie beugte sich vor und sah sich nach einem Aschenbecher um.

Seit sie in diesem Teil der Stadt lebten, sahen seine Eltern die Neogis regelmäßiger: Von Pali Hill in Bandra bis Khar waren es nur zehn Autominuten. Nicht nur die Nähe hatte die Dinge einfacher gemacht; Apurva Senguptas Ruhestand hatte auch eine Art Ebenbürtigkeit wiederhergestellt, sodass die Neogis jetzt einen alten Freund besuchten und nicht mehr einen »großen Mann«. So viel Zeit war vergangen seit den Anfängen, als alles und alle noch voller Verheißung gewesen waren – Nayanas Mann Prashanta ein begabter junger Künstler, Apurva ein charmanter, gut aussehender »Junge«, den die Neogis gernhatten –, über die mittlere Phase voller ungelöster Spannungen und Widersprüche – unbegrenzte Möglichkeiten hatten sich denen, die sie weniger verdienten, eröffnet und den anderen rätselhafterweise verschlossen – bis heute, da Nayana Neogi mit ihrer Körperfülle und ihrem überholten Bohemienleben mehr im Reinen und mit ihren diversen Haustieren glücklich zu sein schien. So viel Zeit war vergangen und wurde mit diesem einen Besuch heraufbeschworen, jetzt, da die Freunde nun nur ein paar Meilen voneinander entfernt wohnten: in Khar und Bandra! Kennengelernt hatten sich Apurva und Prashanta in den Fünfzigerjahren als Studenten auf der Reise nach London, und sie hatten sich sofort gemocht; Prashanta hatte Gebrauchsgrafik studiert, Apurva seine akademische Ausbildung zum Wirtschaftsprüfer begonnen. Damals hatte Apurva in Prashantas »Bude« versehentlich dessen Zahnbürste benutzt, und diese unerhörte Eigenmächtigkeit des jungen Apurva Sengupta (denn das war sie für den in ihn vernarrten Prashanta gewesen) hatte ihre Freundschaft fürs Leben besiegelt. Die Geschichte mit der Zahnbürste war inzwischen etwas zu alt, fast zu glatt und rund, als dass Prashanta daraus noch einen besonderen Anspruch auf den Freund abgeleitet hätte, doch er erzählte sie heute noch, für ihn hatte sie noch immer eine Art Melodie. Mit den Jahren hatten sich die Freunde nicht eigentlich auseinandergelebt, vielmehr war durch das, was Erfolg ausmachte und definierte, eine Kluft zwischen ihnen entstanden: Die Senguptas vermuteten, dass sich die Neogis nur deshalb an ihrem »Erfolg« störten, weil sie an einer bestimmten Bedeutung dieses Wortes festhielten. Für sie hatte Apurva Sengupta seine verschmitzte Frische geopfert und war berechenbar geworden in seinem bedingungslosen Streben nach konventionellen Zielen. Doch nun waren die Senguptas in diesen Teil der Stadt gezogen, und die unterschwellige Erfolgsdebatte hatte ihre Brisanz verloren. Mallika Sengupta kam jeden zweiten Tag in die Parterremietwohnung – zwei Stufen hinauf zu einer hölzernen Tür links –, in der die Neogis noch immer lebten. Das Schwarz-Weiß-Foto des toten Sohnes begrüßte sie, wenn sie das Schlafzimmer betrat, eine ganze Menagerie – eine seidig glänzende, hochmütige Katze und neuerdings eine kleine Pekinesenfamilie – strich beständig zwischen Küche, Schlafzimmer und Flur umher, und die Kokossessel warteten auf Besucher.

Wieder einmal war Nirmalya zu einem Spaziergang aufgebrochen. Er liebte die Verbindung von Fremdem und Vertrautem in Bandra; Entdeckerfreude trieb ihn stetig an, aber auch ein Staunen und Wiedererkennen, als hätte er einmal hierher gehört, in diese Gassen, auf diese bröckelnden Veranden, in diese Familien. Da waren wieder die seltsamen, aber vertrauten Bungalows der Goaner, von denen einige ihn nervös machten, weil die Hunde darin in wildes Gebell ausbrachen, wenn er vorbeiging. In einem Fenster stand ein lebensechter kleiner Porzellanhund, der ihn irgendwie kampflustig ansah; Nirmalya erwiderte seinen Blick im Vertrauen darauf, dass er ihn nicht anspringen konnte, einen Moment lang erwartete er ein Bellen, dann begriff er, weshalb der Hund stumm blieb. Solche Figuren, die zahmen Bestien und ihre kaum je sichtbaren Besitzer waren die Wächter dieser Straßen. Einige der Häuser waren jedoch bereits abgerissen worden und hatten sieben- oder achtstöckigen Gebäuden mit Namen wie Annabella Platz gemacht. Wie die Straßen hießen, verrieten die baumelnden blauen Schilder, die man überall in der Stadt sah; meist standen die Namen von führenden Persönlichkeiten Maharashtras darauf, die kein Mensch kannte und die genauso gut hätten frei erfunden sein können, so vielsilbig und unglaubhaft waren sie. In dieser Gegend aber waren die Straßen nach Heiligen benannt, die mit Ausnahme von Paulus märchenhaft und ebenfalls unwahrscheinlich anmuteten: Kyrill, Leo.

Als er nach Hause kam, lehnte vor dem Schlafzimmer seiner Eltern am Ende des Flurs gedankenverloren eine Frau in einem hellblauen Synthetiksari an der Wand – ob sie nach Arbeit fragte oder eine Besucherin war, ob sie verwahrlost oder wirklich eine Arbeiterin war, konnte er nicht erkennen. Sie lächelte leicht, als hätte Mrs Sengupta etwas Lustiges gesagt. »Nirmalya«, sagte seine Mutter, als sie ihn sah, »weißt du noch, wer das ist? Erinnerst du dich an sie?«

»Wie soll er sich erinnern?«, sagte die Frau auf Hindi und schaute strahlend und mit eindringlichem Blick auf. Seine Mutter hatte ihn auf Bengali angesprochen, aber an ihrem Ton musste die Frau die Bedeutung ihrer Worte erkannt haben. Sie wirkte intelligent und auf bescheidene, bedächtige Art aufgeweckt.

Nirmalya betrachtete sie höflich. Sie schien verlegen und zugleich erfreut, darauf bedacht, ihn vor der Last der Vergesslichkeit zu schützen.

»Aree, das ist Anju.« Seine Mutter schien die Situation einen Moment lang zu genießen. »Ich hab dir doch von ihr erzählt. Sie hat dich betreut, als du zwei warst.«

So war das also! Das erklärte den für ihn überraschenden, verhalten wiedererkennenden Blick der Frau, auch wenn sie ihn auf der Straße wohl kaum erkannt hätte. Jedes Wiedererkennen entspringt ja teilweise der Fantasie, und der Umstand, dass sie nicht wusste, was in den letzten siebzehn Jahren aus ihm geworden war, verlieh der Begegnung etwas erschreckend Intimes.

»Wisst ihr«, sagte seine Mutter zu Jumna, die gespannt und etwas verwirrt auf dem Teppich saß und sich möglicherweise ein klein wenig ausgeschlossen fühlte, »ich habe baaba mit mung daal und Reis gefüttert. Er war ein dickes, gefräßiges Kind.« Jumna und Anju lachten über dieses freimütige Bekenntnis, wobei Jumnas Zahnfleisch sichtbar wurde. Nirmalya, der die Geschichte schon hundertmal gehört hatte, schaute verlegen drein, weil sie ihn an eine Zeit erinnerte, als er noch nicht dünn und zerquält gewesen war. »Die daal hat ihm so gut geschmeckt, dass er vor lauter Begeisterung angefangen hat zu hüpfen – so heftig, dass er aus seinem Bettchen gesprungen ist!« »Was?« Jumna wurde wieder ernst und setzte sich aufrechter hin. »Er wäre auf den Boden gefallen und hätte sich sonst was tun können, aber Anju stand neben mir und hat ihn gerade noch aufgefangen.« Und die Frau im blauen Sari blickte stolz und zugleich bescheiden, als hätte sie keinen Anteil mehr an dem weit zurückliegenden Wunder.

»Baap re«, sagte Jumna schließlich. Fünfzehn Jahre hatte sie sich um Nirmalya gekümmert, er hatte sie beim Doktorspielen mit Nadeln gestochen, ihr Haar war in den letzten beiden Jahren ergraut, und nun starrte sie die Frau an, die wie aus dem Nichts hier aufgetaucht war und Nirmalya früher einmal instinktiv und mit akrobatischem Geschick vor einer ernsthaften Verletzung bewahrt hatte. Eine Erinnerung und auch ein Rätselraten lagen in Jumnas verwirrtem Lächeln. Sie war gefangen zwischen der Vergangenheit und einer Gegenwart, in der sie mit dieser Frau konfrontiert war, und auf ihrem Gesicht lag ein ungläubiger Schatten. Anju war noch immer hübsch, wenn auch ein wenig verhärmt und fast geisterhaft in ihrer Unbestimmtheit.

»Wo wohnst du jetzt?«, fragte Nirmalya seine Retterin von einst.

»Nicht weit von hier, baaba, in Juhu Danda.« Sie zeigte vage in Richtung Norden. »Jemand, der hier im Haus arbeitet, hat mir gesagt, dass memsahab in diesen Stadtteil gezogen ist.« Wieder lächelte sie leicht und ein wenig mädchenhaft. »Da bin ich gekommen.«

Juhu Danda: Er kannte es flüchtig; sie waren auf dem Weg zu den Neogis nach Khar einmal mit dem Auto durchgefahren. Es lag am Ende der Carter Road: eine Hüttensiedlung, zwischen Pfosten aufgehängter getrockneter bombil, der die Luft verpestete, Männer, die in kurzen Hosen im Seewind standen, barfüßige Kinder, die vor dem Hütten herumrannten und spielten – im Vorbeifahren hatte er die Szene unbewegt betrachtet.

Nachdem Anju gegangen war, sagte seine Mutter: »Sie heißt jetzt Saeeda.«

»Wie das?«

»Deswegen hat sie damals bei uns aufgehört. *Wir* haben früher auch einmal in Juhu gewohnt, dein Vater hat nach seiner Rückkehr aus England eine Stelle in Bombay gefunden, und man hat ihm eine Wohnung in Juhu zugewiesen. Anju hat sich in einen Muslim verliebt und ihn geheiratet. Man *muss* dann zum Islam übertreten.« Einen Muslim zu heiraten hieß nämlich, dass man nicht nur seinen Namen verlor, sondern auch seine Kindheit und seine Zukunft aufgab, dass man diskret in eine andere Welt, eine andere Existenzform überwechselte, dass man praktisch verschwand. Nur eine große Liebe konnte einen solchen Verzicht auf die eigene Person rechtfertigen. Doch stimmte das überhaupt? Anju war zwar älter geworden, aber man erkannte sie schließlich noch, sie war dieselbe Frau, die ihn damals aufgefangen hatte, als er in seinem Überschwang aus dem Bett gehüpft war.

»Ist sie glücklich?«, fragte er, denn einen Moment lang hatte er das Gefühl, Anjus – oder Saeedas – Glück gehe ihn etwas an.

»Ihr Mann ist ein strenger Muslim, aber kein schlechter Mensch, sagt sie.« Späte Vertraulichkeiten! »Sie selbst ist keine praktizierende Muslima, aber die Kinder sind streng erzogen worden. Der Sohn ist in Dubai, das jüngere Kind ist ein Mädchen. Das Leben ist manchmal gut und manchmal nicht so gut, hat sie gesagt.« Mallika Sengupta lächelte, als sei sie froh, dass es wenigstens teilweise gut war.

Eines Nachmittags kam Anju wieder, diesmal mit ihrer siebzehnjährigen Tochter.

»Namaste, memsahab«, sagte das Mädchen zu Mrs Sengupta und warf Nirmalya einen Blick zu. Anju stand an die Wand gelehnt und sah aus, als wollte sie mit etwas renommieren, von dem niemand geahnt hatte, dass sie es besaß. Sie musste selbst einmal attraktiv gewesen sein, aber das Mädchen war besonders hübsch – hochgewachsen, ein großes ovales Gesicht –, und die Mutter schien sich freudig damit abgefunden zu haben, dass die Tochter ihr den Rang abgelaufen hatte. Das Mädchen hatte etwas Nachdenkliches an sich, das Nirmalya anzog, eine Zurückhaltung, die sie stark von den geschmeidigen Mädchen in den engen Hosen und Tops unterschied, die er jeden Tag auf der Straße sah, Mädchen aus seiner Gesellschaftsschicht, die lachten und kreischten, als gehörte ihnen die Welt.

»Ein hübsches Mädchen«, sagte Mrs Sengupta zu Anju. Fast verstohlen richtete sie ihren Blick auf die Tochter. »Wie heißt du?«

Das Mädchen hielt die Augen auf den Teppich gesenkt. »Salma«, antwortete sie leise, als benutzte sie dieses Wort nicht oft, und wenn, dann nur vorsichtig und widerstrebend.

»Was macht sie?«, wandte sich Mrs Sengupta in einem vertrauten und zugleich von früher her noch gebieterischen Ton wieder an die Mutter. »Was macht sie?«

»Sie bekommt ab und zu kleine Filmrollen.« Anju legte die Stirn in entschuldigende Falten. »Ihrem Vater gefällt das nicht, aber ich habe gesagt: ›Tu, was du nicht lassen kannst, aber denk daran: Heutzutage muss man vorsichtig sein.‹« Es klang bedauernd, doch sie schien auch erfreut; vielleicht tat der alte, unwiderstehliche Zauber des Films seine Wirkung. Trotz ihrer Fürsorglichkeit war eine gewisse Distanz zwischen ihr und ihrer Tochter spürbar, die nicht nur mit dem Generationsunterschied zusammenhing; vielleicht empfand sie eine gewisse Scheu ihr gegenüber und auch – wer weiß? – ein wenig Neid.

Daher also rührte die Bescheidenheit des Mädchens, ihr inneres Leuchten: von jenem außerordentlichen Bewusstsein des Schiksalhaften, das der Film mit seiner zeitlos beruhigenden Wirkung verleiht und das sich ohnehin einstellt, wenn man siebzehn ist. Sie war anders, die Zukunft hielt etwas Besonderes für sie bereit. Obwohl in Juhu Danda aufgewachsen, war sie eine Blume, so schön, wie Nirmalya in Bombay lange kein Mädchen mehr gesehen hatte.

Einmal begegnete er ihr auf der Straße, an der Ecke der St Leo Road, mit einer Freundin, und sie nickten einander zu. Er war verlegen und wusste nicht, wie er sich zu diesem Mädchen aus Juhu Danda verhalten sollte. Sie kam noch öfter mit ihrer Mutter zu Besuch, stets im billig geschnittenen, blassgelben oder -grünen salwar kamiiz und stets wie eine Erscheinung, egal, was sie trug.

Er hatte angefangen, mit einer Art Sehnsucht an Salma zu denken. Schon einige Male hatte es in der Vergangenheit Momente gegeben, in denen er sich fast reif für eine Heirat gefühlt hatte. Sein gequältes, sprachloses Herz hatte dem Auftauchen der lang erwarteten Braut, die er sogleich erkennen würde, entgegengepocht, und manchmal hatte er voller Anspannung geglaubt, die noch Unbekannte werde im nächsten Moment vor ihm stehen.

»Ma«, sagte er zu Mallika Sengupta, als sie auf einer ihrer Fahrten in die Stadt zwischen der Gorbunder Road und Mahim im Stau steckten. »Salma ist schön, nicht wahr?« Seine Mutter war seine einzige Vertraute. Sie standen vor einem alten städtischen Wasserreservoir, an dem sie fast täglich vorbeikamen; die Geländer waren vor Kurzem grellgrün gestrichen worden.

»Ja«, antwortete Mrs Sengupta, nicht unaufrichtig, aber nur halb bei der Sache, als könnte dieses Gespräch ohnehin zu nichts Ernsthaftem führen.

»Meinst du nicht« – Nirmalya zögerte einen Moment – »sie wäre eine gute Ehefrau? Ich meine, ganz allgemein, *ich* wäre froh über so eine Frau!«

Ach, die Zukunft! Nirmalya konnte sich neuerdings beliebig über sie äußern; was die Zukunft anbelangte, empfand er eine magische Unbekümmertheit. Die Worte strömten ihm mittlerweile nur so zu, und er vermochte jede Sehnsucht, jeden Wunsch auszudrücken.

»Warum?«, fragte seine Mutter belustigt und eher beruhigt als entsetzt, als wüsste sie besser als er, dass es sich um einen seiner Tagträume handelte; nur kam er inzwischen in ein Alter, in dem er seine Tagträume schon fast zu dem Leben machen konnte, das er – und damit auch sie und ihr Mann – führen würde. »Willst du sie auf deinem weißen Pferd entführen?«

Nirmalya schaute aus dem Fenster, um weiteren Ausbrüchen von Dummheit vorzubeugen.

»So etwas gibt es im wirklichen Leben nicht«, fuhr sie grausam und vielleicht ein klein wenig besorgt fort und schaute nach vorn, als sich der Wagen wieder in Bewegung setzte. »Es ist unmöglich.«

Was war dann möglich? Er sah sich auf einem Pferd die Biegung der Carter Road hinab nach Juhu Danda galoppieren, dann vertrieb er das Bild wehmütig lächelnd, für den Moment zumindest. Nicht nur Bücher und Geschichten, auch das wirkliche Leben hat seine eigene Wahrscheinlichkeit, mit der wir uns ständig vergleichen. Es waren nicht etwa soziale Beschränkungen, die ihm Fesseln anlegten – das konnten sie letztlich gar nicht –, es war ein Bewusstsein der Glaubwürdigkeit, das über allem lag, sichtbar und unsichtbar, und auf das er Tag für Tag stieß, nicht wie gegen eine Wand, eher wie gegen eine undefinierbare Grenze, die sein neues Erwachsenendasein umschrieb. Seine Gefühle für Salma würden wahrscheinlich zu nichts führen, das wusste er, aber nicht, weil sie gesellschaftlich inakzeptabel waren; das Bewusstsein der Glaubwürdigkeit – es durchdrang das tägliche Leben wie die Erzählkonventionen eine Geschichte – beschnitt, was andernfalls vielleicht möglich und schön gewesen wäre.

So plötzlich und unerklärlich, wie Anju an jenem Tag in der neuen Wohnung erschienen war, blieben die beiden auch wieder aus: die ruhige, schöne Tochter – Nirmalya hatte mit dem Gedanken gespielt, sich in sie zu verlieben – und die Frau, die ihn damals aufgefangen hatte. Vielleicht war etwas passiert, vielleicht auch nicht, vielleicht waren sie fortgezogen, vielleicht auch nicht. Die Senguptas wussten es nicht.

Davor aber hatte Anju sie einmal am Nachmittag besucht.

»Sie war bei Aufnahmen in Simla, memsahab«, sagte sie und ließ sich ergeben und altersmüde vor dem Bett auf dem Teppich nieder. »Chunky Pandey spielt in dem Film mit. Sehen Sie.«

Sie hatte Fotos mitgebracht, die sie nun aus dem Umschlag nahm, eins, zwei, drei, vier, und schweigend Mrs Sengupta reichte, die aufgestützt auf dem Bett lag. Das erste zeigte Salma mit zwei anderen Mädchen, ein wenig schemenhaft und zu stark geschminkt, auf einem Hügel, in diskretem Abstand von dem exaltierten (im Moment vorwiegend arbeitslosen) Chunky Pandey im weißen Seidenhemd mit breitem Kragen. Auf den drei anderen Bildern war dasselbe zu sehen. Es schmerzte Nirmalya, dass das Make-up und vielleicht auch die ganze Situation Salma ihr Leuchten genommen hatten – dieses Leuchten, das ihm als Erstes an ihr aufgefallen war und das ihren einzigartigen, unbestreitbaren und so natürlichen Reiz ausgemacht hatte –, sodass sie kaum noch von den beiden anderen Mädchen und von den vielen Mädchen im Hintergrund der zahlreichen epischen Szenen in Hindifilmen zu unterscheiden war. Auf allen Bildern wirkte sie befangen und steif; man spürte ihre Starre förmlich. Nirmalya betrachtete die Fotos eingehend und schob sie dann in den Umschlag zurück.

»Bahut achha«, sagte er wehmütig. »Sehr gut.«

Für seinen Pass musste er Fotos machen lassen, und er beschloss spontan, dazu nicht in ein Studio in der Gegend zu gehen, sondern – denn er brauchte die Bilder sofort – bis nach Churchgate zu fahren.

Neuerdings benutzte er die Nahverkehrszüge. Auto fahren hatte er nicht gelernt; fast seine ganze Kindheit über hatten sie Chauffeure gehabt, und später, nach dem Ende seiner Schulzeit, als die meisten seiner Freunde es gar nicht hatten erwarten können, fahren zu lernen – noch bevor sie den Führerschein machen durften –, war er zu träge dazu gewesen. Zu dieser Trägheit hatte sich eine Überheblichkeit gesellt, die ihn hinderte, irgendetwas zu tun, was seine Altersgenossen taten oder was in der Welt seines Vaters üblich war, und er hatte sich die Chance, sich eines Autos zu bemächtigen, bewusst entgehen lassen. Diese Verweigerung war in sein rastloses Wandern gemündet, das wiederum eng mit seiner zunehmenden und weitestgehend selbstgenügsamen Einsamkeit zusammenhing und sie noch verstärkte. Und so erkundete er zu Fuß die Vororte, das beliebige Bergauf und Bergab von Bandra und Pali Hill und die Gassen und vertrauten Straßen der Stadt, in der er aufgewachsen war.

Mit dem halb leeren Zweiuhrzug fuhr er von Bandra nach Churchgate, denn in dem asiatischen Kaufhaus dort stand der einzige Passbildautomat Bombays. Er schob sich an imposanten, durch nichts aus der Ruhe zu bringenden Hausfrauen vorbei und kaufte einen Chip, dann stieg er, den Blick von einem Spiegel abgewandt, erwartungsvoll die Treppe hinauf. Einen Moment lang befand er sich zwischen zwei Ebenen, auf denen inmitten von hin und her gehenden Blicken, Fragen und beratenden Antworten Spielzeug, Edelstahlutensilien und Stoffe auftauchten und wieder verschwanden. Schlanke, weiß gekleidete Verkäuferinnen nahmen Stoffballen aus Regalen und legten sie schweigend wieder zurück. Vor ihm im ersten Stock stand der Automat, flankiert von Ladentischen, an denen geschäftig Dinge verkauft wurden. Ein Mann in Uniform sagte ihm mit ernster Miene und ausdrucksloser, automatenhafter Stimme, was er zu tun habe: »Achten Sie darauf, dass sie nicht zwinkern, wenn es blitzt«; »Werfen Sie den Chip ein und schauen Sie dann auf das grüne Licht«; »Drehen Sie den Sitz auf die richtige Höhe.« »Ja, ja«, antwortete Nirmalya ein wenig entnervt, dann ging er hinein und zog den Vorhang zu. Eine Art schuldbewusster Unruhe ergriff ihn, denn Kabinen und zugezogene Vorhänge haben eindeutig etwas Dubioses an sich. Er tat sein Bestes auf dieser kleinen Insel im Trubel des Kaufhauses, doch beide Male blitzte es, bevor er bereit war, und als er die Kabine verließ, kam er sich irgendwie vor, als sei er bestraft worden. Der Uniformierte, durch Nirmalyas »Ja, ja« vor den Kopf gestoßen, strahlte nun die unvermeidliche Gelassenheit des Mächtigen aus: Als die Bilder mit einem Summen in den Ausgabeschacht glitten, verbot er Nirmalya mit erhabener Geste, sie zu berühren; erst mussten einige Minuten verstreichen. Nirmalya blieb zerstreut an dem Automaten stehen, während sein Bild sich Stück für Stück auf der weißen Fläche zusammensetzte, und als er die Fotos schließlich herausnahm, sah er, dass das Gefühl des Eingesperrtseins in der Kabine seinem Gesicht alles Besondere genommen und es so normal und austauschbar gemacht hatte wie das Papier, auf dem es erschienen war. Er empfand es als völlig fremd. Im Zweifelsfall hätte er dem Beamten im Passamt gesagt, das sei nicht er.

»Übrigens, Ma, man kommt auch sehr gut mit dem Zug in die Stadt«, eröffnete Nirmalya seiner Mutter. Sie sah ihn liebevoll-ungläubig an, als hätte er wieder eine seiner absurden Ideen geäußert. Mit dem Zug! Sie hatten nie Grund gehabt, den Zug zu benutzen; als sie noch in der Stadt wohnten, waren die langen Fahrten zu Freunden in Bandra und Khar, durch Breach Candy nach Worli, dann über die Cadell Road und durch Mahim, magische, rein private Reisen gewesen, weitgehend unbeeinträchtigt vom Verkehr – es hatte in den Außenbezirken damals noch so wenige Geschäfte gegeben –, auf denen sich die Stadt mehrmals verändert hatte, übergangslos und doch überraschend; und auf der Rückfahrt wieder. Und nun redete Nirmalya in seinen ausgefransten, nicht mehr ganz sauberen Cordjeans (er wollte sie partout nicht in die Wäsche geben) vom Zugfahren, fast so, als sei es ein Vergnügen! Wie schnell sich in den letzten Jahren alles verändert hatte!

Nach wie vor zog es sie drei- bis viermal in der Woche in die Stadt, denn sie standen vor einem Dilemma: Sie litten fast körperlich darunter, dass es das alte Leben nicht mehr gab – obwohl es ihnen in Bandra gefiel und obwohl sie dieses Leben mit seinen Partys und kunstvollen Frisuren erklärtermaßen verachtet hatten. Meist nahmen sie ein Taxi, in dem oft schrille Lata-Mangeshkar-Lieder aus den Lautsprechern tönten, und wenn Apurva Sengupta morgens von einem Kollegen abgeholt wurde, folgten sie ihm in dem ungleichmäßig klimatisierten Ambassador. Doch das kostete Geld: Hunderte von Rupien jede Woche für Benzin und fast hundert für jede Taxifahrt.

»Und billig ist es auch«, fügte Nirmalya hinzu. Es sah ihm gar nicht ähnlich, sich über solche Dinge Gedanken zu machen, aber rein theoretisch war ihm bewusst, dass es keine Firma mehr gab, die die Rechnungen bezahlte. Er sorgte sich – eine neue, angenehme Sorge – ein wenig um seinen Vater und genoss es, wenigstens ein kleines bisschen Armut zu erleben. Mit dem Zug zu fahren war seine Weise, sich für kurze Zeit eine harmlose Verkleidung zuzulegen und sich in das Leben der Menge einzuschleichen.

»Wirklich? Wo hält er denn?«, fragte Mrs Sengupta, sehr angetan von der Vorstellung, das Taxigeld zu sparen, und auch hocherfreut über die Aussicht, mit diesem Ausflug eine neue Partnerschaft mit ihrem Sohn einzugehen. Zudem hatte die Idee des Geldsparens schon immer die Puritaner in Mr und Mrs Sengupta angesprochen; ihre Ausführung allerdings langweilte sie.

»In Churchgate«, antwortete er.

»Wir können es ja morgen mal versuchen«, sagte sie vorsichtig.

Sie nahmen ein Taxi – nicht in die Stadt diesmal, sondern zum Bahnhof Bandra –, und während Mrs Sengupta am Eingang stehen blieb und die Händler beobachtete, die geistesabwesenden Bettler mit den verbundenen Gliederstümpfen und die Motorrikschas, die mit aufheulenden Motoren nach Bandra zurückfuhren, kaufte Nirmalya zwei Fahrkarten erster Klasse. Dieser theoretische, unglaubhafte Luxus bereitete ihm großes Vergnügen: Normale Tickets kosteten nur zwei Rupien; zahlte man fünfzehn Rupien mehr, fuhr man in der ersten Klasse, die sich in nichts von der zweiten unterschied, nur die Sitze waren etwas sauberer, und man atmete nicht den allgegenwärtigen animalischen Schweißgeruch von Gemüseverkäufern, Laufburschen und Teilzeitbeschäftigten ein, sondern den Geruch von Angestellten und Buchhaltern, deren Monatskarte (sie kauften natürlich keine Einzelfahrscheine) in ihrer Brusttasche steckte. Das Abteil war so früh am Nachmittag nicht einmal zur Hälfte besetzt. Nirmalya musste seine Mutter fest an der Hand nehmen und ihr hinaufhelfen, so sehr fürchtete sie um ihre Füße und ihr Gleichgewicht. Als sie es geschafft hatte, sah sie sich mit einem milden, verwirrten Lächeln um, als besuchte sie ein geselliges Beisammensein in einem etwas behelfsmäßigen Vorortwohnzimmer, dann ließ sie sich vornehm schweigend zu einem Platz führen. Die Leute sahen sie respektvoll an, als wüssten sie, dass sie Mr Senguptas Frau war und was das bedeutete, dann hingen sie schnell wieder ihren eigenen Gedanken nach. Sie setzte sich kommentarlos zurecht und versuchte die fremde Magie des Abteils auf sich wirken zu lassen, ohne sich für den Moment darum zu kümmern, dass der Sitz hart war und sie seit Längerem an Rückenschmerzen litt. Nirmalya betrachtete sie mit tiefer, nicht einzuordnender Liebe. Als der Zug sich in Bewegung setzte, sprangen barfüßige Kinder auf und furchtlose kleine Männer mit einem Strauß von Kugelschreibern in der Hand, den sie einem der duldsamen, aber desinteressierten Fahrgäste nach dem anderen präsentierten. Die Kinder boten Plastikpäckchen mit Erdnüssen feil und fragten etwas zu vertraulich: »Was zu knabbern?« Mrs Sengupta schien verblüfft und bezaubert. »Nehmen wir welche«, sagte sie mit der Miene eines Menschen, der bereit ist, ausnahmsweise einmal ganz unbedacht zu handeln. Dann überließ sie sich dem Wind, der durchs Fenster wehte – im Auto ärgerte sie sich ihrer Frisur wegen meist darüber und kurbelte schnell die Scheibe hoch –, und knabberte mit Würde und stillem Vergnügen Erdnüsse. Schließlich trat sie in eine andere Phase ihrer Wahrnehmung der Fahrt ein und verstaute das Päckchen in ihrer Lederhandtasche.

Nirmalya stand an der offenen Tür und hielt sich lässig an der Metallstange fest, wie er es sich neuerdings angewöhnt hatte. »Sei vorsichtig!«, rief Mrs Sengupta ihm zu. Er nickte knapp und wandte, in seine Unabhängigkeit versunken, den Blick ab. Es war ein langsamer Zug – kaum hatte er Fahrt aufgenommen, bremste er wieder, und er hielt häufig. Bei jedem Halt verfiel Mrs Sengupta in eine kindliche Träumerei, eine unkomplizierte Meditation, die sie ganz in Anspruch zu nehmen schien und aus der sie erst herausgerissen wurde, wenn der Zug ruckend wieder anfuhr. Das Experiment machte sie insgeheim traurig und dämpfte ihre Laune; nein, sie war nun einmal die, die sie war, sie konnte so spät in ihrem Leben nicht plötzlich eine andere werden. Leise Panik regte sich in ihr.

»Nein«, sagte sie, stieg in Churchgate, wieder an der helfenden Hand ihres Sohnes, auf den breiten Bahnsteig hinab und blieb neben dem langen Zug stehen, um sich zu orientieren. Pendler stiegen aus und verschwanden in Richtung Ausgang. »Das ist ja alles gut und schön, aber es ist nichts für mich.« Sie strich ihren teuren Tangail glatt. »Ich bin in den letzten zwanzig Jahren immer nur mit dem Auto in dieser Stadt herumgefahren«, bekannte sie, als hätte ihr Sohn das nicht bemerkt. Sie lächelte entschuldigend, als müsste sie diesen Lebensstil notgedrungen akzeptieren – die Firma hatte sie ja in Watte gepackt – und fände nun alles außerhalb davon mehr oder minder haarsträubend.

Für die Cocktails am Abend hatte sie einen Sari zum Wechseln und ein Schmuckkästchen mit einigen Armreifen und kleinen Brillantohrringen mitgenommen, alles in einer Plastiktüte. Sie hatte Nirmalya die Tüte nicht tragen lassen, aus Angst, er könnte sie in einer seiner visionären Stimmungen im Zug liegen lassen.

Wie Tauben, die in ihren Schlag zurückkehren, stiegen sie am gotischen Torbogen des Clubs aus dem Taxi. Bei Einbruch der Dunkelheit gesellte sich Apurva Sengupta zu ihnen, dann kehrten sie, von den Clubmitgliedern auf den Nachbarsofas kaum zur Kenntnis genommen, wieder zu den Nachmittagszeitungen, zu Tee und frischem Limonensaft zurück. Um Punkt sieben begab sich Mrs Sengupta in die höhlenartige viktorianische Damengarderobe des Clubs und begann sich zu verwandeln.

Nirmalya ging allein ins Kino: *Omen II.* Das gehörte zu seinem Bestreben, Absonderlichkeit bewusst zu kultivieren. »Wieso sollte ich nicht allein ins Kino gehen?«, sagte er nicht zu irgendjemandem, sondern – herausfordernd – zu sich selbst. Er stellte sich in die Schlange und kaufte eine Eintrittskarte, dann stieg er die Treppe hinauf. Er fühlte sich durch seine Anonymität befreit, spürte aber auch eine traurige Unterströmung der Ziellosigkeit, die ihn jetzt ständig begleitete. Nach und nach überließ er sich den Schrecken des Films, und sein Herz, sein irrendes Herz, klopfte wild.

Und Mallika Sengupta packte den alten Sari in die Plastiktüte und verstaute sie hinter dem Rücksitz des Ambassadors. Sie erzählte ihrem Mann von der Zugfahrt und musste darüber lachen, wie einfache Dinge, die nichts Besonderes oder Interessantes an sich hatten, für Nirmalya, den Sohn, den sie mit mehr als göttlicher Zuwendung aufgezogen und auf die beste Schule geschickt hatten –, wie einfache Dinge für ihn zu bedeutungsvollen Abenteuern wurden. »Was andere langweilt, begeistert ihn, und was andere begeistert, langweilt ihn«, sagte sie. »So hast du ihn erzogen. Er hat keine Ahnung vom ›wirklichen Leben‹«, antwortete der Vater, nicht ganz ohne Stolz und auch nicht ohne Tadel. »Ich mache mir Sorgen um ihn.« Sie begann sich zu verteidigen, wurde aber vom Ruf eines Kindes unterbrochen, das ihr an einer Ampel am Marine Drive eine kleine Girlande aus mogra-Blüten verkaufen wollte.

»Nein, nein«, sagte sie, worauf das Kind in ein leises Wimmern verfiel, kaum mehr als ein Flüstern. »Nehmen Sie, memsahab, nehmen Sie, memsahab.«

Und sie gab nach, wie immer, seit sie in Bombay den mogra entdeckt hatte. Das Mädchen tauchte stets an derselben Kreuzung auf, und so hatte sich der nächtliche Duft für Mrs Sengupta mit den Ampeln und dem Talk of the Town verbunden. Sie wand die Girlande um ihren Haarknoten, und er passte perfekt dorthin, wie Buchstaben einer alten Schrifttype.

Die Stadt hatte angefangen zu glitzern; selbst Pali Hill und Bandra, einst ganz für sich, Zuflucht für einen anderen Lebensrhythmus, Orte, an denen Menschen bescheiden und halb im Verborgenen lebten, selbst Bandra und Pali Hill funkelten von Geld. Nirmalyas Ablehnung der Unternehmenswelt wuchs sich zu einem Abscheu vor der boomenden Stadt aus – allenthalben Hochzeiten, Autos, die sich scharenweise an der Einfahrt zu irgendwelchen Festlichkeiten drängten, Familien mit Kindern, die bis spätabends einkauften.

In der Perry Road hatte ein neuer Laden namens »Croissant« aufgemacht. Nirmalya liebte Croissants; als er an der schimmernden, abends blau und silbern beleuchteten Tür vorbeiging, war er versucht einzutreten. Da fiel sein Blick auf eine Gruppe aufgeregter Kinder, allem Anschein nach die Kinder der Arbeiter, die hinter dem Haus, in dem er wohnte, ein neues Gebäude errichteten; er hatte dessen unwiderruflich emporstrebendes Skelett, an dem tagsüber rhythmisch gearbeitet wurde, vom Balkon aus gesehen. Weißer Staub stieg ständig von dort auf, und an diesem Staub, den sie wie Abzeichen an den Händen und zum Teil auch im Gesicht trugen, erkannte er die Kinder. Eines von ihnen, ein verwahrlostes Mädchen, hatte sein Kleid vorn zu einer Art Beutel gerafft, der übervoll mit Brotkrusten war. Nirmalya sah die Kinder aus dem Laden kommen und lärmend die Stufen hinunterspringen. Sie rannten weg, um sich im nächsten Moment wieder um das Mädchen zu scharen, umkreisten sie schnatternd und schnappten sich ab und zu ein Stück Rinde. Ihre Fröhlichkeit erstaunte Nirmalya; wie ein Schwachsinniger stand er da und beobachtete sie. Aus dem Augenwinkel nahm er die grelle Beleuchtung des Croissant wahr. Die Kinder hüpften in den Rohbau an der Perry Road, das Mädchen noch immer mit gerafftem Kleid. Als er nach Hause kam, holte er schnell sein Notizbuch hervor, verschloss die Ohren vor dem Lärm eines Fernsehers in der Nähe und schrieb: »Als die Kinder das Gebäude betraten, wurden sie unsichtbar, aber ich hörte sie noch lachen. Die Baustelle, verdunkelt von dem weißen Staub, den die Arbeiter aufwirbeln, war wie der Garten in *Burnt Norton*: ›denn das Laub war voller Kinder, / Die sich erregt versteckten und ihr Lachen verhielten.‹«

»Wollen wir zum Tee ins Leela Penta?«, fragte Mrs Sengupta. Es war Samstagmorgen; fremde Stadtteile lockten. Das Leela war ein neues Hotel, Vertreter einer ganz neuen Spezies von Hotels, die in den Außenbezirken entstanden waren: nicht wie das palmengesäumte Sun-n-Sand mit seinem ehrbaren Charme und einem malerischen Blick auf Sonnenuntergänge und Reiter am Strand. Für einige Leute stellten sie offenbar eine Möglichkeit dar, Geld in eine neu erschlossene Wildnis zu pumpen, dort, wo man es am wenigsten erwartete. Eines Morgens hatte Shobha De die Senguptas mit einer ganzseitigen Anzeige in der *Sunday Times* überrascht, die das Hotel als ein Paradies am Rande der Zivilisation beschrieb. Das hatte sie misstrauisch, aber natürlich auch neugierig gemacht.

»Was ist denn das für ein Hotel? Wenn Shobha De es gut findet, kann es doch gar nichts sein«, meinte Mrs Sengupta. Und so brachen sie um halb zwölf dorthin auf. Versova war der jüngste Vorort der Stadt – gesichtslos, einschüchternd, vielversprechend, mit breiten Avenuen und Hochhausdickichten, noch höher als die Thacker Towers. Waren sie nicht, als Nirmalya noch ein Kind war, am Wochenende manchmal hierhergefahren, an den Strand von Marve? Und hatte hier nicht eine Verbindungsstraße zwischen Feldern und Marschen hindurchgeführt, mit einem niedrigen südindischen Café am Straßenrand, in dem erstaunlich viel Betrieb herrschte und in dem Nirmalya auf der langen Heimfahrt einmal einen dosa gegessen und sich über die schwarzen Senfkörner auf den Kartoffeln gewundert hatte? Als sie jetzt dorthinaus fuhren, erinnerte er sich vage daran; man sah nichts mehr davon, aber irgendwo hier musste es gewesen sein.

Sie bogen, von Wimpeln begrüßt, in die dunkelfarbige Zufahrt zu dem Hotel ein und stiegen an der riesigen Eingangsveranda aus. Ein kühler Windhauch empfing sie. Das von Ödland umgebene Hotel mit der Palmenreihe davor war wie in einem europäischen Märchen aus dem Nichts entstanden. Mr Sengupta wirkte etwas verloren, aber auch heiter und neugierig, wie jemand, der gezwungenermaßen einen weiten Umweg fährt und aufs Geratewohl angehalten hat. Und die Türsteher spielten bei der kleinen Aufführung bereitwillig mit, sie empfingen ihn entsprechend und beruhigten ihn mit ihrem Lächeln und ihren Verbeugungen. Vater, Mutter und Sohn durchquerten die Lobby, ohne die glasig dreinblickenden kleinen Männer und Frauen an der Rezeption zu beachten, ließen sich auf den betont schlichten, aber kostbaren Stühlen des Cafés nieder und vertieften sich in die aufwendigen Speisekarten, in denen die verschiedenen Sorten Darjeeling-Tee und Kuchen in Kursivschrift aufgeführt und beschrieben waren. Nirmalya schaute durch die großen sonnenbeschienenen Fenster auf das braune Land hinaus, wo in einiger Entfernung ein Junge blinzelnd neben einem Metallzylinder hockte. »Baaba«, sagte er, »ich möchte hier nicht essen.«

Apurva Sengupta sah seinen Sohn überrascht an, staunend sogar, als erinnerten ihn seine Worte daran, dass der Junge eine verwirrende, unerwartete Wende in ihrem Leben verkörperte. Er musste lachen, freudig fast, wie früher, als Nirmalya übersprudelnd und beharrlich sein erstes, für die Eltern so bedeutsames kindliches Geplapper von sich gegeben hatte. Auch damals hatte er diese Mischung aus Furcht und Freude empfunden, als hätte er nie Ähnliches erlebt.

»Wieso, was ist denn los?«, fragte er Nirmalya ohne Groll oder Herablassung – so wie er früher mit ihm argumentiert hatte, etwa wenn er ihn überreden wollte, zur Schule zu gehen, oder wenn er sich zu dem untröstlichen kleinen Jungen hinabbeugte, bevor er ein Flugzeug bestieg.

»Ich kann hier nicht essen.« Nirmalya schüttelte den Kopf, der Ausdruck auf seinem Gesicht – trotz des Schnurrbartes kaum mehr als ein Kindergesicht – voll unerklärlichem Schmerz, die Augen fast in Tränen schwimmend. »Ich kann erst hier essen, wenn Shyamji es auch kann«, fügte er stirnrunzelnd und noch immer kopfschüttelnd hinzu.

Was war das für eine plötzliche Aufwallung von Liebe zu seinem Lehrer – einer Liebe, die Nirmalya so selten offen bekundete? Was war aus diesem Jungen geworden, der früher schon glücklich gewesen war, wenn er nur aus der Schule nach Hause kam? Leise Sorge regte sich in Apurva Sengupta, während er nach besten Kräften nachzuempfinden suchte, wie sein Sohn die Welt wahrnahm. Doch sie – die Eltern – argumentierten nicht und ermahnten ihn nicht; sie versuchten nur geduldig zu verstehen, was hinter diesem Ausbruch stand. Mallika Sengupta legte die elfenbeinfarbene Serviette auf den Tisch zurück und sagte entschieden: »Nein, mir gefällt das Hotel auch nicht. Es ist seelenlos.« Und der Vater – noch immer auffallend gut aussehend, freundlich, im Grunde ein Optimist und ein Mensch voller Vertrauen, Vertrauen auf die Zukunft – staunte über das Schauspiel, das sein Sohn bot, und nickte zögernd. Sie schoben ihre Stühle zurück und erhoben sich; Nirmalya stand schon an der offenen Tür des Cafés.

Lächelnd und in der Überzeugung, das einzig Logische und Angemessene zu tun, folgten sie ihm an den verdutzten Obern vorbei hinaus, Mrs Sengupta mit einem nachsichtigen, emotionslosen Blick auf die Kuchenauswahl. Wieder durchquerten sie die Lobby, ohne die Unbekümmertheit und Vertrautheit, die sie an schönen, einladenden Orten in Bombay empfanden. Der Junge stand in seinem ausgebleichten rosa kurta und den Jeans schon in der Hitze draußen, ein seltsamer Anblick neben dem hünenhaften Sikh-Türsteher, und der Wind, der durch die Einfahrt fegte, zerzauste ihm das Haar. »Nirmalya!«, rief seine Mutter und putzte sich mit einem Taschentuch mechanisch die Nase, als sie den klimatisierten Bereich verließ. Die gnadenlosen, erst teilweise erschlossenen Ausläufer Versovas flimmerten in der Hitze. Der Sikh-Türsteher, ein anachronistisches, aber nicht zu übersehendes schmückendes Element, drehte sich in plötzlichem Erkennen halb in ihre Richtung und lächelte ihr beruhigend zu.

Es ging Shyamji nicht gut. Er litt an einem Husten, der ihn wie ein hartnäckiger Schluckauf immer wieder unterbrach.

»Shyamji, was ist mit Ihnen?«, fragte Mrs Sengupta argwöhnisch und sah von ihrem Liederbuch auf. Für Krankheiten hatte sie feine Antennen.

»Ich weiß auch nicht, didi«, antwortete Shyamji ärgerlich, aber so, als sei er in keiner Weise verantwortlich für die lästigen Unterbrechungen. »Halsschmerzen habe ich keine.«

»Sie sollten zum Arzt gehen.«

Es hatte angefangen zu regnen. Der Juni war weitgehend trocken in den Juli übergegangen; an den meisten Tagen hatte nur eine erwartungsvolle, drückende Hitze geherrscht, in der die Schatten der Bäume in Bandra zeitlos und verlockend erschienen waren. Doch jetzt fielen immer wieder Schauer, sie versetzten die Vögel auf den Balkonen in Unruhe und Verwirrung und wichen schließlich einer trügerischen Ruhe, in der es geduldig von den oberen auf die unteren Blätter herabtropfte.

Inmitten dieses spät einsetzenden Wirbels von Schatten, Wolken und Wind wurde Shyamji zeitweilig zum Wanderer. Er bewegte sich von Vorort zu Vorort und quartierte sich bei Schülern in Khar oder Juhu ein, die ihm Raum boten und eine Verschnaufpause von seinen Pflichten und seiner Familie; sie kümmerten sich um ihn, mehrten dabei ihren Bestand an Liedern und fühlten sich durch diese Nähe auch allgemein bereichert. Manchmal besuchten ihn Nirmalya und Mrs Sengupta dort. Sie stiegen aus dem Auto, das der Chauffeur in einer schmalen Gasse in Khar abgestellt hatte – auf der feuchten, matschigen Fahrbahn waren nach dem letzten Guss noch Reifenspuren zu sehen –, öffneten das Gartentor und traten vorsichtig ein, die schorfigen Wände des alten Hauses blassgolden in der zaghaft scheinenden Sonne, der kleine, von einem Gärtner gepflegte Garten noch nass, die Blätter unter kleinen Rinnsalen zitternd, die Rinde der Bäume scheinbar trocken und hart. Als sie auf die Tür zugingen, hörten sie Shyamji drinnen mit seinen Schülern singen. Eine junge bengalische Familie – zwei Brüder und ihre Schwester – mit musikalischen Ambitionen, derentwegen sie nach Bombay gekommen war, hatte die Wohnung gemietet.

»Nur herein«, rief der ältere Bruder, als Nirmalya und seine Mutter zögernd an der Tür stehen blieben; er wusste, dass sie Schüler von Shyamji waren, und kannte sie flüchtig.

Das Harmonium seufzte, als Shyamji die Blasebälge fixierte. »Kommt herein, setzt euch her«, sagte er leise und klopfte auf das weiße Tuch, das über das Bett gebreitet war. Obwohl nicht bei bester Gesundheit, war es ihm wichtig, sich gastfreundlich zu zeigen; die Wohnung seiner Schüler war auch seine – vielleicht sogar noch mehr.

Er wirkte müde, aber auf zurückhaltende Art zufrieden. Der Duft und der Atem des Regens waren stets ein Geschenk, das die Menschen beglückte, und Shyamji machte da keine Ausnahme.

Nach zwei Wochen nahm er trotz seines hartnäckigen Hustens wieder Einladungen an und sagte zu, wenn Anfragen kamen. Er sagte:

»Didi, man hat mich gebeten, in einem neuen Sindhi-Tempel zu singen«, sagte er eines Tages. »Würden Sie und baaba auch jeder ein Lied vortragen? Mit dem Husten möchte ich nicht alle Lieder selbst singen. Außerdem sollten mehr Leute Sie hören, didi.«

Seit sie verheiratet war, beschränkte sich Mrs Senguptas Rolle gewöhnlich darauf, bei kleineren Anlässen einige Lieder zu singen, worauf sich irgendjemand gutmütig ihr zuwandte und ernst murmelte: »So eine Stimme habe ich seit Juthika Roy nicht mehr gehört!«, ein Lob, das sie jedes Mal glücklich machte wie eine scheue Siebzehnjährige; doch dann wurde sie sich nach und nach wieder ihres Körpers und Geistes bewusst und fühlte sich unausgefüllt. Dennoch konnte sie nie widerstehen, den unbedeutenden Auftritten, die sich durch ihr Sängerinnenleben in Bombay zogen, einen weiteren hinzuzufügen, und auch jetzt willigte sie ein, einen Moment lang kindlich aufgeregt, wie immer in solchen Momenten.

»Dann muss ich das Lied, das ich singen soll, einüben«, sagte sie sehr ernst, mehr zu sich selbst als zu Shyamji. »Wo ist der Tempel?«

»Nicht weit von hier, irgendwo in Versova. Wir werden aber ein Auto brauchen.« Den gebrauchten Fiat hatte er kürzlich verkauft. »Ist Ihres frei, didi?«, fügte er schnell und wie nebenbei hinzu. »Wenn wir das nehmen könnten ...«

Ungeduld wallte in Mrs Sengupta auf. Wollte Shyamji wirklich, dass sie sang, oder ging es ihm nur um den Wagen?

»Es steht Ihnen natürlich zur Verfügung«, sagte sie wie eine gute Fee, die von den naheliegendsten und flüchtigsten unter den Dingen spricht, die sie herbeizuzaubern vermag, und Shyamji war sichtlich befriedigt.

Am Nachmittag machten sie sich auf den Weg an die Peripherie von Versova. Die Schotterstraße führte weit in die

Landschaft hinein, in der sich noch nicht viel getan hatte; nur gelegentlich waren im dunklen Matsch des Monsunregens Anfänge einer Bautätigkeit zu erkennen. Immer weiter fuhren sie im gleißenden Nachmittagslicht, vorbei an Laternenmasten, die erloschen in der Sonne standen. Endlich erreichte der Ambassador mit seiner Fracht – Shyamji, sein Bruder Banwari, Mallika Sengupta und Nirmalya sowie, im Kofferraum fest verzurrt, das Harmonium und die Tablas – den aus Marmor erbauten Sindhi-Tempel. Sie hielten in einer Staubwolke, und von dem durch die Klimaanlage überhitzten Motor stieg ein Benzinhauch auf. Ein hochgewachsener, hellhäutiger Mann mit Metallbrille, weißem kurta und Aligarhi pajaama, eilte die Stufen hinunter und stürzte sich wie ein melancholischer Vogel auf den Wagenschlag, um Shyamji zu begrüßen. »Kommen Sie, kommen Sie, Panditji.« Er strahlte Bescheidenheit und Demut aus, und seine gebeugte Haltung und der leicht geneigte Kopf ließen das Vogelhafte an ihm hervortreten. Alles an ihm und seiner Kleidung wirkte frisch gewaschen. Shyamji stellte ihm Mrs Sengupta als »meine didi« vor, die Frau des baraa sahabs einer bekannten Firma (»Aber Sie müssen sie singen hören!«, sagte er), und von Nirmalya sprach er leise – eine Spur verschmitzt und mit verstecktem Spott über den tiefen Ernst, den der Junge stets an den Tag legte – als von seinem »asli chela«, seinem »treuen Schüler«. Der Mann nickte verwundert und führte sie in der hereinbrechenden Dämmerung die Stufen hinauf. Sie wurden schon erwartet; die Leute saßen geduldig vor einem Podium, auf dem außer einigen Mikrofonen noch nichts zu sehen war. Sie nahmen Platz; Tablas und Harmonium wurden hereingebracht und vor sie hingestellt. Die freundlich dreinblickenden Zuhörer waren fast alle weiß gekleidet und wirkten dadurch ein wenig wie Gespenster (unbeabsichtigt natürlich) an einem Ort irgendwo zwischen geschäftigem Treiben und dem Jenseits. Der neue Tempel selbst vermittelte einen ähnlich ambivalenten Eindruck. Der weiße Marmor sollte Zweifel an der Alltagswelt beschwichtigen, Verzicht und Reinheit suggerieren, aber auch an den Segen des Geldes gemahnen, daran, dass die Götter der Wohlhabenden ein kostbares Haus bewohnen mussten. Es gab keine Türen in diesem Hauptversammlungsbereich, und das verlieh dem Raum, der sonst wie eine Hotellobby ausgesehen hätte, die für das Gebet nötigen Dimensionen. Es gab keine Türen, aber es gab dicke Säulen, und inmitten all dessen klang Mrs Senguptas Stimme aus dem Lautsprecher (sie hatte angefangen zu singen) fast wie die eines Kindes, eines Kindes, das die Welt noch nicht gesehen hat, das noch unschuldig ist, noch an simple Belohnungen und gerechte Gaben glaubt. Ihre angenehme, ursprüngliche Stimme überraschte das Publikum; die alten Frauen, von materiellen Erwartungen durchdrungen, begannen leise mitzusingen, als seien sie eines Besseren belehrt worden. Als sie geendet hatte, lächelten sie, unterhielten sich leise und ließen sie wieder zu der werden, die sie war. Ihren Namen wollten sie nicht wissen, wie es bei einer Berufssängerin der Fall gewesen wäre; sie betrachteten sie nur flüchtig, ihren Sari, ihr Augen-Make-up, ihre Armreife, neugierig, aber ohne den Wunsch, sich näher mit ihr zu befassen.

Jetzt war der Junge an der Reihe. Er trug einen alten Surdas-bhajan vor – »He Govind, he Gopal« –, und die Zuhörer regten sich: Sie kannten das Lied. Er sang schön, aber es fiel ihnen schwer, sich zu entspannen, denn er sang mit zusammengekniffenen Augen, wie aus großer Höhe herab. Nachdem er geendet hatte, schien ihm Shyamji ein Wort der Ermutigung – ein »shabaash« – ins Ohr zu flüstern. Der Himmel draußen hatte sich rot verfärbt.

Als Shyamji zur leisen Begleitung seines Harmoniums zu singen anhob, machte sich Mrs Sengupta bewusst, wo sie sich jetzt befand, wie weit entfernt von ihrer Heimat, wo das auch sein mochte; seit dreißig Jahren war ihre Heimat dort, wo ihr Mann und ihr Sohn waren, in Malabar Hill, in Cuffe Parade, in Pali Hill, in Versova, wo immer sie sich gerade aufhielt. Ihr früherer Begriff von Heimat und ihr Gefühl dafür waren verblasst, und sie hatte es zugelassen. Als sie so in dem Tempel saß, erkannte sie, dass kein Ort mehr wirklich fremd war. Mit halbem Ohr hörte sie Shyamji zu – dies waren die Lieder, die sie fern der Heimat sang, diese Hindi-bhajans, die sie in den vergangenen dreißig Jahren gelernt hatte. Wäre sie zu Hause geblieben, hätte sie vermutlich andere Lieder gesungen. Während seines zweiten bhajans musste Shyamji zweimal husten. Er ignorierte es, so wie er einen Zwischenruf ignoriert hätte, und räusperte sich, doch der Husten schien andere Ursachen zu haben und kam immer wieder. Die Zuhörer störte es nicht. Für sie war Shyamjis Musik weniger eine ästhetische als vielmehr eine religiöse Erfahrung, und die Flamme ihrer Andacht ließ sich nicht so leicht löschen. Nirmalya sah, dass der etwa vierzigjährige Mann, der sie hereingeführt hatte, den Kopf schüttelte und hemmungslos weinte. Es war keine öffentliche Demonstration, es war ein Gefühlsausbruch unter Menschen, die er gut genug kannte, um sich vor ihnen nicht schämen zu müssen. Als Shyamji nach dem vierten Lied aufhörte, flüchtig auf seinen Hals deutete und darum bat, seines Hustens wegen dispensiert zu werden, wurde der Mann sofort wieder zu dem, der er gewesen war, als er Shyamji draußen begrüßt hatte – normal, fröhlich, förmlich sogar, als wäre sein Kummer auf geheimnisvolle Weise versiegt oder als könnte er sich auf zwei Seinsebenen zugleich aufhalten: Auf der einen konnte er sich seinem Weltschmerz hingeben, und auf der anderen putzte er seine Brille, trug gebügelte Kleider und erfüllte frohgemut seine Pflichten. Als sich die Zuhörer nach und nach verliefen, machte er, liebenswürdig wie zuvor, mit den Gästen einen spontanen Rundgang durch den Tempel, dorthin, wo das (erstaunlicherweise in arabischer Schrift abgefasste) heilige Buch verwahrt wurde, und es wurde Nirmalya wie nie zuvor klar, dass die Sindhis ein Volk ohne Land waren. Schließlich überreichte er ihnen Schachteln mit Konfekt, und ohne Zweifel hatte er Shyamji in einem unbeobachteten Moment auch diskret bezahlt. Doch Nirmalya war überzeugt, dass dieser Mann jeden Tag etwas Schreckliches tat und dass ihn in Momenten wie vorhin, als er ihn unfreiwillig beobachtet hatte, seine Schuldgefühle überschwemmten. Shyamji schien erfreut, dass alles geklappt und er Mrs Senguptas Wagen zur Verfügung gehabt hatte; allerdings fand Nirmalya es beim Anblick seines ruhigen, ein klein wenig verdrießlichen Gesichtsausdrucks wie immer schwierig zu erraten, was sein kranker Lehrer dachte und was er wollte.

Shyamji kratzte sich an der Wange (er war etwas ungepflegt; feine Bartstoppeln bedeckten die dunkle Haut, sodass sie fast violett wirkte) und teilte den Senguptas am Ende einer Stunde in gelangweiltem, abfälligem Ton mit, was als Ursache seines Hustens diagnostiziert worden war: In seiner Lunge hatte sich Wasser angesammelt.

Mrs Sengupta wusste nicht, wie ernst die Sache war. Wasser in der Lunge – damit konnte sie nichts anfangen. Wenn man es herausholte, würde der Husten dann weggehen? Sie war nicht über Gebühr besorgt; Shyamji steckte mitten im gewohnten Trubel, man ahnte noch Auspuffgase, Verkehrsampeln und Kreuzungen, wenn er, nachdem er eine Stunde lang von einem Ende der Stadt zum anderen gefahren war, besorgt in der Tür erschien und sich bedächtig das Haar zurückstrich.

»Der Blutzucker ist auch hoch«, gestand er beschämt und hob zierlich seinen kurta an, als er sich auf dem Teppich niederließ. Er war jedes Mal zerknirscht, wenn sich das, was er für Aberglauben der Gebildeten hielt – hören Sie auf den Arzt, nehmen Sie Ihre Tabletten, übertreiben Sie nichts –, als zutreffend erwies und sein eigener Glaube, seine unausgesprochene Überzeugung, dass die Götter schon auf ihn aufpassen würden (er trug eine hell orangefarbene Schnur von einem baaba um die Taille, eine Art Zusatzversicherung), aus irgendeinem Grund seine Wirkung verfehlte; diesmal zumindest schien das der Fall zu sein. Außerdem (aber das sagte er Mrs Sengupta lieber nicht) waren Verwandte in die Sagar Apartments gekommen und hatten ihm und Sumati zur Geburt ihres zweiten Enkels im Mai gratuliert, des Sohnes ihrer älteren Tochter in Delhi – und man musste den Teller mit dem reichhaltigen roten Karottenhalwa doch leer essen, wenn man an sein eigenes Fleisch und Blut dachte.

»Shyamji«, ermahnte ihn Mrs Sengupta, »Sie haben Süßigkeiten gegessen! Also wirklich, ihr seid dermaßen leichtsinnig!« Wen sie mit »ihr« meinte, war nicht klar – seine Familie oder eine erweiterte Kategorie unbekümmerter, vertrauensvoller Menschen. Aber sie knöpfte sich Shyamjis Frau vor, als sie ihr in ihrer Wohnung in den Sagar Apartments mit Ausflüchten kam.

»Didi, sehen Sie sich Shyamji an!«, sagte Sumati in gespielter Bestürzung, als spräche sie von einem eigensinnigen, aber faszinierenden Kind.

»Also wirklich, Sie müssen das ernst nehmen.« Mallika Sengupta, klein, aber bestimmt, wollte Sumatis spontane Versuche, Leichtigkeit in die Alltagsprobleme des Daseins zu bringen, vereiteln. »Er muss unbedingt seine Medikamente nehmen. Und er darf nichts Süßes mehr essen. Jalebis mit Milch – etwas weniger Appetitanregendes kann ich mir kaum vorstellen.«

»Keine Sorge, didi«, erwiderte Sumati. »Ich werde wie Hitler sein.« Und sie wickelte sich mit klirrenden Armreifen ihren aanchal um und versuchte ganz aufrecht die starre Haltung des bösen Mannes mit dem kleinen Schnurrbart nachzuahmen.

»Geh mit ihm zu Dr. Samaddar«, sagte Mrs Sengupta zu ihrem Mann. »Mal sehen, was er meint.«

Ein führender Kardiologe mit einer Praxis in der Peddar

Road, der zwischen den Untersuchungen aufstand und übellaunig aus dem Fenster auf den Verkehr hinausblickte. Sie dachte nicht gern an ihn. Vor einem halben Jahr hatte er Nirmalya untersucht; reserviert und vogelhaft hatte er ihn umkreist und war ihm mit seinem Stethoskop auf den Leib gerückt.

Seine Praxis war nicht weit entfernt von dort, wo Motilalji wohnte – Motilalji, Sumatis älterer Bruder, der Mrs Sengupta früher unterrichtet und sie vor vielen Jahren an einem für ihn leicht alkoholdunstigen Morgen mit Shyamji bekannt gemacht hatte.

Sunil Samaddar war ein irritierend ruhiger Mensch. Dass seine Patienten einerseits glaubten, er könne Wunder vollbringen, andererseits aber nicht auf ihn hörten, hatte ihn allem Anschein nach ermüdet und ihn weitgehend immun gegen das Unvorhergesehene gemacht. Durch das viele Geld, das er Tag für Tag damit verdiente, dass er die Wahrheit sagte, war er vermutlich ein wenig gefühlskalt geworden.

Er hatte Nirmalya, der gern poetische, schwermütige Spaziergänge unternahm, aber so gut wie nie joggte, einem Belastungs-EKG unterzogen. Erstaunt darüber, etwas Unerreichbarem und letzten Endes Namenlosem nachjagen zu sollen, hatte sich der Junge, ohne Fragen zu stellen, auf dem Laufband in Bewegung gesetzt und stoisch die unverständliche Übung absolviert. Dann hatte er wie ein junger Soldat, der nicht weiß, ob er überhaupt noch von Nutzen ist, den Oberköper freimachen müssen und war an das EKG-Gerät angeschlossen worden, und schließlich hatte er, während Dr. Samaddar, der mit seiner Metallbrille wie ein Lehrer in der Schule aussah, ironisch ablehnend schwieg, auf dem Monitor eines Ultraschallgeräts sein Herz schlagen sehen.

Der Anblick ihres Sohnes, der mit matt schimmerndem

Oberköper neben dem Apparat lag, trieb Mrs Sengupta beinahe die Tränen in die Augen, aber sie konnte nicht wegsehen. Alles Verheißungsvolle an ihm war in diesem Moment auf seine Magerkeit reduziert.

Nachdem sich die Senguptas wieder vor dem Schreibtisch des Arztes zusammengefunden hatten, sagte er in seinem üblichen entschiedenen Ton: »Er muss operiert werden.«

Apurva und Mallika Sengupta hörten das nicht zum ersten Mal, aber es beunruhigte sie jedes Mal wieder zutiefst. Ohne sich auch nur einen Zentimeter von der Stelle zu bewegen, drängten sie sich enger aneinander, wie ein Paar, das von einem Regenguss überrascht wird.

»Eine Operation? Was für eine?«, fragte Mr Sengupta, der sich nicht so leicht aus seiner unerschütterlichen Managerruhe bringen ließ; solange sich der Arzt nicht näher äußerte, bestand noch Hoffnung.

Dr. Samaddar blickte wie einstudiert auf einen Notizblock, der vor ihm lag, und sagte beiläufig, als läse er den Namen eines gängigen Produkts vor:

»Eine Operation am offenen Herzen natürlich. Das ist heute reine Routine.«

Wieder trat erschrockenes Schweigen ein. Wie bei jedem Tabu war der Plauderton, in dem es erwähnt wurde, empörender und unverzeihlicher als das Tabu selbst.

»Muss das sofort sein?«, fragte Mallika Sengupta. Ein stummer Vorwurf lag in ihren Augen, die in Tränen schwammen, doch sie hatte die absurde und unmöglich zu bejahende Frage ganz bewusst gestellt. Der Arzt spielte ihr Spiel mit und antwortete trocken und so, als sei das Ärgernis menschlicher Emotionen kaum zu ertragen:

»Nun, nicht sofort; ich weiß nicht, was Sie unter ›sofort‹ verstehen, aber es führt kein Weg daran vorbei. Besser früher als später. Shubhashya shighram – Eile bringt Segen. Spätestens mit vierzig.«

Vierzig, wieder diese magische Zahl – es war, als nähme ein Dämon langsam Gestalt an, um sich dann zu verflüchtigen, noch ehe er ganz sichtbar wurde. Nirmalyas Eltern atmeten unmerklich auf, ohne sich jedoch besser zu fühlen. Doch bis Nirmalya vierzig war, würde es alle möglichen neuen Methoden geben, Operationen am offenen Herzen würden längst passé sein (wie sie seit nunmehr fast zwanzig Jahren hofften), genauso wie Achtundsiebzigerschallplatten und Äther (beider Niedergang hatten sie miterlebt); vielleicht würde etwas so Simples wie eine Tablette oder ein Tropf die Rettungs- und Reparaturarbeiten übernehmen und wie ein Sendbote durch das Blut wandern, so wie ein Katheter heute schon kleinere Missionen durchführen konnte, und das Herz, das menschliche Herz, würde aus seiner langen Geschichte entlassen und neuen Möglichkeiten zugeführt werden.

»Nein, die rühren ihn mir nicht an«, sagte Apurva Sengupta grimmig, als sie die Peddar Road in Richtung Haji Ali hinunterfuhren, am Cadbury-Gebäude vorbei, das dort, seit sie nach Bombay gezogen waren, unbestreitbar Süßes und die weiße Wohltat eines Glases Milch pro Tag verhieß. Nirmalya saß vorn, geistesabwesend und ruhig, als sprächen sie über jemand anders, einen Cousin oder einen Zwilling. Sein Blick wanderte von der Windschutzscheibe über das Armaturenbrett und aus dem Seitenfenster auf die vorübergleitenden Szenen draußen: Noch konnte er sich seinen Stimmungen überlassen und seine überraschenden Äußerungen tun. Doch aus Apurva Sengupta sprach nicht nur väterliches Gefühl, sondern auch die Autorität des erfolgreichen Mannes, auf dessen Meinung man hörte, der ein großes Unternehmen geleitet hatte, der einiges von den Strategien verstand, die die Existenz eines Unternehmens dauerhaft sicherten (unter Bedingungen, die wenig Hilfreiches oder Zuträgliches boten). Gereizt und mit altgewohnter, tief verwurzelter Entschiedenheit rückte er seinen Krawattenknoten zurecht. Er war jetzt zwar im Ruhestand, aber die vielen Jahre, in denen er als Manager für andere Menschen verantwortlich gewesen war, hatten Apurva Sengupta Überzeugungskraft und moralisches Gewicht verliehen.

Shyamjis Untersuchung dauerte nicht lange. Zögernd und mit höflich-misstrauischer Miene (wie jemand, der eine enthusiastische, aber unverständliche Wegbeschreibung erhalten hat), als sei er sich nicht sicher, ob er an der richtigen Adresse angelangt war, hatte Shyamji mit Mr Sengupta den klimatisierten Raum betreten. Er empfand ein leises Unbehagen, als er dem angenehm nach Aftershave duftenden distinguierten Herrn im schwarzen Anzug und der akkuraten gestreiften Krawatte gegenüberstand. Dr. Samaddar betrachtete die beiden Männer prüfend.

»Das ist Pandit Shyam Lal«, sagte Apurva Sengupta im Tonfall altvertrauten Geplauders, »ein bekannter Sänger, der Musiklehrer meiner Frau, wie ich Ihnen schon am Telefon sagte.«

Dr. Samaddar nickte, wie um anzudeuten, dass er Mr Senguptas Zwänge verstehe, aber es war ein seltsam mechanisches Nicken; nichts verriet, dass er sich erinnerte, weder an das Telefonat noch an Mr Sengupta selbst. Erinnerung schien fehl am Platz in diesem großen Raum mit den in den Fünfzigerjahren in London erworbenen Urkunden an den Wänden und der kleinen pausbäckigen Plastiknachbildung des menschlichen Herzens auf dem Tisch, aus der Arterienstümpfe ragten wie ein abgesägtes Geweih. Den Blick unverwandt nicht auf Shyamji, sondern auf den Mosaikboden gerichtet, hörte sich der Arzt Shyamjis leise, ratlose, auf Hindi vorgetragene Beschreibung seines Zustandes an.

Er ließ durch nichts erkennen, ob er Shyamji verstanden hatte, sprach nur ein einziges Wort – »Kommen Sie« – und führte ihn zu einer hohen Liege an der Wand. Dort wandten sich die beiden schweigend einander zu, als wäre Apurva Sengupta meilenweit entfernt – Shyamji, der sich auf die Liege gesetzt und seinen kurta ausgezogen hatte, und Dr. Samaddar, der vor ihm stand und ihn abhörte. Noch immer schweigend und mit geneigtem Kopf schien er den Sänger gar nicht zu sehen; auch nicht, wenn er einen Moment lang die dunkle Brust fixierte, über die sich schräg die heilige Schnur zog, oder das kummervolle, geduldige Gesicht mit dem glasigen, entrückten Blick eines Menschen, der morgens in den Spiegel schaut. Das Stethoskop wanderte unruhig hierhin und dorthin. Apurva Sengupta sah aus dem Fenster; er besaß eine ausgeprägte, oft unterschätzte Geduld, eine Eigenschaft, die ihm von Beginn seines Arbeitslebens an sehr genützt hatte, mehr noch als sein Können, seine vielfältige berufliche Kompetenz. Sie hatte ihm etwas gegeben, was bei einem materiell erfolgreichen Menschen erstaunte – oder vielleicht brauchten erfolgreiche Menschen es mehr als andere: eine Art Selbstlosigkeit. Er schien an gar nichts zu denken und sich nicht im Mindesten zu langweilen, während Dr. Samaddar bei Shyamji behutsam die Elektroden ansetzte.

Später wandte sich der Arzt ungerührt an Apurva Sengupta: »Pleuritis hoyechhe.«

Es überraschte Mr Sengupta, dass er unbewusst – oder tat er es absichtlich? – ins Bengali verfiel. Dr. Samaddar hatte nie erkennen lassen, dass er sich irgendwie mit ihm verbunden fühlte; dass sie Bengalen waren, hatten sie beide ignoriert und sich für das neutrale, beruhigend ausgewogene Englisch entschieden. Doch nun, in Anwesenheit des Mannes, der auf der Liege saß und die silbernen Knöpfe seines kurtas in die Knopflöcher schob, war es plötzlich, als wären sie alte Freunde oder dergleichen – was wusste man schon? Apurva Sengupta ahnte nichts Gutes.

»Wenn wir ihn ins Jaslok einweisen« – der Arzt zeigte auf das Krankenhaus, das auf der anderen Straßenseite stumm aufragte – »könnten wir ihm noch einige Monate geben.«

Ungeübt, wie er war, und in der wohwollenden Stimmung, in der er mit Leuten verhandelte, die auf ihrem Gebiet ebenso erfolgreich waren wie er, verstand Apurva Sengupta nicht, was Dr. Samaddar mit »noch einige Monate« meinte. Doch da der Arzt keine Hiobsbotschaft verkündet hatte, wie es bei Nirmalya zu befürchten gewesen war, bat er nicht um nähere Aufklärung. In seinem Kopf wurden Dr. Samaddars Worte zu so etwas wie »Wenn wir ihn ins Jaslok einweisen, könnte es ihm in einigen Monaten besser gehen« oder einem ähnlichen Satz, mit dem er etwas anfangen konnte. Doch Shyamjis Miene hatte sich verdüstert, als wollte ihn Dr. Samaddar zwingen, ein religiöses Tabu zu brechen oder Fleisch zu essen. Er misstraute der Schulmedizin zutiefst; misstraute ihr, weil sie letzten Endes kaum jemanden rettete und weil er das Gefühl hatte, dass ihre Grundlagen areligiös waren. Man konnte nicht gerettet werden, wenn die Mittel dazu nicht auf irgendeine Weise mit dem Heiligen in Verbindung standen, und das Heilige wollte den Fortbestand von Leben und Gesundheit. Innerlich unbeteiligt und ungeduldig saß er dennoch würdevoll und beherrscht auf seinem Stuhl. Er wollte nach Hause.

»Und die Kosten?«, fragte Apurva Sengupta.

»Ich bin dort Konsiliararzt, das regle ich schon«, murmelte Dr. Samaddar, als befürchte er, seine Geste könnte ihm als Schwäche ausgelegt werden.

Ins Jaslok-Krankenhaus war Pandit Ram Lal vor zwölf Jahren gebracht worden, nach seinem zweiten Herzinfarkt in einem Taxi in Mulund, auf dem Rücksitz zwischen jüngeren Inkarnationen Pyarelals und Shyamjis. »He bhagavaan«, hatte er gestöhnt, wie ein Heiliger, voller Mitgefühl und Geduld noch in seinem Leiden. Der dritte Infarkt hatte ihn ereilt, als er in sein Zimmer im Jaslok gebracht wurde. Dieser dunkle, wimmelnde Betrieb der Lebenden und der Halbtoten mit dem girlandengeschmückten Ganesh am Eingang war für Shyamji untrennbar mit dem Tod seines Vaters verknüpft. Wenn er in der Peddar Road daran vorbeikam, wandte er den Blick ab, oft sogar unbewusst. Hier war Ram Lal nach einer Woche gestorben, in einem der zahllosen Zimmer, deren Fenster nur selten vorsichtig geöffnet wurden, sodass der Verkehrslärm hereindrang.

»Sengupta sahab«, sagte Shyamji nach ein paar Tagen entschuldigend, aber mit der Überzeugung eines Menschen, der endlich eine verschlossene Tür geöffnet und etwas Unabweisbares gesehen hat, »ich kann nicht in dieses Krankenhaus.«

Trotz allem unterrichtete er weiter. Ab zehn Uhr vormittags kam die Prozession der Schüler und der Verwandten, die etwas von ihm wollten, durch die offene Tür in eine Wohnung voller Küchengerüche, in der ständig das Telefon klingelte. Der Diwan im Wohnzimmer, über den ein Laken gebreitet war, wurde zu dem Ort, an dem sich alle trafen, und die Familie bewegte sich um die Unterrichtsstunden herum, fast ohne sie wahrzunehmen. Es war weniger ein Krankenlager als vielmehr ein Ort der Unterweisung und Genesung, das Kissen Zubehör eines Augenblicks der Behaglichkeit, wenn Shyamji Pause machte und sich zurücklehnte. Manchmal trat das Harmonium gar nicht in Aktion, und es wurde nur gesungen und geklatscht. Shyamji schlug wie ein Magier die Handflächen aneinander und hielt seine Schüler auf diese Weise dazu an, im Rhythmus zu bleiben, nicht von der Taktangabe abzuweichen. Wenn er so in Unterhemd und pajaama dasaß und der frisch gewaschene, makellos weiße Stoff die dunkle Haut eng umspannte, wenn er ein paar Takte summte, um sein Gedächtnis aufzufrischen, oder mit schnellen Worten eine neue Komposition rechtfertigte und erklärte, während sich Gerüche nach Kochbananen, Kardamom und Zimtrinde in heißem Öl mit den Küchendämpfen mischten, war er nach wie vor Mittelpunkt dessen, was seine Welt ausmachte: Neuigkeiten aus der Stadt und den wechselnden politischen Konstellationen, Klatsch über die Karrieren seiner Schüler und das neueste Gemunkel über steigende Immobilienpreise. Oft lag eine momentan vergessene Ausgabe der *Navbharat Times* auf dem Diwan. Auf einem Tischchen standen eine Wasserflasche, ein Glas (meist von einem Plastikuntersetzer bedeckt), das Ringe auf der Platte hinterlassen hatte, und eine Ansammlung von Tabletten. Shyamji war ein wunderbarer layakar; Instinkt und Genie hatte er von dem fiebrig-nervösen Ram Lal geerbt, einem Meister rhythmischer Umsetzungen klassischer Musik, und so war das Gedränge in der Wohnung stets von Klatschen und kurzlebigem Jubel begleitet. Dieser aktive, unbezähmbare Geist lief durch alle Straßen, alle Viertel und jagte jeder Chance nach, wie ein Händler mit einem neuen Produkt, er berechnete die Tonsilben einer in ektaal gesetzten Komposition und gleich darauf den Zinsertrag einer vor Jahresfrist getätigten Investition, den Zeitraum, in dem er einem Geschäftsmann und Amba-Verehrer das Geld zurückzahlen konnte, das er sich von ihm geliehen hatte, oder den Wert der Wohnung in einem halben Jahr bei stetig steigenden Immobilienpreisen – bis er mit einem Seufzer wie nach einem Auftritt sein Kissen zurechtrückte, sich auf der Seite zusammenrollte und in der seltsamen absoluten Nichtigkeit des Nachmittags für eine Stunde die Augen schloss.

Das Leben ist Sehnsucht nach Verbesserung – in diesem Sinne war Shyamji sehr lebendig. Er hatte den gebrauchten Fiat verkauft, und um nicht mehr auf teure Taxis und Motorrikschas angewiesen zu sein, wollte er jetzt ein anderes Auto, eines, das nicht immer wieder liegen blieb. Manchmal, zu Hause, wenn ihn plötzlich die Energie verlassen hatte, lag er auf der Seite, während er einen jungen Mann unterrichtete, der in der quälenden Hitze vielleicht bis von Marine Lines angereist war. Shyamji stützte sich dann geduldig auf den Ellbogen, die Wange in der Handfläche, und musterte den Schüler besorgt. Sein Ellbogen drückte sich in das Kissen, seine Finger schnippten den Takt, und er brachte es fertig, fast im Liegen zu singen. An der Wand links hing Ram Lals strenges Porträt, vom King's Circle nach Borivli und schließlich hierher mitgewandert, das Bild mit dem rosafarbenen Hintergrund, das bei den Gandharva Sammelans ehrerbietig auf der Bühne platziert wurde – das Gesicht darauf schien außerstande, all das Hin und Her, das Aufkeimen von Möglichkeiten und materiellem Wohlstand und die vage vertraute Gestalt des kranken Mannes zu begreifen, und sich mit seinem Platz, an dem es, obwohl unerlässlich, weitgehend unbeachtet blieb, abgefunden zu haben. »Gut so, noch einmal von vorn«, sagte der liegende Shyamji seufzend zu dem schüchternen, fügsamen jungen Mann, der aufrechtt vor ihm saß. Seltsamer- und irritierenderweise fühlte er sich beim Singen ausgesprochen wohl, und das ließ ihn einen Moment lang an seinem eigenen und am Urteil aller anderen zweifeln; es lag an dem Wunder und den Freuden des Gesangs, der weder Alter noch Erschöpfung noch Krankheit kannte, nur ein vollkommenes Einssein mit der Welt, für die er unentbehrlich war.

Nirmalya suchte Shyamji vier Wochen vor seine Abreise nach London auf, schon auf Abschied eingestellt, pflichtbewusst und seltsam abwesend. Er hatte den Besuch immer wieder hinausgeschoben, doch eines Morgens machte er sich in dem Ambassador auf den Weg, am Steuer ein schweigsamer neuer Chauffeur. In einer Mischung aus Selbstsicherheit und ironischer Selbstvergessenheit legte er den Panasonic-Kassettenrekorder neben sich auf den Rücksitz. Er wollte neue Kompositionen und Ragas seines Gurus aufnehmen, um sie in das ferne, aber nicht gänzlich fremde Land mitzunehmen, in das er fliegen würde. Die nächsten acht oder neun Monate konnte er sie dann üben, und danach hoffte er für die Ferien nach Hause zurückzukommen. Das alles würde er Shyamji gegenüber nicht unbedingt erwähnen, aber so hatte er es sich gedacht. Es hatte geregnet, und die Reifen knirschten ganz leise, als sie auf die Sagar Apartments zufuhren, die noch nicht ganz fertige Straße feucht, rot und dunkel, Schutt und Ziegel neuer Bauvorhaben wahllos am Rand aufgehäuft. Es hieß, Rajesh Khanna habe sich eine Wohnung in einem der entstehenden Gebäude reserviert, und obwohl er nicht mehr der Schönling von einst war – kurta, Kirschmund, hoch erhobener Kopf –, hatte diese unbestätigte Nachricht für Shyamjis Familie und andere das Prestige der Sagar Apartments gesteigert. Als Nirmalya die Wohnung betrat, traf er Shyamji mit einem gut aussehenden jungen Mann im blumengemusterten Hemd an, einem Ghazal-Sänger namens Abhijit von einigem, wenn auch nicht allzu großem Talent, der verzweifelt versuchte, sich als Film-Playbacksänger zu etablieren.

»Shyamji«, sagte Nirmalya schüchtern, als die beiden endlich Pause machten. »Ich würde gern ein paar neue Stücke aufnehmen.« Und er stellte den Panasonic wie eine Mauer zwischen sich und das Harmonium auf den Boden.

»Hast du etwas zu einem Text von Shankara?«, fragte Shyamji und fuhr sich mit ausgreifender Geste durch das geölte Haar, als er von der Kategorie der schlichten Ghazal, die er soeben unterrichtet hatte, in die des selten gesungenen glanzvollen Ragas wechselte. Nirmalya schüttelte den Kopf, und Shyamji sagte geradezu erfreut: »Gut, dann gebe ich dir eine Shankara-Komposition. Aber um die richtig hinzubekommen, musst du sehr viel üben.« Dann fügte er noch hinzu:

»Und den Adana gebe ich dir auch, den hast du noch nicht, oder?« Und mit etwas ungläubiger, ratloser Miene, als fiele es ihm jetzt erst ein, fragte er kindlich unbefangen: »Wann fährst du, baaba?«

»Nächsten Monat, am Achtundzwanzigsten«, antwortete Nirmalya leise und schüchtern, wie immer nervös, wenn man in Gesellschaft von ihm Notiz nahm und ihm zuhörte.

Abhijit aber hatte sich entwaffnend pragmatisch aus dem anspruchsvollen Gespräch über Ragas und Auslandsreisen ausgeklinkt und sang halblaut eine Ghazal vor sich hin. Sein Repertoire an Liedern schien unerschöpflich. An klassischer Musik zeigte er sich respektvoll desinteressiert; sollten die Kenner ihr Wissen mehren – er war nur auf Melodien und auf Erfolg aus. Jemand hatte ihm gesagt, sein Name, »Abhijit«, habe den richtigen Klang, das richtige Gewicht, das Potenzial, weithin bekannt zu werden, und so vertraute er still auf seinen Namen und nannte ihn unaufdringlich, aber gewichtig, wenn er danach gefragt wurde. Ein paarmal schaute er zu dem Lehrer im Unterhemd und dem gehemmten, aber sichtlich engagierten jungen Mann hinüber, den er hier schon einige Male getroffen hatte. Nirmalyas schäbige Kleidung registrierte er mit wissender Heiterkeit, denn ihm war längst klar, dass Nirmalya der Sohn eines »hohen Tiers« war. Er selbst war wählerisch in Bezug auf seine Hemden und sah aus wie ein Filmheld. Doch Nirmalya war so unauffällig gekleidet und so unscheinbar, dass man ihn gar nicht übersehen konnte. Als er auf einem Stuhl Platz nahm, sagte Abhijit lachend: »So einfach angezogen!« Und er schüttelte fast liebevoll den Kopf beim Anblick von Nirmalyas kurta, der an der Tasche eingerissen war. Nirmalya fühlte sich wohl in dem kurta; seit vier, fünf Jahren bewohnte er einige seiner Kleider wie eine zweite Haut; so nahe waren sie ihm, dass er ihre schwindende Stofflichkeit gar nicht mehr bemerkte und sie fast in ihn hineinschwanden. Auch den kurta hatte er schon zu oft getragen.

Shyamji nickte nachdrücklich, und während er den Kassettenrekorder von den Blasebälgen des Harmoniums weg- und zu sich heranrückte, sagte er leise: »Voh sant hai«, jenes alte Sprichwort, mit dem man Heilige und Dichter, aber auch Verrückte und Träumer bezeichnete. Abhijit lächelte, und seine hellen Katzenaugen glänzten vor Vergnügen und glasklarem Einverständnis. Shyamji machte sich nicht etwa über Nirmalya lustig. »Ist eine Kassette drin?«, fragte er und blickte fast bedauernd von dem geheimnisvollen Fach der TDK-Kassette auf. Er fand Nirmalya merkwürdig und seine Verachtung für den glitzernden Trubel der Stadt ein wenig lästig. Er verstand sie nicht. Er sah nicht ein, weshalb der Junge unbedingt eine ganz andere Richtung einschlagen musste, weg von der Welt, in die er das Glück hatte hineingeboren worden zu sein. Das war kindisch und weiter nichts. Ein paarmal hätte er ihn am liebsten gefragt: »Sind dir deine Eltern denn nicht gut genug, baaba?«, um dann in väterlichem-geduldigem Ton hinzuzufügen: »Freu dich über das, was du hast, baaba.« Doch in den letzten Monaten hatte er eine seltsame Nachsicht gegenüber dem Jungen entwickelt, und obgleich er sich kaum je Gedanken darüber machte oder es zu verstehen suchte, rührte ihn irgendetwas an Nirmalya an. Etwas in ihm, Shyamji, hatte sich gelöst; eine Mauer, die alles, was er tat, umschlossen hatte, ohne dass er es wusste, bröckelte immer mehr, und diese Veränderung, diese versöhnliche Erosion äußerte sich in dem plötzlichen Bedürfnis, dem Jungen alle Musikstücke zu geben, um die er so ruhig und beharrlich bat, Kompositionen, die auf den herrlichen, immer wiederkehrenden Ragas beruhten. Man glaubte ohne diese Ragas auskommen zu können, aber sie brachten sich immer wieder in Erinnerung, die Kompositionen seines Vaters, mit denen Ram Lal seine Zuhörer geblendet hatte und die Shyamji kleinmütig und fast entschuldigend an seine Schüler weitergab.

Mit geschlossenen Augen, das Gesicht jung und ruhig wie immer während der einleitenden Zeilen, begann Shyamji, ein vertontes Gedicht von Shankara ins Mikrofon zu singen. Nirmalya und Abhijit hörten zu, der eine auf einem Stuhl, der andere auf einem razai, der ältere Schüler lächelnd, durchaus bereit, sich vom unerwarteten Eindringen der Klänge eines Ragas anrühren und anregen zu lassen. Nirmalya konzentrierte sich und legte die Stirn in Falten, als könnte er nicht richtig hören oder als versuchte er angestrengt, die Geräusche aus der Küche und von draußen auszublenden. Wahrscheinlich hatte Shyamji ihn missverstanden – so wie er Shyamji oft missverstanden hatte, weil seine Verehrung des Künstlers vorgefassten, zwingenden Vorstellungen davon entsprang, wie ein Künstler zu leben und sich zu verhalten habe. Er hatte sich seinen eigenen Shyamji geschaffen und war immer wieder irritiert und allzu fordernd gewesen, wenn die beiden Shyamjis nicht übereinstimmten. Umgekehrt war es auch möglich, dass Shyamji seinen jungen, höflichen, aber starrsinnigen Schüler missverstanden und den Riss an der Tasche für ein Anzeichen wahrer Entsagung gehalten hatte. Da er die Welt der jungen Leute in Malabar Hill, in der Altamount Road und in Colaba nicht wirklich kannte (die Welt seines eigenen Sohnes war eine ganz andere), sah er nicht, dass es sich um einen Manierismus handelte, eine notwendige Phase, die einige Kinder der Reichen durchmachten. Oder vielleicht war ihm all das in letzter Zeit auch bewusst gewesen, und er war dennoch zu dem Schluss gekommen, dass Nirmalya ein ungewöhnlicher, untypischer junger Mann war.

Was macht man nur mit einem Menschen, der sich ganz einfach nicht behandeln lassen will?«

Mr Sengupta schüttelte lächelnd den Kopf. Er saß an einem Samstagmorgen mit seiner Frau in dem kleinen, aber schmucken Wohnzimmer beim Tee (die Fahrt zur Sea Lounge jedes Wochenende war ihnen mittlerweile zu weit) und rührte Zucker in den schwachen Aufguss. Wie immer sprachen aus ihm gesunder Menschenverstand und Vernunft. Auch deshalb war er für Mrs Sengupta ein Fels in der Brandung, die Achse, um die sich ihr Universum drehte, denn gesunder Menschenverstand und Vernunft waren unerlässlich, aber schwer zu finden.

In der Sea Lounge hatten sie sich über banale ebenso wie über höchst beunruhigende Themen unterhalten, während ein Chili-Käse-Toast nach dem anderen von der Platte verschwand und Darjeeling-Tee nachgeschenkt wurde. Jetzt verweilten sie ebenso besorgt und ziellos bei der Frage, wie jemand, der ein Problem hatte und eine Lösung dafür angeboten bekam, diese Lösung einfach pauschal ablehnen konnte. Was war das für ein Mensch, der sich am Ende des zwanzigsten Jahrhunderts von einem absurden Aberglauben lähmen ließ, den sie selbst schon als Kinder hinter sich gelassen hatten? Sie tranken ihren Tee und schwiegen einen Moment, ihre Empfindungen ein Knäuel aus Ärger und Mitgefühl.

Vom Balkon her drangen menschliche Stimmen und mahnendes Vogelgezwitscher ins Wohnzimmer.

Doch Apurva Sengupta gab sich noch nicht geschlagen. Für den Moment hatte Shyamji ihn mit seiner leisen Unnachgiebigkeit zwar besiegt, doch dass er einen kostenlosen Aufenthalt in einer Privatklinik ablehnte, weil sein Vater dort gestorben war … das konnte Apurva Sengupta nicht ernst nehmen; er würde ihn schon noch umstimmen. Aber nicht jetzt; Druck auszuüben war sinnlos. Er würde noch ein paar Tage warten.

Pyarelal war besorgt; jedenfalls wirkte er besorgter als Shyamjis Familie. Das lag zum Teil daran, dass er sich in nichts mit der Familie einig war, in die er hineingeheiratet hatte; die anderen sahen in dieser Zurschaustellung von Besorgnis nur einen weiteren Versuch, Ärger zu machen, widerspenstige Negativität in eine optimistische Phase in Shyam Lals Leben und seine eng geknüpften Bindungen zu bringen und – das für Pyarelal typischste Laster – auf sich aufmerksam zu machen.

»Diese Idioten!«, beklagte er sich mit der Verachtung des Scharfsichtigen bei Nirmalya. »Da reden sie über nichts anderes als Filme, den Sohn von diesem Minister und dieses neue Hotel.« Und mit einem nachdenklichen, gepeinigten Blick bearbeitete er mit der Zunge einen schlechten Zahn.

Mit dem Resultat zufrieden, fügte er, jetzt plötzlich in gespielter Verzweiflung, hinzu: »In jeder Vorstellung singt er am Schluss dieses Lied, diesen langweiligen Kabir-bhajan. ›Wenigstens sorge dafür, Herr / dass, wenn mein Leben den Körper verlässt, / ich den Namen Govinds auf den Lippen trage.‹ Weißt du, wie Durgaji« – er meinte einen Verwandten, einen bekannten qavvali-Sänger – »es nennt?« Er grinste, dann packte ihn ein bidi-Raucherhustenanfall, doch er schüttelte das Zittern, das durch seinen Körper lief, mit gleichgültiger Miene ab, als sei er gar nicht selbst betroffen, und fuhr fort: »Er nennt es ›Shyams Nationalhymne‹.« Er sah Nirmalya an, ein ironisch flehender Blick zwischen Partnern mit gleichen Überzeugungen und Absichten. »Aree, sag ihm, er soll damit aufhören, baaba« – denn er hatte den tränenreichen Lobgesang gründlich satt.

Pyarelal glaubte zwar wie alle, dass es nur eine Frage der Zeit sei, bis es seinem Schwager wieder besser ging, doch neuerdings verspürte er eine unterschwellige Angst – war es eine Ahnung vom Ende? Sie befiel ihn mitten in den Strapazen des Alltags, wenn er sich gerade sein Stoppelkinn kratzte, an einem Zahn saugte oder nachmittags einen Doppeldeckerbus bestieg und, wenn kein Sitzplatz frei war, mit einem verlegenen Kopfrucken in Habachtstellung stehen blieb. Doch es verging schnell wieder, dieses beunruhigende Gefühl der Leere. »Sei nicht albern«, sagte Bombay zu ihm, wenn der Bus anfuhr. »Das Leben geht weiter, es ist noch immer weitergegangen.« Hatte er endlich einen Sitzplatz gefunden, konnte es zu einer Verzögerung kommen: Der Bus hielt an, die Autos neben ihm erstarrten, die Ellenbogen ihrer Insassen ragten resigniert aus den Fenstern. Ungeduldig, hoheitsvoll und gebieterisch, immer so, als stünde er auf einer Bühne, schaute Pyarelal dann auf seine Uhr mit dem Metallarmband und schüttelte den Kopf. Schließlich setzte sich der Bus – zum Glück! – ganz langsam wieder in Bewegung, näherte sich bedrohlich einer Ansammlung von Leuten, die seltsam konzentriert und stumm am Straßenrand standen, und fuhr dann an ihnen vorbei – ein Unfall, ein Fiat mit zertrümmerter Windschutzscheibe. Diesmal beschlich Pyarelal keine Vorahnung, er wollte nur so schnell wie möglich weiter, nach Hause, und er wandte rasch den Blick ab und murmelte das obligate Gebet für niemanden – niemanden, den er kannte, dem er einmal begegnet war oder den er sich vorstellte –, dann schüttelte er erneut fragend den Kopf (wieder wie vor Publikum), und der Schweiß auf seiner Stirn trocknete, als der Bus wieder Fahrt aufnahm und der Seewind durchs Fenster hereinfegte. Und so kehrte Pyarelal, ab und an eine Filmmelodie summend, die ihn schon den ganzen Tag verfolgte, nach Hause zurück.

Der Koffer war gepackt: eine dicke Schicht Winterkleidung, ein dunkler Anzug – Nirmalya hatte sich geschworen, ihn auf keinen Fall zu tragen – klein und unbedeutend in dem Koffer, aber dennoch von einer abweisenden Autorität, auch ohne einen Körper darin –, Hosen, darunter eine ausgefranste, schon in Auflösung begriffene Cordjeans, die seine Mutter erst hatte verschwinden lassen, um die Nirmalya jedoch mit der Beredsamkeit eines Anwalts und schließlich der Sturheit eines Irren gefeilscht hatte. In den kleineren Koffer kamen *Die großen Denker* mit den psychedelischen gelben, orangefarbenen, blauen und dem schwarzen Streifen unten auf dem Umschlag, auf der Rückseite das tröstliche, schmerzlindernde Mantra der Namen: Kant, Schopenhauer, Nietzsche, Santayana. Er war dem Buch entwachsen, seit er es vor drei Jahren in einer Buchhandlung aus dem Regal genommen hatte, aber er brauchte es noch zur Beruhigung; in dem Kapitel über Francis Bacon, das er nur kurz überflogen hatte, war eine Seite aus Protest herausgefallen. Doch mit Will Durant bewaffnet – auch wenn er sich ihm, im Grunde schon von Anfang an, ein wenig überlegen fühlte, seinem Erfolg, seinem ernsthaften Vertrauen in die westliche Kultur, seiner auf Seite zwei geäußerten, etwas unbeholfenen Verehrung für seine Frau –, mit Will Durant bewaffnet, hoffte er, die Reise ins Unbekannte und in die Erlösung antreten zu können.

Er hatte Bandra noch nicht restlos erkundet. Wenn er hier durch die Straßen mit den kleinen Häusern, den sauber gefegten leeren Höfen und den unkraut- und blumenbewachsenen Gärten ging oder auf ein steinernes Kreuz oder die warme Mauer einer Kirche stieß, dann begann sein radikal weltabgewandtes Ich die Freuden des Irdischen zu verstehen. Seltsam, dass er sich inmitten so vieler Symbole der Transzendenz – das Kreuz, die Kirche – auf das Irdische einließ. Doch das bedeutete Bandra für ihn.

Und auch sein Vater und seine Mutter – wie anders sie hier waren! Natürlich waren sie die Alten geblieben, aber es kam ihm vor, als gehörten sie jetzt mehr ihm. Das Grau, das in den letzten Jahren nach und nach im Haar seiner Mutter aufgetaucht war, sah man nur, wenn man ganz genau hinschaute; davon abgesehen, veränderte sich nichts an ihr. Sie liebte die malerische Umgebung. »Sie erinnert mich an die kleine Stadt, in der ich aufgewachsen bin«, sagte sie, ohne näher darauf einzugehen.

Wenn es hier regnete, nahm man nicht nur den Regen wahr, sondern auch die anderen Häuser, die Straße selbst, die Bäume: das ersterbende Vogelgezwitscher, das Quietschen eines Tors, trödelnde Schuljungen, die sich in Trab setzen. Und nach dem Guss lagen abgefallene Flammenbaumblüten auf der Straße, wie abgezirkelt, leuchtend rote Teppiche unter den Flammenbäumen. Nach einer Stunde hatten sie sich rosa verfärbt, und wieder eine Stunde später waren sie zum immerwährenden nüchternen Grau des Asphalts verblasst. In der Wohnung ging die Hausarbeit – kochen, sauber machen, Bettwäsche wechseln – stets ruhig ihren Gang. Er würde seine Eltern friedlich in dieser Umgebung zurücklassen. Manchmal wirkten sie wie langjährige Bewohner dieser Straßen; das Bombay, das sie hinter sich gelassen hatten und in das sie nie mehr zurückkehren würden, es sei denn für einen zuvor geplanten und durchdachten Teil des Tages, schienen sie nicht zu vermissen.

Das Gebäude, in dem sein Vater die Wohnung gekauft hatte, war auf einem Grundstück erbaut worden, auf dem einmal ein Einfamilienhaus gestanden hatte, und so waren die Senguptas – ebenso wie die anderen Wohnungseigentümer – in gewisser Weise Teil des Wandels, den die Straße durchmachte. Die meisten ihrer Nachbarn waren Sindhis, abgehärtet durch schwere Arbeit und Migration, aber auch übermütig und herzlich durch ihren neuen Wohlstand. Man grüßte sich freundlich, doch sobald Mr und Mrs Sengupta ihre Wohnungstür hinter sich zugemacht hatten, waren die Nachbarn kaum noch vorhanden, und ihre Welt, statt sich um sie zu schließen und zu einem Mikrokosmos zu werden, dehnte sich durch die Fenster und den Balkon eigentümlich aus und erfasste auch die alten Häuser gegenüber, die Parallelstraßen und den unsichtbaren Horizont. Nirmalya störten die anderen Familien im Haus nicht weiter; sie waren ihm lieber als die geschniegelten, arroganten Managertypen, unter denen er aufgewachsen war. Er wusste nur nicht immer, ob er sich über ihre extrovertierte Art amüsieren oder ärgern sollte.

Nur eine Woche blieb noch bis zu seiner Abreise. Mihir, ein Freund, mit dem er zur Schule gegangen war und der inzwischen in Kalkutta Ingenieurwissenschaften studierte, hatte sich nach seiner Adresse erkundigt und besuchte ihn überraschend. Seine Kindheit zersplitterte jetzt; Elemente davon wurden in Richtungen und an Orte geweht, die damals unvorstellbar gewesen waren, und es erstaunte ihn jedes Mal, wenn einer dieser Splitter zu ihm zurückkehrte.

»Du hattest dich ja irgendwie in Luft aufgelöst, yaar«, sagte Mihir, als sie einträchtig nebeneinander auf dem Balkon standen. »Aber ich dachte mir, ich sehe mal, was du jetzt so machst.« Er lachte leise, als sei ihm jemand, dem er schon immer alles zugetraut hatte, zu nahe getreten. »Ich wusste nicht, dass du nach England gehst.«

»Und du, was für Pläne hast du?«, fragte Nirmalya, teils deshalb, weil sie sich in einer Phase ihres Lebens befanden, in der »Pläne« wichtig waren, in der alle um ihn herum unermüdlich Schicksale durchsiebten und aussortierten, aber auch, weil er ein Alter erreicht hatte, in dem er neugierig war, ob alte Freundschaften, die sich schnell überlebt hatten, zu Bündnissen werden konnten, und in dem er erkannt hatte, dass ihm Verbündete wichtiger geworden waren als Freunde. Doch trotz seiner Andeutungen hatte er nur wenige Freunde und noch weniger Verbündete. »In einem Ingenieurbüro arbeiten, ins Ausland gehen?«

»Management wahrscheinlich«, antwortete Mihir verlegen und auch etwas aggressiv, denn vor zwei Jahren hatten sie noch Dichter und Künstler werden wollen. »Philosophie und so, das ist nichts für mich.«

»Du hast dich doch so dafür interessiert«, entgegnete Nirmalya; er befürchtete, dass der nicht näher bestimmten Sache wieder ein Anhänger verloren gegangen war, sah sich aber zugleich in seinem Anderssein bestätigt.

»Ach, das ist okay, um die Mädels zu beeindrucken!« Mihir lachte laut bei der Vorstellung, dass jemand glauben konnte, die Philosophie hätte noch einen anderen Sinn, und auch Nirmalya musste lachen über die Stichhaltigkeit dieser Aussage; ein leises Bedauern beschlich ihn, weil er diese vielfältigen Möglichkeiten nicht genutzt hatte.

Explodierende Böller rissen sie aus ihrem wehmütigen Gedankenaustausch. »Mann!« rief Mihir; ein einziger Knall hatte ihn wieder in die Realität zurückgeholt. Leute, die Nirmalya vom Sehen kannte, kamen in schimmernden, festlichen kurtas atemlos lachend aus dem Haus gerannt und setzten eine Zündschnur mit schlangenartig aufgereihten Feuerwerkskörpern in Brand, die dann in einer raschen Folge weißer Blitze explodierten und Rauch erzeugten, ohrenbetäubend und endlos. War eine Schlange verbrannt – oder auch schon vorher –, zündete ein hochgewachsener junger Mann die nächste an und sprang dann schnell weg, kichernd wie jemand, der sich vom Schimpfen eines alten Mannes nicht einschüchtern lässt.

»Shit«, sagte Mihir und versuchte den Lärm weltmännisch zu ignorieren wie ein Offizier im Artilleriefeuer. »Das ist alles Schwarzgeld.«

Der Geruch der explodierenden Kracher stieg ihnen in die Nase. Ein Mann in einem glänzenden shervani – der jüngere Sohn einer Familie im zweiten Stock hatte sich unversehens in einen Bräutigam verwandelt – schritt steif auf ein nervöses, aber gehorsames Pferd zu, das in der Straße aufgetaucht war, und stieg in den Sattel. Nirmalya wollte etwas sagen, doch da nahm ihm eine neue Böllerserie den Atem. Von dem nahen Mangobaum flogen in aller Ruhe Tauben auf, schon fast an den Tumult gewöhnt.

»So müssen die Juden gewesen sein, bevor die Nazis kamen«, sagte Mihir. Er lehnte am Geländer, während sie die auf der Straße tanzende Familie beobachteten, sein junges, gutmütiges Gesicht (nicht hübsch, aber irgendwie anziehend) ausdruckslos vor Ironie.

Nirmalya, den schon der Lärm der Explosionen zum Schweigen gebracht hatte, machte diese Äußerung noch zusätzlich sprachlos. Ein kräftiger Windstoß der Geschichte schien heranzufegen und drohte die Idylle zu zerstören, doch er wehte vorüber, ohne Schaden anzurichten. Was genau ging in Mihirs Kopf vor – und in seinem Herzen? Der Hochzeitszug bewegte sich einigermaßen geordnet nach links, vermutlich zu dem Saal, in dem die Hochzeit stattfinden würde. Der Bräutigam, das Gesicht jetzt hinter einem Blütenvorhang verborgen, der von seinem Turban herabhing, saß unbeweglich und teilnahmslos auf dem Pferd, während die Feiernden fingerschnalzend um ihn herumtanzten und immer mehr Familienmitglieder, die sich reserviert und würdevoll im Hintergrund hielten, in den Tanz hineinzogen. Schon nach wenigen Augenblicken warfen die neu Hinzugekommenen ihre Reserviertheit und Würde ab und ließen sich zu dem Vergnügen bekehren, ein öffentliches Schauspiel zu bieten. Wie oft wurden sie in ihrem Leben schon zum Tanzen aufgefordert? Das Pferd hätte wie aus einem Märchen aus alter Zeit gewirkt, hätten sich nicht das Unbehagen und die Unsicherheit des Tieres auf den Betrachter übertragen. Es war eine Erleichterung, als es sich endlich mit den jubelnden Menschen zu der Hochzeit entfernte. »Schön ist es hier«, sagte Mihir, als wieder Stille eingetreten war (nur zwei Nachzügler, mollige Teenager in schimmernden weißen Seidenkleidern, rannten noch auf der Suche nach der verlorenen Gesellschaft durch die Straße). »Deine Eltern haben Glück gehabt mit der Wohnung hier.« Und mit einem vorsichtigen Blick auf Nirmalya fügte er hinzu: »Hier ist es viel schöner als in Cuffe Parade – da gefällt's mir überhaupt nicht.« Sie blieben noch eine Weile auf dem Balkon, bis die Straße und die Bäume mit der Dämmerung verschmolzen. Nirmalya verspürte einen seltsamen Schmerz: Er wünschte sich mehr Zeit, ohne dass dieser Wunsch ganz Gestalt angenommen hätte; etwas mehr Zeit mit Mihir, mehr Zeit vor seiner Abreise nach England, mehr Zeit für diesen Tag selbst. Es machte ihn traurig, dass der Tag nicht länger sein konnte.

Anfang Oktober, zwei Tage nach Nirmalyas Abreise, kam Shyamji in die Wohnung der Senguptas. Die Vorhänge waren geöffnet, um das heiße, helle Licht einzulassen.

»Ist baaba denn schon weg?«, fragte er und sah sich langsam um, als könnte Nirmalya hinter den Möbeln hervorkommen.

Trotz seiner dunklen Haut wirkte sein Gesicht an diesem Morgen blass, gequält und wie gepudert. Seine Füße unter dem pajaama schienen angeschwollen. Grotesk humpelnd betrat er das Wohnzimmer, in dem überall Ziergegenstände und unberührte Aschenbecher standen.

»Oh, er ist schon vorgestern in London angekommen.« Es klang, als wollte sie das allen verkünden, nicht nur Shyamji, sondern der ganzen Welt. »Gerade vorhin haben wir telefoniert …« Sie verfiel in eine kurze Träumerei. »Es ist jetzt so still in der Wohnung.« Mit trüben Augen – denn sie schlief schlecht, seit sie um drei Uhr nachts am Flughafen gewartet hatte, bis Nirmalya in der Luft war. Gestern und heute war sie um halb vier aufgewacht; sofort hellwach, hatte sie sich gefragt, wo ihr Sohn wohl in zwanzig Jahren sein würde, jedoch ohne die Augen zu öffnen, entschlossen, die Morgendämmerung, die sich ins Zimmer stahl, zu ignorieren, fragte sie: »Eine Tasse Tee, bevor wir anfangen, Shyamji?«

Shyamjis Wangen waren aufgedunsen; auch er schien

nicht allzu gut geschlafen zu haben. Er runzelte die Stirn, als müsste er sich verteidigen, und sagte: »Warum nicht, didi?«

Auf einem hölzernen Tablett wurden die Kanne und die leise klirrenden Tassen hereingebracht, und so saßen die in traurige Erinnerungen versunkene Mutter und ihr Lehrer um elf Uhr vormittags beisammen und tranken Tee ohne Milch, jede Tasse mit einem Teebeutel wunderbar wohlschmeckend zubereitet.

»Vorgestern hat er am Telefon gesagt: ›Sag Shyamji, er soll auf sich aufpassen. Es scheint ihm nicht sehr gut zu gehen.‹«

Shyamji trank von seinem Tee und lächelte wehmütig. »Er ist mein größter Kritiker. Er hat ein strenges Auge auf mich.«

So war es. Die letzten vier Jahre war es so gewesen, als Nirmalya im leeren Trubel des Lebens in Cuffe Parade immer wieder Zweifel angemeldet hatte. Seine häufigen schüchternen Fragen an Shyamji – »Warum singen Sie nicht mehr klassisch?« – und seine anspruchsvolle Verdrossenheit über die Musikszene, von der Höhe der Thacker Towers aus betrachtet – »Warum werden bhajans und Ghazals heute auf so banale Art gesungen?« –, hatten ihm den Spitznamen »der Kritiker« eingebracht. Auch Neckerei war dabei im Spiel gewesen, und Nirmalya hatte es genossen. »Baaba ist ein großer Kritiker«, hatte Shyamji etwa scheinbar gedankenverloren gesagt. Dennoch war es Nirmalya in dieser Inkarnation gelungen, ihn ein wenig zu verunsichern. Vor einigen Jahren, an einem Spätvormittag in den Thacker Towers, hatte ihn der Junge ehrlich empört und offensichtlich ohne die Befürchtung, ihn zu verärgern, gefragt: »Warum singen Sie nicht öfter klassisch?« Und Shyamji hatte es ihm mit einer Geduld, die er denjenigen vorbehielt, die naiv, aber reinen Herzens waren, zu erklären versucht: »Baaba, mit leerem Magen kann man keine Kunst ausüben. Erst muss ich mit diesen leichteren Formen genug Geld verdienen, dann kann ich mich ganz dem klassischen Gesang widmen.« Ein durchaus brauchbarer Plan. Doch zu Shyamjis Missvergnügen hatte »der Kritiker« nicht geantwortet, sondern ihn nur mit glänzenden Augen angesehen, als wollte er mit der simplen Moral und dem grimmigen Dogmatismus eines Siebzehnjährigen sagen: »So weit wird es nie kommen. Der Moment, sich seiner Kunst zu widmen, ist immer jetzt.«

Jumna – die Frau, die vor siebzehn Jahren zu ihnen gekommen war, um die Toiletten zu reinigen, anmutig, bedächtig, sechsundzwanzig Jahre alt, die Frau, von der Mrs Sengupta im ersten Überschwang ihres Lebens als Direktorengattin gesagt hatte: »Sie hat Kultur, mehr als die Damen, die ich auf diesen Partys treffe« –, diese Jumna, schon müde und resigniert, ehe sie überhaupt zum Besen griff, ging auf dem Wohnzimmerteppich in die Hocke. Das eine ihrer Augen glänzte feucht. Seit vier Wochen kam sie jeden Tag zu spät, und die Enden ihres Saris schleiften hinter ihr am Boden, wenn sie um elf wie ein Phantom schuldbewusst hereinhuschte. Mrs Sengupta war nicht zufrieden mit ihr.

»Memsahab«, sagte Jumna zu der vertrauten, kopfschüttelnden Gestalt, die halb Dienstherrin, halb Gefährtin für sie war, »es ist zu weit von Mahalaxmi bis hierher, zu umständlich. Wozu all das Durcheinander und der Ärger? Lassen Sie mich gehen, memsahab.«

Ihr Haar war inzwischen ganz grau, die silbernen Strähnen gescheitelt und hinten zusammengefasst. Mallika Sengupta hatte sich im meerzugewandten Paradies von La Terrasse oft trostsuchend an Jumna gewandt und so manches Mal gedacht: »In gewisser Hinsicht hat sie es besser als ich.«

Sie kauerte sich vor sie hin und sagte geduldig: »Was redest du denn da, Jumna?« Sie hatte kaum zugehört. »Wie kannst du eine gute Stelle einfach so aufgeben? Glaubst du, solche Stellen wachsen auf den Bäumen? Du bist doch viel jünger als ich.«

Sie sagte das in dem selbstzufriedenen Bewusstsein, dass sie weit jünger aussah als Jumna; die Zeit hatte ihr kaum etwas anhaben können, seit das Blitzlicht in dem Fotostudio 1971 ihr Gesicht mit den beiden schiefen, perlenartigen Zähnen und den modischen Ohrgehängen erleuchtet hatte. Und Jumna (die das Foto viele Male abgestaubt hatte) wusste, dass dies nur recht und billig war, wusste, dass Mrs Sengupta von den Mächten, die das Leben lenkten, gesegnet war (sie empfand keinen Neid, es genügte ihr, mit solch einem Wesen in Berührung gekommen zu sein), und sah ihr auch jetzt ihre Direktheit nach. Die Armen altern in der Regel schneller als die Wohlhabenden; für sie schreiten die Zeit und das Leben in einem anderen Tempo voran, »wie ein Rückfall nach einer langen Krankheit«. Jumnas ältester Sohn, der vor zwei Jahren als sweeper im Jaslok angefangen hatte – eine Aushilfstätigkeit, die jedoch in eine feste Anstellung umgewandelt werden sollte (»Du musst deinen Kindern Bildung verschaffen«, hatte der zehnjährige Nirmalya, der schon verzagte, wenn er nur an die Schule dachte, ihr einst gepredigt, aber ihr Sohn war in der siebten Klasse von der Schule abgegangen) –, dieser Sohn war an Gelbsucht erkrankt und vor einem Jahr gestorben. Und der schreckliche Ehemann – »Da dein Leben jetzt so furchtbar ist, müsstest du nach deiner Wiedergeburt ein ganz wunderbares Leben haben«, hatte Nirmalya sie im Alter von sieben Jahren belehrt –, dieser faule Säufer, der ihr die Schneidezähne ausgeschlagen und sie eines Nachts in der Absicht, sie anzuzünden, mit Petroleum übergossen hatte: Auch er war gestorben; vor zwei Jahren war er einer Leberzirrhose erlegen. Jetzt war Jumna die ermüdende Fahrerei von Mahalaxmi bis nach Bandra leid. Ihr linkes Lid schloss sich immer wieder über dem tränenden Auge, und sie wollte sich beim Optiker die lang ersehnte Gratisbrille anpassen lassen.

»Ich werde schon etwas in der Innenstadt finden«, versicherte sie ihrer skeptischen Dienstherrin, und gleichsam als Zauberformel gegen Widerspruch brachte sie eine bereits abgenutzte, kaum je akzeptierte Ausrede vor: »Die Fahrt nach Bandra ist so lang, und manchmal verpasse ich den Zug.«

Immer wieder trat er ans Fenster des kleinen Zimmers, schon fast gewöhnt an den eigenartigen Geruch nach Teppich und Mobiliar und den im Raum schwebenden Geist eines Rauchers. Er wollte Leute sehen, viele Leute, aber jedes Mal fiel sein Blick nur auf Fenster, die das matte Licht reflektierten, und einen Hof, auf den es oft herabregnete. Das Übermaß an Stille war ihm hier sofort aufgefallen, und allmählich erkannte er, dass es mit seiner großen Liebe zur Einsamkeit nicht sehr weit her war, dass er Gesellschaft und Lärm mehr liebte als seine eigenen Gedanken. Er aß schlecht: Lustlos angebissene grüne Äpfel landeten im Papierkorb, und um drei Uhr nachmittags huschte er wie eine Maus in die um diese Zeit leere Küche und stellte eine Fertigpastete in den Backofen. Sie schmeckte scheußlich, aber es war eine absurd und fast erheiternd einfache Lösung, und der widerliche, aber appetitanregende Geruch machte ihn ungeduldig vor Hunger; mit dem ersten Bissen verbrannte er sich jedes Mal die Zunge. Später, leblos vor Einsamkeit, setzte er Teewasser auf, und das Grollen des Wasserkochers wuchs an wie ein herannahendes Gewitter, es setzte ihm zu, es machte ihn nervös und füllte schließlich das ganze Zimmer aus. Doch er hätte sich nicht zu beunruhigen brauchen, denn es verstummte wieder, wie alles andere, auch die Rohrleitungen in den Wänden – in denen der eigentliche Pulsschlag des Hauses zu stecken schien. Der Dampf, der aus der Tülle drang, gefiel ihm, so wie ihm neuerdings jedes Anzeichen von Leben gefiel, selbst an Dingen, die gar nicht wirklich lebten.

Verstörend frei für einen Studenten, ohne Plan, ohne bevorstehenden Termin, goss er Wasser in eine Tasse und schaute zu, wie die Farbe langsam von dem Teebeutel fortschwamm.

Er war unglücklich, und in den ersten zehn Tagen konnte er sich nicht entschließen zu singen. »Wenigstens bin ich allein im Zimmer«, dachte er und gestattete sich den Luxus, sich zum hundertsten Mal zu fragen: »Was hat mich bloß in dieses Land getrieben?« Wie hatte er immer Goopy und Bagha beneidet, deren Zauberschuhe sie im Handumdrehen von einem Königreich ins andere tragen konnten. Solch unmögliche Sehnsüchte quälten ihn in London. Und als er sich gerade daran gewöhnt hatte, dem dünnen, immer gleichen Klang der Stille zu lauschen, hörte er eines grauen Nachmittags seinen Zimmernachbarn husten. Er erstarrte, und sein Herz begann zu hämmern. Der Kokon aus Grübeleien und Ausflüchten, in den er sich in der ersten Woche eingesponnen hatte, löste sich durch diese körperlose Präsenz auf, und der unsichtbare Nachbar wurde zum Objekt von Nirmalyas Vermutungen und Überlegungen. Noch eine endlose Viertelstunde, nachdem er das einsame, aber erstaunlich freimütige Husten vernommen hatte, verhielt er sich ganz still und registrierte nun jeden Laut. Das sich verändernde Nachmittagslicht nahm eine bedrückende Bedeutung an, während er wie erstarrt in seinem Zimmer saß.

Am nächsten Mittag begegnete er seinem Nachbarn im Flur und erkannte, dass er sich ein Ungeheuer vorgestellt hatte. Es war ein großer, stämmiger braunhaariger Mann, der in einem Pullover steckte wie ein Kissen im Bezug, offensichtlich eben erst aufgewacht und auf dem Weg zur Toilette. »Hallo.« Er nickte Nirmalya zu und ging den Flur hinunter, das Haar zerzaust, einen Ausdruck schlichten, kindlichen Vertrauens auf dem sommersprossigen Gesicht.

Schließlich begann Nirmalya versuchsweise zu singen, ein sa, kaum mehr als ein Murmeln, denn er kam sich dumm vor und fürchtete fast, man könnte ihn für verrückt halten. Wie so viele Sänger nahm er in einem unbewussten Ritual seine Armbanduhr ab und legte sie neben sich, bevor er anfing, so als wollte er ins Wasser tauchen oder zu einer Reise aufbrechen, für die es irgendeines materiellen Beweises bedurfte. Das weiße Zifferblatt zeigte fünf nach zehn. Er seufzte tief auf unter dem Druck eines unbestimmten Verantwortungsgefühls und begann mit der Asavari-Komposition, die Shyamji ihm einmal vorgesungen hatte; damals hatte er schnell den Kassettenrekorder geholt und den Gesang aufgenommen, um ihn später insgeheim mit Pyarelal, der ihn wie eine Mutter genährt hatte, noch einmal durchzugehen – ein melodisches, melancholisches Stück. Draußen ging die Sonne unter, eine ganz andere Sonne als die, die er gewohnt war. Was hat es für einen Sinn, fragte er sich, hier den Asavari zu singen? Doch er nahm seinen Mut zusammen, und nun klang seine Stimme lauter in der trügerischen Spätvormittagsstille des Studentenwohnheims, wie elektronisch verstärkt.

Sein Tutor, ein Mann mittleren Alters im Tweedjackett, das grau melierte schwarze Haar zurückgekämmt, um die Denkerstirn zu betonen (er hieß Dickinson, ein geschickter Gesprächspartner, der im Prinzip nichts Bedeutendes hervorgebracht zu haben schien), wollte Nirmalya von seinem philosophischen Hunger kurieren. Er beantwortete sein Drängen mit einer Tasse Tee und einer Dose Kekse, und er versäumte es nie, eine Frage anzuschließen, die mögliche Fragen seines Studenten von vornherein abschnitt: »Zucker?« Auf Nirmalyas unausgesprochene Wahrnehmung einer Kulturkrise reagierte er wie ein Arzt auf die Leiden eines Hypochonders: ironisch, behutsam, darauf bedacht, ihn in keiner Weise zu kränken. »Nicht die Existenz ist das zentrale Problem der Philosophie«, sagte er nachsichtig und gut gelaunt, als sei das ein alter Hut, »sondern die Sprache. Aber davon später mehr.«

Auf einem Erkundungsgang durch das Epizentrum Londons – vorbei an Kinos, Ann-Summers-Dessousgeschäften, geisterhaften Dönerläden und überfüllten Feinkostgeschäften, in denen man Sandwiches kaufen konnte, an Schaufenstern, in denen Elektrogeräte zu stark herabgesetzten Preisen oder stumme Sternbilder aus Armbanduhren ausgestellt waren, und an verschwiegenen Sexshops mit indigoblauen Türen – gelangte er in eine schmale, sonnenbeschienene Straße namens Charlotte Street. Zutiefst niedergeschlagen ging er an den düsteren Gebäuden vorbei, bis er an der Ecke auf einen Friseursalon stieß. »Ein Haarschnitt ist längst überfällig«, dachte er, blieb aber unglücklich und schuldbewusst draußen stehen. Sein Haar, schwarz schimmernd und glatt – erst wenn es die Gezeitenmarke des Kragens erreichte, erschienen rätselhafterweise Wellen darin –, war ihm lieb und teuer. Doch er wollte die unangenehme, aber notwendige Prozedur endlich hinter sich bringen und trat entschlossen ein, hängte seinen gelben Regenanorak an einen Haken und nahm neben zwei anderen fügsamen Opfern, die zu lesen vorgaben, auf einem Sofa Platz. Schließlich wurde er mit einem Zeigefinger herangewinkt, und während der Italiener knatternd ein weißes Tuch ausschüttelte wie ein Zauberer, warf er einen traurigen Blick in den Spiegel und nahm dann seine Brille ab. »Nur schneiden, bitte«, sagte er, und einen Moment lang verunsicherte es ihn, dass er diese tief empfundene Bitte in einer Sprache vorbringen musste, auf die er keinen Besitzanspruch hatte – und dass er sich nun mit seinem ganzen Sein in die Hände des Friseurs begab. Der Mann achtete nicht darauf. Ohne ein Lächeln und unbeteiligt wie ein Blinder zückte er die Schere und zog den Kamm durch Nirmalyas Haare, als spielte er auf einem Instrument. Dann schnitt er wie jemand, der genau weiß, was er tut, eine große Menge davon ab, und ihr junger Besitzer saß hilflos still. Die Haare, die Nirmalya nach Beendigung der Schule hatte wachsen lassen, diese Emanation, nicht weniger eigentümlich als ein Heiligenschein – nur alle zweieinhalb Monate ließ er komplizenhafte Hände an sie heran –, lagen nun unwiederbringlich auf einem dunklen Boden in der Charlotte Street.

Zwei Wochen später rasierte er sich wie zur Buße in einem Moment wirbelnden Wagemuts auch Schnurr- und Kinnbart ab, und das Gesicht, in das er über dem Waschbecken blickte, war ganz und gar »normal«, überraschend angenehm anzusehen und recht respektabel. Er verspürte große Erleichterung und einen unwiderstehlichen Lachreiz – voller Freude, zur Menschheit zurückzukehren, zu all den Bestrebungen und Wünschen, die sie für berechtigt erklärte und die er insgeheim geteilt hatte. Seine rasierten Wangen protestierten mit einem Brennen gegen das Rasierwasser.

Das war eine Einladung, ji – aber nicht aus Bombay«, sagte Sumati. Sie legte den Hörer auf und zog ihren aanchal zurecht. Shyamji lag, den Kopf in die Hand gestützt, auf dem Diwan und unterhielt sich angeregt mit einem Verwandten, einem weiß gekleideten alten Mann, der auf dem Teppich saß und den Eindruck erweckte, als könnte er bis zum Horizont schauen. »Aus Dongri. Von einem wichtigen Beamten, der anscheinend dorthin versetzt worden ist, als ›Steuereintreiber‹, hat er, glaube ich, gesagt; seine Tochter heiratet. Er zahlt zwanzigtausend Rupien, sagt er, aree, und die Bahnfahrt erster Klasse für dich, Banwari und Pyareji. Du sollst am Abend nach der Hochzeit vor einer kleinen Gruppe von Freunden singen, sahab.«

Shyamjis Stirn legte sich angesichts von Sumatis ungebrochener Begeisterung in immer tiefere Falten. Dongri war eine völlig nichtssagende Gegend, aber andererseits: zwanzigtausend Rupien!

»Er sagt, er hat dich bei Khemkar sahab gehört und schwärmt für deinen Gesang«, fuhr sie leise fort. Sie musste daran denken, wie sie, das Gesicht halb hinter dem aanchal verborgen, im Hintergrund gekauert und zugehört hatte, als ihr Mann vor einem mit Staatsdienern und Geschäftsleuten voll besetzten Saal gesungen hatte; Khemkar war damals schon nicht mehr Ministerpräsident, aber noch immer eine einflussreiche Persönlichkeit gewesen. Sie war sehr stolz auf ihren Mann, und ihre gutmütige, schelmische Verehrung Shyamjis ärgerte die Verwandten oft.

»Was hast du ihm gesagt?« Shyamji hatte nur mit halbem Ohr zugehört. Er benutzte das vertrauliche »tu«: Sie waren seit über zwanzig Jahren verheiratet und eher wie Geschwister, die schon fast zu einem einvernehmlichen Zusammenleben gelangt sind; über weite Strecken nahmen sie einander gar nicht wahr, es sei denn mit flüchtigen wiedererkennenden Blicken oder mildem Widerwillen und Überdruss. »Aree, Suman, warum hast du mir den Hörer nicht gegeben?« Mit ihrem Kosenamen sprach er sie nur an, wenn er sich über sie ärgerte.

»Na hör mal!« Mit einem rauen Lachen trat sie erstaunt zurück. Der alte Besucher starrte sie offenen Mundes an. »*Du* bist doch derjenige, der nie ans Telefon will. Hast du dir's jetzt plötzlich anders überlegt, ohne was davon zu sagen? Ja, ist das so?« Sie lächelte und richtete ihren freundlichen Blick mit dem Glück bringenden Schielen auf den Besucher. Wenn sie ihrem Mann widersprach, achtete sie darauf, das »aap« zu verwenden, und sie tat es mit Respekt und in einem verschmitzt vorwurfsvollen Ton.

»Ich hab gesagt, du gibst ihm morgen Bescheid«, fügte sie auf dem Weg ins Schlafzimmer hinzu.

Er schwieg eine Weile, rief weder ihr etwas nach, noch sprach er den alten Verwandten an, sondern flüchtete sich entschlossen in eine seiner wiederkehrenden Träumereien.

Der Gedanke, nach Dongri zu fahren, belebte ihn; er schlug mit drei Fingern einen Dis-Akkord auf dem Harmonium an und summte eine Ghazal – heutzutage hörten die Leute ja nur noch Ghazals. Banwari würde er erst morgen Bescheid sagen: eine kleine gute Nachricht, die er bewusst noch eine Weile zurückhielt.

Doch am nächsten Morgen schlug sein Herz unregelmäßig, und als er nach der Darmentleerung das Bad verließ, war ihm schwindlig. Dr. Readymoney kam, der Kardiologe, bei dem er jetzt in Behandlung war (durch Vermittlung eines Schülers aus der unerschöpflichen Schar neuer Adepten; dreihundert Rupien würde ihn der Besuch kosten, das wusste Shyamji, daran führte kein Weg vorbei), und fühlte metronomisch penibel seinen Puls. »Telefon hai?«, fragte er in dem so melodischen Hindi der Parsen, das Sumati bezauberte und sie eilig und eifrig nicken ließ. Mit höflichen, knappen Worten veranlasste er die Einweisung des Musiklehrers in eine Privatklinik in Versova.

Shyamji war nicht übermäßig besorgt. Bestimmt würde er in vier Wochen wieder so weit hergestellt sein, dass er bei der Hochzeit der Tochter des Steuereinnehmers – wenn er denn einer war – in Dongri singen konnte. Er witterte dessen Haus förmlich; im Moment gab es keinen Grund, ihm abzusagen. »Wenn er anruft, sag ihm, ich bin unterwegs«, wies er seine Frau düster an – eine Lüge, die ihm unter den gegebenen Umständen noch am wenigsten folgenreich und am effektivsten erschien. Zwei Mittelschichtschüler waren gleichzeitig mit Dr. Readymoney gerufen worden und standen nun an der Tür oder liefen, ohne an den Aufzug zu denken, die Treppen hinauf und hinunter. Sie kümmerten sich um Shyamji und seine Familie: Es konnte ihm nichts passieren. Auch Sumati sorgte sich nicht weiter wegen seines müßigen Herzschlags; der Anblick der Schüler machte sie stolz, er beruhigte sie und wiegte sie in Sicherheit. Wie immer lächelte sie, als sich alles zu einem Ganzen fügte. »Und nimm die Tabletten!«, rief sie Shyamji noch nach.

Sein Kopf arbeitete fieberhaft, während er auf dem Gelände der Klinik mit ihren Gesimsen und Rasenflächen aus dem Krankenwagen getragen wurde. Das Vogelgezwitscher hörte er nicht; er rechnete die Kosten der Behandlung gegen seine Einnahmen auf, kalkulierte, was er von seinen Schülern zu erwarten hatte, und stand kurz vor der Endsumme, wie ein Musiker, der mit einer Gänsehaut einen laya-Zyklus abschließt. Doch dann wurde er müde und schloss die Augen, murmelte »He bhagavaan« und empfand eine geradezu wohltuende Leere, als er seinen Willen den Menschen ringsum überließ und in das Gebäude gebracht wurde.

In der Wohnung in den Sagar Apartments herrschte vormittägliche Unordnung. Der diskrete Duft des Sandelholzräucherwerks vor maatajis verschwiegenem, eifersüchtig gehütetem Schrein im Schlafzimmer war ins Wohnzimmer gezogen. Das Dienstmädchen saß gebeugt da, die Hand um ein tropfendes Bündel Spinat geschlossen. Als Nisha, die jüngste Tochter, die gerade ihre dunklen pickeligen Wangen puderte, die Nachricht hörte, schrie sie entsetzt auf – »Papa!« –, wie früher, wenn in dem chawl am King's Circus eine Ratte durch die Wohnung gehuscht war, dann verlor sie das Bewusstsein. Sumati bettete den Kopf ihrer Tochter in ihren Schoß und besprengte ihn konzentriert und feierlich mit Wasser. Das Mädchen kam wieder zu sich und nahm benommen das Gesicht ihrer Mutter wahr, die niedrige Decke, das Tageslicht und das Krächzen der Krähen. »Hai Ram, hai Ram«, sagte Sumati. »Das ist mir ein Rätsel!« Sie war verloren. Von allen Kindern der Familie war Nisha das am wenigsten musikalische; sie ließ sich mit großer Begeisterung zur Friseurin ausbilden. In einer halben Stunde musste sie zur Arbeit, musste in der künstlich erzeugten, nächtlichen Stimmung des beengten Raums ihre Finger um die Haare der Kunden krümmen.

Maataji hatte ihre Andacht abrupt abgebrochen und saß in ihrem weißen Witwensari still auf dem Diwan, als sei sie aus Stein gemeißelt.

Banwari war es, der Mallika Sengupta anrief. Nervös und mit geröteten Augen erledigte er einen Anruf nach dem anderen, wie ein Geschäftsmann, der verzweifelt versucht, die Bezugsquelle für ein Produkt ausfindig zu machen. Mrs Sengupta hatte gerade ein Dienstmädchen – eine der vielen ungeeigneten Nachfolgerinnen Jumnas, die sie in den vergangenen zwei Monaten eingestellt hatte – angewiesen, einen Sari zu falten, den sie vor dem Schlafengehen abgelegt hatte. Die junge Frau stand hinter ihr und hatte sich wie ein kleines Kind das eine Ende des prachtvollen Saris zwischen Kinn und Brust geklemmt. Mallika Sengupta und ihr Mann hatten am Abend zuvor eine Party am anderen Ende der Stadt besucht und waren spät und erschöpft in die nächtliche Idylle Bandras zurückgekehrt.

»Es geht um Shyamji, didi«, sagte Banwari heiser wie immer, erregt vor Bestürzung, fassungslos über die Ungerechtigkeit.

Sie hatte zwei Wochen nichts mehr von Shyamji gehört, eine ungewöhnliche, Nirmalyas Abwesenheit geschuldete Vernachlässigung des festen, beruhigenden Platzes, den die Musik in ihrem Tagesablauf einnahm. Stattdessen hatte sie häufig die Neogis besucht, ohne sich dort jedoch ganz wohlzufühlen. Nayana Neogi beherrschte mit ihrer Körperfülle in dem weiten Gewand träge das Bett, sie selbst saß in dem Korbstuhl – noch immer umgab sie die Aura der Ehefrau des erfolgreichen Managers –, ringsum lagen desinteressierte Hunde, und eine selbstbewusste Katze erschien und verschwand wieder, wie es ihr beliebte. Manchmal, wenn ihnen der Gesprächsstoff ausging und Nayana beunruhigend still dalag – war sie eingeschlummert? –, nahm Mallika in Anwesenheit ihrer fernen Freundin ein neues Aerogramm aus ihrer Handtasche und begann die papierfliegerartigen Flächen mit ihrer großen, ungeduldigen lateinischen Schrift zu füllen: »Unser shona Nirmalya ...« So sollte das Leben im Ruhestand aussehen, aber Mallika Sengupta konnte es nicht als solches akzeptieren und wollte bald wieder nach Hause. Doch sie fragte sich auch, wie bei den Neogis nach der Überschwemmung alles wieder ins Lot gekommen war, nachdem die Wohnung wie jedes Jahr in der Monsunzeit knöcheltief unter Wasser gestanden hatte und Prashanta Neogi durch das Wohnzimmer gewatet war, um die avantgardistischen Aschenbecher und einen Stapel fleckiger alter Ausgaben von *Imprint* (er hatte einmal für die Zeitschrift gearbeitet) in Sicherheit zu bringen. »Aree, baaba, pass auf die Elektrokabel auf!«, hatte Nayana ihn mit einem Hund auf den Armen gewarnt. »Wir müssen aus der Wohnung raus«, gestand sie Mallika jetzt, in behaglicher Rückschau halb auf dem Bett liegend. »Das wird hier immer schlimmer mit dem Wasser.« Aber wo sollten sie hin? Die Immobilienpreise waren horrend, und was hatte ein Werbegrafiker schon auf der hohen Kante? »Das Sicherste ist, wir ziehen nach oben«, schloss sie metaphorisch, aber subversiv. Sie löste ihre Bande auf eine Weise, wie Mrs Sengupta es nicht vermochte. Doch die regelmäßigen Kontakte mit Nayana waren für sie zu einem Ersatz für die Musik geworden. Sie hatte wieder angefangen, sich teils ratlos, teils misstrauisch Gedanken über Shyamji zu machen. Er hatte sie ebenso wie seine anderen Schüler benutzt, ohne sie seinerseits zu unterstützen, wie er es hätte tun sollen. Der Schüler will vom Lehrer nichts anderes als Wissen, aber Shyamji war kein Lehrer im mythologischen Sinne. Er lebte in einer Welt des Gebens und Nehmens. Er erwartete von seinen Schülern, dass sie ihn förderten, und seine Schüler erwarteten von ihm, dass er sie förderte. Es war – mit allen Schwankungen im Urteil und allen Missverständnissen, zu denen Menschen neigen – eine gegenseitige Abhängigkeit, die weniger berechnend, weniger endgültig und zugleich menschlicher war, als man hätte meinen sollen.

Mrs Senguptas Mann hatte eine Sitzung, aus der er nicht wegkonnte. Zitternd im gleißenden Vormittagslicht legte sie einen Sari an und eilte hinaus, um den Trauerzug einzuholen, der den Leichnam zu einem Krematorium geleitete. »Zu welchem Krematorium, Banwariji? Wie kommt man dahin?« Die Banalität der Fragen erleichterte sie und milderte die Wucht der Nachricht. Vom Rücksitz des Ambassadors aus nannte sie auf ihre übliche, für Chauffeure so verwirrende kursorische Art (als wären Fakten und Fahrtziele unter ihrer Würde) die Wegbeschreibung, die Banwari ihr seltsam ruhig und fürsorglich gegeben hatte. Eine halbe Stunde verging, während die geweihten baumbestandenen Straßen Bandras mit ihren Kirchen sich veränderten und in die staubigen Ausläufer einer Metropole kleiner Läden, riesiger Plakatwände und angespannt an Verkehrsampeln haltender Autos übergingen. Sie kamen an einer dunklen, stickigen Telefonzelle vorbei, in der sich am Manna der Ferngespräche laben konnte, wer sich nach dem Klang der menschlichen Stimme sehnte, dann passierten sie das unversehrte Sanktuarium eines Lakshmitempels, und schließlich erblickte Mrs Sengupta eine große, weitläufige Ansammlung von Leuten, die sie vom Sehen, dem Namen nach oder persönlich kannte. Allen gemeinsam war ihre tägliche Beschäftigung mit der Musik – mehr oder minder intensiv oder auch nur ihrer beruhigenden, heilenden Wirkung wegen –, ihre Währung waren die

Ghazals und bhajans, die unter ihnen zirkulierten, und ihre gewollte oder ungewollte Verbundenheit mit dem Schicksal eines Mannes, an den sie nun ständig denken mussten und der sie für den Moment ratlos und desorientiert zurückgelassen hatte. »Er ist schon drin«, sagte Dr. Kusum Deshpande traurig, eine Kinderärztin, die einmal Schülerin von Ram Lal gewesen war, eine »guru behan« – eine Schwester, weil sie und Mrs Sengupta denselben Guru gehabt hatten –, als hätte Shyamji diese Tür ebenso gut passieren können, um einen Termin wahrzunehmen (sodass ihre wehmütigen Worte fast komisch wirkten). Sie und Mallika Sengupta waren die einzigen Frauen, beide gebildet, fehl am Platz, keine Frauen im traditionellen Sinn (die man wie Kinder vom Scheiterhaufen fernhielt, als könnten sie sich anstecken); diese beiden konnten nicht weinen, sie konnten sich nur miteinander unterhalten und – Mallika Sengupta mit zutiefst ungläubiger Miene, Dr. Deshpande mit einem feinen, weisen Lächeln – über die Unwirklichkeit dessen, was geschehen war, sprechen. Die Ärztin war sechs Jahre älter als Shyamji; sie erinnerte sich an ihn als einen schweigsamen, frühreifen Jungen, der immer wieder in den Raum gekommen war, in dem sie bei dem mageren, eigenwilligen, aber freudestrahlenden Ram Lal bandishs gelernt hatte. »Er war so begabt«, sagte sie auf Englisch und schüttelte den Kopf bei der Erinnerung an den Jungen von damals und sein plötzliches Auftauchen im Raum. »Er hätte berühmt werden können.« Die Männer um sie herum schwiegen größtenteils; sie verwechselten körperliches Unbehagen mit Ergriffenheit, sie lockerten ihre Hemdkragen, sie wussten nicht, was sie tun sollten, und warteten darauf, gebraucht zu werden.

Zusammen mit einer Einladung zu einer Diskussion über die Wiederkunft Christi mit Mitgliedern der Neuen Kirche, einem von einem Rundschreiben abgerissenen Zettel, auf dessen Rückseite Mr Dickinson in krakeliger Schrift anfragte, ob sie die nächste Tutorenstunde verschieben könnten, einem mit Ausrufezeichen gespickten und mit dem verschmierten Konterfei Winnie Mandelas versehenen Flugblatt, das dazu aufforderte, sich den vielen anzuschließen, die keine südafrikanischen Orangen mehr aßen, lag in Nirmalyas Fach ein Aerogramm, ein stiller Reisender aus Indien, dessen Blau zwischen dem Weiß und Gelb hervorlugte. Zu Nirmalyas Verwunderung trug es die schnörkelige kleine Schrift seines Vaters. Ungeachtet der aufgedruckten Anweisungen zum Öffnen von Aerogrammen drohten sie in Nirmalyas Händen jedes Mal zu zerreißen. Er förderte den Inhalt wie aus einem Zauberkasten zutage und las die Nachricht, die in einem förmlichen, etwas steifen Stil abgefasst war, dem Stil eines Mannes, dem die Bürosprache geläufiger war als ein persönliches Sichoffenbaren. Dahinter aber verbarg sich tiefe Emotion, die Emotion eines Vaters, der seinen Sohn erfolgreich vor der Welt geschützt hatte und ihn weiter zu schützen gedachte. »So etwas passiert nun einmal«, schrieb er. »Dein Shyamji wusste nicht, was das Beste für ihn war.« Es klang, als hätte sich Shyamji eine Verfehlung zuschulden kommen lassen, die man vergeben und vergessen konnte.

Wie eilig er es gehabt hat, dachte Nirmalya. Während er las – unbeachtet von den anderen Studenten im Aufenthaltsraum, die ihn kaum kannten, die sich zueinander neigten, sich zu Gruppen zusammenfanden und wieder ihrer Wege gingen –, spürte er plötzlich, wie er im Mittelpunkt seines Alleinseins verharrte. Seine Augen füllten sich mit Tränen, so fein und kristallin, dass niemand sie bemerkte, und wie immer saß er über seinen Lehrer zu Gericht. Er stieg an der Strand in die U-Bahn, starr wie die anderen Fahrgäste, aber mit einem lebendigen, geheimen Kummer in seinem Innern, der ihn, so glaubte er, von ihnen absonderte. Plötzlich gefeit gegen die Hilflosigkeit des Exils, stieg er an der Tottenham Court Road aus und wanderte wie so oft ziellos zwischen Menschen und Kinos hindurch, diesmal jedoch, um einen klaren Kopf zu bekommen. Er hat zu früh zu viel gewollt, dachte er; diesen ungeduldigen – ja sogar unverantwortlichen – Abgang verübelte er seinem toten Lehrer. Was sollte er jetzt ohne Guru tun? Und was war dieses »zu viel«? Er wusste, was es war, konnte es aber nicht benennen.

Drei Monate später war er wieder in der kleinen Straße in Pali Hill, froh, zu Hause zu sein, trotz der extremen Sommerhitze in dem abschüssigen, sich nach unten verjüngenden Viertel. Als Banwari und Pyarelal ihn besuchen kamen, sagte er: »Das Wetter dort ist so trübe, die meiste Zeit habe ich keine Lust zum Singen. Ich will den Purvi singen, aber dann denke ich: Was soll's? Das Licht dort passt nicht, Pyarelalji. Das ist nicht gut. An manchen Tagen wird es in London gar nicht Abend, weil es schon am Morgen wie am Abend ist.« Pyarelal nickte heftig und hocherfreut, nicht etwa, weil er genau verstanden hätte, was Nirmalya meinte, sondern weil er schier platzte vor Stolz. Banwari schwieg mit übertrieben ernster Miene, als dächte er voller Pflichtgefühl über Nirmalyas Worte nach.

Nirmalya freute sich, Banwari und Pyarelal zu sehen, und wie früher belebte ihn ein schlichtes Staunen darüber, dass sie wieder da waren. Sie waren wie Freunde; ihnen gegenüber hatte er nie diese Anspannung empfunden, die seine Gefühle für Shyamji so kompliziert gemacht hatte, weil sie sich mit Verehrung und Erwartung mischten. Aber er spürte, dass sich die beiden ohne Shyamji hilflos fühlten. Sie räusperten sich verlegen wie höfliche ältere Mitglieder einer Hochzeitsgesellschaft, der der Bräutigam abhandengekommen ist. Shyamjis Tod hatte sie orientierungslos zurückgelassen – den extrem schüchternen jüngeren Bruder und den geschwätzigen, nervösen älteren Mann, der in die Familie eingeheiratet hatte und sich seitdem an sie gefesselt fühlte.

»Steht baaba gut, der Haarschnitt, nicht wahr?«, wandte sich Pyarelal an Banwari, als hätte er es eben erst bemerkt, als wäre Nirmalya gar nicht anwesend, sondern gehörte einer vergangenen Zeit an und sie dächten an ihn zurück.

Banwari stimmte mit einem matten Lächeln zu, das zu besagen schien, dass alles, was »baaba« betraf, außerhalb des Bereichs bloßer Wahrheit und Beobachtung lag.

»Er hat viel von dir geredet, bevor er gestorben ist«, sagte seine Mutter, als Nirmalya vormittags um halb elf mit einer Tasse Tee in der Hand im pajaama in der Wohnung umherging. Der Jetlag hatte ihn noch im Griff: Oft schreckte er in aller Herrgottsfrühe aus dem Schlaf hoch, und ein Gefühl der Schwere beschlich ihn. Bei Tagesanbruch war er aufgewacht und hatte eine Weile in das milchige Licht vor dem Fenster geschaut, das ihm während seiner Abwesenheit so lieb geworden war; wann er wieder eingeschlafen war, wusste er nicht.

»›Baaba wird eine Spur in der Welt hinterlassen‹, hat er gesagt.« Nirmalya fühlte sich unbehaglich und wusste nicht, was er mit dieser Prophezeiung anfangen sollte. Es kam ihm vor, als läge ein besonderes Geheimnis in den Worten des Toten, als hätten sie etwas Magisches; als ginge es gar nicht um ihn. Mallika Sengupta saß in ihrem Hausmantel vorgebeugt in einem niedrigen Sessel. (Wie sie es liebte, ihrem Sohn beim Frühstück Gesellschaft zu leisten!) Tränen standen in ihren Augen; sie war sentimental geworden, seit sie nach der Pensionierung ihres Mannes nach Pali Hill gezogen waren.

Es klingelte. Das junge Dienstmädchen machte auf, dann hörte man einzelne Silben und Satzfetzen eines leisen Gesprächs. Mrs Sengupta, von Natur aus neugierig, von Natur aus misstrauisch, ging hinaus. »Oh!«, hörte Nirmalya sie ungläubig ausrufen, dann kam sie in das sonnendurchflutete Wohnzimmer zurück, als könnte sie die Neuigkeit ihrem Sohn nicht vorenthalten, in der Hand eine Mango mit einem schattenhaften Fleck an der Seite. »Die ist von dem Baum auf unserem Grundstück«, sagte sie zu Nirmalya, der jedoch noch unempfänglich war für den Geschmack der Frucht. »Der Wachmann« – der unsichtbare Gesprächspartner an der Tür – »hat uns ein paar gebracht.« Das schien sie mehr zu freuen als ein Lotteriegewinn.

»Er hätte nicht sterben müssen«, sagte Nirmalya und vertrieb mit einem Kopfschütteln die Gedanken, die ihn seit dem Aufstehen beschäftigten. »Das war die reine Dummheit.« Er trank seinen Tee aus. Für ihn war Shyamjis Leben in den letzten Jahren eine Serie von Fehleinschätzungen gewesen: Er hatte Glamour über Kunst gestellt, leichte über klassische Musik, den Tod über das Leben. Nicht der Diabetes und auch nicht seine Herzkrankheit hatten ihn getötet, nicht der Alkohol und nicht jener geheime selbstzerstörerische Impuls, der andere Künstler zu Fall bringt – Shyamji war ein ruhiger, vernünftiger Mann ohne jedes Laster gewesen. Er hatte einfach zu viel vom Leben gewollt. »Warum hat er es so eilig gehabt?«, wandte sich Nirmalya gereizt an seine Mutter, die ihm mit ernster Miene zuhörte, die Hände noch immer anmutig um die Frucht gelegt. »Warum konnte er nicht warten?«

»Didi, baaba«, sagte Pyarelal in dringlichem, verlegenem Flüsterton, als wollte er die Bedeutung seiner Ankündigung herunterspielen. »Meine Schülerin Jayashree Nath – du hast sie einmal gesehen, baaba, im Taj –, sie tanzt am fünfzehnten im Little Theatre. Bitte kommen Sie. Ich hätte gern ein paar kluge – sachkundige – Leute im Publikum. Und baaba ist ja sehr klug – doch, ganz entschieden!«

Und so ließen sich Nirmalya, dem Shyamji den Status des »Kritikers« verliehen hatte, und Mallika Sengupta, deren lange Reihe von Musiklehrern in Bombay mit Shyamjis Tod abrupt und endgültig abgerissen zu sein schien – Mutter und Sohn in altbewährter Kameradschaft –, überreden, sich an dem Abend ins National Theatre of the Performing Arts aufzumachen, das wie ein ausgebleichtes Fragment in ihrem Gedächtnis schwebte, weil sie das gedrungene weiße Gebäude jeden Tag vom Balkon der Thacker Towers aus über das Wasser hinweg gesehen hatten. Eine Stunde Hinfahrt, eine Stunde im Little Theatre, eine Stunde Rückfahrt – ein Viertel des Tages für Jayashree Nath. Doch als sie sich fertig machten, freuten sie sich doch darauf, und Mrs Sengupta legte in den zwanzig Minuten, bevor sie aufbrachen, noch letzte Hand an ihr Make-up. Sie mussten ans andere Ende der Stadt, dorthin, wo das Land ins Meer überging, wo Nirmalya aufgewachsen war, wo er geträumt hatte, wo er vom Balkon aus die Biegung der Straße zur Schule gesehen hatte, wo er nur selten glücklich gewesen war. Pyarelals Frau Tara stand im Mittelgang eines Saals, in dem die Leute noch ihre Plätze einnahmen. »Kommen Sie, didi, komm, baaba, Ihr G–«, begann sie, unterbrach sich aber schnell, bevor sie das Wort »Guru« aussprach, und fuhr dann fort: »Ihr Pyarelalji hat sich so gefreut, dass Sie kommen.« Sie zeigte Nirmalya und Mrs Sengupta ihre Plätze in der zweiten Reihe, dann beugte sie sich zu Nirmalya, lächelte wie üblich verschmitzt, kniff dabei ihre schwarz umrandeten Augen zusammen und flüsterte ihm ins Ohr: »Sieh mal, Pyarelaljis neue Schülerin Madhu sitzt neben dir – ein Filmstar.« Nachdem Nirmalya Platz genommen hatte, schielte er zur Seite. Er hatte von Madhu gehört; sie hatte in einem einzigen Film mitgespielt, der kein großer Erfolg gewesen war. Sie nahm bei Pyarelal Unterricht im Kathaktanz – eine zierliche junge Frau mit heller Haut und hellen Augen, hübsch, aber nicht außergewöhnlich, so durchschnittlich wie eine Collegestudentin. Neben ihr saß als Anstandsdame ihre Mutter. Hatte Nirmalya nicht einmal etwas über Madhu gelesen? Als Kind hatte er manchmal auf der Suche nach pikanten Details die Filmzeitschriften durchgeblättert, die seine Mutter abonniert hatte. Doch nun erschienen die Künstler auf der Bühne: Pyarelal, steif und klein im Abglanz des Ruhms, dann ein drahtiger, distanziert wirkender Mann, den irgendetwas insgeheim zu amüsieren schien – er nahm am Harmonium Platz –, und mit tönenden Schellen an den Fußgelenken Jayashree Nath. Das Publikum applaudierte, und auch Madhu spendete mit ihren engelsgleichen kleinen Händen warmen Beifall. Pyarelal hatte Nirmalya entdeckt und warf ihm hinter den Tablas hervor einen erkennenden, befriedigten und listigen Blick zu, wie ihn Komplizen über die Köpfe einer Menschenmenge hinweg austauschen mögen.

»Das ist ja Motilalji!«, flüsterte seine Mutter.

Ihr Blick war auf den drahtigen Mann gerichtet, der inzwischen zu singen begonnen hatte und sich sogleich zu den hohen Tönen emporschwang: ihr einstiger Lehrer, der oft nicht zum Unterricht erschienen war, weil er im Delirium war, der sie in jeder Stunde auf seine nachlässige Art ausgiebig gelobt und auch beleidigt hatte; Sumatis älterer Bruder, Shyamjis Schwager, der einmal eines Spätvormittags den widerstrebenden Shyamji in die Wohnung in Cumballa Hill mit ihrer langen, von Kübelpflanzen bestandenen Veranda mitgenommen hatte, nur um zu prahlen: *So reiche Schüler habe ich.* Wie schrecklich peinlich das dem armen Shyamji gewesen war; später war er jedes Mal verlegen geworden und hatte schnell das Thema gewechselt, wenn er an diesen ersten Besuch erinnert wurde.

»Er singt also wieder«, sagte Mrs Sengupta nachdenklich, nicht sicher, ob sie überrascht oder fasziniert sein sollte.

Nirmalya hörte genau zu, als Motilalji die thumri sang, in der sich Radha ans Ufer der Yamuna wagt. Er wusste, dass Motilalji früher ein großer Sänger gewesen war, sich in der Wohnung in Cumballa Hill allerdings mehr für Versteckspiele interessiert hatte, für das »Dienstbotenquartier«, für imaginäre Zwangslagen und Gefährten. Doch jetzt, nüchtern und wiederhergestellt, mangelte es seiner Stimme, deren Timbre Nirmalya kaum noch in Erinnerung hatte, an Geschmeidigkeit und Frische; nur manchmal blitzte zu Nirmalyas Freude die alte Begabung darin auf.

Mikrofone gab es nicht; der Saal rühmte sich einer besonderen Akustik, die jedoch meist enttäuschte, sodass Nirmalya damit rechnete, sich anstrengen zu müssen, um Pyarelal zu hören, wenn er in schnellem Tempo die bols sprach oder zwei Verse aus einem Awadhi-Gedicht zu seinen großartigen Tabla-Rhythmen vortrug. Doch seine Stimme war überraschend deutlich vernehmbar. Auf die thumri folgten zwei lange kathak-Darbietungen, klischeehaft fast, für Nirmalya aber neu und fesselnd. Stumm verfolgte er, wie die Geschichten sich entfalteten und wieder verebbten, noch immer mit der unschuldigen Begeisterung eines Kindes für die Welt indischer Kunst: Das Schöne darin war unvergleichlich und unendlich viel aufregender als alles, was man in europäischen Museen fand. Jetzt kam Radhas shringaar, und während der drahtige Mann sang – routiniert, freiweg, aber merklich uninspiriert –, schmückte sich Radha für ihr Stelldichein und betrachtete sich in dem Spiegel, den sie in der Hand hielt, erst von einer Seite, dann von der anderen. Alle im Saal – gutherzige Parsendamen, zugeknöpfte Marketingmanager und ihre Frauen, Werbefachleute, die kurz zuvor noch Werbetexte verfasst hatten, ältere Paare aus »gebildeten« Familien mit einer besonderen Ausstrahlung, dreiste Stammgäste, die der Klimaanlage wegen hereinspaziert waren, all die Wanderer, aus denen sich das Publikum einer Vorführung gewöhnlich zusammensetzte, Menschen, die diesen Raum für eine Stunde der Geborgenheit ihres Zuhauses vorzogen –, sie alle verfolgten fünf Minuten lang, wie Radha sich schön machte, und boten ihr die ungestörte Ruhe, sich herauszuputzen.

Man applaudierte befriedigt, dann folgte die Episode mit Draupadis Vergewaltigung: Yudhishthirs letzter Würfelwurf, begleitet von einem mächtigen, bekräftigenden Schlag auf Pyarelals Tabla, Shakunis tiefes Lachen mit zurückgelegtem Kopf und dann, zum millionsten Mal seit der Entstehung der Geschichte, Dushaasana, der Draupadi ihren Sari herunterreißen will. Da schreitet Krishna ein; strahlend, selbstgefällig fast, verlängert er mühelos den Stoff, bis der glücklose, verblüffte Dushaasana sich geschlagen gibt. Nirmalya verlor sich in dem Schauspiel, voller ungewollter Bewunderung für Jayashree Nath, die zwar ständig in Hindifilmmanier den Kopf zurückwarf, es aber fertigbrachte, sich in ein Viertel der Figuren des Mahabharata zu verwandeln. Es war erstaunlich, wie Jayashree Nath, Pyarelal, Motilalji und der Kathaktanz etwas, was im Grunde nur ein zirkusreifer Zaubertrick war, zu einem Beispiel für die erschreckende, aber unbestreitbare Abhängigkeit der Menschen von göttlichem Eingreifen machten. Alle waren ergriffen; es war, als hätten sie sich auf eine Katastrophe zubewegt und wären, als sie den grinsenden Krishna erblickten, in den klimatisierten Zuschauerraum zurückgekehrt, in ihre weichen und doch stabilen Sitze, zu der Gewissheit, dass draußen längs des Arabischen Meeres in stummen Reihen ihre Autos parkten.

Mutter und Sohn gingen hinter die Bühne, wo ihnen bereits Leute entgegenkamen, zufrieden, ihre Glückwünsche angebracht zu haben. Die Künstler hielten lächerliche Blumensträuße in den Armen. Tara, füllig in ihrem rötlichbraunen Sari, stand neben Pyarelal. Noch erhitzt von den Glückwünschen und der Vorstellung, sagte er, als er Nirmalya und Mrs Sengupta entdeckte: »Komm, komm, baaba, wie fandest du's?«

Nirmalya war noch vom besonderen Nimbus des aus dem »Ausland« Heimgekehrten umgeben, und Pyarelal redete mit ihm, als wäre *er* die Berühmtheit oder stünde rätselhafterweise, aber unausweichlich im Begriff, eine zu werden.

»Wunderbar«, sagte Mrs Sengupta.

»Danke, dass Sie gekommen sind«, sagte Jayashree Nath in ihrer forschen, vielseitig verwendbaren Touristenführerart auf Englisch zu Nirmalya, der Firnis ihres Selbstbewusstseins eine Art Abwehrmechanismus, ihr Gesicht aus der Nähe grotesk überzeichnet und starr vor Schminke. »Er redet so viel von Ihnen!« Und Pyarelal, flankiert von Tara und zweien seiner Söhne, dunkelhäutigen Jungen mit dicken Brillengläsern, errötete bei diesen Worten, weil sie seine Gefühle beschrieben.

»Mallika?« Mrs Sengupta drehte sich lächelnd nach der trockenen, deutlich vernehmbaren Stimme um und sah sich dem ernsten dünnen Mann im weißen kurta und pajaama gegenüber: Motilalji. Obwohl nüchtern, sprach er sie dreist wie eh und je mit dem Vornamen an! Nicht das leiseste Zögern, keinerlei Rücksicht auf die inzwischen vergangene Zeit; er hätte auch betrunken sein können. Ärger wallte in Mrs Sengupta auf, aber auch ein kindliches Staunen darüber, ihn nach all den Jahren wiederzusehen. »Wie geht es Ihnen, Motilalji?«, fragte sie. Sie war besorgt: Nervös, wie er war, konnte er in seine frühere Maßlosigkeit zurückfallen. »Wo bleibt der pranaam, Mallika?« Eine Unverschämtheit, sie, die Ältere aufzufordern, seine Füße zu berühren! Als bereite es ihm Genugtuung, Ehrerbietung von der Frau des baraa sahab zu fordern, nicht zuletzt deshalb, weil sie die Kühnheit besaß, sich ihrer Qualitäten als Sängerin bewusst zu sein.

Wie auf den Partys, die sie besuchte, tat sie so, als hätte sie nichts gehört. Sie war empört, aber es belustigte sie auch, dass er sich so gar nicht verändert hatte. Und auch er tat im nächsten Moment so, als hätte er nichts gesagt. Es war, als hätte sich die Szene in Sekundenschnelle auf einer anderen, nicht identifizierbaren Seinsebene abgespielt, und so blieb ihnen nur, den Austausch von Artigkeiten und Mitteilungen fortzusetzen und das kleine Theater verstreichen zu lassen. »Es geht so«, antwortete Motilalji ohne Enthusiasmus, aufrecht und steif wie ein Brett, gefangen inmitten des Banalen.

Seit Shyamjis Tod stellten Banwari und Pyarelal – Banwari in aller Unschuld mit dem angemaßten Recht des Familienmitgliedes, Pyarelal auf seine scherzhaft aufdringliche Art – immer neue Forderungen an die Senguptas, nach Darlehen, nach Vorschüssen, die sie kaum je »ausgleichen« oder zurückzahlen würden, so als gäbe ihnen Shyamjis Tod das Recht dazu (was zwar nicht ausgesprochen wurde, unterschwellig aber stets mitschwang).

»Wofür?«, fragte Mrs Sengupta. Pyarelal hatte sie um dreitausend Rupien gebeten und stand nun mit gebührend zerknirschter Miene vor ihr.

»Er kann sich nicht vorstellen, dass wir kein Schwarzgeld haben«, dachte sie. »Er sieht unseren Lebensstil, seit Jahren, aber wie mühsam wir ihn aufrechterhalten, das sieht er nicht.«

»Tara geht es nicht gut«, sagte er und setzte – Schauspieler, der er war – eine interessante Miene auf. »Sie liegt in der Klinik, didi. Es geht ihr überhaupt nicht gut. Der Arzt meint, es könnte ein Geschwür sein.«

All das nächtliche Fasten und Beten! Und Jahre später brach das verborgene Leiden aus.

»In welcher Klinik?«, fragte Mrs Sengupta skeptisch.

»Im Laad Nursing Home.« Pyarelal räusperte sich, als handelte es sich um eine weltberühmte Einrichtung. »Der Klinik von Dr. Laad.«

»Betet mehr!« Mrs Sengupta schüttelte den Kopf, griff aber nach dem Schrankschlüssel. »Fastet mehr!«

Auch Pyarelal schüttelte den Kopf über die hartnäckige Dummheit der Welt ebenso wie über die verblüffenden, unbequemen Einsichten, die »didi« manchmal von sich gab. Der Schlüssel drehte sich im Schloss.

Nirmalya saß im Wohnzimmer auf dem Teppich und stimmte die Tanpura. Seine Hand legte sich auf einen der riesigen, widerstrebenden Wirbel nach dem anderen, und er zog sie mit einem tiefen Seufzer und der distanzierten Achtsamkeit eines Ingenieurs an. Das Instrument hatte über neun Monate lang wie ein vergessenes Familienerbstück oder eine stehen gebliebene Uhr unberührt in seinem Zimmer gestanden. Vor seiner Abreise nach England hatte Pyarelal die Saiten unentwegt schwatzend wie ein Hexenmeister mit größter Sorgfalt gelockert, damit sie während Nirmalyas Abwesenheit nicht rissen. Reptilienhaft hatten sie im Dämmerlicht geruht, und als Nirmalya jetzt die Wirbel drehte, wandte er das Gesicht ab, wie er es bei Pyarelal gesehen hatte, der nervös die Augen zusammenkniff, wenn sich die Saite mit einem drolligen, aber unheilverkündenden Sirren immer straffer spannte; eine reißende Saite konnte sehr wehtun.

Das Stimmen verlief ohne Zwischenfall, nur der Staub, der sich auf den Saiten angesammelt hatte, schwebte in trägen Partikeln fort, als Nirmalya zu spielen begann. Der Klang füllte sein Ohr, und die vier Saiten schufen zusammen nicht nur eine einzelne Schwingung, sondern eine ganze Welt. Es war eine Welt ohne Zeit, und Nirmalya war allein darin. Für den Moment vergaß er den Kummer und die Verwirrung, die die Nachricht von Shyamjis Tod in ihm ausgelöst hatte. Doch dann wurde ihm seine missliche Lage wieder bewusst, und die reale Welt drang in die von den Saiten geschaffene Welt der Töne ein: Er hatte keinen Lehrer mehr, und er wusste nicht, wie es weitergehen sollte. »Was soll ich singen?«, fragte er sich, denn sein Tanpuraspiel war nur eine Einleitung, ein Tor zur Welt des Ragas. Doch er war zufrieden damit, stumm und benommen an diesem Tor zu sitzen, wartend in dieser Klangwelt zu verharren, unschlüssig, was er üben sollte. Eine Minute verging. Ein überraschend wohltuender Luftzug erinnerte ihn daran, dass es in der Nacht geregnet hatte; die Tropfen waren auf das Gehäuse der Klimaanlage geprasselt, und er hatte im Bett einen Moment lang an die Blechdächer der Häuser von Verwandten denken müssen, die sie in seiner Kindheit in ihren Kleinstädten besucht hatten. »Malhar – es muss natürlich ein Malhar sein«, dachte er. Und er gestattete der Tanpura, diesem unnahbaren Wächter, ihn zu umarmen und einzuwickeln.

»Sie lächelt gar nicht mehr«, sagte Mrs Sengupta mit der kummervollen Miene eines Kindes. »Seit dem Tag hat sie nicht mehr gelächelt.«

Ram Lals Witwe – jene stämmige, energiegeladene Frau im weißen Sari. Mrs Sengupta war einen Moment lang erschüttert. Der Schmerz einer Mutter über den Tod ihres Kindes – so viele Male hatte sie ihn in der Fantasie durchlebt, und nun stand er ihr unmittelbar vor Augen!

»Wie hast du davon erfahren?«, fragte Nirmalya. Immer wieder kam er auf jenen Tag zurück, und seine Mutter fügte sich und erzählte ihm mit zitternder Stimme davon.

»Als ich hinkam, traf ich dort Kusum Deshpande, du weißt schon, die Ärztin. Sie war sehr freundlich.« Es klang, als sei sie irgendwie einem Missverständnis zum Opfer gefallen. Dann verfiel sie in den beruhigenden, zeitlosen Tonfall, in dem sie ihm früher, wenn es Nacht wurde und er sich in Gedanken schon wieder an seinen Tisch im Klassenzimmer verbannt sah, Geschichten erzählt hatte. »Von den Frauen der Familie war keine dort« – sie meinte im Krematorium – »die Frauen gehen da nicht hin, Nirmalya.«

In seinen Gedanken vermischte sich Rajasthan – Shyamjis Familie stammte ursprünglich von dort – mit spektakulären Opfergeschichten aus vergessenen Schulbüchern, Geschichten von Witwen, die auf den brennenden Scheiterhaufen ihres verstorbenen Mannes sprangen oder in die Flammen gestoßen wurden. Hätte Sumati sich vor zweihundert Jahren als eine Frau von reiner Seele mit Shyamji verbrennen lassen, und Banwari und Pyarelal hätten voller Schrecken, Demut und Verehrung dabeigestanden? Die Fantasie ging mit Nirmalya durch, und er sah den blütenweißen Sari, die Flammen und – weniger deutlich – die Protagonisten vor sich.

Nein, hier im Bombay mussten die Dinge ihren erprobten und bewährten Gang gehen, mit all den kleinen Festen, die das Leben ausmachten. Sumati ging in ein Juweliergeschäft und ließ sich goldene Armreife für Neugeborene zeigen; schimmernd lagen die zierlichen Schmuckstücke auf dem roten Samt. Ihre älteste Tochter in Delhi war im achten Monat schwanger.

Nach Shyamjis Tod blühte Pyarelal auf. Nach anfänglichen Zweifeln und Ängsten – denn er war schamlos abhängig von Shyamji gewesen – hatte er sich in einer wimmelnden Welt wiedergefunden, in der kein Shyamji mehr seine schützende Hand über ihn hielt.

Und nun hatte er Madhu als Schülerin gewonnen, Star eines einzigen Films, die Frau, die nach kurzer Zeit wieder vom Firmament herabgestiegen und zu ihm gekommen war, um sich im Kathaktanz zu vervollkommnen. Sie glich einem Wesen aus einem Märchenkönigreich, doch Pyarelal sah in ihr nicht mehr als eine talentierte Tänzerin und eine ganz normale, vor Ehrgeiz brennende Frau aus einem Mittelschichtvorort. Und tanzen konnte sie: Schon bevor sie Pyarelal entdeckte, war sie eine versierte Kathaktänzerin gewesen, die an Wettbewerben teilnahm, ihre Mutter stets als schattenhafte Wächterin hinter sich. Pyarelals Gestik, der subtile Stil seines abhinaya, wenn sich der hypernervöse, bidi rauchende, sich durch den Verkehr kämpfende, rastlose Mann in Radha selbst verwandelte, die Kompositionen in seinem Repertoire: All das zog Madhu zu ihm hin, und so wurde er ihr Guru – inoffiziell natürlich, wie es ihm meist beschieden war: nie ganz anerkannt, aber stets gefragt. Es gab noch einen anderen Pyarelal in Bombay, einen bekannten Tanzlehrer aus Benares, der gelegentlich in der *Times of*

India erwähnt wurde; wenn jemand bei Pyarelal anrief, um ihm zu gratulieren, tat er das mit einer gebieterischen Handbewegung ab.

»Das ist ein anderer«, sagte er dann.

Und es erzürnte ihn, wenn jemand dachte, Madhus Lehrer sei jener andere, penetrant immer wieder auftauchende Pyarelal.

»Ich werde Madhu mit einer Aufführung präsentieren«, versprach er Nirmalya, als sie zusammen auf dem Balkon der Wohnung in Bandra standen, Pyarelal mit einer schrumpfenden bidi in der Hand, ringsum das Rascheln der Natur. »Die wirst du allerdings verpassen, baaba, du gehst ja nach London zurück.« Er meinte damit nicht die Stadt, sondern einen Ort, noch ferner als Russland (in den Fünfzigerjahren war er einmal mit einer Gruppe auf Staatskosten dort gewesen und hatte Fotos von sich mitgebracht, auf denen er in einem warmen schwarzen shervani zart wie eine Schneeflocke neben Sitara Devi stand). »Ich wünschte, du könntest dabei sein – es wird wunderbar!«

»Was ist mit Ashaji?«, fragte Nirmalya Pyarelal freimütig wie immer und stets irritiert vom menschlichen Verhalten. Sie unterhielten sich über die schwierige finanzielle Lage, die Unsicherheit, in die Shyamjis Tod die Familie gestürzt hatte. Aber was war mit Ashaji, der großen Playbacksängerin, die in den Träumen der Leute noch immer schmachtend ihre Lieder sang, Ashaji, die für den in der Versenkung verschwundenen Film *Naya raastaa, nayi aashaa* gesungen hatte? Bei solchen Bewunderern, die selbst zur Legende geworden waren, bestand doch wohl kein Grund zur Sorge?

»Sie hat sehr geweint«, sagte Pyarelal ernst und pathetisch, als wären ihre Tränen eine Art Kapital, an dem sie nur wenige Menschen teilhaben ließ. »Sie hat bhaabhi angerufen und am Telefon geweint.«

Doch Pyarelal machte sich, was Madhu betraf, keine Illusionen, wie Nirmalya feststellte. Während seiner Ferien in Bombay hatte er vom Auto aus Plakatwände mit überlebensgroßen Bildern von ihr gesehen, wenn er durch die Haji Ali Road meerwärts fuhr, wo insektenzarte Gläubige sich durch den Regen über den wellenumspülten Dammweg auf die Moschee zubewegten. Da war sie, an der Ecke der Haji Ali Road, neugeboren und windgepeitscht wie Venus, im Begriff, die Welt mit ihrem zweiten Film zu überraschen, einen schmalen Streifen Taille entblößend, Götter und Sterbliche erwartungsvoll um sie herum. Als Nirmalya Pyarelal fragte, wie ernst es ihr mit dem Tanz im Vergleich zum Film sei (denn »Künstler« zu sein, war, wenn man Talent hatte, natürlich wertvoller, als ein »Star« zu sein), zog Pyarelal an seinem bidi-Stummel und sagte: »Baaba, Madhu weiß genau, was sie will. Sie will auf der Straße erkannt werden. Sie ist begabt, aber ich weiß nicht, wie lange sie noch tanzen wird.«

Wieder zog er gierig an seiner bidi, und Nirmalya grübelte über diese Logik und über die offenbar kalkulierten, kurzlebigen Bewegungen von Madhus schellenbewehrten kleinen Füßen nach.

Während Nirmalyas Ferien wurde der Song aus dem neuen Film mit dem eingängigen Text »Tin tin na tin, ye ratein rangiin«, zu dem Madhu eine kesse, akrobatische Nummer tanzte, zu einem großen Hit. Er war in aller Munde oder überflutete zumindest aller Ohren, selbst in Bandra – der blecherne Refrain drang in Wellen aus einem Radio, wenn abends Fledermäuse durch die Luft segelten –, und festigte Madhus Ruhm und Anziehungskraft.

Nach der Vorstellung im Restaurant Tanjore des Taj-Mahal-Hotels, wo Jayashree Nath unter seinen Argusaugen zu seinem stets verlässlichen Gesang und Tablaspiel getanzt hatte, befand sich Pyarelal auf dem Nachhauseweg in die kleine Wohnung in Borivli. Schon fast dort angekommen, ging er in seinen nagra-Schuhen mit akkuraten Schritten an einem zerfledderten Gini-and-Jony-Plakat vorbei, dessen vielfarbiges Papier sich um Mehmoods trauriges Gesicht herum bereits von der urinfleckigen Wand löste, und strebte der dunklen, menschenleeren Straße zu, deren Laternen bis auf zwei erloschen waren. Es war zehn Uhr vorbei, und allmählich erholte er sich von der schweißtreibenden Enge im Vorortzug und der schwankenden Busfahrt. Nachdem er ausgestiegen war, hatte er seinen langen gelben kurta glatt gestrichen, und als er nun die Straße zu seinem Haus überquerte und dabei mit vorgerecktem Kinn den mit Regenwasser gefüllten Schlaglöchern auswich, war ihm plötzlich, als sauste aus dem Dunkel ein Knüppel auf ihn nieder, und er stürzte zu Boden.

Zunächst begriff er nicht, was passiert war. Er war völlig benommen und hörte nur noch ein sich entfernendes Brummen. Eine Weile blieb er am Boden sitzen und dachte angestrengt nach, dann hoben ihn ein paar Leute auf – er war ja nicht allzu schwer – und trugen den in seinen nassen Kleidern unentwegt Redenden, nach Hause. Jede Bewegung tat ihm weh, und in der Wohnung sah er zu seinem Missfallen, dass sein pajaama voller Blut war.

Aufgeregtes Geschnatter ertönte ringsum, wie bei einer Hochzeit oder einer Verabschiedung, wenn jeder jeden übertönen will. Nachbarn schauten herein, Anrufe wurden mit ernster Miene getätigt, und Pyarelal hörte zu, still und gebeugt vom Überdruss des Unvermeidlichen. Nein, es war kein Knüppel gewesen; offenbar hatte ihn auf der schwach beleuchteten Straße eine Motorrikscha angefahren.

»Es gibt einfach zu viele davon in den Vororten«, sagte ein Nachbar, ein freundlicher Büroangestellter, ein spindeldürrer, aber unbeugsamer Mann. »Die werden von allen möglichen Schurken gefahren.«

Pyarelal sah den Knüppel vor seinem geistigen Auge, menschlich in seiner vernichtenden Plötzlichkeit, auftauchend und dann für immer verschwindend.

»Was ist das für ein Krankenhaus?«, fragte Nirmalya; er wollte wissen, wohin Pyarelal gebracht worden war. »Ich hab noch nie davon gehört.« Allmählich verspürte er wieder den versteckten, unwiderstehlichen Sog des Nachmittags und der Abenddämmerung. Alles um ihn herum, auch Geckos und Flughunde, flüsterten ihm zu, er solle bleiben, doch in zwölf Tagen würde er wieder abreisen. Am Morgen erst, als er in Richtung Hill Road geschlendert war, um Medikamente für seine Mutter zu besorgen, hatte er gebannt zugeschaut, wie ein ausgemergelter, weiß gekleideter Straßenhändler einen Maiskolben aus einem Korb genommen, die Hüllblätter entfernt und ihn dann über einem Feuer geröstet hatte, bis er von einer hauchdünnen Rußschicht überzogen war; und die ganze Zeit hatte ein Junge dabeigestanden und gewartet, bis der Kolben mit einer schon ausgedrückten halben Limonenscheibe eingerieben wurde. Der Korb voll Mais war Teil der verschwenderischen Fülle des Monsuns, aber Nirmalya hatte weder die Zeit noch das Bedürfnis, einen Kolben zu essen.

»Ein staatliches Krankenhaus«, sagte Mr Sengupta und knöpfte ohne Eile das Buschhemd zu (mit Blumenmuster und aus einem Stoff, den Nirmalya nicht einmal in die Nähe seiner Haut gelassen hätte), das seine Frau ihm gekauft hatte. (Ihr Geschmack war auch nach der Pensionierung ihres Mannes unvermindert jugendlich geblieben.) »Wieso solltest du auch davon gehört haben?«

Ein staatliches Krankenhaus! Kostenlose Behandlung, aber schlechte Ausstattung – dieser Ruf eilte staatlichen Krankenhäusern für Nirmalya voraus; er assoziierte sie mit nüchterner Funktionalität und einem ständigen Kommen und Gehen. Er rümpfte die Nase, als könnte er den Phenolgeruch in den Korridoren wahrnehmen.

An diesem schrecklichen, aber demokratisch Unterkunft versprechenden Ort angekommen – das staatliche Krankenhaus entpuppte sich als ein hübscher Kolonialbau, der noch etwas von der strengen Gerechtigkeit ausstrahlte, die das Raj einst charakterisiert haben musste –, stiegen sie zur Normalstation im ersten Stock hinauf und betraten einen großen Raum links mit etwa zehn dicht nebeneinanderstehenden hohen Eisenbetten. Pyarelal – er lag in der Nähe der Tür – schien zu schlafen. Seine Augen waren geschlossen, öffneten sich aber sofort, als die Krankenschwester ihm sagte, dass er Besuch habe. Am Morgen war er rasiert worden, kein Schatten zeigte sich auf seinen Wangen, und seine Beine waren in ein grünes Tuch gehüllt. Leise stellten sie ihm ihre Fragen, Mallika Sengupta bohrender und vorwurfsvoller als die anderen beiden, als wäre der Unfall auf irgendeine Fehlentscheidung Pyarelals zurückzuführen. Nirmalya stand neben dem Bett und fühlte wieder jene unerklärliche kindliche

Leichtigkeit, die ihn in seiner Nähe immer überkam. Pyarelal antwortete munter und gestand seine Schuld gut gelaunt ein. Er hatte sich einen komplizierten Knochenbruch zugezogen. Nirmalya schaute immer wieder zu seinem Bettnachbarn hinüber, der sich taub stellte und emsig von einem Blechtablett aß, dessen Mulden mit Erbsen, subzi, roti und daal gefüllt waren, die daal am Rand zu einem kalten Schorf getrocknet. Es roch nach Zwiebeln. Wie der Mann in seinem knopflosen weißen Hemd und dem weiten pajaama, der Kleidung, die hier jeder tragen musste, so konzentriert über sein Krankenhausessen gebeugt saß, erschien er Nirmalya schrecklich einsam. Die Männer hier waren Gefährten in der Verbannung, und es war, als müssten sie für den Moment allem entsagen, was sie genährt und geprägt hatte.

»Und das Essen?«, fragte Mrs Sengupta stirnrunzelnd und provokativ.

Pyarelal lächelte, das Lächeln eines Mannes, der weiß, dass er frei ist. Er zeigte auf den Henkelmann, der neben seinem Bett auf dem Boden stand.

»Das bekomme ich von zu Hause, didi«, antwortete er herablassend, aber zufrieden.

Eine Woche später wurde Pyarelal in die sterile Geborgenheit von Dr. Karkhanis' Privatklinik verlegt, in ein enges Zimmer mit drei durch ausgefranste grüne Vorhänge abteilbaren Betten, einer ratternden Klimaanlage an der Wand, ohne Fenster, sodass Besucher und Patienten gegen die Kontamination des Tageslichts abgeschirmt waren, mit Anschlüssen für eventuell benötigte Apparate am Kopfende der Betten und einem kleinen Nachttisch für ein Glas Wasser, Kekse und eine Banane: eine kühle nächtliche Oase. Der Name des Orthopäden klang für Nirmalya zu passend, um nicht erfunden zu sein: »Karkhanis« von »karkhana – Fabrik«: als hätten sich der Mann und sein ganzes Geschlecht auf Ersatzteile für den Körper spezialisiert.

»Es geht ihm gut«, sagte der chaotische Arzt mit der Knappheit eines gestressten, aber höflichen jungen Mannes, als er einen Moment Zeit fand. »Aber die Wundheilung wird eine Weile dauern. Das ist bei chronischen Rauchern ein häufiges Problem.« Sie standen in dem heißen, überfüllten Flur neben dem Aufzug, und seine Worte ließen ein gewisses Verständnis erkennen, doch dann wehrte er mit einer geschickten, nicht unhöflichen Handbewegung jede weitere Frage ab und verschwand.

Später sah Nirmalya das bandagierte Bein, als er mit seiner Mutter wieder neben dem Bett stand und Tara den grünen Vorhang vor einem gut frisierten Mann zuzog, der neben dem Nachbarbett auf einem Stuhl saß und, das Hemd fast bis zum Gürtel aufgeknöpft, neben einer verwirrend gut aussehenden Frau wachte.

»Mach Platz«, wies Pyarelal Tara an, und sie trat gehorsam hinter die Besucher zurück.

Das gebrochene Bein in dem pajaama ruhte auf einer Metallschiene, die am Knochen festgeschraubt zu sein schien; ein wenig Blut war auf den Verband getropft, wie Betelsaft.

»Dann können Sie ja nächste Woche nicht bei mir Tabla spielen«, sagte Nirmalya und drückte ihm den Arm mit der Dringlichkeit ihrer ersten Gespräche, einer Dringlichkeit, die sich in trügerischen Wellen einstellte, wann immer sie zusammen waren. Vieles verbarg sich in diesem Griff: die erste Aufwallung von Liebe, halb vergessene Missverständnisse, beiderseitiger Argwohn und die Erinnerung an die Verwandlung, die Ahnung des Möglichen, die mit der Musik einherging. Dieses Wissen hatten sie einst wie ein Geheimnis gehütet. »Ich möchte gern ein bisschen üben. Vielleicht kann ich Ihren Sohn bitten, die Tabla zu spielen.« Pyarelals Sohn hatte das Instrument gelernt; auch er würde es zum Beruf machen. Der gharana würde sich vertiefen, sich fortsetzen und sich schließlich im Banalen verlieren.

Pyarelal schaute entschuldigend und ein wenig verwirrt drein, wahrscheinlich, weil er niemandes Guru war. Er brachte den Leuten zwar einiges bei, aber er hatte keinen offiziellen Status. Nirmalya hatte viel bei ihm gelernt, doch Nirmalyas Guru war Shyamji, das stellte Pyarelal nicht in Frage. Unter vier Augen aber sagte er zu Tara: »Aree, was hat Shyam ihm schon beigebracht? Bei mir hat er viel mehr gelernt!« Und sie – der kleine, hektische Mann, der in solch tödlichen Zorn geraten konnte, und die beleibte, hadernde Frau – verfielen für eine Weile in ein lastendes Schweigen.

Später, gegen Jahresende, als der stickige Oktober vorbei war, als hell und blank der milde Dezember nahte und die Sonne ein klein wenig früher über dem Marine Drive unterging, machten sich Shyamjis jüngerer Bruder Banwari und Shyamjis Sohn Sanjay halbherzig daran, den Gandharva Sammelan vorzubereiten. Zakir Hussain, Ali Akbar Khan und Ravi Shankar würden bald aus Kalifornien zurückkommen, im Innenhof des St. Xavier's College wurde die Bühne errichtet, und die Planung der beiden Abende musste mit den schlanken Mädchen mit Armreifen und Kopftüchern und in Bluejeans abgestimmt werden. Es war eine Prestigefrage, den Gandharva Sammelan trotz allem weiterzuführen. Doch welche Ironie, dass nun Shyamjis Porträt neben Ram Lals aufgestellt werden musste! Die gerahmte Fotografie, von einer Schülerin in London, in Wembley, aufgenommen – das Gesicht darauf wartete geduldig und ein wenig skeptisch auf das Klicken des Verschlusses –, war in den letzten Monaten für die neuerdings so verloren und abwesend wirkende Sumati zu einem stummen Gefährten geworden.

Banwari strich sich das Haar zurück und blickte zerstreut in den Spiegel, ehe er die Tür öffnete, dann machten sich die beiden – Sanjay mit gesenktem Kopf – auf den Weg, um Anzeigen und Spenden zu sammeln. Sie suchten ehemalige Schüler auf und entboten ihr namashkaar, ließen sich auf

Wohnzimmersofas nieder und nahmen kopfschüttelnd und mit himmelwärts gerichtetem Blick Beileidsbekundungen entgegen. Doch die meisten Schüler wollten nicht singen. Der sammelan, obwohl stets glanzvoll und gut besucht und obwohl jede Sängerin und jeder Sänger dort gleichsam ein geliebtes, außergewöhnliches Kind einer einzigen erstaunlichen Familie war, hatte seine Triebkraft eingebüßt. »Dieses Jahr nicht«, sagte Mallika Sengupta. Ihr Mann saß in einigem Abstand auf demselben Sofa, nicht ohne Anteilnahme, absolut demokratisch in seinen Sympathien, voller Verständnis sowohl für die Bedürfnisse von Bruder und Sohn des Toten als auch für die Vorbehalte seiner Frau. Das Liederbuch nun wieder aufzuschlagen – der Rücken brach bereits wie eine alte Bienenwabe – war zu belastend für sie. Doch die bhajans waren nicht unwiederbringlich verloren, nein: Miras Pein ihres Traumgottes wegen, Tulsis Anrufen von Rams Namen – sie würden zu ihr zurückkehren, davon war sie überzeugt. Im Moment aber mochte sie nichts mit ihnen zu tun haben. »Und, Banwariji«, sagte sie mit einem Blick auf ihren Mann, als könnte er nicht für sich selbst sprechen, »bitten Sie Sengupta sahab nicht um ein Inserat. Sie wissen ja, er ist nicht mehr bei der Firma.«

Pandit Rasraj, der als einziger bedeutender Sänger regelmäßig bei dem sammelan auftrat, ein entfernter Verwandter der Familie (ihre Vorväter hatten sich vor fünfzig Jahren aus der kahl gefegten Wüstenlandschaft Rajasthans in die schrille, wimmelnde Metropole aufgemacht), sagte: »Ich kann nicht vor Shyamjis Bild singen. Nein, ich kann das nicht. Er hat mir so viel bedeutet. Nein, ich kann nicht vor seinem Bild singen.« Er schüttelte den Kopf, wie er es auch beim Singen oft tat, und seine Worte klangen bitter – als beneidete er Shyamji geradezu. Rasraj war mittlerweile fast zur Ikone geworden. Der klassische Musiker hält sich nicht lange, seine Kreativität und seine öffentliche Wahrnehmung überschneiden sich nur für kurze Zeit. Pandit Rasraj befand sich nun in seiner zweiten Phase, der Phase seiner Kanonisierung, und sie versprach lang zu werden. Er verlor seine Spontaneität und sein Können, doch davon abgesehen hatte er allen Grund, zufrieden zu sein. Aber er reagierte seltsam unwillig: »Nein, nein, ich kann nicht vor Shyamjis Bild singen«, sagte er.

»Karkhanis hat versagt«, schrieb Mrs Sengupta in ihrer großzügigen Schrift. »Was ist das nur für ein Arzt? Pyarelal muss immer wieder in die Klinik.«

Inzwischen war es März geworden. Nirmalya las Frege und Wittgenstein, war aber noch immer nicht von der Metaphysik kuriert. Die Welt war für ihn nicht entmystifiziert, und so eiferte er im Stillen gegen sie und schmähte sie, als wäre sie ein Irrtum und ein unmoralisches Objekt. Verärgert und einsam ging er spazieren. Das Laub kehrte allmählich in die Londoner Parks zurück – den Regent's und den Hyde Park, zu den sauber gestutzten, grünen Barrikaden beim Buckingham-Palast. Aber es war noch kalt. Nirmalya sah das junge Grün nicht; er blickte wie mit Röntgenaugen durch die dünne physische Oberfläche der Dinge direkt in ihr Wesen. In seinem unscheinbaren grauen Kapuzenanorak ging er bei jedem Wetter überall umher.

Ah, die Umarmung der Armut! Sie war hier so viel weniger reizvoll als daheim; man hatte das Gefühl, der Kampf gehe irgendwie unbemerkt vonstatten. Doch Nirmalya ließ nicht davon ab; düster zog er sich, das metallische Hämmern der Musik im Ohr, in eine Ecke des Kentucky Fried Chicken zurück und leerte ein Zuckerbriefchen in seinen Styroporbecher.

Immer wieder drangen Nachrichten von Pyarelals schlechtem Gesundheitszustand in den Ennui des Exils ein. »Was sind das nur für Kliniken?«, schrieb Nirmalyas Mutter, und er konnte ihre Empörung förmlich hören. »Da geht es nur ums Geschäft.« Dass auch Privatkliniken Wirtschaftsunternehmen waren, schien ihr völlig neu zu sein. Die Wunde an Pyarelals Bein wollte nicht heilen; er lag wieder im Krankenhaus, eine Komplikation war aufgetreten, und er hatte sich mit Gelbsucht angesteckt.

Seufzend faltete Nirmalya das Aerogramm zusammen und schaute vor sich hin. Woher kam plötzlich diese Melancholie? Lag es an Pyarelal, an dem Licht draußen oder an Shyamjis abruptem Abgang? Oder war es etwas ohne eine Geschichte, ein dumpfer, summender Schmerz, der sich schon angekündigt hatte, als er vom Kind zum jungen Mann geworden war, ein Schmerz, der keine aktuelle, keine unmittelbare Ursache hatte?

Mein Dank gebührt:

als Erstem Peter Straus
für Vertrauen und Freundschaft, als es darauf ankam.
Andrew Kidd und Sam Humphreys bei Picador
für das Aufrechterhalten einer alten und wichtigen
Beziehung, für Herzlichkeit und Aufmerksamkeit.
Sunetra Gupta
für vorbehaltlose Unterstützung und Freundschaft
während der Arbeit an diesem Buch.
Aamer Hussein und Rohit Manchanda,
alten Freunden und angesehenen Ärzten,
deren freundliche Worte mir viel bedeuten.
Ketaki Kushari Dyson, Damayanti Basu Singh und OUP
Delhi
für die Erlaubnis, Buddhadeva Boses »Verwandlung«
als Motto zu verwenden.
Und schließlich meiner Familie:
meinen Eltern, die diese Erkundungen
in mehr als einer Hinsicht möglich gemacht haben;
meiner Tochter für ihre Nachsicht;
und meiner Frau, meiner Gefährtin
in den verschiedenen Phasen und Stadien des Schreibens,
für den Raum, den sie geschaffen hat,
für ihr Augenmaß und ihre Gelassenheit.

Glossar

aananda	Glück, Freude, Seligkeit
aanchal	loses Ende des Saris
aap	Anrede der Ehefrau für ihren Mann
aarati	rituelle Verehrung einer Gottheit durch kreisförmiges Schwenken eines Tabletts, auf dem ein Öllicht, Räucherwerk, Blumen usw. stehen bzw. liegen
abhinaya	die mimische und gestische Darstellung der Überraschung, Zärtlichkeit und Enttäuschung Radhas bei einem Stelldichein mit Krishna
achha hai	(er/sie/es) ist gut
Ahir Bhairav	Name eines klassischen hindustanischen Ragas
Akbar	1542–1605; von 1556 bis 1605 Großmogul von Indien, gilt neben Ashoka als einer der bedeutendsten Herrscher in der Geschichte des Landes
akhaara	Kampfplatz, Arena; traditionelle nordindische Sportstätte
Aligarhi pajaama	festlicher pajaama aus schwerem, meist besticktem Stoff

Ali Akbar Khan 1922–2009; indischer Musiker und Komponist

Amba Erscheinungsform der Göttin Durga als Große Mutter

Amir Khan 1912–1974; einer der einflussreichsten Sänger des zwanzigsten Jahrhunderts in der nordindischen Musik

Amir Khan britischer Boxer pakistanischer Abstammung und amtierender WBA-Weltmeister im Halbweltergewicht

Apsaras in der hinduistischen und in Teilen der buddhistischen Mythologie halb menschliche, halb göttliche Frauen, die im Palast des Gottes Indra leben; gelten auch als »Geister« der Wolken und Gewässer und sind in dieser Hinsicht mit den Nymphen der griechischen und römischen Mythologie vergleichbar

aree ach; Begrüßungsformel: hallo; he, he da!

Asha Bhonsle geb. 1933; indische Sängerin; gemeinsam mit ihrer älteren Schwester Lata Mangeshkar dominierte sie den weiblichen Playbackgesang indischer Filme über mehr als drei Jahrzehnte und nahm bislang Lieder für mehr als tausend Filme in vielen indischen Sprachen auf

Ashoka 304–232 v. Chr.; Herrscher der altindischen Maurya-Dynastie

Ashoka-Rad Rad des Gesetzes des Dharma, erscheint in der indischen Flagge

Atul Prasad 1871–1934; indischer Dichter, Lyriker und Sänger

Ausnahme-zustand	1974 verhängte ihn Indira Gandhi als Reaktion auf oppositionelle Proteste und Streiks gegen ihre Politik über Indien. Um die nationale Sicherheit zu gewährleisten wurden die anstehenden Wahlen verschoben, es wurde das Kriegsrecht eingeführt und die Pressefreiheit und die Verfassungsrechte wurden eingeschränkt. Der Ausnahmezustand dauerte bis 1977.
Awadhi	indo-arische Sprache
baaba	Vater; liebevolle Anrede für älteren Mann oder Jungen, auch von Eltern an Kinder; heiliger Mann
baap re	ogottogott
badaa khayaal	»großer Khayaal« (eine bestimmte Liedform); der langsame bis mittelschnelle Teil einer Khayaal-Darbietung.
Bade Ghulam Ali Khan	1902–1968; indischer klassischer Sänger, bedeutender Vertreter der hindustanischen Musiktradition bis Mitte des zwanzigsten Jahrhunderts
badhaai	Glückwunsch!
bahanji	liebe Schwester
bahut achha	sehr gut
balidaan	Opfer
Baluchari	traditioneller handgewebter Sari aus Baluchar in Bengalen, gekennzeichnet durch eingewebte mythologische Szenen
bandish	festgelegte, vorgegebene Komposition
Bandra	Vorort von Bombay, in dem viele Bollywoodstars wohnen
baraa sahab	großer Herr

barsaat, borsat	Regen, Regenzeit
bas	genug damit! Fertig!
bechari	die Ärmste
behan	Schwester
beta	Anrede: Sohn, Söhnchen, kleiner Bruder; auch kleine Schwester; Kosewort für Kinder
bhaagya	Glück; Schicksal, Los
bhaabhi	Schwägerin (Frau des älteren Bruders)
bhaaji	stark gewürztes ausgebackenes Gemüse
bhai	Bruder; Kumpel; auch vertrauliche Anrede für Personen des gleichen Geschlechts
bhaisahab	Herr Bruder, Herr Freund
bhaiya	Bruder; auch Anrede unter Gleichaltrigen
bhajan	religiöses Volkslied im Hinduismus, das in Indien wegen seines emotionalen Charakters, unabhängig von seiner Form, eine musikalische Kategorie bildet
bhakti	liebende Verehrung Gottes, einer Gottheit, beliebter Heilsweg der Hindus; Anhänger einer hinduistischen Gottheit
Bhimpalasi	Name eines klassischen hindustanischen Ragas
Bhimsen Joshi	geb. 1922; indischer klassischer Sänger
bhojan se anand aa gaya	wörtlich: durch das Essen kam Glück
bidi	handgerollter kleiner Zigarillo, von der ärmeren und der Dorfbevölkerung bevorzugt; aus einem einzigen Blatt und einigen Tabakkrümeln bestehende »Volkszigarette«
Bihag	Name eines Ragas
bindi	roter Punkt auf der Stirn einer Hindufrau, der sie als verheiratet ausweist

Blaukehliger	Beiname Shivas
bols	vom Tablaspieler skandierte Silben, die durch unterschiedliche Finger- und Handanschläge auf der Diskanttrommel (Dayan) und auf der Basstrommel (Bayan) ausgeführt werden; den verschiedenen Silben und Trommelschlägen entsprechen in bestimmten Tanzstilen (v. a. kathak) unterschiedliche (Stampf-)Schritte
bombil	Eidechsenfisch, der hauptsächlich getrocknet gegessen wird
B. Prabha	1933–2001; bedeutende indische Malerin
Brahma	indischer Gott; im Hinduismus von den Göttern Shiva und Vishnu verdrängt, im frühen Buddhismus höchster Gott des indischen Pantheons; Weltenschöpfer
brahmanda	das kosmische Ei, aus welchem, nach einigen Erzählungen, Brahma entstand; brahmanda ist eigentlich der in diesem Ei enthaltene Urstoff
Brahmanen	höchste Kaste der Hindugesellschaft, aus der sich u. a. die Priester, Dichter, Gelehrten und Politiker rekrutieren
Braj Bhasha	indoarische Sprache im Norden Indiens, Mundart des Hindi
Breach Candy	Nobelviertel in Bombay
Chanderi	handgewebter Sari aus der Stadt Chanderi im zentralindischen Bundesstaat Madhya Pradesh
Chandidas	geb. 1408; Dichter im Bengalen des Mittelalters

chandra re ja re ja re	Mond, ach, geh, ach, geh, ach
Chandragupta	gest. ca. 297 v. Chr; Begründer des Maurya-Reichs; gilt als einer der großen indischen Herrscher
chapaati	dünner Brotfladen
chappals	traditionelle Leder- bzw. Kunststoffsandalen
chawl	für Bombay typisches großes, meist fünfstöckiges Mietshaus, um einen Innenhof angelegt, mit sehr kleinen, billigen Wohnungen und Gemeinschaftssanitäranlagen
chela	Schüler
Chhod do aanchal zamaana kyaa kahega	Lass den Zipfel deines Saris los, was sollen die Leute denken? – Titel und erste Zeile eines Songs aus dem Filmklassiker *Paying Guest* (1957) von Subodh Mukherjee
Chola	eines der bedeutendsten indischen Königreiche und mit einer Blütezeit vom neunten bis ins dreizehnte Jahrhundert das einflussreichste hinduistische Reich aller Zeiten
Chunky Pandey	geb. 1962; indischer Filmschauspieler
churidar	oben weite, an den Waden eng anliegende, ziehharmonikaartig gefältelte Männer- und Frauenhose
Cuffe Parade	Nobelviertel im Süden Bombays
daal	allgemeine Bezeichnung für Hülsenfrüchte (Linsen, Erbsen, Kichererbsen, Bohnen) sowie für ein daraus gekochtes Gericht
dada	Großvater väterlicherseits
dakshina	guru-dakshina: traditionelles Geld- oder Sachgeschenk für den Lehrer am Ende der Ausbildung

darbaar	Audienzsaal, Audienz-Pavillon
dari	dünner Baumwollteppich
Datta Samant	1933–1997; indischer Politiker und Gewerkschaftsführer
Dehradun	seit 2000 provisorische Hauptstadt des nordindischen Bundesstaates Uttarkhand
Devangari-Schrift	alphasyllabisches Schriftsystem, welches zur Schreibung von Sanskrit und einigen modernen indischen Sprachen wie Hindi, Marathi und Nepali Verwendung findet
Dharam Karam	populärer Hindifilm (1975) von Randhir Kapur
dhoti	traditionelle Beinbekleidung der hinduistischen Männer; ein meist weißes langes Baumwolltuch, das mehrmals um die Hüften gewickelt, zwischen den Beinen durchgezogen und in den Bund gesteckt wird, sodass eine Art knielange Pluderhose entsteht
didi	Anrede für ältere Schwester
Dilip Kumar	geb. 1922; gilt als einer der größten Schauspieler des indischen Films
Dinanath Mangeshkar	1900–1942; bekannter indischer Schauspieler, Musiker und Sänger
Diwali	am Neumondtag des lunaren Monats Kartik (Oktober/November) gefeiertes und sehr beliebtes »Lichterfest« zu Ehren der Göttin (des Reichtums) Lakshmi
Dongri	Bezirk im Süden Bombays
dosa	würziger südindischer Pfannkuchen aus Reispaste

dramabaaz	jemand, der Theater macht
Draupadi	heldenhafte Prinzessin aus dem Mahabharata (zweites großes Volksepos Indiens neben dem Ramayana)
Dushaasana	Königssohn aus dem indischen Volksepos Mahabharata
ektaal	eine Taktart
e Raam	o Gott
Filmfare	Indiens größte und bekannteste Film- und Unterhaltungszeitschrift
Gandhamadan	ein mythischer Berg
gandharva	himmlischer Sänger, ein mythisches halb göttliches Wesen
Ganesh	eine der beliebtesten hinduistischen Gottheiten; der elefantenköpfige Sohn Shivas, Gott der Weisheit und des guten Anfangs
Ganga	hinduistische Flussgöttin, die auch als Mutter Ganga verehrt wird. Sie steht für Wohlstand, Erlösung und Gesundheit und gilt als Urbild aller Flüsse Indiens, da laut der Mythologie alle anderen Flüsse von der Ganga abstammen; der Fluss Ganges
Gateway of India	ein massiver Torbau, das berühmteste Wahrzeichen Bombays
Geeta Dutt	1930–1972; indische Playbacksängerin des Bollywoodkinos
gharana	Ausbildungseinrichtung und Netzwerk von Musikern der klassischen nordindischen Musik, die als Anhänger eines bestimmten musikalischen Stils und häufig auch durch Verwandtschaft miteinander verbunden sind

Ghazal	lyrisches Gedicht, das mit einem Reimpaar beginnt, das in allen geradzahligen Zeilen wiederholt wird; melancholisches Lied
Ghulam Mohammed	gest. 1968; indischer Filmkomponist
Gini and Jony	Bombays bekanntester Hersteller von Kleidung für Kinder und Jugendliche
Goopy und Bagha	Hauptfiguren aus einem bengalischen Kinderfilm von Upendra Kishore Ray
Gopal	»Rinder-Beschützer«; Beiname Krishnas
Govind	Inkarnation Krischnas
Gujarati	Bewohner des indischen Bundesstaates Gujarat
gurdwara	»Tor, durch das der Guru zu erreichen ist«; Sikhtempel
gurujan	Guru, Lehrer
guru purnima	Vollmondtag des Monats Ashad (Juli–August), der Tag der besonderen Verehrung des spirituellen Lehrers
haa	oh, ah, ach
hai	gibt es?
hai Ram	o Ram!
Haji Ali	Grabmal des Muslimheiligen Haji Ali und kleine Moschee auf einem Felsen im Meer vor Bombay
halwa	Süßspeise aus gerösteten Sesamsamen, Honig oder Sirup und Zucker
Hanuman	Sohn des Windgottes, Affengeneral aus dem Ramayana; Affengott
Hari	»dessen Gewand gelb ist«; ein anderer Name Vishnus
Hari om	etwa: Gott zum Gruße

he	He! Oh!
he bhagavaan	o Gott, o Herr
Hema Malini	geb. 1948; indische Filmschauspielerin, -regisseurin und -produzentin, einer der Stars des Hindifilms
Hemanta	1920–1986; indischer Sänger, Komponist und Produzent
-hi	Nachsilbe, die das vorausgehende Wort betont
Holi	das Farbenfest; karnevalartiges und sehr beliebtes Fest zu Ehren von Krishna und Kama, markiert den Beginn des Frühlings
hoyechhe	es ist
jaagran	hinduistisches Ritual, Nachtwache
Jahangir	der Name, den sich Akbars Sohn Selim (1569–1627) als Herrscher des Mogulreiches gab
Jaijaiwanti	Name eines Ragas
Jaipur	Hauptstadt des nordwestindischen Bundesstaates Rajasthan
jalebi	brezelförmige, in Öl gebackene Süßigkeit
jamaandi	feiner Stoff mit Blumenmuster
Jamini Roy	1887–1972; indischer Maler
jamaai	Schwiegersohn
Jayadeva	Sanskritdichter; lebte um 1200 im heutigen Orissa
jhini	weibl. Form von jhina = abgetragen, abgewetzt, dünn
-ji	an den Namen angehängte Nachsilbe zum Ausdruck von Respekt oder Verehrung
jiijaaji	lieber, geachteter Schwager (Mann der älteren Schwester)

Juthika Roy	geb. 1920; berühmte bhajan-Sängerin
kabaab	(Hack-)Fleisch- und Gemüsespieß
Kabir	1440–1518; indischer Mystiker, der das Ideal einer einigen Menschheit vertrat
Kailash	mythischer Berg des Gottes Shiva
Kalidasa	indischer Dichter, der wahrscheinlich um das Jahr 400 zur Zeit des Guptareichs lebte
Kananbala	1916–1992; einer der ersten Gesangsstars des indischen Kinos
Kanandevi	s. Kananbala
Kanjivaram	südindischer Sari aus feinster Seide
Karnataka	südindischer Bundesstaat
kathak	indischer Tanzstil, vor allem in Nordindien, im Punjab und im Bundesstaat Uttar Pradesh verbreitet
khaatiya	Feldbett, Pritsche
khadi kurta	kurta aus handgewebtem Baumwollstoff, loses Hemd, wie es Gandhi trug
kinnar	mythisches halbgöttliches Wesen
kirtan	frommer Gesang der Sikhs
Kishore Kumar	1929–1987; indischer Playbacksänger und Schauspieler
Kishori Amonkar	geb. 1931; bekannter indischer klassischer Sänger
khayal	altes Lied
Khushwant Singh	geb. 1915; populärer indischer Autor und Journalist
Krishna	»der Blauschwarze«, im Hinduismus einer der beliebtesten Götter, gilt als Inkarnation Vishnus; obwohl königlichen Geblüts, wuchs er unter Kuhhirten auf und vollbrachte schon als Kind viele

	Heldentaten; er wird stets blauhäutig dargestellt
kulfi	indisches Speiseeis
Kumar Gandharva	1924–1992; hindustanischer klassischer Sänger, berühmt für seinen einzigartigen Gesangsstil
kurta	langes, kragenloses Hemd der indischen Männer
Lakshmi	hinduistische Göttin des Glücks und der Schönheit, Spenderin von Reichtum, geistigem Wohlbefinden, und Harmonie, Beschützerin der Pflanzen
Lalit	Name eines Ragas
Lanka	Insel im Ramayana, Reich des großen Dämonenfürsten Ravana
Lata	Lata Mangeshkar, geb. 1929, indische Sängerin, sang Lieder für mehr als 900 Filme, was ihr den Namen »Nachtigall Indiens« eingetragen hat, und gehört zu den bekanntesten und angesehensten indischen Künstlern
laya	Rhythmus, Tempo, Melodie
layakar	Rhythmusgeber
luchi	frittiertes Gebäck aus Hefeteig
maataji	respektvolle Anrede für die Mutter
machhimar nagar	Fischerstadt, Fischersiedlung
Mahabharata	wohl zwischen 400 v. Chr. und 400 n. Chr. entstandenes, ca. hunderttausend Doppelverse umfassendes, in Indien weithin bekanntes und beliebtes Sanskrit-Epos, das in seinem Kern den Kampf zwischen zwei

	miteinander verwandten, aber verfeindeten Fürstengeschlechtern behandelt; rund die Hälfte des Textes machen allerlei erzählende und belehrende Einschübe aus, darunter die Bhagavadgita
maharaj	Maharadscha, Großfürst; respektvolle Anrede für eine angesehene männliche Person
Maharashtra	indischer Bundestaat mit der Hauptstadt Bombay (Mumbai)
majnu	der Verrückte, Besessene
Malabar Hill	das eleganteste Viertel Bombays
Malayaali	Mann von der Malabarküste
Malhar	»jenes, was den Schmutz wegwäscht«; Malhar-Ragas der klassischen indischen Musik werden mit der Atmosphäre sintflutartigen Regens assoziiert
Malkauns	Name eines Ragas
mamu	Onkel mütterlicherseits
Marwari	Bewohner der Region in Südwest-Rajasthan
masala	Gewürzmischung
maulvi	muslimischer Rechtsgelehrter und Lehrer für Persisch und Arabisch
Mehmood	1932–2004; indischer Schauspieler, Playbacksänger und Filmproduzent
memsahab	abgeleitet von englisch: Madam; Anrede für Hausherrin, verheiratete Dame, auch Europäerin; Abkürzung: mem
Mira	Mirabai, 1450–1520; berühmte Hindudichterin und Mystikerin; eine Rajputenkönigin, die ihren Gemahl verließ, um ihrem Gott Krishna zu dienen
Miya ki Malhar	Name eines Ragas

Miya Tansen	16. Jh.; einer der größten Musiker Indiens, wirkte am Hof des Mogulkaisers Akbar
mogra	eine Jasminart
mung	Mungbohnen
naan	gesäuertes Fladenbrot, im Tandori-Ofen gebacken
nagra	Zauberschuhe
Namak Halal	populärer Hindifilm (1982) von Prakesh Mehra
namashkaar, namaste	gegrüßt seist du/seien Sie; hinduistische Begrüßungsformel; dazu werden die Hände flach aneinandergelegt und – je nach Rang des Gegrüßten – in Brust-, Kinn-, Augen- oder Stirnhöhe gehalten
nautanki	indisches Volkstheater
Nirodh	Kondommarke
Nur Jahan	1577–1645; einflussreiche Gattin des Großmoguls Jahangir
O. P. Nayyar	1926–2007, berühmter indischer Filmkomponist
paan	glänzendes Betelblatt, gefüllt mit Betelnusssplittern, Limonenpaste und Gewürzmischung
paalak	Spinat
paalak chicken	Hähnchenbrustfilet mit Zwiebeln und Tomaten gebraten, mit Blattspinat in einer aromatischen Gewürzmischung gegart
pajaama	weite, in der Taille gebundene Männerhose
Pali Hill	Nobelviertel in Bandra an der Peripherie Bombays, Bollywoods Gegenstück zu Beverly Hills
pallu	das (farblich abgesetzte, ggf. mit Silber-

oder Goldfäden durchwirkte) frei hängende Ende des Saris; wird entweder über den Kopf gezogen oder über die linke Schulter nach hinten geworfen

Pandit — gelehrter, weiser Mann; brahmanischer Geistlicher, Sanskritgelehrter; Bezeichnung für einen Brahmanen

paniir — eine Art hausgemachter Frischkäse

pani puris — knusprig frittierte kleine Teigballons, die mit einer würzigen Gemüsemischung gefüllt und anschließend in eine scharf-saure Soße getunkt werden

panjabi — langes, lose herabhängendes Hemd

pranaam — ehrerbietiger Gruß; die Geste des Füßeberührens

puja — täglich verrichtete hinduistische Opferandacht

Punjabi — Bewohner des nordwestindischen Bundesstaates Punjab

puri — in Öl ausgebackener dünner Fladen

qavvali — eine pakistanisch-indische Musikform, deren Ursprung in 700 Jahre alten persischen Gesängen liegt

Radha — Hirtenmädchen; Geliebte Krishnas

Raga — Begriff aus dem Sanskrit für »Farbe«; grundlegendes Melodienmodell in der klassischen indischen Musik, mit einer unendlichen Vielzahl an Variationsmöglichkeiten; muss bei den Zuhörern bestimmte Empfindung hervorrufen; Ragas werden auch unterschiedlichen Tages- und Nachtzeiten und den verschiedenen Jahreszeiten zugeordnet

Raj	Herrschaft, Regierung; auch für das britisch-indische Reich benutzt (1857–1947)
Raja Man Singh	1540–1614; Herrscher von Amber, dem späteren Jaipur
Rajesh Kanna	geb. 1942; Bollywood-Schauspieler
Raj Kapoor	1924–1988; indischer Filmschauspieler, -regisseur und -produzent
Ram(a)	Name dreier Inkarnationen des hinduistischen Gottes Vishnu; gemeint ist in der Regel die siebte Inkarnation als edler, frommer, brahmanenfürchtiger, gehorsamer und in jeder Hinsicht untadeliger Prinz Rama(candra); sein Leben wird im Ramayana geschildert
Ramayana	dem mythischen Weisen Valmiki zugeschriebenes, vierundzwanzigtausend Verse umfassendes Sanskritepos, das in seinen ältesten Teilen aus dem 4. Jh. v. Chr. stammen dürfte; neben dem Mahabharata das zweite große Epos der Hindus
Rana	Fürst; Titel bestimmer Rajputen-Könige
Ravi Shankar	geb. 1920; indischer Sitarspieler und Komponist
razai	bestickte oder anderweitig verzierte Baumwollsteppdecke
Rotes Fort	Festungs- und Palastanlage aus der Epoche des Mogulreichs in der nordindischen Stadt Delhi
roti	Brot, Brotfladen
sa	der erste Ton einer Tonleiter der indischen Musik
saag paniir	Gericht aus Blattgemüse und Frischkäse

sabhaa	Versammlung, Hofstaat
sahab, saheb	Herr; wird oft an den Namen angehängt; auch als Anrede für Europäer verwendet
Sai Baba	1926–2011; bürgerlicher Name: Sathya Narayana Raju Ratnakaram) war ein indischer Guru. Anhänger seiner Lehre gibt es vor allem in Nordamerika, Europa und Indien
Saigal	Kurdan Lal Saigal (1904–1947), indischer Sänger und Schauspieler, gilt als der erste Superstar Bollywoods
salwar kamiiz	Hosenanzug der Frauen, bestehend aus Tunika und Pluderhose
samadhi	Begriff aus dem Sanskrit für »Vereinigung, Erfüllung, Vollendung«; meditativer Zustand, das völlige In-sich-Ruhen; Todes- oder Begräbnisstätte eines Heiligen
sammelan	Versammlung, Zusammenkunft, Treffen
sangiit	Musik(stück)
Sankheda	reich geschnitzte und lackierte Holzmöbel, ursprünglich aus Sankheda im indischen Bundesstaat Gujarat
sannyaas	völlige Weltentsagung, traditionell das vierte Lebensstadium jedes Hindus
Saraswati	indische Göttin der Weisheit und Gelehrsamkeit, eine der populärsten hinduistischen Göttinnen
Sarod	nordindische Laute, die mit dem Bogen gestrichen wird
Sarojini Naidu	1879–1949; Vertraute von Mahatma Gandhi, Schlüsselfigur der indischen Unabhängigkeitsbewegung
shabaash	bravo, gut gemacht

Shahjahan	1592–1666; fünfter Mogulkaiser von Indien
Shailaranjan Majumdar	legendärer Interpret und Lehrer von Tagore-Liedern
Shakuni	Gestalt aus dem Mahabharata
shanaai	nordindische Oboe
Shankara	ca. 788–820; berühmter religiöser Lehrer bzw. Philosoph des Hinduismus
Shankaracharya	die Äbte der vier auf Shankara zurückgehenden Klöster
Shantiniketan	Kleinstadt im indischen Bundesstaat Westbengalen
sharbat	Sorbet
shastriya sangiit	klassisches Musikstück
shervani	hochgeschlossener, knielanger Mantel
shishya	Schüler eines Gurus
Shiva	dritte Gottheit der hinduistischen Trinität, neben Brahma und Vishnu; Gott der Zerstörung, zugleich jedoch Heilsbringer; dargestellt als in Meditation dasitzender Asket oder ekstatischer Tänzer und auch als Mondgott bezeichnet; trägt den Mond in seinen verfilzten Haaren, durch die der Ganges fließt, und bewahrt Indien so vor der drohenden Überflutung
Shobha De	geb. 1947; indische Schriftstellerin und Kolumnistin
shona	Kosewort für einen kleinen Jungen
shringaar	Toilette
shrutis	Vierteltöne, die in der indischen Musik jeweils einen Ganztonschritt ausmachen
Shyam	»Schwarzer«, »Dunkelblauer«; Beiname Krishnas

Sikh	Angehöriger einer Sekte, an Bart, ungeschnittenem Haar und Turban zu erkennen
Simla	Hauptstadt des nordindischen Bundesstaates Himal Pradesh
Sindhi	Bewohner der pakistanischen Provinz Sindh
Sita	Frau von Rama (s. Ramayana); gilt als Inkarnation der Göttin Lakshmi
Sitar	indisches Zupfinstrument
Sitara Devi	geb. 1920; berümte indische Kathak-Tänzerin
subzi	Gemüse
Surdas	ca. 1478–ca. 1581; Mystiker, Sänger und Dichter von bhajans
sweeper	»Feger«, »Putzer«; in Indien gebräuchliche englische Bezeichnung für den Angehörigen einer niederen, verachteten Hindukaste
Tabla	asymmetrisches Paar kleiner, mit den bloßen Händen geschlagener Kesselpauken
tabliya	Tablaspieler
Talk of the Town	Restaurant am Marine Drive
Tangail	bengalischer Baumwollsari
Tanpura	indisches Saiteninstrument
Teilung	Teilung des indischen Subkontinents im Jahr 1947 durch die britische Kolonialmacht in die säkulare Indische Union sowie die kleinere Islamische Republik Pakistan
Thanjavur	Stadt im südindischen Bundesstaat Tamil Nadu
theka	festgelegtes Schlag- und Klangmuster, mit dem ein Taktzyklus (taal) in seiner Grundform realisiert wird

thumri	bestimmter Stil der klassischen indischen (Vokal-)Musik
tika	Glück verheißendes Kastenzeichen; roter Punkt auf der Stirn, zinnoberrotes Mal; wird im Rahmen bestimmter Feste (Verlobung, Hochzeit) auf die Stirn gemalt
tilak	s. *tika*
tin tin na tin	bedeutungslose Silben bzw. »Namen« entsprechender Tablaschläge
Tulsi/Tulsidas	1532–1623; berühmter hinduistischer »Dichter-Heiliger«
ullu	Dummkopf, Idiot; wörtlich: Eule, Kauz
upaas	Verehrung, Anbetung
ustaad	persische, z. T. auch in Indien gebräuchliche Bezeichnung für einen Virtuosen bzw. Meister im Bereich von Musik und Kunst
vaah	Ausdruck des Erstaunen, der Verwunderung
Vishnu	eine der wichtigsten Formen des Göttlichen im Hinduismus, Manifestation des Höchsten
Vithal	1935–1992; indischer Maler und Bildhauer
voh sant hai	das ist ein Heiliger
Waheeda Rehman	geb. 1936; berühmte Bollywood-Schauspielerin
yaar	Freund, Kumpel
Yashoda	»die den Ruhm spendet«; Pflegemutter Krishnas
ye ratein rangiin	diese schönen Nächte
Yudhishtira	Gestalt aus dem Mahabharata
Zakir Hussain	geb. 1951; gilt als der profilierteste lebende Tablaspieler